FANTÁSTICO BRASILEIRO

O INSÓLITO LITERÁRIO DO ROMANTISMO AO FANTASISMO

CAPA E PROJETO GRÁFICO **FREDE TIZZOT**
ILUSTRAÇÕES **KARL FELIPPE**
PREPARAÇÃO DE TEXTO **CAROL CHIOVATTO**

© 2019, EDITORA ARTE & LETRA

CONSELHO CIENTÍFICO
Profa. Dra. Adriana Amaral (UNISINOS), Prof. Dr. Alexander Meireles (UFG), Prof. Dr. André de Sena (UFPE), Prof. Dr. Aparecido Donizeti Rossi (UNESP/Araraquara), Prof. Dr. Claudio Zanini (UFRGS), Prof. Dr. Cleber Araújo Cabral (UNINCOR), Prof. Dr. David Roas (UAB, Espanha), Profa. Dra. Éverly Pegoraro (UNIOESTE), Prof. Dr. Flávio García (UERJ), Prof. Dr. Júlio França (UERJ), Prof. Dr. Manuel Portela (FLUC, Portugal), Profa. Dra. Maria Zilda Cunha (USP), Prof. Dr. Matteo Rei (Univ. de Turim, Itália), Profa. Dra. M. Elizabeth Ginway (Univ. da Flórida, EUA), Profa. Dra. Nikellen Witter (UFSM), Profa. Dra. Renata Philippov (UNIFESP), Prof. Dr. Rogério Caetano de Almeida (UTFPR), Profa. Ms. Suellen Cordovil da Silva (UNIFESSPA)

M 425

Matangrano, Bruno Anselmi
Fantástico brasileiro : o insólito literário do romantismo ao fantasismo / Bruno Anselmi Matangrano, Enéias Tavares; ilustrações de Karl Felippe. – Curitiba : Arte & Letra, 2019.
340 p. : il.
Inclui bibliografia
ISBN 978-85-7162-009-4 (capa brochura)
1. Literatura brasileira – História e crítica 2. Ficção fantástica brasileira   I. Tavares, Enéias   II.Felippe, Karl   III.Título
CDD B869.09

ÍNDICE PARA CATÁLOGO SISTEMÁTICO:
1. LITERATURA BRASILEIRA – HISTÓRIA E CRÍTICA B869.09
2. FICÇÃO FANTÁSTICA BRASILEIRA   B869.3
CATALOGAÇÃO NA FONTE
BIBLIOTECÁRIA RESPONSÁVEL: ANA LÚCIA MEREGE - CRB-7 4667

ARTE & LETRA EDITORA
Curitiba - PR - Brasil / CEP: 80420-180
Fone: (41) 3223-5302
www.arteeletra.com.br - contato@arteeletra.com.br

Bruno Anselmi Matangrano
Enéias Tavares

FANTÁSTICO BRASILEIRO
O INSÓLITO LITERÁRIO DO ROMANTISMO AO FANTASISMO

Prefácio de Flavio Garcia
Posfácio de Roberto de Sousa Causo
Ilustrações de Karl Felippe

CURITIBA-PR
2019

SUMÁRIO

Lista de Ilustrações...7

Prefácio de Flavio García..9

Prólogo – O Fantástico em suas Nuances......................................17

PARTE I – O LONGO SÉCULO XIX...25
1. Os Fantasmas do Romantismo...29
2. Naturalistas e Realistas nos Limites do Insólito.........................37
3. O Sobrenatural entre o *Fin de Siècle* e a *Belle Époque*.............*45*

PARTE II – O MULTIFACETADO SÉCULO XX....................53
4. Os Modernistas mais ao Sul...57
5. Os Modernistas mais ao Norte...65
6. Literatura para Pequenos e Jovens Leitores..............................73
7. O Horror Sobrenatural: Entre o Gótico e o *Pulp*....................83
8. Autores de FC que Desbravaram o Tempo e o Espaço............89
9. Porque Mulheres também Escrevem Ficção Científica..........103
10. Narrativas Absurdas em torno do Realismo Maravilhoso....111
11. O Insólito na Virada do Milênio..121

PARTE III – OS MUNDOS INSÓLITOS DO SÉCULO XXI.....131
12. Vampiros: Entre o Clássico e o Pós-Moderno......................137
13. A Nova Ficção de Polpa e o Novo Horror............................147
14. Do Horror *Cult* ao Insólito Cotidiano.................................157
15. Os Mundos Alternativos e Interestelares da Nova FC.........171
16. Futuros Sombrios e a Febre das Distopias...........................181
17. Viagem a um Passado Futurista: O *Steampunk*..................*189*
18. Fantástico para Crianças na Atualidade................................201
19. Novo Fôlego ao Folclore Nacional..209
20. Redescobrindo o Imaginário Africano..................................219
21. A Fantasia no Espaço Urbano..233

22. Nos Territórios da Alta Fantasia...243
23. Max Mallmann e a Poética da Ironia..257

Epílogo – Fantasismo: Um Novo Movimento Literário?.................262

Posfácio de Roberto de Sousa Causo..270

Apêndices
A. Divulgadores do Fantástico..275
B. Editoras Nacionais do Fantástico..281

Notas...292
Bibliografia Citada...309
Índice Onomástico...324
Notas Biográficas...336
Agradecimentos...338

LISTA DE ILUSTRAÇÕES

Sumário – *Macunaíma*, de Mário de Andrade

Capítulo 1. *Noite na Taverna*, de Álvares de Azevedo
Capítulo 2. *Dr. Benignus*, de Augusto Emílio Zaluar
Capítulo 3. *A Esfinge*, de Coelho Neto
Capítulo 4. *Incidente em Antares*, de Érico Veríssimo
Capítulo 5. A Vida e a Obra de Ariano Suassuna
Capítulo 6. *Sítio do Pica-Pau Amarelo*, de Monteiro Lobato
Capítulo 7. *Os Olhos que Comiam Carne*, de Humberto de Campos
Capítulo 8. *A Filha do Inca*, de Menotti del Picchia
Capítulo 9. *O Homem do Sambaqui*, de Stella Carr
Capítulo 10. *Anão de Jardim*, de Lygia Fagundes Telles
Capítulo 11. *Santa Clara Poltergeist*, de Fausto Fawcett
Capítulo 12. *Kaori*, de Giulia Moon
Capítulo 13. *Mausoléu*, de Duda Falcão
Capítulo 14. *A tristeza extraordinária do leopardo-das-neves*, de Joca Reiners Terron
Capítulo 15. *O Vampiro de Nova Holanda*, de Gerson Lodi-Ribeiro
Capítulo 16. *Anômalos*, de Barbara Morais
Capítulo 17. *A Lição de Anatomia do Temível Dr. Louison*, de Enéias Tavares
Capítulo 18. *Noturnos*, de Flávia Muniz
Capítulo 19. *Ouro, Fogo & Megabytes*, de Felipe Castilho
Capítulo 20. *Oxumarê*, de Reginaldo Prandi
Capítulo 21. *Exorcismos, Amores & Uma Dose de Blues*, de Eric Novello
Capítulo 22. *O Espadachim de Carvão*, de Affonso Solano
Capítulo 23. *Síndrome de Quimera*, de Max Mallmann

Índice Onomástico — *O Caso da Borboleta Atíria*, de Lúcia Machado de Almeida

*Dedicamos este livro a três grandes
pensadores da literatura fantástica:*

*Tzvetan Todorov (1939-2017),
por nos legar caminhos para percorrê-la,*

*Remo Ceserani (1933-2016),
por nos apresentar modos de entendê-la,*

*E Max Mallmann (1968-2016),
por nos ensinar novas formas de escrevê-la.*

PREFÁCIO

Por Flavio García

Honrado com o convite para prefaciar *Fantástico brasileiro: o insólito literário do Romantismo ao Fantasismo*, de Bruno Anselmi Matangrano e Enéias Tavares, com ilustrações de Karl Felippe, vi-me, antes de imerso no prazer da leitura a que me viria a entregar, na obrigação social e profissional de aceitar a empresa, ainda que, de início, estivesse envolto pelo temor do desconhecido. Soube, muito há pouco, deixando-me facilmente banhar pela vaidade que toma de sobressalto quase todo ser humano, que os projetos em torno da ficção fantástica que aproximam Bruno e Enéias, circunscritos pela nomeação de insólito literário, têm sua inspiração nas atividades do grupo de que participo. Assim, eu ficava em meio à vaidade, ao temor e ao prazer, circundando e circundado por universos quotidianos comuns e reincidentes na ficção fantástico/fantasista, em sentido *lato*.

Não sou muito dado a prefácios ou posfácios, uma vez que me empenho – nem tanto com rigor ou sempre com qualidade – na crítica acadêmica, e entendo que esses paratextos são produtos da crítica que se pode chamar de jornalística, mais voltada ao público leitor em geral. A crítica acadêmica tende a ser chata, maçante para o público leitor não especializado, acabando, muitas vezes, por soar pedante e a, via de regra, dirigir-se aos estudiosos da questão nela tratada. Ela pode, até mesmo, em alguns casos, contribuir negativamente para o mercado editorial, que visa a retornos de venda e aceitação do produto-livro, direcionado a um público mais amplo e vasto.

Decidi-me, então, por ler este livro como imagino que um leitor interessado na arte fantástica, contudo, não teórico ou crítico acadêmico do assunto, leria, policiando-me para não descambar para o ensaio ou suas variantes tipológicas ou genológicas. Planejei, por conseguinte, escrever o Prefácio como faria para contar uma história – talvez a do filme a que assisti esses dias ou como aquela que preencheu o capítulo da novela na noite passada – a meus sobrinhos, a minha mãe, a um "amigo de copo e de bar" – este já é um chavão discursivo bastante conhecido, e, se não me controlo, deixo-me levar pelo vício acadêmico de certos lugares comuns para os profissionais das Letras. Seguindo esses preceitos, optei por tentar descrever o presente livro.

Virada a folha de rosto, encontra-se uma Dedicatória a três escritores, apontados pelos autores como "pensadores da literatura fantástica". Os dois primeiros, Tzvetan Todorov e Remo Ceserani, são meus conhecidos de longa data. Com o primeiro deles, mantive um doentio caso de amor – não seguido, exatamente, por ódio –, atando-me com nós quase cegos às páginas de seu paradigmático *Introdução à literatura fantástica* e a alguns de seus ensaios espalhados por outros livros. O segundo jamais conseguiu arrebatar-me, e, confesso, tenho um pequeno desdém por ele, mesmo reconhecendo a importância de seu *O fantástico*. No entanto, seus nomes delineiam, já na portada do livro, a presença de duas perspectivas teóricas e metodológicas muito distintas entre si e importantes para reflexões acerca da arte fantástica.

No Brasil, quando se pensa em fantástico-gênero, vislumbra-se Todorov como sendo o baluarte dessa corrente, e quando se fala em fantástico-modo, é inevitável mencionar Ceserani. Eu poderia, logo aqui, trair-me e avançar em direção às óticas genológica – brilhantemente expressa em *A construção do fantástico na narrativa* – e modal – que se encontra no *E-Dicionário de Termos Literários*, dirigido por Carlos Ceia – de Filipe Furtado, professor, teórico e crítico português, que me parecem mais completas e menos falhadas do que as de seus antecessores, mas não me vou permitir tal deslize ainda tão no início. Contudo, não garanto que não me deixarei escorrer por essas sendas no correr deste Prefácio.

O terceiro nome da dedicatória é Max Mallmann (Souto-Pereira), que, confesso, eu desconhecia. Diferentemente daqueles outros dois, Mallmann era ficcionista, e sua obra, subscrita ao insólito ficcional, perpassou a literatura e a televisão, resvalando para o fantástico, a ficção científica, o terror, o realismo fantasista (nomeação de emprego inédito em meus escritos, mas que, neste momento, me parece ser a mais apropriada para o que percebi ser, mesmo panoramicamente, essa vertente da ficção de Mallmann). Gaúcho de Porto Alegre, ele nasceu em 1968 e veio a falecer, no Rio de Janeiro, em 2016, devido a um câncer de pulmão que não conseguiu debelar. Bruno e Enéias não o deixam cair no limbo e lhe reservam tanto um espaço de destaque na Dedicatória, quanto lhe dedicam o último capítulo da Parte 3 deste livro: "Max Mallmann e a Poética da Ironia".

A Dedicatória, reunindo duas pontas da teoria e da crítica do fantástico – as concepções genológica, representada por Todorov, e modal, por Ceserani

– a diferentes manifestações do insólito ficcional – fantásticos, ficção científica, horror, realismo fantasista etc. –, antecipa o que, adiante, se poderá constatar pelo Sumário. Nele, encontram-se alusões, nos títulos de suas partes e de seus capítulos, a uma espécie de historiografia da literatura insólita no Brasil, a partir do Romantismo – Século XIX –, até os dias atuais da segunda década do Século XXI, observado sob diferentes ângulos.

O percurso de Bruno e Enéias busca suporte em um instrumental teórico e metodológico variado e heterogêneo, por vezes adverso às tendências mais convencionais que se conhecem. Ouso sugerir, na qualidade de leitor "não ingênuo", que essa estratégia, nada convencional dos autores deste livro, é uma de suas maiores qualidades. O que fazem contribui para a abertura de novas sendas na seara da crítica que vem se dedicando a estudar e divulgar o insólito ficcional seja no Brasil, seja em outras partes do mundo.

(Sinto-me, agora, no dever de pedir desculpas a Karl, responsável pelas vinte e cinco ilustrações que se espalham por todo este livro. Elas emprestam-lhe um caráter – de certo modo, no sentido macunaímico – ficcional, mesmo ele sendo um tanto historiográfico, bastante crítico e teórico na dose certa. Não é sólito que obras acadêmicas – de teoria, crítica ou historiografia – sejam produzidas com tal diversidade de ilustrações não instrucionais. As ilustrações de Karl merecem, talvez, um posfácio à parte – que se lhe fica a dever. Advirto, entretanto, que não me sinto inapto para o fazer, pois transito, desde há muito, pela semiótica sincrética – aquela que estuda os textos mistos, cujas linguagens que os compõem são verbais e não verbais, concomitantemente. Não o faço, portanto, – fique, pois, claro –, pela exiguidade do espaço a que se deve cindir um prefácio.)

O que se pode identificar por miolo do livro – aquilo que, propriamente dito, foi escrito por Bruno e Enéias – encontra-se dividido e ordenado em três grandes Partes, emolduradas por um Prólogo e um Epílogo, seguindo-se-lhes dois importantíssimos Apêndices. A primeira dessas Partes, com apenas três capítulos e de menor extensão, aborda facetas da ficção insólita no Século XIX. A segunda, com oito capítulos e bem mais densa, percorre o estilhaçamento de múltiplas e multifacetadas vertentes da ficção que surgiram, ressurgiram e se imiscuíram no correr do nada orgânico Século XX. A terceira, com doze capítulos, não abdica de retomar fontes, origens e matrizes nos séculos anteriores, mas, dando contributos pouco comuns ao longo da tradição teórico ou crítica, traz à baila questões muito coetâneas. Com isso, expõe-se ao risco do ainda não consolidado nessas duas décadas do Século XXI. Após essas três Partes, vem o Epílogo, cujo título externa uma interrogação – "Fantasismo: um novo movimento literário?".

Tal pergunta, de ordem meramente retórica, põe em cheque as teorias que surgiram e deram sustentação à crítica – desde os finais do Setecentos até à Contemporaneidade –, à própria crítica – que se apoiou naquelas teorias –, bem como às ordenações historiográficas que dependeram das teorias e das críticas em curso para irem demarcando feixes cronológicos que, inevitavelmente, determinaram a fixação de cânones e o relegamento a margens.

Contribuem para o particular perfil histográfico que venho apontando, além da divisão das Partes por séculos – XIX, XX e XXI –, delimitando recortes cronológicos, e do teor dos Capítulos, remetendo a temáticas, períodos, movimentos, escolas, tendências, autores, obras etc., os dois Apêndices pospostos ao Epílogo. Neles, são apresentados os "Divulgadores do Fantástico" e as "Editoras Nacionais do Fantástico". Com isso, Bruno e Enéias prestam um contributo – e, mesmo, demarcam o reconhecimento a nomes e empresas – aos estudos da ficção fantástica no Brasil para além das abordagens academicistas que se conhecem. Esses Apêndices transcendem as edições do *Anuário brasileiro de literatura fantástica*, cuja última edição publicada até este momento – março de 2018 – refere-se ao ano de 2015.

A grosso modo, como se verifica no confronto entre o subtítulo do Apêndice A – "Portais, canais, *podcasts* e revistas de literatura" –, e a sua leitura, os autores ultrapassam as expectativas iniciais e procuram listar um amplo leque de ações que contribuem, de modo diverso, para a divulgação tanto da produção ficcional, quanto do estudo da ficção fantástica no Brasil. Em certa medida, o quadro que circunscrevem acaba por se restringir ao Século XXI e privilegia o ciberespaço como canal midiático de tais ações. Ficam, assim, devendo maior amplitude de enfoques, mas, inegavelmente, desde as últimas duas décadas do Século XX, a arte fantástica e seu estudo no Brasil vêm crescendo muito e rapidamente, o que os exime de um peso mais punitivo de culpa pelo não feito. Essa é a voz de um leitor que se deixara levar pela ansiedade face ao que estaria por vir a conhecer.

O Apêndice B lista um elenco de editoras nacionais exclusivamente dedicadas ao fantástico, *lato sensu*, ou que criaram e mantiveram selos cujo objetivo fosse reunir obras correlacionáveis às múltiplas vertentes ficcionais que Bruno e Enéias chamam de insólito literário. Cronologicamente, o recorte se espraia para o Século XX e, geograficamente, recobre distintas regiões do país. Menos do que o Apêndice anterior, esse também fica a dever em seu conjunto. As razões desse débito não são as mesmas, ainda que aquela razão apontada contribua, sobremaneira, para a falta percebida. Pesa, neste caso, o acesso a edições esparsas e dispersas ocorridas no vasto Brasil do Oitocentos e a informações não menos soltas ou perdidas do Novecentos – não devemos nos esquecer, recuperando versos de uma letra de música de Aldir Blanc, que o "Brazil não conhece o Brasil", porque são muitos Brasis.

Este Apêndice reproduz, já com importantes atualizações, grande parte do conteúdo da exposição *Fantástico brasileiro: O Insólito Literário do Romantismo à Contemporaneidade*, que Bruno e Enéias definem, em uma página digital de rede social (*Facebook*), como sendo "o primeiro fruto desta longa pesquisa". A exposição reúne uma grande diversidade de ficcionistas brasileiros que se aventuraram, desde o Século XIX, e se aventuram, no Século XXI, pelo insólito ficcional, mencionando obras que justificam suas escolhas por esses nomes. A essa diversidade de autores e obras, somam-se as editoras e os selos que publicaram e publicam essas vertentes da ficção, bem como os centros, núcleos e grupos de pesquisa, com destaque para alguns pesquisadores individualmente, que se vêm dedicando ao estudo da temática.

O livro tem fecho com uma listagem das obras citadas e um índice onomástico. A despeito da justificada desculpa dos autores na introdução à "Bibliografia citada", em que comentam o extenso volume de edições e títulos mencionados no livro, tornando quase impossível fazê-lo, caso pretendessem listar todos, "*em especial dada a dificuldade de se mapear edições antigas e esgotadas de algumas obras ou as diversas edições disponíveis de outras*", a continuidade desse trabalho poderia dar atenção a uma "bibliografia do fantástico no Brasil", reunindo ficção e crítica, em um ou mais volumes, e coroando com mais brilho esse percurso inovador. O "índice onomástico" é, como todos aqueles que conhecemos, uma listagem de nomes citados, referidos ou aludidos no livro

Há, ainda, uma reunião de notas cujas marcações se espalham pelas Partes, pelos Capítulos, Prólogo e Epílogo do livro. Essas notas situam o leitor para além das considerações próprias de Bruno e Enéias – que contêm muito de sua visão subjetiva sobre a ficção, a teoria e a crítica – e levam-no, no caso das alusões a teóricos e críticos, ao pensamento originário que lhes motivou ou deu suporte ao que trazem para dentro de seu livro. Portanto, essas notas prestam inestimável valor no conjunto da obra.

(Chegado a este ponto do Prefácio, que me foi lisonjeiramente pedido, e me reconhecendo, na condição de prefaciador – abstenho-me de falar de mim como teórico ou crítico citado no livro –, como personagem meramente figurante – sequer coadjuvante – desta história, parei e me pus a pensar se já conseguira produzir um "discurso preliminar em que se expõe ordinariamente o motivo de uma obra, os processos nela seguidos". De pronto, foi inevitável que me ativesse ao significado de "ordinariamente" e buscasse entender seu sentido nessa definição mais comum de prefácio – ser ordinário não é produtivo nem para os seres humanos, em seu quotidiano, nem para a ficção fantástica, que se vale, em muito, do extraordinário. A primeira acepção de "ordinariamente" refere-se a "de modo ordinário", e isso me afligiu, porque agir "de modo ordinário" não me pareceu bem. Uma segunda acepção recobria o sentido de "geralmente", ou seja, de "na maior parte dos casos" ou "de modo geral", e esta dava-me alguma tranquilidade, pois me fazia crer, relendo o que até aqui escrevera, que, em um sentido amplo, eu havia, escrito o que, comumente – *solitamente* –, se espera que seja um prefácio. Dever cumprido. Mas o meu lado humano, inebriado pela crítica acadêmica, sempre seduzido a escrever ensaios, não me deixa saciado e, como uma assombração, aterroriza-me, pedindo-me algo mais. Volto, assim, ao Epílogo.)

Bruno e Enéias se posicionam mais firmemente, assumindo uma postura crítica pessoal, no Epílogo, onde procuram, como já observei alhures, dialogar, em jogos retóricos de autopergunta e resposta, acerca do termo-conceito "fantasismo", que empregam no livro e que se encontra enraizado em suas pesquisas e produções. Sinteticamente, para eles, o "fantasismo" seria uma "tendência" que chamam, em consonância com a tradição crítica mais ortodoxa, de "*movimento*", ou, melhor, "um novo movimento literário cuja origem parece coincidir com o novo século [XXI], mas, sobretudo, a partir de 2010, quando o mercado de literatura fantástica brasileira começa a se estruturar de fato".

Vou objetar quanto a essa posição tão continente. Reconheço que, como eles destacam, "O fantasismo se encontra difundido na maior parte dos capítulos desta terceira parte [do livro], ou seja, ao longo das duas primeiras décadas do século XXI e, em particular, naqueles [capítulos] dedicados à fantasia urbana, à alta fantasia, à literatura infantil, ao folclore indígena e ao imaginário de matriz africana". Isso é fato, no que diz respeito, especificamente, a este livro. E posso, até mesmo, considerar correta a inferência de que "o fantasismo recupera fortemente o aspecto antropofágico da literatura modernista brasileira e o aplica a sua própria categoria, em um esforço louvável de abrasileirar, aclimatar e conferir cor local a modos narrativos importados, distanciando-se de suas matrizes". O que também é perfeitamente defensável, justificável e, conforme me parece, correto.

Todavia, exatamente por essas suas observações que aqui reproduzo – com as quais, situando-as em determinados contextos recortados e circunscritos, concordo –, sou obrigado a dizer que não foi em decorrência desse "movimento" – seja no singular, seja no plural (movimentos) – mais propriamente manifestado no Século XXI – ou recuado às últimas décadas do Século XX – que "O conceito de fantasia, portanto, tornou-se muito alargado, quando usado pelo grande público ou pelo jornalismo não especializado, para definir obras insólitas genericamente". Filipe Furtado, ao procurar definir e delimitar genericamente o fantástico-modo no *E-Dicionário de Termos Literários*, dirigido por Carlos Ceia, já empregara o termo-conceito *fantasy*, que assume ter ido buscar na obra de Rosemary Jackson, como sinônimos quase perfeitos um do outro. Ou seja, tal verbete aproxima, quase que absolutamente, os conceitos de *fantasy* – como recolhido na obra de Jackson – ao de "fantástico-modo" – segundo propõe-no Furtado.

Na acepção de Furtado, a ficção fantasiosa – poder-se-ia dizer, ajustando o vocábulo, "fantasista" – englobaria "diferentes géneros (entre os quais o maravilhoso, o estranho e o fantástico), assim como por certas zonas-limite do misterioso. Estendem-se, ainda, por outra enorme região que, embora apresente contornos algo indefinidos, se encontra muito próxima do conceito de género: a ficção científica". O pesquisador e crítico português acresce, a esses "contornos algo indefinidos", as epopeias, as narrativas de mistério, uma "extremamente grande variedade de classes de textos [...], desde os mitos, os contos de fadas ou o romance gótico de sobrenatural aceite a diferentes áreas da ficção científica, como as denominadas *heroic fantasy* ou *sword and sorcery*".

Essa minha objeção não depõe contra o Epílogo, menos ainda contra o livro. Trata-se de uma contestação que resguarda valores originários de emprego de um termo-conceito – postura que muito prezo e defendo na vida acadêmica. Ultrapassada a objeção, o Epílogo tem o inestimável valor de trazer para a realidade cultural – artística e literária, mais precisamente – brasileira questões que, no exterior, já, desde muito, ganharam visibilidade e vêm sendo tratadas com respeito. No Brasil, até bem pouco, a ficção fantástica e as teorias e críticas que dela se ocupa(ra)m viveram no limbo enlameado e obscuro das margens. Até mesmo as narrativas de Machado de Assis que resvalaram mais detida e formalmente para o fantástico – não falo de *Memórias póstumas de Brás Cubas* para não me perder nas divagações e disputar o espaço da cena com os autores deste livro – custaram muito a serem estudadas e publicadas com maior destaque. Hoje, "Um esqueleto", por exemplo, conta com uma belíssima edição em HQ.

Enfim, este livro, muito bem ilustrado, prestando excelentes serviços à divulgação da ficção, da teoria e da crítica comprometidas com o insólito literário, bem como às suas incidências em outros canais ou suportes midiáticos, vai – salvo ledo engano meu – atender àqueles que busquem pontas soltas de fios para avançar em suas pesquisas, suas produções, seus devaneios ou prazeres. Ele é um imenso novelo, com fios de espessuras e cores diferentes, embaralhados – mas não embolados –, cujas pontas, soltas e em dimensões distintas, encontram-se à disposição para serem utilizadas em tricotagem, crochetagem ou puxadas e arrumadas em outros mais novelos. Se o mercado e a academia o absorverem – como, creio, devam fazer –, Bruno e Eneias serão citados, referidos ou aludidos por muitos e muitos anos à frente. Nada há, antes deste livro, que com ele se pareça, e tenho certeza que o que vier depois dele serão complementos às suas inevitáveis lacunas.

Março de 2018.

Flavio García é Líder do GP/CNPq "Nós do Insólito: vertentes da ficção, da teoria e da crítica", desde 2001; Fundador e primeiro coordenador do GT ANPOLL "Vertentes do Insólito Ficcional" (2011 – 2015); Presidente das três edições do Congresso Internacional "Vertentes do Insólito Ficcional" (2012, 2014 e 2106), das seis edições do Encontro Brasileiro "O Insólito como Questão na Narrativa Ficcional", iniciado em 2009, das quatorze edições do Painel "Reflexões sobre o insólito na narrativa ficcional", iniciado em 2007; coorganizador de vários livros e periódicos e autor de diversos capítulos e artigos dedicados a reflexões acerca da ficção fantástica; coeditor da Revista Abusões *e membro do Conselho diretivo da Revista* Brumal.

PRÓLOGO

O FANTÁSTICO EM SUAS NUANCES

Se perguntarmos ao grande público o que é o fantástico, certamente, não haverá muita dificuldade na resposta. São fantásticas as histórias de coisas inexistentes. São fantásticas as narrativas mais frequentes nas grandes bilheterias do cinema, a maioria das histórias em quadrinhos e as obras literárias comumente encontradas nas listas de mais vendidos em quase todo o mundo. Contudo, a origem dessa modalidade narrativa é, e sempre foi, muito discutida e questionada, sendo que seus limites não são tão claros assim.

Críticos e historiadores atribuem ao romance gótico *O Castelo de Otranto* (1764), do inglês Horace Walpole (1717-1797), a origem do fantástico como se o entende hoje; outros dizem que foi somente com o contista alemão E. T. A. Hoffmann (1776-1822) que o fantástico começou de fato, já no início do século XIX; e outros ainda acreditam ter sido o romance *O Diabo Enamorado*, do francês Jacques Cazotte (1719-1792), publicado pouco depois do livro de Walpole, a inaugurá-lo. Porém, se pensarmos de modo mais abrangente, elementos insólitos já apareciam em relatos de viagem do século XVIII, em poemas medievais, nas narrativas de cavalaria, no teatro clássico e nas epopeias antigas. Tudo dependerá do que se entende por "fantástico". E definições não faltam.

Tzvetan Todorov (1939-2017), talvez o primeiro a sistematizar de forma clara algumas possibilidades de narrativas que trouxessem o elemento sobrenatural, considerou o fantástico como determinado tipo de história que trata do sobrenatural, cujo foco é a hesitação comum ao leitor e à personagem entre o real e o imaginário, e cuja duração é apenas o tempo dessa hesitação (TODOROV, 2008, p. 37 e ss.). Nesse sentido, de fato, teríamos em Walpole, Cazotte e Hoffmann seus pioneiros, e no século XIX seu apogeu. Ainda para Todorov, haveria variantes, definidas a partir da hesitação: se a dúvida entre o real e o sobrenatural persiste até o final e a narrativa termina em explicação lógica (sonho, loucura, truque), o texto não seria fantástico e sim da categoria que ele chama de "estranho", como por exemplo, no romance *O Cão dos Baskervilles*, de Sir Arthur Conan Doyle (1859-1930) ou em *Os Assassinatos da rua Morgue*, de

Edgar Allan Poe (1809-1849); por outro lado, se a história aceita o sobrenatural como verdade e não o questiona, o texto seria classificado como "maravilhoso" (categoria próxima, mas sutilmente diferente da fantasia), a exemplo das histórias de vampiro, dos contos de fada e das narrativas mitológicas.

No mesmo caminho de Todorov que liga o fantástico ao macabro, ao se considerar a definição de H. P. Lovecraft (1890-1937), proposta em seu ensaio *O Horror Sobrenatural na Literatura*, novamente voltaríamos a Walpole como um dos precursores, já que, para Lovecraft, a história fantástica se caracteriza por "certa atmosfera inexplicável e empolgante de pavor de forças externas desconhecidas" e por "uma suspensão ou derrota maligna e particular daquelas leis fixas da Natureza que são nossa única salvaguarda contra os assaltos do caos e dos demônios dos espaços insondáveis" (2007, pp. 17-18).

Por fim, para além dos críticos, se considerarmos, de acordo com o senso comum, que é fantástica qualquer narrativa de façanhas inverossímeis que extrapolam as leis da física e da lógica, com explicação ou não, nossa cronologia remontaria a Homero, Hesíodo, *As Mil e uma Noites*, à epopeia de Gilgamesh, à Bíblia e ao *Mahabarata*, o que nos leva à seguinte conclusão: quase tudo o que hoje é considerado fantástico foi um dia considerado verdade no campo da religião, da crença, ou da superstição[1]. Resumindo esse percurso: nasce a religião dos mistérios não solucionáveis pela ciência e pela lógica; o tempo traz novas descobertas e conhecimentos; parte das crenças religiosas é posta de lado, tornando-as mitos e lendas que, de forma nebulosa, se mesclam com o passado histórico, permanecendo como crenças populares. Com o tempo, os mitos cristalizam-se, surgem variantes e versões, perdendo toda a relação com a realidade; por fim, tornam-se um tema ou *tópos*, que, invariavelmente, é aproveitado pela arte, sobretudo pela literatura e pela pintura.

Contrariando o movimento mais comum que consiste em tentar dizer o que *não é* fantástico (e o desdobrando em categorias próximas como o maravilhoso e o estranho), outros, ainda, preferiram ver o fantástico, enquanto ficção popular ou de gênero, como uma categoria maior dividida em três subcategorias: o horror, a ficção científica e a fantasia, como é o caso do brasileiro Roberto de Sousa Causo, em seu brilhante e pioneiro estudo *Ficção Científica, Fantasia e Horror no Brasil: 1875 a 1950* (2003), ao qual recorremos em diversos momentos na redação deste livro, e que se vale do termo "ficção especulativa" como sinônimo desse coletivo tripartido, conceito emprestado da crítica norte-americana, que, apesar de bastante prolífica, é pouco utilizada no Brasil, onde se privilegia a crítica de expressão francesa ou hispânica.

O interessante conceito de "ficção especulativa" dialoga com uma divisão muito empregada no mercado editorial e cinematográfico, sendo comum livrarias e extintas videolocadoras dividirem suas estantes em "fantasia", "ficção científica" e "terror". Contudo, pensar no terror como uma subcategoria do fantástico não dá conta, por exemplo, de alguns romances góticos, nos quais o *medo* era um elemento essencial, mas em cujas histórias nada havia, necessariamente, de sobrenatural. O mesmo valeria para livros e filmes contemporâneos de *serial killers*, por exemplo, construídos a partir de uma atmosfera aterrorizante, completamente possível na conjuntura do real, e, por conseguinte, sem qualquer ligação com o fantástico. Ou seja, se por um lado tais obras são inequivocamente de horror, por outro, não são relacionadas ao fantástico, tornando problemático considerar o primeiro termo necessariamente como uma subcaterogia do segundo.

Do mesmo modo, parece estranho pensar em grande parte da ficção científica como algo totalmente à parte da fantasia, pois, muitas vezes, o texto de FC extrapola os limites da realidade, recorrendo ao sobrenatural e ao mágico, como é o caso da maioria das obras de *space opera*, obras possivelmente híbridas. No mesmo caminho, o termo "ficção especulativa" tampouco dá conta de manifestações tipicamente sul-americanas, como o realismo maravilhoso, tão importante no século XX, e talvez, por isso, este conceito praticamente não seja empregado pela crítica latino-americana, francesa, portuguesa e italiana, que dialogam entre si.

Segundo Pierre-Georges Castex (1915-1995), crítico importante para Todorov, "o fantástico não se confunde com as histórias de invenção convencionais, como as narrações mitológicas ou os contos de fadas, que implicam uma transferência da nossa mente [...] para um outro mundo. O fantástico, ao contrário, é caracterizado por uma invasão repentina do mistério no quadro da vida real" (*apud* CESERANI, 2006, p. 46). Mas a definição de Castex, assim como a de Todorov, tanto nos ajudam, dando um norteamento ao horizonte de possibilidades, como nos atrapalham, por restringir demais o termo "fantástico" a determinada característica, excluindo, assim, uma gama de produções, como a fantasia, o maravilhoso e os próprios contos de fadas mencionados por Castex, nos quais o mundo real e o mundo sobrenatural se interpõem e se intercalam, sem necessidade de conflito. Em última instância, essa definição destoa também do senso comum, que vê o fantástico em seu sentido pleno, como categoria capaz de englobar todos os diversos matizes de narrativas que, de alguma forma, rompem com o real.

Essa última definição mais abrangente e acolhedora nos parece muito mais interessante, o que nos leva ao "insólito", termo usado hoje, sobretudo nos estudos brasileiros, para dar conta de todos esses modos narrativos, estilos e temáticas. O termo "insólito" apresenta-se, portanto, como macrocategoria, abrangendo diferentes nuances entre as diversas vertentes do chamado "fantástico". O termo tem sido largamente defendido no Brasil pelo grupo de pesquisa *Nós do Insólito*, coordenado pelo Professor Flavio García, da Universidade Estadual do Rio de Janeiro (UERJ), e também pelo grupo de trabalho da ANPOLL (Associação Nacional de Pós-Graduação em Letras e Linguística), intitulado *Vertentes do Insólito Ficcional*, que anualmente organiza congressos, publicações e diversas atividades de pesquisa em torno dessa questão.

García define o conceito[2] tendo como base um texto do pesquisador boliviano Renato Prada Oropeza, como a "manifestação, em uma ou mais categorias básicas da narrativa – personagens, tempo e espaço – ou na ação narrada – sua natureza –, de alguma incoerência, incongruência, fratura de 'representação' – no sentido mais primário da mimesis – referencial da realidade vivida e experienciada pelos seres de carne e osso em seu real quotidiano, como, por exemplo, mimetiza a verossimilhança real-naturalista. Nesse sentido, pode-se dizer que existem, no mínimo, dois sistemas narrativo-literários: um real-naturalista, comprometido com a representação referencial da realidade extratextual; outro insólito – 'não real-naturalista' –, que prima pela ruptura com a representação coerente, congruente, verossímil da realidade extratextual" (GARCÍA in MATANGRANO, 2014, p. 181).

Por fim, importa dizer que o insólito, o fantástico e as diversas categorias sobre as quais este trabalho se debruçará, serão vistos aqui antes como possíveis *modos* de narrar do que como *gêneros literários*, a partir da ideia proposta pelo teórico italiano Remo Ceserani (1933-2016), em seu livro *O Fantástico* (1996 em italiano, e 2006 em português brasileiro) – por sua vez retomando a teoria de Irène Bessière em seu *Le Récit fantastique: la poétique de l'incertain* (1973) –, uma vez que se entende cada um destes termos como *modalidades do imaginário*, formas de se contar uma história, independentemente do suporte. Para dar um exemplo, tanto podemos encontrar livros de fantasia, como histórias em quadrinhos, peças de teatro, filmes, séries televisivas, etc. Por outro lado, o termo "gênero", desgastado por sua polissemia e uso indiscriminado para microcategorias criadas diariamente, pode parecer problemático em algumas instâncias por pressupor um conjunto de estruturas muito rígidas, que acabam por excluir a maior parte das variantes do insólito, como acontece na teoria de Todorov, favorecendo as especificidades de cada categoria, em detrimento das semelhanças que as reúnem e as aproximam[3].

Mesmo nos utilizando de diversos termos para agrupar obras ao longo dos capítulos, entendemos, pois, que todas as obras sobre as quais falaremos se aproximam enquanto obras fantásticas, no sentido pleno e abrangente do termo, por criarem algum ponto de tensão a partir de determinado elemento introdutor do "insólito", tal como apontou o Professor Flavio García.

Tendo em vista tal horizonte teórico, este livro pretende apresentar um panorama da produção literária fantástica brasileira, através de capítulos descritivos e ilustrados, mostrando desde as raízes da literatura insólita no romantismo brasileiro, durante os primeiros anos da monarquia, até as manifestações atuais, contemplando os diferentes estilos e suas variadas audiências, naquilo entendido como uma nova tendência estética, o Movimento Fantasista. Este reuniria escritores dedicados exclusiva ou majoritariamente à produção de literatura fantástica, com ênfase nas subcategorias da fantasia, mesmo quando em diálogo com outras vertentes. Trata-se, portanto, de uma obra de caráter historiográfico, na qual destacamos o momento e o lugar de produção de cada obra, bem como o modo narrativo, o estilo e a estética adotados em sua produção.

Para fins didáticos e práticos, os capítulos estão organizados de forma lógica, mas também bastante subjetiva, em ordem mais ou menos cronológica, agrupando obras e autores em torno de movimentos estéticos, modos narrativos, disposição geográfica, público-alvo ou temas principais. Obviamente, muitos autores e mesmo obras poderiam estar em mais de um capítulo, e por vezes estão, conforme o encaminhamento da discussão.

O presente livro deriva da exposição *Fantástico Brasileiro: O Insólito Literário do Romantismo à Contemporaneidade*, que ficou em cartaz em maio de 2017 na reitoria da Universidade Federal do Rio Grande do Sul (UFRGS)[4], no campus do Vale da UFGRS, no mês de novembro de 2017, na Universidade Federal Tecnológica do Paraná (UTFPR) e no Espaço Multidisciplinar de Silveira

Martins da Universidade Federal de Santa Maria (UFSM), em dezembro de 2017, com previsão de futuras mostras em diversas cidades brasileiras. Em 27 painéis, que receberam *design* de Jessica Lang, os visitantes tiveram uma mostra limitada de autores e obras. Agora, sem as limitações espaciais e temporais que uma exposição demanda, podemos retornar ao conjunto original de nossa investigação, somado às sugestões de leitores, escritores e especialistas. Tanto a exposição quanto o livro inserem-se no projeto de pesquisa e extensão *História do Insólito na Literatura Brasileira*, dos pesquisadores Enéias Tavares (UFSM) e Bruno Anselmi Matangrano (USP) alocado no Centro de Artes e Letras (CAL) da Universidade Federal de Santa Maria (UFSM), projeto que almeja aproximar mercado literário, crítica acadêmica e público leitor das questões que envolvem o insólito ficcional. Na gênese deste esforço historiográfico e analítico estão três artigos de Bruno Anselmi Matangrano: "O Fantástico no Brasil: As Origens" (2013), "O Fantástico no Brasil – Parte II: A Consolidação do Gênero" (2014) e "Breve Panorama da Presença da Fantasia na Literatura Brasileira" (2016b). Esses primeiros textos em muitos momentos são retomados, revistos e ampliados pelos autores ao longo desta obra.

Por seu caráter panorâmico, o livro *Fantástico Brasileiro: O Insólito Literário do Romantismo ao Fantasismo* não se pretende uma obra exaustiva (seria impossível citarmos todas as obras e autores que de alguma forma se voltaram às questões do fantástico ao longo de duzentos anos de literatura nacional e, por isso, desde já pedimos desculpas por eventuais omissões), tampouco se pretende uma obra técnica ou analítica, apesar desta introdução de caráter mais teórico e de algumas interpretações pontuais. Antes, apresenta-se como um convite ao leitor para repensar nossa literatura a partir do viés insólito, seja este leitor apenas um curioso, um estudioso informal, um pesquisador ou um amante de literaturas desse viés. Compilamos autores e obras que, por determinada conjuntura – seja o momento de produção, a qualidade literária identificada pela crítica, o elogio do público e da crítica ou o imenso sucesso comercial –, pareceram incontornáveis para se entender as transformações das diversas vertentes do insólito ficcional na literatura brasileira a partir do momento em que, de fato, surge uma consciência de literatura nacional.

Incluímos também obras de nosso cânone, que, apesar de largamente analisadas, poucas vezes tiveram seu caráter insólito destacado, muitas vezes interpretado como "alegórico", "metalinguístico" ou "simbólico". Sem negar essas interpretações, não só possíveis, mas complementares, propomos um novo olhar para obras já tão comentadas: por que ignorarmos, por exemplo, o fato insólito de que o narrador de *Memórias Póstumas de Brás Cubas* ser um defunto autor e não um autor defunto não é apenas um jogo linguístico, mas também uma questão metafísica? Por que não explorarmos, por exemplo, para além do imaginário simbólico, o imaginário popular, místico, religioso da ordem do fantástico em Guimarães Rosa e Mário de Andrade? Enfim, esperamos que este livro sugira essa abordagem, como convite e como provocação, no melhor sentido do termo, de modo que mais autores canônicos sejam redescobertos pelo insólito e autores novos e esquecidos sejam cada vez mais lidos e resgatados por seu diálogo, ruptura e permanência desta tradição do fantástico.

De um ponto de vista mais pessoal, este livro nasce também da vontade de resgatar escritores esquecidos pelos leitores e pela crítica, bem como de mostrar a importância – tanto estética quanto comercial – das produções contemporâneas fantásticas, ainda pouco exploradas pela crítica acadêmica e mesmo pela crítica jornalística, que, em muitos momentos, insistem numa polarização preconceituosa entre *alta literatura* e *literatura de entretenimento*. Acreditamos que essa diferenciação seja errônea, quando não prejudicial à formação de novos leitores; afinal, a despeito de sua qualidade literária, de seu primor linguístico, da filiação a este ou àquele movimento, toda obra visa, antes de tudo, entreter, deleitar, comover.

Do contrário, por que alguém a leria?

PARTE I

O LONGO SÉCULO XIX

De uma forma ou de outra, seja por ter se iniciado nesta época ou por nela ter se difundido e consolidado, é natural associar as vertentes do fantástico "ao longo século XIX"[5]. No mundo todo, essa modalidade literária é devedora desse século, pois, embora a data de nascimento do fantástico ainda seja tema de controvérsia, como se comentou no *Prólogo*, certamente foi ao longo dos oitocentos que se difundiu, se popularizou e se multiplicou em variadas formas, do horror à ficção científica, passando pelo sobrenatural e pelo maravilhoso, culminando em seu primo mais jovem: a fantasia.

No Brasil, o século XIX torna-se ainda mais relevante, pois é somente nele que a literatura brasileira, de fato, se consolida. Em outras palavras, o insólito brasileiro nasce praticamente ao mesmo tempo que a noção de literatura nacional, quando, após a independência, os primeiros românticos brasileiros começam a ganhar relevo e a literatura insólita, nascida com o romantismo gótico do final do século XVIII, na Europa, ganha formas mais definidas. Afinal, mesmo havendo produções em território brasileiro antes dessa data, ainda se vivia sob a égide de Portugal e sem grandes preocupações de construção de uma arte identitária.

No início, suas manifestações eram poucas. Raros são os textos com elementos fantásticos antes de 1850, pois, naquela época, o Brasil (e por consequência, sua literatura) ainda estava se estabilizando enquanto país e, por isso, os textos da primeira metade do século XIX são, sobretudo, obras de inspiração nacionalista e ufanista, ou mesmo regionalista, no intuito de exaltar a identidade brasileira e buscar – ou, muitas vezes, criar – nossas raízes histórico-culturais. Contudo, alguns românticos herdeiros do romantismo gótico, como Álvares de Azevedo (1831-1852) em seu *Noite na Taverna* e Fagundes Varela (1841-1875), já davam mostras de um insólito brasileiro. Salvo relatos esparsos de mitos e lendas de nosso folclore, quase todas as narrativas insólitas da época usavam o tema do sonho para evocar o fantástico. No entanto, ao longo do século XIX, mais e mais manifestações do insólito na literatura despontaram.

Autores realistas, como Machado de Assis (1839-1908) em *Memórias Póstumas de Brás Cubas*, libertaram-se um pouco das convenções epocais, tão marcadas na geração anterior, permitindo-se ousar mais. Isso resultou em textos de variadas tendências, ao mesmo tempo em que de certa forma se antecipou às formas insólitas futuras. Já os naturalistas, quando interessados no sobrenatural, dividiram-se em dois grupos: os primeiros voltaram-se para uma escrita cientificista, em uma época em que a Ficção Científica começava a ganhar forma no mundo; enquanto outros voltaram-se aos caracteres regionais, para fazer um fantástico mais nacional.

Por fim, no ocaso secular e primeiros anos do século seguinte, surgem os simbolistas e os decadentistas, com suas experimentações estético-formais, seu gosto pelo mistério e pela decadência, de modo a encontrar no fantástico um terreno fértil para suas criações. Simultaneamente, surgem os parnasianos e acadêmicos, com sua escrita ainda mais rebuscada, ora rivalizando com os simbolistas, ora aproximando-se em produções híbridas, como na obra de Coelho Neto (1864-1934). Alguns destes avançam pelo século nascente, criando, durante o período da *Belle Époque*, grandes obras como *A Esfinge*, do próprio Coelho Neto, em um estilo academicista, em um momento quando, de um lado, a própria Academia Brasileira de Letras era criada, e, de outro, despontavam, em outros contextos, a literatura *pulp* de horror, fantasia e Ficção Científica que marcariam tão fortemente a produção da primeira metade do século XX.

Para além das manifestações literárias, é interessante também salientar o quanto o fantástico permeava o imaginário brasileiro, não apenas nos oitocentos, mas ao longo de todo o processo colonial. Registros de padres e pesquisadores, como o Padre Fernão Cardim (c. 1549-1625), autor de *Tratados da terra e gente do Brasil*, no qual descreve em alguns momentos criaturas absurdas, como sendo naturais, causando confusão em seus leitores futuros e aguçando a curiosidade de literatos e pesquisadores. Tais pesquisadores que se embrenharam Brasil adentro ao longo do período colonial e imperial dão conta de mostrar isso, através do registro do folclore de origem indígena, dos mitos e religiões de matriz africana e do sincretismo religioso vindo da Europa, de quem herdamos não apenas as mitologias judaico-cristãs, mas também o nascente espiritismo e o gosto pelo exotismo orientalizante que buscava temas e questões nas religiões e mitologias asiáticas.

Tudo isso somado e misturado resulta em um imaginário efervescente, muito rico e muito diverso, ao longo do século XIX, intensificado pela sugestiva fauna local, cujas criaturas tão excêntricas para o olhar europeu – que guiou nossa cultura nessa primeira fase – pareciam saídas de sonhos ou pesadelos, dando origem a mais lendas e causos, como se verá nas obras comentadas a seguir. Nessa época também começa a surgir a preocupação cientificista, positivista e antirreligiosa, cujo propósito, nesse sentido, seria "deslocar" para a condição de mitos e lendas, muitas coisas vistas até então como verdade. Todas essas características, misturadas ou isoladas, permeiam as produções literárias sobre as quais falaremos nos próximos capítulos.

Um registro muito interessante do imaginário brasileiro em formação na virada do século XIX para o XX e do deslocamento de criaturas do campo da realidade para o campo da imaginação é a obra *Zoologia Fantástica do Brasil – Séculos XVII e XVIII*, publicada em 1934, pela Editora Companhia Melhoramentos, depois retomada e ampliada em *Monstros e Monstrengos do Brasil*, em 1936, obras de Affonso de Escragnolle-Taunay (1876-1958), historiador, ensaísta e escritor brasileiro, membro da Academia Brasileira de Letras. Estas viriam a inventariar a presença de animais fantásticos no Brasil colonial, ajudando a constituir nosso imaginário, trabalho pioneiro que antecede, por exemplo, os estudos sobre folclore nacional de Luís da Câmara Cascudo (1898-1986).

Segundo a historiadora Mary del Priore, em sua "Introdução" à edição de 1998 de *Monstros e Monstrengos*, nessas duas obras o autor "escalou infatigavelmente os territórios do fantástico, transformando o imaginário sobre o Brasil em instrumento superior de conhecimento. Mas, longe de afastá-lo da realidade, os artifícios do maravilhoso permitiram-lhe captar melhor a condição humana e a situação história de seu país".

Assim, as *mirabilia* desenhadas por cronistas e viajantes da Colônia, em vez de fazerem-no evadir-se do real, estimularam-no – e estimulam a nós, leitores, hoje – a penetrar melhor as condições históricas nas quais esses relatos foram feitos" (1998, p. 18). Desse modo, sem ter sido escrita no século XIX, a obra de Taunay, ao mesmo tempo, reflete a atmosfera e a mentalidade da época e dá o tom das produções literárias que se lhe sucederam ao longo do século XX, quando a noção de brasilidade, de folclore nacional e as raízes do Brasil, em geral, passam a ser investigadas por cientistas e pesquisadores, tornando-se matéria literária na mão de escritores.

CAPÍTULO 1

OS FANTASMAS DO ROMANTISMO

Romantismo e fantástico sempre caminharam juntos, seja pelo nascente gosto pelo grotesco, seja pelas criações folhetinescas que flertavam com o horror, seja pela fascinação por um William Shakespeare (1564-1616), em cujas peças é evidente um fantástico *avant la lettre*. Por isso, naturalmente as primeiras manifestações de uma literatura sobrenatural mais sistematizada se deem numa época em que, no Brasil, valoriza-se a ideia de formação de uma identidade, e, por consequência, de uma literatura nacional.

Talvez a primeira narrativa fantástica brasileira seja de autoria de Justiniano José da Rocha[6] (1812-1863), político, jornalista e escritor romântico, hoje raramente lembrado. Seu conto "Um Sonho", publicado em 1838 no jornal *O Cronista*, traz a história de Maria e sua neta Teodora que nunca soube nada a respeito dos pais, até que, no leito de morte, a avó conta suas origens: Teodora era filha de Tereza, que fugiu da casa materna e seguiu uma vida de excesso e devassidão. Pouco antes de morrer, encontra Maria e entrega a pequena filha à avó. Alguns anos se passam e a jovem se deixa corromper. Fraca e tuberculosa, é acometida pelo remorso. Então, o fantasma de Tereza aparece e lhe diz: "Não quiseste seguir os conselhos de tua avó, preferiste o exemplo de tua mãe: pois bem! [...] daqui a três dias estarás comigo... no inferno" (ROCHA, 2011, 51). A moça acorda desesperada. Foi somente um sonho. Mas, passados os três dias, Teodora morre. O conto, portanto, lança a dúvida se de fato o fantasma apareceu, ou se não se passou de um sonho, seguindo a ideia de fantástico da época.

É, porém, com Álvares de Azevedo, que o fantástico de fato ganha força no Brasil, ainda com poucos elementos nacionais. Considerado o maior expoente do ultrarromantismo, tinha em Lorde Byron (1788-1824) seu grande mestre, trazendo muito do romantismo melancólico inglês para suas obras, com sua atmosfera gótica de terror, mistério e sonho. Azevedo morreu antes de completar 21 anos, mas foi autor de uma obra relativamente extensa, permeada por elementos sobrenaturais, como se vê em alguns de seus poemas, entre eles "O Conde Lopo", e em sua conhecida coletânea de contos *Noite na Taverna*[7].

Essa obra conta a história de um grupo de boêmios narrando suas dramáticas aventuras amorosas, trágicas e macabras. Apesar disso, dentre todas as narrativas do livro, a única de fato sobrenatural é o conto "Solfieri"[8]. O protagonista começa passeando pelas ruas de Roma quando vê uma sombra que *parece* ser uma mulher chorando. A cena é teatral: luzes se apagam, a lua desaparece, começa a chover. O jovem tenta seguir a sombra em meio à escuridão; de repente, percebe estar em um cemitério. A cena acaba e permanece a dúvida se de fato tudo aquilo aconteceu. Um ano depois, o rapaz outra vez se depara com o insólito, ao encontrar em um templo vazio a mesma moça, abandonada em um caixão aberto. Inexplicavelmente, ela acorda. Não se sabe ao certo se foi um milagre, ou se estava viva e seria enterrada enquanto adormecida ou cataléptica. A dúvida entre uma explicação sobrenatural e uma explicação lógica possível é ainda corroborada pelo fato de Solfieri estar ébrio quando a encontra. Ao fim, ele a salva, mas a moça acaba morrendo.

Já a peça *Macário* se inicia com a chegada do protagonista-título a uma estalagem. Enquanto janta, entra um desconhecido. Desconsolado por ter perdido o cachimbo, queixa-se ao desconhecido, prontamente ganhando dele outro, que supostamente dispensaria o fumo. O jovem agradece e pergunta o nome de seu benfeitor, mas este se nega em dizê-lo. Cria-se, então, um suspense em torno de sua identidade. Ao fim, admite ser o diabo. E, para desconcerto do leitor, Macário não se surpreende com a revelação. Tempos depois, Macário dorme e quando acorda se vê sobre um túmulo. Ouve-se, então, um grito; o jovem treme de medo, e pergunta quem gritou. Ao ouvir que foi sua mãe já morta, começa a chorar e pede para Satã ir embora.

Macário acorda, outra vez. Está na estalagem. Encontrando uma funcionária, cobre-a de perguntas. Ela lhe responde que ninguém lhe fez companhia à noite e que ele não deixou a estalagem um só momento. Persignando-se, acrescenta: "Se não foi por artes do diabo, o senhor estava sonhando". Já aliviado ao concluir que tudo foi um sonho, Macário de repente vê uma marca no chão. A moça se assusta e diz: "Um pé de cabra... [...] Foi o pé do diabo!" (AZEVEDO, 2006, pp. 52-53). Certo satanismo, nascido do embate com uma grande religiosidade cristã, permeia não apenas o texto de Azevedo, mas muitos autores da primeira metade do século XIX, ecoando o imaginário sincrético do período.

Passando a outro texto emblemático, encontramos o também ultrarromântico Luís Nicolau Fagundes Varela, cujo lado prosador raramente é evocado e que, todavia, nos deixou alguns contos voltados ao tema do fantástico, escritos na década de 1860 e recentemente reunidos e publicados no volume *As Ruínas da Glória: Contos Fantásticos e Outros Escritos*, da Editora Bira Câmara. Em sua dissertação de mestrado, o pesquisador Frederico Santiago da Silva comenta que Varela escreveu não apenas sob a visível influência – com todas as ressalvas críticas devidas a essa polêmica palavra – não apenas dos românticos europeus, também lidos por Álvares de Azevedo, como também do próprio autor de *Noite na Taverna*, cuja presença é possível identificar nos contos fantásticos de Varela (Cf. SILVA, 2013b).

Desses contos, destacam-se "Ruínas da Glória", narrativa de viés marcadamente gótico, na qual se nota forte presença do alemão E. T. A. Hoffmann (1776-1822); "A Guarida de Pedra"; e "As Bruxas", narrativa de viés orientalista, no qual brinca com o exotismo asiático misturado ao imaginário católico europeu. Neste último conto, um grupo de marinheiros é encantado por bruxas voando em vassouras, segundo as descrições medievais. Já no navio, as bruxas, transformadas em belas mulheres, seduzem-nos e o grupo parte em viagem para mundos estranhos, onde os jovens colhem plantas típicas. Quando voltam, elas retomam a aparência grotesca e fogem. No dia seguinte, os marinheiros mostram as plantas ao capitão. Este, surpreso, constata que, em uma só noite, haviam ido às Índias e voltado.

Vale lembrar também o conto "O Fim do Mundo em 1857", de Joaquim Manuel de Macedo (1820-1882), mais conhecido como o autor de *A Moreninha*, conto citado por Braulio Tavares em sua antologia *Páginas do Futuro*, como um dos precursores da futura ficção científica brasileira. Tavares diz ainda que, apesar de seu mérito literário ser questionável – a própria noção de "mérito" o é –, o texto de Macedo se revela inovador pela temática apocalíptica, raríssima em nossas letras de então (TAVARES, 2011, p. 39).

Em 13 de Junho de 1857, quando havia rumores de que um grande cometa colidiria com a Terra, Macedo publicou esse conto no *Jornal do Commercio*. Texto alegórico, traz a história do homem que resolve fugir do fim do mundo criando uma escada imaginária com os bancos do país, na base da escada está o Banco do Brasil e acima dele os bancos menores. Com isso, consegue se refugiar na Lua e retornar à Terra após a passagem do cometa. Já de volta, descobre todos os seres mortos, sendo ele o último homem do planeta. Ao fim, acorda e comemora: afinal, o mundo não acabou.

O fantástico de Macedo, porém, não se limita a esse conto. Ainda na década de 1860, publica o livro *A Luneta Mágica*, outra história de viés alegórico, ambientada no Brasil. O livro conta as aventuras de Simplício, um rapaz quase cego que sonha em enxergar. Conhece então o Armênio, um mágico europeu que lhe dá uma luneta, capaz de lhe mostrar o pior do mundo. A luneta acaba lhe trazendo infelicidade e uma série de infortúnios e, depois de um tempo, Simplício retorna ao Armênio, que lhe faz uma nova luneta, desta vez com lentes capazes de mostrar apenas o bem. Todavia, novamente, essa luneta lhe traz problemas, pois, enxergando somente o bem, Simplício passa a ser enganado por todos. No fim, o Armênio lhe presenteia com a luneta do bom senso, com a qual Simplício pode ver o mundo em sua totalidade, com seu lado bom e seu lado mau[9].

Outro autor cujo lado fantástico foi inteiramente apagado pelas historiografias literárias é o cearense Franklin Távora (1842-1888), autor de pelo menos duas obras passíveis de serem associadas às vertentes do insólito ficcional: *Trindade Maldita*, obra "que contou apenas com a edição folhetinesca que saiu pelo *Correio Paulistano* de 9 a 12 de abril de 1862, não gozando de publicação posterior em livro" (NIELS, 2014a, p. 11), e *Lendas e Tradições do Norte*, de 1878.

De modo muito diferente, Bernardo Guimarães (1825-1884), o último dos românticos de que iremos falar, também retratou o Brasil, mas *outro* Brasil. Autor de várias obras insólitas de forte apelo à cultura popular, como *A Ilha Maldita*, um romance sobre sereias, em seu conto "Dança dos Ossos", publicado no livro *Lendas e Romances* (1871), lemos a história de Cirino, um velho barqueiro que conta a fatídica vida de Joaquim Paulista, assassinado à traição por um antigo pretendente de sua namorada; em seguida, Cirino conta como veio a se encontrar com o fantasma de Joaquim. O caso é que a alma de Joaquim permanecia assombrando a redondeza, pois seu corpo não fora devidamente enterrado e seus ossos se espalharam pelo local. O conto traz alguns elementos da narrativa de horror, mas, ao mesmo tempo, tem um veio de humor satírico, tal qual "A Lenda do Cavaleiro sem Cabeça", do escritor americano Washington Irving (1783-1859), com o qual se assemelha em diversas passagens.

Já em "Orgia dos Duendes", um longo poema narrativo, Guimarães conta a história de um sabá, onde bruxas, duendes, um lobisomem e várias outras criaturas se reúnem frente a uma fogueira para danças macabras enquanto contam histórias de perversões. O dia amanhece, os pássaros cantam. Pareceria ter sido um sonho, se uma bela donzela virgem não tivesse assistido a tudo escondida nas sombras de um arvoredo.

No que tange à escrita de autoria feminina, infelizmente pouquíssimo presente nos primeiros capítulos deste panorama, alguns nomes se destacam na conjuntura do romantismo, como Maria Firmino dos Reis (1822-1917), considerada não apenas a primeira romancista brasileira, mas também a primeira escritora de ascendência negra de nossa literatura, autora do romance Úrsula (1859), e Ana Luísa de Azevedo e Castro (1823-1869), que escreveu *Dona Narcisa de Vilar*, também publicado em 1859.

Embora não sejam diretamente associadas às vertentes do fantástico por suas histórias não trabalharem a temática sobrenatural, ambas merecem ser mencionadas aqui por terem flertado em alguns momentos de suas obras com a tradição do romance gótico, como aponta Ana Paula Araujo dos Santos em seu capítulo do livro *Poéticas do Mal: A Literatura do Medo no Brasil (1840-1920)* (2017, pp. 67 e ss.). Em Úrsula, por exemplo, mesmo que de forma bastante pontual, a atmosfera noturna e a tópica do pesadelo (repleto de fantasmas e outras figuras aterrorizantes) em determinadas passagens denotam o diálogo não apenas com a tradição do romance gótico europeu, como com o imaginário romântico que permeia o século XIX.

Para concluir, é curioso salientar que todas as obras aqui elencadas relacionam-se pela tópica da noite, presente como elemento essencial para introduzir o sobrenatural nas obras fantásticas românticas. Como comenta Antonio Candido, "um dos traços mais típicos do Romantismo é o seu lado noturno. Na atitude predominante do clássico há certa afinidade com a luz clara do dia, como se ela fosse a da razão que esquadrinha, revela e penetra em todas as dobras. Inversamente, a noite parece mais ajustada a uma corrente que valoriza o mistério, respeita o inexplicável e aprecia os sentimentos indefiníveis. Daí o gosto pela noite como hora, quando a escuridão reina e se associa na imaginação a acontecimentos anormais ou sobrenaturais, pontilhados de fantasmas, crimes e perversões [...]. À noite se liga o sono, como estado que conduz a um mundo próprio, às vezes tocado pelo sobrenatural, por causa do sonho e da manifestação extrema, o pesadelo. Tudo isso é matéria querida da imaginação romântica, que no limite concebe o sonho como vida diferente, tão válida quanto a da vigília e representando um desdobramento não apenas da personalidade, mas do mundo. Um outro ser, num outro mundo" (CANDIDO, 2008, pp. 44-5).

Essa natural associação entre noite e fantástico será vista outras vezes nos capítulos seguintes relativos ao século XIX nos quais grande parte das obras fantásticas, ou, ao menos, as cenas em que o sobrenatural é evocado, passam-se à noite. Apesar disso, o elemento noturno aos poucos vai deixando de ser obrigatório para a manutenção do insólito. Em especial, isso acontecerá com o advento dos mundos secundários, seja em utopias, distopias ou altas fantasias, quando o sobrenatural em si está na própria existência do outro mundo, faça dia, faça noite.

CAPÍTULO 2
NATURALISTAS E REALISTAS NOS LIMITES DO INSÓLITO

Com o declínio da era romântica, e a ascensão das estéticas realista e naturalista, o fantástico ganhou novas dimensões. É curioso pensar que, em movimentos tão voltados ao real, houvesse quem se interessasse em explorar os limites do imaginário. No entanto, isso não é uma exclusividade dos realistas e naturalistas brasileiros; autores como o português Eça de Queirós (1845-1900) e o francês Guy de Maupassant (1850-1893) – este inclusive mais lembrado atualmente por seus contos fantásticos do que por suas obras realistas – escreveram contos de terror e mistério, brincando com os limites da realidade. Contudo, a vertente que talvez mais tenha ganhado corpo nessa época em terras tupiniquins foi uma espécie de *proto-ficção científica* cujos critérios especulativos convergiam de certa forma com as preocupações dos naturalistas.

Esta FC em botão difundiu-se no século XIX, em especial a partir das obras de Jules Verne (1828-1905), seu principal precursor, um autor de difícil classificação, transitando entre o romantismo e o realismo. No Brasil, Verne foi muito lido e também muito traduzido. Outros ainda produziram obras à sua maneira, como Augusto Emílio Zaluar (1825-1882), escritor português naturalizado brasileiro, autor do romance *Dr. Benignus*, publicado em 1875 e considerado o primeiro livro de ficção científica brasileiro[10]. O livro, ainda bastante próximo do romantismo, conta a história de um cientista buscando a transcendência espiritual através do conhecimento científico e do afastamento da sociedade. Para tanto, parte com sua família para regiões desabitadas e inicia uma vida de naturalista.

Em meio às suas pesquisas, Benignus encontra uma caverna onde indícios levam-no a crer que o Sol é habitado por uma espécie de vida inteligente. Por fim, um dos habitantes do Sol entra em contato com o doutor e conta-lhe que o estão observando e que ele deve continuar suas pesquisas em sua busca espiritual. Roberto de Sousa Causo classifica a obra de Zaluar como "um legítimo romance científico brasileiro do século XIX", salienta, no entanto, ser um "produto tanto da imitação quanto da distância cultural sofrida pelo país em relação à Europa", considerando que "Zaluar não conseguiu interpretar as convenções e os motivos do gênero, restando-lhe repeti-los sem maior engenhosidade" (2003, pp. 134-5). Isso não deixa de ser verdade, mas, de toda forma, seu pioneirismo é digno de nota.

Por sua vez, antes de ser considerado autor naturalista, o pernambucano Joaquim Maria Carneiro Vilela (1846-1913), conhecido por ser um dos fundadores da Academia Pernambucana de Letras, também foi associado a certo romantismo tardio devido a seu romance igualmente folhetinesco *O Esqueleto: Crônica Fantástica de Olinda*, publicado no jornal *América Ilustrada*, fundado por Vilela e José Caetano da Silva, em 1871, republicado recentemente em 2015 pela EDUFPE, após longos anos sem edição.

Nesse livro, conhecemos a história de amor de Felippe, um rico herdeiro de um senhor de engenho cearense, e sua prima Lívia, interrompida devido aos desejos do pai do rapaz, que o enviou para estudar Direito em Olinda, deixando a noiva na cidadezinha de Iracema, no Ceará. Felippe logo se deixou encantar pela vida boêmia, rumo a uma grande decadência moral e ao esquecimento das promessas feitas à prima. Algum tempo depois, no entanto, o casal volta a se encontrar, quando Livinha, apesar de já ter, na altura, falecido de desgosto, vai confrontá-lo diante do monumento da Cruz do Patrão, em uma cena que se vale dos recursos do gótico.

A história é "contada por um narrador a um amigo" – recurso muito comum na ficção fantástica do século XIX – "enquanto estes fazem a travessia a pé pelo então istmo da Cruz do Patrão, cenário fantasmagórico tido como um dos mais assombrados do Recife". Lá, o espectro aparece para Felippe, no exato lugar onde, "segundo as lendas, foi usado como cemitério de escravos – em noites de lua cheia, formava-se e dançava-se o sabá por dezenas de mandingueiros ao seu redor, em cerimônias diabólicas" (SENA, 2015, pp. 19-20).

Dentre os realistas, quase todos flertaram em algum momento com o sobrenatural. Maria Cristina Batalha (2011) cita em seu livro ficções curtas de Lima Barreto (1881-1922), autor de "O Cemitério", e de outros escritores regionalistas, hoje pouco conhecidos, como Valdomiro Silveira (1883-1941), autor de "Na Tapera de Nhô Tido", Hugo de Carvalho Ramos (1895-1921) e seu "Pelo Caipó Velho", e Afonso Arinos (1868-1916), autor de "Pedro Barqueiro", cujo esforço de mimetizar a linguagem popular evoca aquilo que Guimarães Rosa faria anos depois. Arinos é também autor de "Feiticeira", publicado postumamente em 1921, no qual narra as apreensões da mucama Benedita após entregar Juquinha, o filho de seu senhor, ao mandingueiro Tio Cosme para a realização de um feitiço" (CASTRO, 2017, pp. 145-6).

De Lima Barreto, ainda poderíamos citar "Sua Excelência", conto publicado em *Histórias e Sonhos*, de 1920, no qual o autor reunia textos outrora publicados em periódicos. "Sua Excelência" figura na importante antologia *O Conto Fantástico*, oitavo volume da série *Panorama do Conto Brasileiro*, organizada pelo também escritor Jeronymo Monteiro (1908-1970), sobre o qual falaremos mais adiante. Nesse conto, vemos um ministro pegando um carro ao sair de seu gabinete. No entanto, logo percebe haver algo errado, pois o coche começa a esquentar absurdamente, à medida que ganha velocidade. Quando interpela o motorista, este não lhe responde. O veículo esquenta ainda mais e o ministro começa a se despir. A atmosfera é totalmente fantástica, com descrições tais como: "O veículo agora corria vertiginosamente dentro de uma névoa fosforescente" (BARRETO, 2008, p. 35). Ao fim, o político aparece desmaiado, na porta do edifício do qual saíra antes, sugerindo que tudo não passara de um sonho, não fosse o fato de se encontrar então apenas com uma "reles libré".

Já no conto "Congresso Pamplanetário", publicado no mesmo volume de 1920, Barreto vale-se de toda sua ironia em um texto alegórico futurista (quase um *space opera avant la lettre*), no qual representantes dos diversos planetas do sistema solar se reúnem na terra para discutir política e comércio interplanetário, e, sobretudo, para discutir o papel de Júpiter nesse cenário universal, planeta de grandes índices, habitado por povos "rígidos, duros e frios" (talvez por isso detestem gatos), que "têm dous sentimentos dominadores: o do enorme, que é o seu critério de beleza, e o do dourado" (2008, p. 58).

Batalha escolhe "O Último Lance" para representar o escritor naturalista Aluísio Azevedo (1857-1913), também autor dos contos fantásticos "Politipo" e "Demônios", publicados na coletânea também intitulada *Demônios*, de 1893. No primeiro conto, somos apresentados à excêntrica figura de Boaventura da Costa, um homem muito gentil, cuja vida desventurada foi marcada por desgraças causadas pelas mais estranhas coincidências. Acontece que Boaventura teve a infelicidade de não se parecer com ninguém e ao mesmo tempo lembrar todo mundo. Se visto de determinado ângulo, parece criança; por outro, um idoso. De um lado, poderia passar por mulher; por outro, por um adolescente. Quase como se conseguisse se metamorfosear, mas sem o fazer de fato, Boaventura é todo o tempo confundido com outros, algo muito prejudicial e triste para a personagem. Ao fim, suicida-se por não conseguir lidar com sua condição. O absurdo tão comum no século XX é explorado aqui com maestria.

Já o segundo conto traz à literatura brasileira toda a carga cientificista do fim do século ao narrar a história do último casal da terra que, inesperadamente, desperta em meio a um mundo morto e em decomposição. Inicia-se então um processo de involução, no qual as personagens vão voltando a estados primitivos, passando de homens a bichos, de bichos a vegetais, e então a minerais, para enfim cessarem de existir. O conto transmite com eficiência toda a carga de horror das personagens no início, mas depois vai tratando as transformações com naturalidade, conforme elas perdem a capacidade racional. O texto termina com o despertar do narrador, percebendo que tudo não passou de um sonho.

Semelhante a "O Fim do Mundo" de Joaquim Manuel de Macedo quanto ao tema do fim da humanidade, o conto de Aluísio se distingue, porém, por ser naturalista e não alegórico, mostrando mais o caráter científico e menos o político da vida dos últimos habitantes da Terra. Nas palavras de Braulio Tavares, "Demônios" traz em si "o visionarismo da concepção geral e o realismo na execução dos detalhes" que "arrastam o leitor numa montanha-russa por entre paisagens de pesadelo, cujo ritmo narrativo vai se acelerando a uma proporção quase matemática até o final, quando o autor se vê forçado a uma 'escolha de Sofia' entre o fantástico e o realismo" (2003, p. 144).

Por sua vez, o escritor realista Inglês de Sousa (1853-1918) compôs seus *Contos Amazônicos*, publicados em 1893, brincando com o folclore nacional e com mitos amazonenses, mencionados no primeiro capítulo. Como aponta Hélder Castro, dos "nove textos que compõem o volume, cinco [...] versam sobre eventos sobrenaturais extraídos do folclore ou do imaginário popular regional" (2017, p. 147), a saber os textos "A Feiticeira", "Amor de Maria", "O Gato do Valha-me Deus", "Acauã" e "O Baile do Judeu", dos quais destacamos os dois últimos.

O conto "Acauã" conta a história do Capitão Jerônimo Ferreira, que, certa vez, perdido na floresta encontrou uma menininha em uma barca, a quem deu o nome de Vitória. Levou-a consigo e criou-a como irmã de sua filha Aninha. Quando cresceram, Vitória tornou-se uma criatura estranha de hábitos escusos e Aninha tornou-se quieta e melancólica, embora bela. No dia do casamento de Aninha, Vitória não apareceu; porém, durante a cerimônia, a noiva começou a convulsionar e a gritar "Acauã, Acauã", nome de uma ave de rapina da região. O Capitão desesperado olhou ao redor e viu por um instante Vitória. Então um grito agudo foi ouvido no telhado e Aninha parou de se mover. "Todos compreenderam a horrível desgraça. Era o Acauã!" Com este final enigmático, o conto termina deixando ao leitor a tarefa de imaginar se Vitória era Acauã ou se foi Aninha quem se tornou o pássaro.

Em "O Baile do Judeu", vemos os preparativos da festa do judeu que convidou todas as pessoas das redondezas, inclusive Dona Mariquinhas, uma bela senhora recém-casada com o tenente-coronel Bento de Arruda. Em meio à festa, surge um estranho de gola alta e chapéu que a tira para dançar. Chegam a desconfiar se tratar de Lulu Valente, um dos pretendentes que Dona Mariquinhas tivera quando solteira. A dúvida permanece e o casal começa a rodopiar assustadoramente rápido. Preocupado, o tenente-coronel se levanta para pará-los. Nesse mesmo instante, o estranho deixa cair o chapéu e com assombro todos veem que há um furo em sua cabeça como o boto do mito. Ele, então, se precipita pulando no rio, levando Dona Mariquinhas consigo.

Paralelamente a todas essas publicações, Machado de Assis, talvez o mais versátil dos autores brasileiros do século XIX, escrevia muitos contos fantásticos. Em estilo variado, Machado compôs textos alegóricos, satíricos, de horror e de humor, e até absurdos, antecipando os feitos do escritor tcheco Franz Kafka (1883-1924) de anos depois. Dentre sua vasta produção destacam-se "As Academias de Sião", "Uma visita de Alcibíades", "A Igreja do Diabo", "A Segunda Vida", "O Imortal" e "O Esqueleto", para citar apenas os mais conhecidos, além, é claro, do romance *Memórias Póstumas de Brás Cubas* que, embora não traga nenhum acontecimento propriamente fantástico em seu enredo, parte de uma premissa sobrenatural. Afinal, seu narrador conta a história estando morto.

Dentre os contos, destacaremos somente alguns para demonstrar a diversidade de Machado. Comecemos pelo célebre "A Igreja do Diabo" (1884). Nesse conto, o Diabo, enfadado do Caos onde vive e de ter sido sempre relegado ao segundo plano, resolve fundar sua própria Igreja. Sobe, então, aos Céus para contar tudo a Deus. Em seguida, o Diabo vem à Terra. Assim, com sua Igreja fundada, começa a pregar os vícios e a condenar as virtudes. Sua nova religião logo se espalha por todo o mundo e, pela primeira vez, ele conhece o sucesso. Entretanto, sua alegria dura pouco, pois percebe que alguns humanos passaram a praticar suas antigas virtudes às escondidas. Revoltado, sobe aos Céus mais uma vez para questionar Deus, que simplesmente lhe fala da contraditoriedade da a natureza humana.

Em "Uma Visita de Alcibíades", Machado brinca com uma ideia absurda: e se uma personagem do passado simplesmente entrasse por nossa porta? No conto, o desembargador X escreve ao chefe de polícia o sucedido, quando ninguém menos do que Alcibíades, o grande general grego, saiu das páginas das crônicas do passado para visitá-lo. Feliz ou ironicamente, o desembargador era versado em grego antigo e assim consegue conversar com o general. Alcibíades se mostra surpreso com as novidades pelas quais o mundo passou e o desembargador conta-lhe tudo em uma estranha atitude de aceitação ante aquela visita insólita. No final, o general morre de um ataque cardíaco, inconformado com as roupas da época. E o desembargador se desespera por não saber o que fazer com o cadáver vestido à maneira grega caído em sua sala.

Por fim, no conto "A Segunda Vida", temos o relato de um homem que alega ter morrido, subido aos céus e ter sido escolhido para reencarnar. Não havia opção, tinha de retornar, mas poderia escolher como viria, e ele escolheu reviver com todo o conhecimento da vida anterior. Tudo isso conta José Maria, o homem reencarnado, ao monsenhor Romualdo, que, desconfiado, não tira os olhos de seu interlocutor, temendo por sua sanidade. Continuando seu relato, o homem conta que tal saber não lhe trouxe felicidade, pois o tornou desconfiado e medroso. Conforme narra, se torna mais desesperado, agressivo e agitado. Em dado momento, José conta que sonhou que o Diabo ria de sua péssima escolha. José então se levanta ante o padre, que começa a recuar, e com olhos ensandecidos o louco lhe declara não haver como escapar. O conto termina com o som de espadas e pés e a ação em suspenso. Mais uma vez, ao gosto do fantástico tipicamente oitocentista.

Machado, portanto, inovou em diversos pontos: trouxe o tema da loucura que estava em voga na Europa, sob a pena de Guy de Maupassant e Robert Louis Stevenson (1850-1894), para seus contos fantásticos. Por outro lado, também inovou ao escrever contos absurdos como "Uma Visita de Alcibíades", nos quais não há explicação coerente nem dentro nem fora da narrativa, de modo que o desconcerto do leitor ante a aceitação da personagem crie essa nova poética do absurdo, desenvolvida ao longo século XX, que dará origem a diversas subcategorias do fantástico. Por fim, Machado ainda se voltou ao imaginário corrente, trabalhando questões associadas ao espiritismo muito em voga no fim do século e ao exotismo orientalista, observando em alguns de seus contos fantásticos, na esteira de autores do romantismo francês e inglês.

Os realistas e naturistas não abandonaram ao todo a fixação romântica por cenas mórbidas e paisagens noturnas. Antes, ampliaram esse escopo, passando a cogitar um cientificismo onipresente nas explicações reais ou ficcionais sobre o insólito, como é o caso da ficção científica de Zaluar ou do insólito naturalista de Azevedo. Além disso, nos textos curtos de Machado a extrapolação do fantástico ganha o patamar de pertinente e mordaz crítica aos costumes e à sociedade de seus dias. Coincidentemente ou não, esses viriam a ser os principais elementos encontrados no fantástico brasileiro no século XX. Mas antes deles, decadentes e simbolistas exploraram os limites do sobrenatural nos conturbados fim e início dos séculos XIX e XX.

CAPÍTULO 3

O SOBRENATURAL ENTRE
O *FIN DE SIÈCLE* E A *BELLE ÉPOQUE*

Tal como os românticos, os autores associados ao simbolismo e ao decadentismo – poéticas que, no Brasil, se sobrepõem e se confundem – prezavam pelo mistério. O poeta Stéphane Mallarmé (1842-1898), talvez o mais importante simbolista francês, postulava que a boa obra literária deveria sempre sugerir a ideia e/ou a imagem desejada, jamais nomeá-las, para não privar ao leitor o prazer da decifração do objeto literário (MALLARMÉ, 1974, p. 869). Em poesia, tais movimentos se manifestaram em textos de caráter hermético, musical e sensualista. Já na prosa, tornou-se comum visitar o fantástico, que também se mostrou um solo fértil para as reflexões ora intimistas, ora místicas, guardando a atmosfera de enigma e exotismo caras aos autores desse período. Nessa conjuntura, surge uma figura hoje quase esquecida, mas de suma importância, tanto por sua vasta obra quanto pelas inovações que propôs. Falamos do escritor José Joaquim de Medeiros e Albuquerque (1867-1932), que, tal como Machado, também um membro fundador da Academia Brasileira de Letras. Albuquerque introduziu muitas estéticas e gêneros no Brasil. Foi um precursor do simbolismo, com seu livro *Canções da Decadência*, de 1889, e publicou as primeiras narrativas policiais brasileiras na coletânea *Se eu Fosse Sherlock Holmes*, de 1932. Além disso, escreveu em parceria com outros três autores – a saber Coelho Neto, Afrânio Peixoto (1876-1947) e Viriato Corrêa (1884-1967) – o primeiro romance policial do Brasil, *O Mistério*, publicado em 1920. Não é, portanto, de se estranhar que tenha arriscado alguns passos também no fantástico.

Em um momento quando os olhos do Brasil se voltavam, sobretudo, para a França e para a Inglaterra, Medeiros inovou ao buscar seu modelo em narrativas norte-americanas. Um exemplo disso é seu "Bois Pretos". Esse conto, na verdade, é uma espécie de resumo do livro de mesmo nome da escritora norte-americana Gertrude Atherton (1857-1948). Conta nele a história da Condessa Zattiany, uma bela mulher que, após se submeter a uma experiência científica, consegue recuperar sua juventude – tema também explorado por Coelho Neto no romance *Imortalidade*, de 1925, sobre quem se falará adiante. Em uma mistura de romance de costumes, aos moldes de Jane Austen (1775-1817), e de uma vindoura ficção científica, o conto teve, a um só tempo, o papel de difundir a temática e os romances de Atherton, que vinham sendo muito elogiados pela crítica e pelo público de então.

Já no conto "11 e 20", publicado em 1904, Medeiros traz a história de um assassino atormentado todas as noites por uma espécie de assombração, sempre na mesma hora: às 11h20. O conto é bastante simples, de narrativa ágil e fluida, e segue o estilo do clássico conto de terror inglês, como os de Charles Dickens (1812-1870) e Conan Doyle (1859-1930), não trabalhando, porém, as questões estilísticas tipicamente associadas à prosa dos simbolistas e decadentes. Ao contrário do que faz seu amigo, Coelho Neto, para quem o preciosismo vocabular – acompanhado de toda a carga academicista – acima de uma preferência, era uma questão de primeira importância.

Ainda sob a égide dos países de língua inglesa, em *Esfinge* (1906), Coelho Neto traz a história do excêntrico James Marian, um inglês recém-chegado ao Rio de Janeiro que divide as opiniões dos vizinhos, desconcertados diante de sua aparência bizarra: um corpo másculo, grande e forte, cuja cabeça é pequena, feminina e delicada como a de uma menina. James Marian é uma personagem muito à frente de seu tempo, por tocar um tema muito polêmico: as diversas sexualidades, para além do binômio homem/mulher, embora esse assunto já tivesse sido abordado, guardadas as devidas proporções, por Machado em seu incrível conto "As Academias de Sião".

Por outro lado, a história de Coelho parece se inspirar em *Frankenstein*, de Mary Shelley, trazendo uma ambientação já à brasileira com elementos tropicais e um misticismo próximo à religião espírita, conferindo-lhe a cor local, apesar de explícita a importância de seus modelos, como comenta Roberto de Sousa Causo em seu estudo *Ficção Científica, Fantasia e Horror no Brasil* (2003, p. 113). Somando-se à comparação com *Frankenstein*, Causo também aponta a presumível inspiração no belo quadro *A Esfinge*, do pintor simbolista belga Fernand Khnopff (1858-1921), cujas obras em geral – assim como a da maior parte dos pintores simbolistas – retratam temas mitológicos e invariavelmente fantásticos. No quadro mencionado por Causo, vê-se uma sugestiva figura masculina com o rosto colado a um perfil feminino (2003, pp. 115-116) com corpo de guepardo. Para concluir, vale dizer que, além de *A Esfinge*, Coelho Neto produziu outras obras ligadas às vertentes insólitas, como o já mencionado

Imortalidade, além de vários contos, como "A Casa 'Sem Sono'" e "A Bola".

Embora o século XIX e o início do XX tenha sido um período de hegemonia masculina, nas últimas décadas dos oitocentos, surgem algumas importantes e, lamentavelmente, pouco conhecidas escritoras. Entre elas, citamos Júlia Lopes de Almeida (1862-1934) e Emília Freitas (1855-1908).

A escrita da primeira talvez tenha mais relações com a estética romântica do que com seus contemporâneos movimentos finisseculares. Autora de diversos romances, contos e peças de teatro, em *Ânsia Eterna*, publicado em 1903, coletânea de 29 contos, ela se volta ao fantástico. Dentre seus principais textos insólitos, o pesquisador Francisco Vicente de Paula Junior destaca quatro, a começar por "Nevrose da Cor" (2011, p. 145), no qual identifica traços do estranho todoroviano, bem como a temática vampiresca, na figura de uma princesa egípcia obcecada pela cor vermelha. Com ares de uma Salomé, o conto dialoga, portanto, com os mitos caros ao decadentismo e ao simbolismo, ao mesmo tempo explorando questões sinestésicas, simbólicas e sensualistas – o que também é visto nos outros contos elencados por Paula Junior. O conto vale-se ainda da questão do exotismo, herdado dos românticos e "típico da literatura *fin-de-siècle*" (SILVA, 2017, p. 162).

Em "Rosa Branca" e "A Casa dos Mortos", Almeida trabalha a tensão entre o fantástico e o estranho, caminhando sob a égide da hesitação. No primeiro, vemos a clássica dicotomia entre duas irmãs, uma preterida em relação à outra – como era tão frequente em contos de fadas, como os dos irmãos Grimm e de Charles Perrault. Após o desaparecimento de uma delas, flores magicamente começam a aparecer. Em "A Casa dos Mortos" o sobrenatural se introduz por supostas aparições fantasmagóricas, suscitadas pela própria casa do título, em diálogo com uma tradição, dentro do terror, de narrativas de casas mal-assombradas. Por fim, há "A Alma das Flores", conto que, ao contrário dos outros, se encaminha para o maravilhoso, ainda na tipologia de Todorov (Cf. PAULA JUNIOR, 2011, p. 145). Nele, um homem dedicado ao cultivo de flores passa a ver nelas a personificação de figuras femininas. Por sua vez, Ana Paula Araujo dos Santos detém-se em "Os Porcos", "As Rosas", "Sob as Estrelas" e "O Caso de Ruth", nos quais identifica uma forte ambientação gótica (SANTOS, 2017, 69), não necessariamente introduzida pelo elemento sobrenatural.

Já Emília Freitas publica em 1899, no auge do movimento simbolista, o romance *A Rainha do Ignoto*, cujo enredo gira em torno de uma civilização utópica feminista no litoral do Ceará, na Ilha do Nevoeiro, isolada do resto do mundo pelos poderes psíquicos de sua rainha, inovando ao criar, talvez, a primeira utopia[11] brasileira, tema largamente revisitado pelos autores *pulp* da década de 40 do século seguinte, como Gastão Cruls e Menotti Del Picchia. Sem ser exatamente simbolista, o romance se aproxima desta estética por trazer a atmosfera mística, sugestiva, misteriosa e transcendentalista caras aos autores do movimento. Além disso, o romance explora temas próprios do esoterismo, como a hipnose, e do espiritismo kardecista, correntes espiritualistas muito em voga na época e cultivadas no imaginário finissecular, sobretudo naquele ligado às vertentes do fantástico.

Curiosamente, tal ligação mística teria sido motivo de grande crítica contra o livro, segundo a pesquisadora Elenara Walter Quinhones, a despeito de outros autores, como o próprio Coelho Neto em seus contos "O Herdeiro" e "A Conversão", também terem se valido de tais temáticas sem qualquer censura ou recriminação (QUINHONES, 2015, pp. 60-1). Quinhones aponta, porém, a despeito desse apagamento pelo qual a obra de Freitas foi submetida seja por preconceito contra seus temas de predileção, seja por ser uma mulher escritora, sua grande inovação no tratamento dos papéis sociais relativos aos gêneros (2015, pp. 59 e ss.), algo que só viria a ser novamente explorado na escrita de autoria feminina na segunda metade do século XX. Para Paula Junior, a inovação de *A Rainha do Ignoto* residiria em ter sido uma das primeiras manifestações de uma ficção científica nacional (2011, p. 49), ainda que seja complicado falarmos nestes termos para a produção literária brasileira do século XIX, como se comentou no capítulo anterior.

Outro exemplo do vanguardismo dos autores da época é a novela "O Sapo", de Nestor Victor (1868-1932), publicada no livro *Signos*, em 1897. Victor ficou mais conhecido como o mais importante crítico do movimento simbolista, apesar de ter escrito de tudo um pouco: contos, novelas, romance e poemas. Amigo fiel de Cruz e Sousa (1861-1898), cuidou de publicar as obras do poeta após sua morte com uma dedicação ímpar. Talvez por isso, a própria obra poética e ficcional de Victor tenha permanecido esquecida, como é o caso desse brilhante livro *Signos* e, sobretudo, da novela "O Sapo", obra nunca reeditada apesar de ter sido "muito discutida" na época de sua publicação, como aponta Andrade Muricy no seu *Panorama do Movimento Simbolista Brasileiro* (1987, p. 337).

Nesse conto, um jovem rapaz, em uma atitude tipicamente decadentista, alheia-se da sociedade de maneira radical até se ver transformado em um sapo horrível com manchas amarelas e verdes. Escrito em linguagem expressionista, como acontecia com muitas das obras em prosa do simbolismo, "O Sapo" lembra, "ao menos na alegoria final", como comenta Alfredo Bosi (2006, p. 293), *A Metamorfose*, de Kafka, que só viria a ser publicado em 1915. O conto de Victor, portanto, parece uma espécie de conto kafkiano escrito antes de Kafka. Além de "O Sapo", Victor tem outros contos associados ao fantástico, como "A Máscara", compilado por Batalha em sua antologia (2011).

Ainda a respeito dos simbolistas dedicados ao fantástico, Bosi cita o praticamente esquecido escritor carioca César Câmara de Lima Campos (1872-1929), um dos fundadores da importante revista *Fon-Fon!* e autor de *Confessor Supremo*, publicado em 1904, que o autor da *História Concisa da Literatura Brasileira* descreve como "contos fantásticos ou oníricos, mas elaborados em uma prosa frouxa e retórica que dilui o impacto da mensagem psicológica" (2006, p. 294). Menos incisivo, Andrade Muricy, apenas aponta que o livro reúne não apenas contos em prosa poética, mas também poemas em prosa (1987, p. 579).

Também num esforço de relembrar autores esquecidos, o professor André de Sena cita o decadentista Ulysses Sampaio, redescoberto recentemente pelo também professor Fábio Andrade, da UFPE, cujos contos "Visão Atroz" (1913) e "Lâmina Rota" (1914), publicados, nos números 2 e 3 da *Revista Heliópolis*, trazem aspectos do fantástico (SENA, 2015, p. 19).

Por fim, temos Paulo Barreto, muito mais conhecido pelo pseudônimo João do Rio (1881-1921), talvez o autor mais representativo de nossa *Belle Époque*, cujos salões tão bem retratou. Sua obra traz vários elementos caros aos simbolistas – como o tom decadente, a exploração das potencialidades sensórias, o apreço pela cidade, o tom intimista etc. – apesar de, como afirmam vários de seus intérpretes, o autor não gostar dos poetas do movimento, ou pelo menos assim pensava quando jovem[12]. Em sua diversificada obra, encontra-se o livro *Dentro da Noite*, publicado em 1910, coletânea de contos que evocam ao mesmo tempo Edgar Allan Poe (1809-1849), Villiers de L'Isle-Adam (1838-1889), Oscar Wilde (1854-1900) e os *Poemas em Prosa*, de Charles Baudelaire (1821-1867). Dentre seus contos, destacamos "A Mais Estranha Moléstia", no qual um jovem *flâneur* é atormentado por um olfato ultrassensível. Em sua busca por um odor inebriante, "o cheiro ideal" jamais é reencontrado. Como nos lembrou Roberto Causo, tal premissa lembra bastante o romance *best-seller* alemão *O Perfume*, de Patrick Süskind, publicado muitos anos depois, em 1985, adaptado para o cinema em 2006 com grande sucesso, o que talvez nos mostre o potencial latente e pouco explorado de muitas de nossas histórias.

Como visto, os períodos de transição, sejam os literários ou os seculares, são variados e complexos, quando não caóticos. Neles borbulham as inquietações apocalípticas presentes em todo fim de século, como também as frágeis esperanças diante de um século que acaba de nascer. No caso do escopo deste capítulo, além das várias alterações sociais e políticas que compreendem o nosso país, vemos na arte a angústia entre uma cultura mais devedora do estrangeiro do que do nacional, sendo este mesmo nacional ainda uma maleável tentativa de definição. Esse entrechoque é perceptível tanto na obra de Albuquerque quanto na de João de Rio, que oscilam entre temas e estilos nacionais e estrangeiros. Por outro lado, com Coelho Neto e Emília de Freitas a ficção insólita se contrapõe às problemáticas de gênero e representatividade, temas ainda carentes em nossas histórias, insólitas ou não. Resta saber o que o novo e multifacetado século XX traria às letras, à cultura e aos leitores do fantástico brasileiro.

PARTE II
O MULTIFACETADO SÉCULO XX

No século XX, a literatura insólita brasileira se difundiu de tal forma ponto de já não ser mais possível estudá-la apenas cronologicamente, como se mostra viável em relação ao século anterior, pois muita coisa bastante diferente passou a ser produzida ao mesmo tempo, em registros diversos para diversos públicos, com intenções distintas, resultando em obras tão díspares quanto *O Sítio do Pica-Pau Amarelo*, de Monteiro Lobato (1882-1948), o realismo maravilhoso de Murilo Rubião (1916-1991), os contos de terror *pulp* de Humberto de Campos (1886-1934), a fantasia urbana mística com toques de autoajuda de Paulo Coelho, o maravilhoso folclórico-regional de um Guimarães Rosa (1908-1967), a ficção científica de Adalzira Bittencourt (1904-1976) e André Carneiro (1922-2014), ou ainda pela literatura oral de cordel. Sem mencionar a crescente participação feminina, com destaque para a vasta obra de Lygia Fagundes Telles.

Além disso, no século XX, vemos a própria noção de literatura nacional se sedimentar, sobretudo com o advento do modernismo, em suas várias fases, quando a paisagem local, com sua cultura, costumes e particularidades, passa a ser cenário de narrativas das mais diversas, não mais como algo exótico – segundo o olhar europeu –, mas de fato como a realidade brasileira. Ou seja, enquanto os escritores da virada do século, ainda bastante ligados ao realismo, ao romantismo e ao simbolismo, tateavam em busca de um lugar ao sol, retomando e emulando os já clássicos autores europeus, na década de 20, outro grupo de autores brasileiros buscava chamar a atenção com uma proposta oposta: uma tentativa exuberante de inovação e ruptura de paradigmas que os consagrou sob o nome de "modernistas". Se antes podíamos falar de um imaginário brasileiro, no século XX talvez caiba melhor pensar em *imaginários*, com diferenças culturais marcadas por regionalismos, origens diversas, classes sociais e afiliações estéticas. A começar pelas particularidades de nosso modernismo, já no início do século, logo após a chamada *Belle Époque*.

No Brasil, não há quem não conheça os modernistas da primeira geração, como Mário de Andrade (1893-1945) e Oswald de Andrade (1890-1954), célebres, principalmente, pela Semana de Arte Moderna de 1922; ou ainda, os modernistas da segunda e terceira geração, que exploraram as raízes do Brasil em uma prosa formalmente elaborada como Graciliano Ramos (1892-1953) e Guimarães Rosa. Poucos, porém, sabem que nas obras desses autores icônicos, o fantástico pode ser encontrado de forma e cara novas, como no *Macunaíma*, de 1928, do próprio Mário, e nas *Primeiras Estórias*, de Guimarães Rosa, publicadas em 1962. Ou em contos esparsos de Carlos Drummond de Andrade (1902-1987), hoje bem pouco lembrado por sua prosa.

Em caminho inverso, ofuscados pela popularidade dos modernistas e por sua literatura muitas vezes interventiva e de grande apelo estético pelos jogos e extrapolações da linguagem, grande parte da produção fantástica nacional, em especial aquela associada à era *pulp* e sua discutível "baixa qualidade", foi deixada de lado, como a nossa literatura de polpa, já mencionada, e toda sorte de literatura de viés popular, como o cordel, ou mesmo nossos autores do realismo maravilhoso, hoje felizmente recuperados pela crítica e pelo mercado editorial e elevados a um *status* canônico.

Roberto de Sousa Causo, em entrevista concedida à revista *Abusões*, comenta ainda que, ao longo do século XX, muitos autores se voltaram aos modos narrativos do insólito ficcional, em particular, "durante a ditadura militar, com o Ciclo de Utopias e Distopias (1972 a 1982), quando muitos autores do *mainstream* (incluindo Ignácio de Loyola Brandão, Márcio Souza, Herberto Salles e Chico Buarque) buscaram recursos da FC para realizar uma denúncia do regime autoritário, à tecnocracia, e à censura dos costumes e da sexualidade livre" (CAUSO *apud* GARCÍA; GAMA-KHALIL, 2017, p. 373). Isso se deu como forma de manifestar a desaprovação ao regime e, ao mesmo tempo, escapar das retaliações e da censura, culminando numa primeira "aproximação entre FC e *mainstream* literário nacional", que, desde então, voltaram a dialogar em diversos momentos.

A respeito do caráter inovador dentro das potencialidades do insólito para além do realismo maravilhoso, no século XX vemos surgir as primeiras *ondas* da ficção científica nacional mencionadas por Causo – quando, por sinal, é encontrada a maior concentração feminina no cenário do insólito brasileiro –, com obras muito interessantes, criativas e bem escritas, lamentavelmente quase inacessíveis atualmente por falta de reedições. Ou ainda por nessa época ter nascido de fato e se fortalecido a literatura para crianças e jovens, aos poucos desbravada pela crítica, que tem percebido seu papel formador e também estético.

CAPÍTULO 4
OS MODERNISTAS MAIS AO SUL

Antes do marco modernista da Semana de 22, um dos primeiros nomes a utilizar o fantástico no século XX com um olhar moderno é o escritor gaúcho Simões Lopes Neto (1865-1916). Usando por chave a tradição oral e seus causos de fazenda, o autor é hoje reconhecido como um grande estilista, fazendo de seu Blau Nunes não apenas o narrador de seus contos como também o depositório de uma tradição já em via de desparecer. Nas suas duas obras de maior relevo, *Contos Gauchescos* (1912) e *Lendas do Sul* (1913), há uma sucessão de elementos passíveis de serem considerados fantásticos, embora coadjuvantes aos temas que captam seu interesse: a vida na fazenda, as relações entre os homens, as desgraças previstas e também as ocorridas, além do vínculo social produzido pelo simples ato de contar histórias.

Na primeira de suas coletâneas, *Contos Gauchescos* (1912), destacamos a atmosfera supersticiosa de "No Manancial" e o modo como uma velha história de uma roseira pretensamente plantada por um fantasma irá marcar o trágico desenrolar da trama. Nela, a jovem Maria Altiva entra no manancial para fugir de Chicão, pretendente que depois de recusado a quer tomar à força. Quando a moça desesperada desaparece nas águas, seu pai, Mariano, luta com o violento inimigo no mesmo lugar e os dois se matam, aumentando assim o número de fantasmas do manancial que dá título ao conto.

Elementos sobrenaturais como esse são encontrados também em sua obra seguinte, *Lendas do Sul* (1913). No conto "O Negrinho do Pastoreio", por exemplo, um pequeno e maltratado escravo negro volta à vida ressuscitado por Nossa Senhora, não apenas para abençoar os fiéis que buscam por causas e coisas perdidas, como também para atormentar seu antigo patrão. Já o conto "Mboitatá" narra a história do surgimento do monstro em forma de serpente gigante e corpo revestido de fogo[13]. Numa noite interminável, uma grande enchente fez o serpentino monstro de fogo Boiguaçu sair de sua cova subterrânea e devorar os olhos dos animais e dos homens. A lenda termina revelando que o horror para os seres da superfície acabou por condenar a própria serpente, morta de tanto devorar luz e pouca substância.

Por fim, em a "Salamanca do Jarau", o próprio narrador Blau Nunes ganha as vezes de protagonista, como um herói improvável. Ele parte pelo mundo em busca do "boi barroso", criatura mágica supostamente capaz de conceder a felicidade. Nessa busca por sangas, rios e penhascos, encontra a Caverna do Jarau, onde fica sabendo da história de um sacristão amaldiçoado por uma Salamanca, a lagarta fulgurante disfarçada de princesa para seduzir o pobre homem. Então, Nunes passa por uma série de provas ou desafios – sete no total: espadas, jaguanés e pumas, ossadas monstruosas, línguas de fogo, cobras, mulheres sedutoras e anões cabeçudos. Por fim, Nunes encontra a própria Salamanca, que lhe oferece um prêmio por sua coragem, ao invés de seu amor, dando-lhe uma moeda mágica capaz de se multiplicar.

O problema se apresenta na descoberta de que a moeda desaparecia tão logo o pagante dava às costas aos comerciantes. Assim, Blau enriqueceu rapidamente, perdendo, entretanto, todos os seus amigos, pois o prejuízo financeiro produzido por ele o afastava mais e mais das pessoas. Infeliz, retornou a Salamanca e devolveu a moeda, aprendendo que nada vale muito ouro e pouca amizade. Agora era pobre como antes, mas teria paz e tranquilidade.

Como visto, Lopes Neto utiliza o fantástico a partir da narrativa oral de contos, causos, mistérios, histórias e superstições, nunca o trazendo à sua narrativa com chave verossímil e sempre enfatizando não o que de fato teria acontecido e sim o que se conta em rodas de conversa – algo considerado por Todorov intrínseco ao legítimo fantástico (2008). Encanta seus leitores, todavia, sua linguagem experimental e sofisticada, que recria de forma instigante a oralidade galdéria, prenunciando os grandes estilistas regionalistas de décadas mais tarde. Valendo-se, portanto, da oralidade e partindo de lendas locais, Simões Lopes Neto cria um passado heroico, maravilhoso e mítico, para valorizar o que há de próprio em "ser gaúcho", saindo do aspecto particular para o universal (Cf. CONCEIÇÃO, 2007, p. 25), na esteira de outros mitos formadores como as Sagas Escandinavas, para os países nórdicos, e a própria Matéria de Bretanha, com seus mitos arturianos, em relação ao norte da França e sul e o oeste da Inglaterra.

Em caminho semelhante, o paulista Mário de Andrade (1893-1945) constrói seu *Macunaíma*, publicado em 1928, com uma atmosfera de maravilhoso, criando uma envolvente narrativa alegórica, que mescla mitos de diversas regiões do Brasil. Para Alfredo Bosi, nele, "a mediação entre o material folclórico e o tratamento literário moderno faz-se via Freud e consoante uma corrente de abordagem psicanalítica dos mitos e dos costumes primitivos que as teorias do Inconsciente e da 'mentalidade pré-lógica' propiciaram" (2006, p. 352). Seu protagonista, assim como seu criador, está em busca de uma identidade genuinamente nacional. A premissa do livro de Mário de Andrade, por si só, é pautada no maravilhoso, pois a narrativa retoma livremente muitos mitos do folclore indígena.

A história começa com o nascimento do herói-título, cuja alcunha "o herói sem nenhum caráter" já deixa claro o viés cômico – e paródico – da obra. Ao longo de suas aventuras, Macunaíma encontra seres lendários, como o Curupira, e termina por conhecer Ci, a Mãe do Mato, com quem se casa. Ci, no entanto, morre logo após dar à luz ao filho de Macunaíma. A criança também morre e Ci se transforma em uma estrela – o mesmo destino de várias personagens do livro. Diversas outras transformações estão presentes; o próprio protagonista ora aparece como um índio, ora como um negro, ora como um homem loiro.

Pouco antes de subir aos céus em forma de estrela, Ci lhe dá o muiraquitã, um talismã que, pouco tempo depois, acaba nas mãos do gigante antropófago Venceslau Pietro Pietra. Macunaíma tenta, então, de todas as formas, reavê-lo, e suas desventuras acabam por levá-lo a visitar diversas partes do país e a encontrar toda a sorte de criaturas fantásticas. No fim, Macunaíma recupera o muiraquitã e volta para sua terra. Prestes a morrer, é transformado na constelação da Ursa Maior.

Escrito em uma linguagem que brinca com "o brasileiro falado e o português escrito", como o próprio Macunaíma comenta, o que Bosi aponta como uma grande conquista do Modernismo (2006, p. 354), a rapsódia se destaca pelo estilo por vezes debochado, embora elaborado, pretendendo mostrar de maneira alegórica e mitológica a configuração do povo brasileiro. Entre tantas lendas e mitos, nada há de mais fantástico.

O livro de Andrade também importa por aquilo que legou, sendo talvez o primeiro de uma série de autores dedicados a temas populares, com figuras folclóricas, escritos em uma linguagem igualmente oral e erudita. É o caso de dois outros autores associados ao Modernismo. O primeiro é o gaúcho Raul Bopp (1898-1984), autor do longo poema narrativo folclórico "Cobra Norato", de 1931, no qual trabalha algumas das questões caras a Mário em versos livres de ritmo entrecortado, numa linguagem regional, com pano de fundo amazônico.

Também é o caso de Manuel Cavalcanti Proença (1905-1966), nascido em Cuiabá, e de seu livro *Manuscrito Holandês ou a Peleja do Caboclo Mitavaí com o Monstro Macobeba*, publicado em 1959. Nele, uma história heroica indígena é recontada a um holandês por um papagaio. Se já não fosse insólito o bastante a ave ter decorado toda a história, o desenrolar da trama confirmaria sua vinculação ao campo do maravilhoso. Mais conhecido por seus textos teóricos, como apontam Luzia Santos e Sérgio Motta, em seu romance, Cavalcanti Proença "buscou a raiz popular do cordel, das lendas, da medicina alternativa e do folclore regional para dar vazão ao que se pode chamar de 'prolongamento da saga de Macunaíma', impressa na 'peleja', ou luta, entre Mitavaí, personagem central, e o monstro Macobeba, um de seus opositores" (SANTOS; MOTTA, 2008, p. 3).

Por fim, encerrando essa primeira leva de modernistas, temos Erico Verissimo (1905-1975), um dos mais importantes autores do século XX, e mais discutido a partir de seu conhecido épico rio-grandense *O Tempo e o Vento* (1949-1961) e do romance de temática urbana *Olhai os Lírios do Campo* (1938). Todavia, o autor também flertou com o insólito, em diversos momentos ao longo de sua extensa produção.

Comecemos com o conto "Sonata", publicado em *O ataque* (1959), a terceira e última de suas coletâneas de contos, na qual um jovem instrutor de piano, desejando se afastar da realidade da guerra, dedica seu tempo a velhos jornais. Ao encontrar um curioso anúncio de 1912, ano de seu nascimento, solicita os serviços de um professor de música. Partindo dessa premissa, tem início uma ambígua viagem no tempo na qual o tempo real e o tempo psicológico se mesclam às angústias de um protagonista sem nome.

Já no romance *Caminhos Cruzados* (1935), inspirado pela obra *Contraponto*, de Aldous Huxley – por ele traduzida em 1934 –, entre os diversos pontos de vista apresentados numa narrativa repleta de recortes e trajetórias, temos um romance dentro do romance. Neste, o professor Clarimundo reconta a vida na Terra a partir de um observador extraterrestre, que vive na estrela Sírio.

Outra obra que apresenta um curioso elemento fantástico é *Noite* (1954), uma das obras mais singulares de Verissimo. Antevendo o drama contemporâneo calcado em personagens inominados, angústias urbanas noturnas e crises existenciais, quando não amnésicas, o protagonista, apenas chamado de Homem de Gris, passa a narrativa tentando lembrar-se de quem é, de onde veio e onde está. Entre as personagens encontradas no caminho, trava contato com um homúnculo corcunda de longos e desproporcionais braços que o acompanha noite e cidade adentro, nunca revelando de fato se é um amigo ou um criminoso interessado em prejudicá-lo. Integram ainda a narrativa o influente e igualmente misterioso Mestre e as prostitutas Ruiva e Passarinho, numa vacância noturna que pode revelar a culpa do protagonista por ter matado sua esposa. Seria seu monstruoso acompanhante nessa peregrinação marginal uma faceta de sua personalidade assassina e ciumenta, tal qual o Mr. Hyde do Dr. Jekyll de Robert Louis Stevenson? A pergunta é deixada em aberto pelo narrador ao final do romance.

Com *Incidente em Antares* (1971), seu último romance, essa temática aparece mais diretamente, constituindo sua trama principal insólita. No dia 13 de dezembro de 1963, na pequena cidade sulista do título, sete cadáveres voltam à vida para expressar seu repúdio à greve dos coveiros e resolver assuntos inacabados. Os diferentes papéis sociais dos defuntos ressuscitados – a matriarca Dona Quitéria, o sapateiro anarquista José Ruiz, o panfletário pacifista Joãozinho Paz, o professor de música Menandro Olinda, o jurista criminoso Cícero Branco, a prostituta Erotildes e o bêbado Pudim de Cachaça – permitem ao autor não apenas explorar o absurdo da morte interferindo na vida como também os eventos sociais que levariam ao golpe de 1964.

Sobre essa relação com o regime ditatorial, Maria Ivana Silva comenta: "o fantástico, aqui o realismo maravilhoso, é utilizado no romance como forma de burlar a censura que proibia a veiculação de obras cujo tema fosse a situação social e política do País. A denúncia de tal situação era feita, quando feita, de forma sutil, transformando-se, assim, o fantástico em meio para alcançar esse intento, já que ele precisa ser interpretado para ser compreendido como denunciatório. Publicado em 1971, no auge da Ditadura Militar no Brasil, o romance *Incidente em Antares* não foi proibido e foi largamente lido, exatamente porque alcançou seu objetivo: denunciar, através de recursos fantásticos planejados e construídos, a podridão daquele sistema que estava morto, podre e fedendo, mas insistia em permanecer de pé" (SILVA, 2005, p. 203). Ou seja, uma perfeita demonstração do "casamento" apontado por Causo (*apud* GARCÍA; GAMA-KHALIL, 2017, p. 373), citado anteriormente, entre a literatura insólita e a chamada "literatura oficial", no caso, de forte viés interventivo.

Em todos esses casos, notamos a utilização do elemento insólito como motivo ficcional para explorações de outras searas, como o contraste entre presente e passado, entre ficção e realidade, entre consciência e subconsciente, e entre a vida e a morte. Por fim, vale ainda dizer que Verissimo revisitou o fantástico em diversas de suas obras voltadas para o público juvenil, como em *As Aventuras de Tibicuera* (1937), na qual um jovem índio imortal percorre a história do Brasil de 1500 a 1942, ou ainda em *Viagem à aurora do Mundo* (1939), em que mais uma vez o tema da viagem no tempo é visitado, sendo muito provavelmente o primeiro romance brasileiro a trabalhar a temática dos dinossauros.

Como visto neste capítulo, autores mais ao sul do nosso imenso país se ocuparam de apresentar em suas obras temas e situações que não apenas convergiam com os desafios de seus dias como também tentavam recuperar do passado e da cultura nacional uma essencialidade do "brasileiro". Tanto em autores sulistas como Verissimo e Lopes Neto como em paulistanos como Mário de Andrade, a busca por essa brasilidade era não só necessária como também urgente. Será que os autores escrevendo ao norte e sobre o norte estavam pensando diferente?

CAPÍTULO 5
OS MODERNISTAS MAIS AO NORTE

Com o modernismo regionalista de 30 e 40, o fantástico vai mesclar-se aos contos populares, aos relatos orais, aos causos de fazenda e à própria literatura de cordel. Nesse sentido, o alagoano Graciliano Ramos (1892-1953) é um dos nomes mais representativos. De carreira variada e produtiva, o romancista, contista, político e jornalista de formação é hoje mais conhecido pelo épico sertanejo *Vidas Secas* (1938), obra que detalha poeticamente os dissabores dos retirantes nordestinos. Nela, Ramos mergulha não apenas na psicologia dos personagens humanos como também em Baleia, a triste cachorra da família. Enquanto os filhos de Fabiano, o pai, nem mesmo tem nome, Baleia ilustra os sofrimentos vivenciados por todos eles. O insólito aqui está em mergulhar numa improvável e articulada mente canina para explorar o mundo circundante e os tristes sujeitos nele habitantes. Mas ainda não é nesta obra que de fato Graciliano se aproxima do fantástico.

No ano seguinte, o autor publicou *A Terra dos Meninos Pelados* (1939), desta vez dando nome e uma resposta mais esperançosa às agruras infantis. De temática infantil, o conto homônimo apresenta Raimundo, um menino que encontra uma terra mágica onde sua aparência física não é exceção e sim a regra. O protagonista infantil, além de não ter cabelos, tinha um olho de cada cor: um preto e um azul. Por sua aparência peculiar, era motivo de chacota por parte de outras crianças, que o seguiam pela rua gritando: "Ô, pelado, Ô, pelado". Entristecido, o garoto viaja para Tatiburin, uma Terra do Nunca onde todos os moradores são semelhantes a ele. Num conto que sugere a aproximação das diferenças, é sintomático haver nesse cenário encantado um rio que junta margens opostas quando alguém desejava atravessá-las.

Outro exemplo de fantástico direcionado às crianças na produção graciliana são suas pouco comentadas *Histórias de Alexandre*, publicadas em 1944, fato curioso, como aponta Lilian Borges, pois foi uma das mais vendidas, dentre as obras do autor (2017, p. 37). Ao longo de quinze contos, o leitor acompanha as aventuras do sertanejo do título. Um elemento mágico ou absurdo é introduzido através de uma série de narrativas contadas a seus amigos e vizinhos como pertencentes ao seu passado. Ao leitor, resta especular sobre a veracidade desses causos.

Por fim, vale lembrar que os pesquisadores Paulo César de Oliveira e Erick Bernardes identificam no conto "O Ladrão", escrito em 1915, mas publicado na coletânea póstuma *Garranchos* apenas em 2012, traços do gótico e do horror, em uma atmosfera noturna de uma narrativa em primeira pessoa alegórica, podendo, portanto, aproximá-lo da vertente insólita que permeia algumas obras do escritor alagoano (Cf. OLIVEIRA; BERNARDES, 2017, pp. 63 e ss.).

Dos autores associados ao regionalismo de trinta, poucos ganharam tanta atenção quanto Jorge Amado (1912-2001). Responsável por fortalecer a representação da cultura baiana, em especial em histórias situadas em Salvador, há em suas obras um recorrente elemento relacionado ao maravilhoso e ao insólito. Em *A Morte e a Morte de Quincas Berro d'Água* (1959), a morte moral de um homem entregue à vida boemia e à bebedeira é intensificada por sua morte física, enquanto seu passado é revisitado por parentes e conhecidos tentando esquecer seus anos de execração pública. Mas todos estranham o fato do cadáver, o outrora responsável funcionário público Joaquim Soares da Cunha, parecer rir cinicamente de seus aparentes sentimentos. Essa estranheza diante de uma morte que sorri para os presentes, é contrastada pela chegada de um grupo de amigos fanfarrões: Curió, Negro Pastinha, Cabo Martinho e Pé de Vento. Diante da conversa animada dos antigos companheiros e pelo visto inconformado com o velório tradicional que está recebendo, o defunto levanta e sai pelas ruas festejando como nos velhos tempos de quando era vivo, para então finalmente se perder no mar.

Outro boêmio a desafiar as leis da sociedade e da morte será Vadinho, um dos protagonistas de *Dona Flor e seus dois Maridos* (1966). Morto num dia de carnaval e no meio da folia, o fantasma de Vadinho retorna para atormentar ou agraciar Flor, que depois de viúva envolve-se com o farmacêutico Teodoro. O triângulo amoroso e sobrenatural se dá na oposição da personalidade de Flor, mais tradicional e caseira, em contraste com a de Vadinho, festeira, vivaz e malandra. Nessa direção, o novo casamento significaria uma relação mais adequada às expectativas de Flor, sobretudo a partir de suas antigas frustrações com as escapadas do primeiro marido. Entretanto, a aparição do falecido em seu leito e sua disposição ao jogo erótico, os quais Teodoro parece desconhecer, despertam Flor para a volúpia não vivida desde a passagem do Vadinho. O romance termina com ela aceitando essa dupla dimensão de sua experiência afetiva, uma cordial e delicada, outra ardente e apaixonada. Nos dois romances de Amado, a presença do insólito no qual os limites entre morte e vida são borrados parece sugerir uma intensificação da vida a partir da observação da morte, desvestindo esta dos seus costumeiros traços de morbidez e melancolia. Em resposta a essa visão tradicional, o romancista nos brinda com duas figuras mortas felizes, festeiras e – ironicamente – revestidas de vida e desejo.

Em *O Sumiço da Santa: Uma História de Feitiçaria*, por sua vez, obra publicada em 1988, o leitor acompanha as peripécias de uma imagem de Santa Barbara, atribuída a Aleijadinho, que deixa sua cidade natal para uma exposição em uma cidade vizinha. No percurso, no entanto, a imagem desaparece, surgindo outra vez, algum tempo depois, transformada em um orixá, a entidade Yansã, causando algum furor na pacata comunidade local, através do embate entre cristianismo e candomblé, ao mesmo tempo em que introduz um elemento sobrenatural, visto até certo ponto com naturalidade e por isso passível de ser caracterizado como realismo maravilhoso, como apontam Valdirene Melo e Saulo Serpa Brandão: "Amado capta essa atmosfera de milagres e encantamentos tão natural ao povo baiano e transmite a sensação de que os milagres já fazem parte do cotidiano local, já não causa espanto que tais fenômenos possam ocorrer" (2017, p. 93).

Já João Guimarães Rosa (1908-1967), um dos autores brasileiros de maior projeção internacional, tal como Mário de Andrade, ficou conhecido por brincar com a linguagem ao propor uma escrita que emula o português falado. Seus textos se passam, quase sempre, em regiões rurais ou agrestes, de modo que o imaginário popular se faz muito presente, e por esse caminho certo realismo maravilhoso sempre acaba por se manifestar. Vários de seus textos flertam com o sobrenatural, mas Roberto de Sousa Causo evoca, a partir de dois artigos de Braulio Tavares[14], três textos do início da carreira de Rosa, publicados no final da década de 20. "O Mistério de Highmore Hall", "Makiné" e "Kronos kai Anagne", que destoam do restante de sua produção por se aproximarem mais das vertentes associadas à *pulp fiction* do que ao realismo maravilhoso todo próprio construído em seus livros mais famosos (Cf. CAUSO, 2003, p. 236).

A respeito desses contos, Causo comenta: "O primeiro é uma espécie de narrativa de horror, inspirada por Edgar Allan Poe e pelo 'romance negro' associado ao folhetim. O segundo teria sido influenciado pela atmosfera de exotismo e orientalismo que se instaurara com o movimento romântico" (*idem*). Já o terceiro conto traz um enxadrista que passa a ser visitado por uma estranha figura, em constante processo de zoomorfização, com ares de Satanás, em uma atmosfera noturna que flerta com o horror (ALVES, 2016, p. 36).

Pensando agora nas obras mais canônicas de Rosa, temos no livro *Primeiras Estórias* (1962), alguns icônicos casos de insólito rosiano, como "Um Moço Muito Branco". Esse conto traz a história de um homem branco – não o dito branco caucasiano, mas, branco, de fato, como leite ou papel –, que surge sem memória no interior de Minas Gerais, apresentando para quem o acolhe – em sua condição suprema de estrangeiro – "um diferente posicionamento frente ao real, atuando, desta forma, positivamente, uma vez que abre novas perspectivas" (CEZAR, 2012, p. 139).

O moço, incapaz de falar e tampouco compreender o que lhe é dito, apareceu pouco depois de estranhos fenômenos terem atingido a cidade e, por isso, sua vinda é a eles relacionada. Ao fim, o moço desaparece, tão misteriosamente quanto surgira. Apesar da atmosfera de mistério, tudo leva a crer que o protagonista veio de outro mundo, trazendo à tona um raro elemento de ficção científica para a obra de Guimarães e o diferenciando de "A Menina de Lá", outro conto fantástico de *Primeiras Estórias*.

Neste, conhecemos a história de Nhinhinha, uma criança mirrada e estranha de quase quatro anos. Estranha porque, ao contrário da maioria das crianças dessa idade, quase não se mexe, não brinca, não gosta nem desgosta das coisas. Quase nada fala e quando fala são disparates sobre abelhas e nuvens, tatus e a lua. Diz ainda desejar visitar os parentes mortos, preocupando seus pais. Sem aviso prévio, começa a fazer milagres; a princípio, coisas pequenas. Queria um sapo e logo uma bela rã verde lhe visita aos saltos; queria um doce de goiaba e, no instante seguinte, alguém passa lhe oferecendo o doce. Assim ia a vida de Nhinhinha sempre desejando coisas simples que milagrosamente lhe chegavam, de uma forma ou de outra. Um dia, porém, a mãe adoeceu e, por mais que lhe pedissem, não desejou a mãe curada. Contudo, chegou-lhe sorrateira e lhe beijou; assim a mãe sarou. Veio, depois, a seca e pediram-lhe chuva; não quis. Quis, porém, um arco-íris, e dias depois a chuva caiu. Nunca viram Nhinhinha tão feliz, correndo e brincando. Algum tempo depois, adoeceu e morreu. A tia então contou aos pais desconsolados que, naquele dia do arco-íris, Nhinhinha pedira um caixãozinho cor de rosa com enfeites verdes e souberam, por isso, que assim tinha de ser. O conto emociona em sua singela simplicidade. O fantástico aqui, da ordem do maravilhoso, está tão entranhado que nem é preciso explicar. Talvez seja onde Rosa melhor o alcançou.

Quanto ao livro *Tutaméia: Terceiras Estórias*, de 1979, a professora Antonia Marly Moura da Silva reconhece o insólito nos textos "Umas Formas" e "Estória n. 3", respectivamente um causo de aparição e um conto no qual é possível reconhecer o recurso do duplo (Cf. SILVA, 2016, p. 157). Além disso, não podemos deixar de mencionar, é claro, a própria história de Riobaldo, em *Grande Sertão: Veredas*, romance publicado em 1956, talvez a mais célebre das obras de Guimarães, que se constrói em torno de um suposto pacto demoníaco faustiano.

Por fim, temos ainda outras grandes sagas épicas nordestinas como *O Romance d'a Pedra do Reino e o Príncipe do Sangue do Vai-e-Volta* (1971), de Ariano Suassuna (1927-2014), baseado no mito sebastianista português, para criar um reino mítico nordestino, aos moldes das lendas arturianas, *O Auto da Compadecida*, do mesmo autor. Este conta a dantesca história de Chicó e João Grillo, quando, em meio as brigas do cangaço, vão parar no purgatório, conhecendo Nossa Senhora e o Diabo.

Outras contribuições importantes foram concebidas na forma de célebres cordéis como *O Romance da Princesa do Reino do Mar sem Fim*, publicado originalmente em 1979, de Severino Borges Silva, no qual uma princesa, raptada por um bruxo, é salva pelo príncipe Adriano, que, no percurso, enfrenta gigantes e outros desafios, e *A Pedra do Meio-dia ou Artur e Isadora* (1979), de Braulio Tavares, autor consagrado, sobretudo, por seus textos de ficção científica, sobre o qual falaremos em diversos momentos ao longo deste panorama. Nessa obra, Tavares conta o resgate de Isadora, feito por seu Artur. Juntos, eles buscam pela pedra evocada no título, objeto mágico capaz de salvar o reino da princesa das garras de um gigante.

Outro interessante cordel do autor é o recente *O Flautista Misterioso e os Ratos de Hamelin* (2006), no qual recria a lenda através do verso tipicamente nordestino. A propósito do fantástico na literatura de cordel, mas também aplicável às propostas de Graciliano, Guimarães e, sobretudo Suassuna, comentadas até aqui, Causo comenta a relação com "a imagética mítica medieval" (2003, p. 89), como uma forma de recriar no espaço brasileiro, e, em particular, no ambiente sertanejo, um passado mágico, heroico e glorioso.

Neste capítulo, vimos comunicado uma segunda dimensão da pesquisa dedicada ao fantástico brasileiro, que além de descobrir autores e obras se debruça sobre a redescoberta de livros e autorias já consolidados, mas cuja dimensão insólita foi ignorada ou apagada dos manuais críticos. Revisar a obra de Ramos e Rosa a partir do viés fantástico é abrir outras janelas de leitura e interpretação à carreira desses autores, bem como à própria natureza das nossas narrativas, tanto literárias quanto orais. O mesmo acontece com Amado e Verissimo, este discutido no capítulo anterior, sempre vistos a partir da crítica social. Não seria a fantasia também uma espécie de crítica à realidade social e política? Por fim, com Suassuna o encontro do insólito e do social se consolida perfeitamente, em histórias fantásticas nas quais, em meio ao humor ácido e à fantasia, as agruras e abandonos do povo nordestino são denunciados.

CAPÍTULO 6

LITERATURA PARA PEQUENOS E JOVENS LEITORES

É muito difícil saber onde começa a literatura voltada especificamente para crianças, mas sua ligação com a tradição oral de contos, mitos e lendas populares mostra-se inquestionável. Há quem filie essa vertente literária às antigas fábulas orientais e gregas, enquanto a maioria dos pesquisadores a associa ao surgimento de compilações de contos populares, como as de Giambattista Basile (1575-1632), Charles Perralt (1623-1703) e Madame Leprince de Beaumont (1711-1780), nos quais muitos dos famosos contos de fada de hoje em dia aparecem pela primeira vez, como "Cinderela", "Branca de Neve", "A Bela e a Fera", "Chapeuzinho Vermelho", "Bela Adormecida" e "Barba Azul". No século XIX, autores como os irmãos William (1786-1859) e Jacob (1785-1863) Grimm e Hans Christian Andersen (1805-1894) dão aos contos populares os contornos pelos quais ficaram conhecidos na contemporaneidade.

Nessa época, começam a surgir também obras autorais, pautadas não na tradição, mas na inventividade de seus autores, como *Aventuras de Pinóquio* (1883), do italiano Carlo Collodi (1826-1890), *Alice no País das Maravilhas* (1865), do inglês Lewis Carroll (1832-1898), e *O Livro da Selva* (1894), de Rudyard Kipling (1865-1936), movimento que se intensifica no início do século XIX, com a publicação de *O Maravilhoso Mágico de Oz* (1900), do americano L. Frank Baum, *Peter Pan* (1904), do inglês James M. Barrie (1860-1937) e *Tarzan dos Macacos* (1912), do americano Edgar Rice Burroughs (1875-1950), isso para nos determos apenas nas obras mais conhecidas, passíveis de serem interpretadas segundo a tipologia do conto maravilhoso proposta por Vladimir Propp (2010), por se aterem às estruturas típicas dos contos populares. Fica evidente também, pelo rol de obras citadas, a relação intrínseca entre a literatura infantil e o fantástico.

Em relação à Europa e aos Estados Unidos, portanto, o Brasil demorou algumas décadas para desenvolver uma literatura especificamente voltada ao público infantil. Salvo raríssimas e pontuais iniciativas no século XIX e início do XX, como o *Contos Infantis* (1886), escrito por Júlia Lopes de Almeida e Adelina Lopes Vieira (1850-1923), *Era uma Vez* (1917), também de Lopes de Almeida, e as coletâneas compiladas, traduzidas e adaptadas por Figueiredo Pimentel (1869-1914), autor de *Histórias da Baratinha, Contos da Carochinha, Histórias de Fada*, dentre outros (Cf. ARROYO, 2011, p. 250), foi só nas primeiras décadas do século XX, que obras dessa natureza começaram a despontar[15].

Um estudo pioneiro para entender a formação dessa vertente é o livro *Literatura Infantil Brasileira*, publicado em 1968, do escritor e pesquisador Leonardo Arroyo (1918-1986), que parte das narrativas orais correntes durante a formação do estado brasileiro, passando pela vinda de D. João VI para o Brasil e a necessidade de se criar uma "literatura escolar" (ARROYO, 2011, p. 76), pela demanda por traduções de contos de fadas e romances de aventura europeus, tais como os de Jules Verne e Robert Louis Stevenson, culminando numa análise detida da obra de Monteiro Lobato (1882-1948)[16], autor que acabou se tornando a maior referência em livros para pequenos leitores na primeira metade do século XX[17].

Como já dito, quando se pensa na formação desse imaginário infantil, é impossível não nos lembrarmos de Monteiro Lobato, autor muito importante em sua época e nos dias atuais – apesar de diversas e necessárias ressalvas e críticas a seus textos, cujo conteúdo é por vezes preconceituoso e racista[18]. Lobato é conhecido por ter feito o que praticamente ninguém fizera ainda em terras tupiniquins: escrever livros para crianças. Dentre outras obras, Monteiro é autor de uma extensa coleção passada no universo ficcional do Sítio do Pica-Pau Amarelo, um ambiente mágico onde praticamente tudo pode acontecer, publicada entre 1921 e 1947, série que o imortalizou no imaginário nacional. A série é composta por vários livros e chegou a ser adaptada para a televisão, tanto em formato seriado *live-action*, quanto animação, e para o cinema, o que colaborou para seu sucesso e atemporalidade.

Atualmente, a série de Lobato tem sido tema de constantes polêmicas em torno da questão do racismo, sobretudo pela forma como trabalha a personagem negra Tia Nastácia, descrita como "analfabeta e chamada [de] 'a negra de estimação', 'negra que é tratada como parte da família'. [...] Na obra *História de Tia Nastácia*, publicada em 1937, o autor deixa evidente seu racismo e desprezo pela cultura popular, matriz de onde vem Tia Nastácia. Na obra, as histórias contadas por ela são consideradas pelos outros personagens do Sítio como de mau gosto. [...] Na história, Monteiro Lobato mostra que, para ele, existe tensão sem solução, entre o mundo da cultura de uma negra, analfabeta, e o da cultura branca, burguesa" (CASTILHO, 2004, p. 108). Tratamento semelhante é dispensado à personagem Tio Barnabé, o que tem levantado questões várias, desde a necessidade de censura até a possibilidade de edição ou supressão dessas partes específicas da obra de Lobato.

Além da crítica de racismo, Lobato também é constantemente criticado, como a maior parte dos autores de seu tempo, por ainda estar preso aos preceitos machistas e valores do patriarcado, quando se pensa nos valores desejados em um universo infantil em formação. Em seu artigo "Duas Formas de Representar o Feminino na Literatura Infantil", a pesquisadora Ana Carolina Lazzari Chiovatto comenta que o tom moralizante da obra de Lobato ao euforizar temas como casamento – enquanto grande meta nas vidas das personagens Narizinho, uma criança, e Emília, uma boneca, que, mais do que desejar casar, busca uma forma de ascensão social – é complicado por sugerir a meninas-leitoras que esse é o maior objetivo da vida de uma mulher. Isso repete um modelo antigo de contos de fadas tradicionais, nos quais princesas precisam conquistar príncipes para garantir seu futuro e nobreza (cf. CHIOVATTO, 2017a, p. 33), na contramão, no entanto, do que já vinha sendo feito na literatura infantil de outros países, como o exemplo da personagem Dorothy, de *O Mágico de Oz*, obra que considera desnecessário trazer tais questionamentos, circunscritos ao universo adulto, para debates entre crianças (cf. CHIOVATTO, 2015, pp. 72-9).

No que concerne ao fantástico, como na maior parte das histórias infantis, o maravilhoso está presente o tempo todo na obra de Lobato, a começar por algumas de suas personagens principais, como o Visconde de Sabugosa (um boneco de sabugo de milho dotado de vida), Emília (uma boneca de pano falante) e muitos animais antropomorfizados, como o Marquês de Rabicó (um porquinho guloso) e Quindim (um rinoceronte muito gentil). Para além de suas próprias criações, Lobato toma emprestadas criaturas mitológicas, como o Minotauro, a Esfinge e os deuses gregos; ou ainda do folclore brasileiro, como a Cuca, a Iara e o Saci, personagem-título da primeira das aventuras passadas no sítio. Além disso, vez ou outra, vale-se de personagens dos contos de fadas europeus, como Branca de Neve e Cinderela, bem como de outras culturas antigas, como o Alladin de *As Mil e uma Noites*.

Lobato faz isso antecipando, de certa forma, o recurso de *cross-over*, muito em voga atualmente em filmes como os da franquia *Shrek* (2001-2010), em HQs, a exemplo da série *Fábulas* (iniciada em 2002), ou ainda em séries televisivas como *Once upon a Time* (iniciada em 2011), criada por Adam Horowitz e Edward Kitsis – para citar três exemplos que também brincam com contos de fadas. Trata-se de três mídias diferentes que mesclam personagens originais a personagens de contos populares, sobretudo de contos de fadas e da literatura infantil, em tramas novas, tal como Monteiro havia feito, no Brasil, 80 anos antes, de modo muito inovador. Nessas histórias, humanos interagem com seres fantásticos e visitam países feéricos, onde a magia se faz presente o tempo todo, sem que, no entanto, seja questionada sua existência. Por todas essas razões, não é de estranhar, portanto, que, apesar de todas as ressalvas e debates necessários suscitados por sua obra, os livros de Lobato ainda façam tanto sucesso.

Com o salto de várias décadas, mas também no campo do *cross-over*, não poderíamos deixar de mencionar *O Fantástico Mistério de Feiurinha* (1986), de Pedro Bandeira (1942), vencedor do Prêmio Jabuti de melhor obra infantil daquele ano. Nela, Bandeira, que se volta ao fantástico em outras de suas produções para crianças e adolescentes, reúne em um único universo diversas princesas de contos de fadas, dentre elas, Cinderela, Rapunzel, Bela e Branca de Neve, que se encontram, após suas respectivas histórias, já casadas e grávidas, vivendo seus "felizes para sempre". A elas se soma uma Chapeuzinho Vermelho solteirona, que passa a vida cuidando de sua avó. Todas essas icônicas personagens estão muito preocupadas, pois outra princesa, chamada Feiurinha, desapareceu e ninguém se lembra mais de sua história. Elas enviam então um emissário a um escritor para ajudá-las a trazer de volta a princesa desaparecida e a fazer com que as demais também não sejam esquecidas. Em 2009, o livro foi adaptado para o cinema.

Outra obra de Bandeira que brinca com os clássicos da literatura infantil é *Alice no País das Mentiras* (2005), em óbvia referência à obra de Lewis Caroll. Nesse livro, Alice, após brigar com seu amigo Lucas – que lhe contou uma mentira –, acaba chegando ao País da Mentira, onde descobre que a verdade nem sempre é o que parece. *Alice no País das Mentiras* faz parte da Coleção Vaga-Lume, da Editora Ática, que marcou gerações com narrativas ágeis e inteligentes, muito utilizadas em escolas. A coleção foi lançada no final de 1972, e desde então já publicou autores conhecidos e inéditos, com obras muitas vezes ligadas ao fantástico. A coleção Vaga-Lume se destaca ainda pelos impressionantes números de obras vendidas e por sua permanência, já que ainda hoje republica seus títulos antigos e lança obras novas. Um dos direcionamentos da coleção a garantirem seu sucesso foi a noção de que se por um lado há diferenças significativas entre a produção voltada para crianças e a produção voltada para adolescentes, por outro lado "jovem não é um adulto em miniatura", de modo que foi preciso buscar um direcionamento específico para esse público, cuja demanda surgia nas décadas de 60 e 70 com a reforma curricular, que tornava obrigatório o ensino até a oitava série (cf. MENDONÇA, 2007, p. 83).

Dentre seus autores mais célebres cuja produção dialoga com as vertentes do insólito ficcional, temos a mineira Lúcia Machado de Almeida (1910-2005), autora de diversas obras da coleção, dentre as quais a célebre *O Caso da Borboleta Atíria*, publicado incialmente em 1951 e republicado na coleção Vaga-Lume em 1975. O livro conta a história de um mundo utópico povoado por borboletas antropomorfizadas, aproximando-se das fábulas. No entanto, traz ideais típicos dos contos de fadas, como a presença de um príncipe e de um vilão terrível que desestabiliza a vida pacata das borboletas e coloca Atíria, uma borboleta cuja asa mal formada impossibilita voos de grande distância, na qualidade de heroína que precisa desvendar o mistério dos desaparecimentos de suas companheiras e trazer de volta a paz a seu mundo.

A respeito desse livro, Catia Mendonça, em seu estudo sobre a coleção Vaga-Lume, comenta o interessante imbricamento entre a literatura policial e o conto maravilhoso, já que a "zoomorfização dos personagens – também artifício comum naquela década – aproxima a narrativa do público infantil, pois até mesmo a descoberta do culpado do crime, Caligo, segue as regras do romance policial: o detetive, pelo processo de observação e dedução, descobre que o criminoso esteve presente nos locais dos crimes sem que alguém suspeitasse. No final, contrariando essas mesmas regras, há a realização de um casamento entre Atíria e o Príncipe Grilo, elemento feérico que reforça na narrativa o tom maravilhoso. Temos então uma obra permeada por dois gêneros: o policial e o maravilhoso" (MENDONÇA, 2007, p. 99).

Em 1992, a personagem Atíria volta em uma nova história intitulada *Atíria na Amazônia*, publicado pela Editora Salamandra. Nesta nova aventura, a borboleta e seu amado, o Príncipe Grilo, viajam para um lugar mágico no meio da selva amazônica. Lá, o príncipe é sequestrado e Atíria precisa salvá-lo.

Ainda dentre as obras escritas por Almeida para a coleção Vaga-Lume, destaca-se *Spharion: Aventuras de Dicó Saburó* (publicado inicialmente 1979 e, depois, em 1990), na qual conhecemos um jovem com poderes telepáticos, encarregado de descobrir a identidade de um *serial killer* cujas vítimas são sempre encontradas com a palavra "Spharion" escrita em tinta azul na testa. Vale mencionar também a série de fantasia em torno da personagem título Xisto, iniciada em *As Aventuras de Xisto* (originalmente publicado em 1957 e republicado na coleção em 1973), à qual se seguiram duas continuações *Xisto no Espaço* (1967, posteriormente relançado pela Vaga-Lume) e *Xisto e o Saca-Rolha* (1974, republicado em 1983 na Vaga-Lume), depois republicado como *Xisto e o Pássaro Cósmico*. A partir dessas obras, Almeida passa a utilizar uma linguagem jovem com muita coloquialidade, como contrações e gírias, próprias da linguagem oral, o que a aproxima ainda mais de seu público (cf. MENDONÇA, 2007, p. 104).

No primeiro volume da saga, Xisto, um garoto órfão e insubordinado, e seu amigo Buzo descobrem um livro mágico no qual estão identificados os últimos bruxos existentes. Os dois partem então em busca destas criaturas malévolas, na clássica luta entre o bem e o mal, em um percurso que, em alguns momentos, lembra o Quixote, de Miguel de Cervantes (1547-1616), diferente pelo final, contudo, no qual Xisto é sagrado cavaleiro em meio a grande pompa heroica. Essa história, que remete tanto ao maravilhoso dos contos de fadas quanto ao imaginário medieval das lendas arturianas, talvez seja a primeira fantasia de mundo secundário brasileiro, tema sobre o qual nos deteremos em pormenor no capítulo "No Território da Alta Fantasia".

Já na sequência, *Xisto no Espaço*, obra vendedora do Prêmio Jabuti de 1967, a fantasia dá lugar à ficção científica numa trama em que o universo do novo herói é ameaçado por um grande vilão, obrigando-o a partir em uma viagem interestelar e combater alienígenas. É curioso notar que, embora tenha o mesmo nome e idade da personagem do livro anterior, o Xisto do segundo livro é outro personagem, motivo pelo qual a atmosfera medievalizante é deixada de lado, não sem que haja uma referência a um herói do passado de mesmo nome. Por fim, misturando as duas vertentes narrativas, a terceira aventura de Xisto é uma continuação direta de *Xisto no Espaço*, na qual se narra a queda de um disco voador tripulado por um monstro terrível no reino do herói, que precisa se juntar a seus amigos para combatê-lo. O pássaro do título retoma uma passagem do primeiro livro, dando unidade à tríade de Almeida.

Deixando de lado o impacto de vendas e pensando na questão da projeção internacional, a escritora gaúcha Lygia Bojunga (1932), laureada com um Prêmio Jabuti em 1973 e com o Prêmio Hans Christian Andersen de 1982, se mostra um dos nomes mais representativos da literatura infanto-juvenil no século XX. De suas obras e da forma como o insólito é apresentado no enredo, podemos citar *A Bolsa Amarela* (1976), *A Casa da Madrinha* (1978) e *O Sofá Estampado* (1980), dentre muitas outras. No primeiro livro, narrado pela protagonista infantil Raquel, a menina revela ter três desejos – ser escritora, ser menino e ser adulta –, desejos que esconde na bolsa amarela do título devido aos estereótipos sociais que condenam seus sonhos. A bolsa também esconde outros segredos e até criaturas criadas por ela, como o galo Afonso. Num divertido e fascinante elogio ficcional à capacidade imaginativa infantil, Bojunga discute amadurecimento e determinação, especialmente em contextos de ênfase na pressão nociva da sociedade ou da própria família sobre o desenvolvimento infantil.

No segundo livro, conhecemos Alexandre, que, motivado por uma singular professora, sua maleta de maravilhas e pela história contata por seu irmão mais velho, Augusto, parte de uma vida de pobreza e dificuldades em busca de uma casa mágica e fantástica. Acompanhado de um pavão falante e de outra criança sonhadora, Vera, o caminho até seu destino perpassará incidentes e aventuras. "O enredo", nas palavras de Regina Michelli "concentra-se, basicamente, na viagem do menino em busca da casa da madrinha que, com seus objetos mágicos, vai ser o grande espaço representativo do maravilhoso, recuperação da terra de Cocanha" (2012, p. 133).

Na terceira obra aqui elencada, somos apresentados a um tatu chamado Vitor, que está apaixonado pela gata Dalva. Inconformado com o desinteresse dela – cujos dias são passados à frente da televisão –, ele se esconde no sofá do título da obra indo parar no passado, onde trava contato com sua avó – que adorava viajar o mundo – e aprende a lidar com a perda e a rejeição. Como vemos, o insólito é usado por Bojunga a partir da fusão do maravilhoso com elementos do cotidiano (cf. MICHELLI, 2012, p. 133), ao lado do recurso moralizante da fábula não apenas para divertir e entreter leitores jovens e adultos, como também para criticar aspectos de nossa sociedade.

Destaca-se ainda nesse panorama o carioca Joel Rufino dos Santos (1941-2015), negro, professor, historiador e escritor, responsável por extensa obra, na qual se destaca o tema da negritude e as mitologias de matriz africana, retratadas num momento em que tais questões ainda pouco apareciam em nossa literatura, ou, quando apareciam, era de forma racista, como em Monteiro Lobato. Nessa temática, podemos citar, por exemplo, o livro *Gosto de África: Histórias de lá e daqui*, publicado em 1998, pela editora Global, que reúne sete contos de caráter fantástico que trabalham questões do imaginário africano, passados tanto em seu continente de origem quanto no Brasil.

No conto "Bonsucesso dos Pretos", por exemplo, vemos uma escrava ser punida por seu senhor, que manda amarrá-la no meio de uma clareira sem acesso à comida ou à água. Todavia, uma semana depois, a moça continua viva, dizendo que Nossa Senhora a alimentava. Os homens do senhor de escravos descobrem então uma imagem que cisma em voltar ao local onde a jovem estava, mesmo quando trancafiada em um cofre. Ao fim, decidem jogar a imagem num rio, onde acaba por desembocar na cidade de Bonsucesso.

Já no breve livro infantil *O Presente de Ossanha*, vemos a história de um menininho escravo, que se descobre protegido por Ossanha, o orixá das florestas, filho de Olorum. Além da temática africana, Rufino dos Santos também se dedicou com afinco a recontar mitos do folclore nacional, como em *O Caçador de Lobisomem*, obra de 1975, sobre um falso lobisomem e um homem que diz ser capaz de caçá-los, *O Saci e o Curupira e Outras Histórias de nosso Folclore* (2000), recontos breves de nossas principais lendas, e o mais recente *Vida e Morte da Onça-Gente*, de 2006, no qual conta a história de uma onça cansada de ser bicho, que decide tentar a vida virando gente.

Além desses, muitos outros nomes poderiam ser incluídos aqui, como a célebre e premiada Marina Colasanti[19] (1937) – autora de *Uma Ideia Toda Azul* (1979), *Doze Reis e a Moça no Labirinto do Vento* (1982), *Longe como o meu Querer* (1997), *Com Certeza Tenho Amor* (2009), dentre tantos outros –, Miguel Jorge Marinho (1947) – autor de *A Visitação do Amor* (1987) –, ou Stella Carr (1932-1992), sobre a qual falaremos mais adiante – autora de *O Fantástico Homem do Metrô* (1979) –, não obstante, para não nos alongarmos neste já extenso capítulo, gostaríamos de falar apenas brevemente de Luiz Roberto Mee, autor já do fim do século XX, pioneiro por criar universos, passíveis de serem classificados como alta fantasia, na esteira de autores como J. R. R. Tolkien (1892-1973) e C. S. Lewis (1898-1963).

Mee escreveu a série infantil *A Saga Real de Selladur*, lançada pela Editora 34, cujo primeiro número, *Viagem a Trevaterra* (1994) conta a história do Reino Selladur, onde habitam nobres, cavaleiros e magos e o sol brilha 24 horas, motivo pelo qual todos os heróis locais são convocados para a grande missão de resgatar a noite. Antecipa, portanto, aquela que será a vertente mais produzida e desenvolvida dentro das letras fantásticas brasileiras do século XXI: a fantasia. O segundo volume, *Crônica da Grande Guerra*, saiu em 1995, trazendo a história de dois magos que lutam pelo destino do reino de Selladur. Em 2003, Mee lança *O Prisioneiro da Sombra*, pela Editora Record, passado em um mundo tolkieniano de dragões, magos e outras criaturas.

A questão levantada nesse capítulo é: até que ponto nossos sérios problemas de leitura, tanto em jovens quanto adultos, se relaciona com a formação de leitores ainda na infância? Independentemente das críticas – necessárias e urgentes em nossa contemporaneidade – à produção de Monteiro Lobato, é evidente o esforço feito pelo autor paulistano nesse sentido. O mesmo vale para os idealizadores e realizadores das dezenas de títulos da coleção Vaga-Lume em nosso país. A partir dessas iniciativas, nomes como de Pedro Bandeira, Lygia Bojunga e Joel Rufino dos Santos, entre tantos outros, têm se tornado dignos de nota por sua importante contribuição às letras nacionais e à imaginação de meninos e meninas, jovens e adultos. Afinal, o fantástico brasileiro buscado por todos nós – enquanto professores, autores, editores e leitores – passa obrigatoriamente pela valorização dessas obras na escola e em casa, na pessoa dos pais e parentes leitores. Indo ainda mais longe, podemos dizer que o próprio futuro do nosso país depende dessa questão.

CAPÍTULO 7

O HORROR SOBRENATURAL: ENTRE O GÓTICO E O *PULP*

Apesar de ser uma modalidade de predileção ao longo do século anterior e de ser largamente revisitada no novo milênio, sobretudo pela forte presença de narrativas vampirescas, o terror não parece ter encontrado tanto espaço no século XX quanto outras vertentes do insólito ficcional, como a ficção científica, o realismo maravilhoso e a nascente fantasia. De toda forma, está presente em alguns autores, em especial naqueles associados à chamada "ficção de polpa brasileira", produzida entre os anos 1920 e 1950, que, por publicarem majoritariamente em periódicos, perdem-se em meio ao material disperso. A maioria dos autores dessa época, lamentavelmente, queda esquecida hoje em dia, salvo por aparições pontuais em antologias, como em *Páginas de Sombra* (Casa da Palavra, 2003), organizada por Braulio Tavares, resgatando muitos textos do período, diversos deles comentados a seguir.

Talvez o mais conhecido dos autores do grupo tenha sido Humberto de Campos (1886-1934), que chegou a ser membro da Academia Brasileira de Letras. Campos trouxe em seu livro *O Monstro e Outros Contos* (1932) uma prosa fluida, cujos textos breves misturam traços do terror gótico e da nascente ficção científica, como em "Os Olhos que Comiam Carne", no qual o fantástico transparece em uma pseudotecnologia médica. A história é narrada do ponto de vista de um escritor, que logo na primeira cena descobre ter perdido a visão. A notícia da cegueira de Paulo Fernando se espalha, causando grande comoção. Na mesma época, um médico alemão, conhecido por ser capaz de devolver a visão aos cegos, está para chegar ao Brasil. Assim, tudo é arranjado para que o Prof. Platen opere seus olhos e, de fato, assim ocorre.

Após a cirurgia, quando a venda é retirada, Paulo não vê mais o mundo como via antes; seus novos olhos, mais aguçados do que nunca, veem por baixo das roupas e da carne, como se fosse a visão de raio-X do *Superman*, causando-lhe toda sorte de infortúnios. O horror nasce, não apenas da cena dos esqueletos em si, mas também do medo da ciência, como aponta Ana Carolina de Souza Queiroz, pois, como há uma espécie de "milagre, uma cura como essa carrega consigo a ideia de um evento quase sobrenatural, de algo impossível – ainda que descrita com detalhes técnicos e científicos a fim de torná-lo verossímil" (2011, p. 29). O final do conto é ainda mais trágico: ao se ver cercado de esqueletos, Paulo, em desespero, arranca os próprios olhos, como Édipo na peça de Sófocles.

Já Amândio Sobral (1902-?), autor do volume *Contos Exóticos* (1934), nascido em Piracicaba, no Estado de São Paulo, produziu uma obra bastante anglófila, pautada no exotismo – evidenciado pelo título de seu livro – tão em voga na literatura inglesa do final dos oitocentos. Em seu conto "A Podridão Viva", antologiado por Braulio Tavares, um narrador conta suas aventuras numa África insólita, onde habitam seres apavorantes, para uma audiência pouco crédula.

Por sua vez, o capixaba Adelpho Monjardim (1903-1986) flertou com o fantástico em praticamente toda a sua obra, seja no romance *Um Mergulho na Pré-História* (1976), que Tavares identifica como sendo "o relato aventuroso de uma expedição científica às matas no Brasil Central, revelando influência de Jules Verne e do Conan Doyle" (2003, p. 84), seja nas coletâneas de contos *Novelas Sombrias* (1942), *A Torre do Silêncio* (1944) e *Contos Fantásticos* (1990), demonstrando em todas elas o mesmo gosto pela ficção americana e inglesa demonstrado por Sobral.

No conto "O Satanás de Iglawaburg", publicado no livro de 44 e também presente na antologia de Braulio Tavares, somos levados ao ano de 1914, em que um jovem universitário acode ao chamado urgente de um amigo nos montes da Morávia. Com ecos de Mary Shelley, Edgar Allan Poe e Oscar Wilde, apresenta a história de uma maldição familiar, associada a um quadro. A história termina, no entanto, com a dúvida ante a existência do sobrenatural, aos moldes do que o teórico Tzvetan Todorov prevê como o legítimo fantástico.

Acerca do conjunto da obra de Monjardim e a este conto em específico, Tavares comenta: "Muitos de seus contos constituem um equivalente aos *weird tales* que nos anos 1940 se publicavam nos *pulps magazines* norte-americanos; histórias fantásticas onde os autores não tinham propriamente a intenção de desbravar novos espaços, e sim a de fixar, pela multiplicidade de repetições e variantes, os espaços recém-conquistados pelo gênero. [...] Não possuindo o Brasil uma indústria editorial de peso nem uma base de público alfabetizado e com um mínimo de poder aquisitivo, como os EUA tinham mesmo nos anos da Depressão, o fenômeno da *pulp fiction* entre nós foi limitado à reimpressão de contos adquiridos às revistas norte-americanas, e os autores locais publicavam de preferência em revistas com outro perfil. Isto não reduz, no entanto, a importância histórica de contos como este, uma variante do tema clássico da obra de arte sobrenatural" (2003, p. 84).

A artista plástica, poeta, advogada e escritora paulista Lília Aparecida Pereira da Silva (1926) publicou diversas obras, para diversos públicos, entre elas *Monstros e Gênios*, de 1965. Como comenta Braulio Tavares, seus contos lembram mais impressões de pesadelos fragmentadas do que propriamente narrativas, nos quais "amontoam-se obsessões, crimes grotescos, catástrofes sobrenaturais, metamorfoses, alucinações, máquinas e feras" em uma ambientação "urbana ou rural" sempre "sombria, com casas das quais só entrevemos detalhes: mobilhas empoeiradas, ruínas, laboratórios incompreensíveis" (2003, p. 44).

Em "Máquina de Ler Pensamentos", um dos contos do livro de 1965, conhecemos Arcédula, uma anã corcunda formada em engenharia eletrônica que tenta criar uma máquina capaz de televisionar os pensamentos de uma pessoa. A ambientação do conto é totalmente gótica mesclada à protoficção científica, novamente em diálogo com Mary Shelley. Construída em um laboratório abarrotado de estátuas femininas de corpos perfeitos, onde há objetos da mais variada ordem espalhados, como uma caixa de violino, por exemplo, a máquina da cientista precisa de uma cobaia para ser testada. No laboratório, também vive Vítreo, o gato preto leopárdico que acaba atraindo um menino mendigo para servir aos desígnios malignos de sua dona. Ao fim do conto, Arcédula consegue executar sua máquina, mas se desencanta ao verificar que todos os pensamentos do menino versam sobre sua feiura. Para vingar-se dessa afronta, decide, então, cortar-lhe a cabeça.

Talvez a mais importante figura da ficção *pulp* e de horror em nosso país seja Rubens Francisco Lucchetti (1930). Escritor, desenhista, jornalista, radialista, ensaísta e roteirista de filmes e quadrinhos, entre várias outras atividades, ele também publicou uma série de obras com pseudônimos que já comunicam suas grandes referências: Terence Gray, Mary Shelby, Christine Gray, Isadora Highsmith, Brian Stockler e Vincent Lucosi, entre muitos outros. Seu livro *Noite Diabólica* (1963), série de contos horripilantes que remetem a autores canônicos como Bram Stoker e H. P. Lovecraft, recebeu nova edição pela Argonautas, em 2015, sob os cuidados de Duda Falcão, editor e escritor gaúcho de terror para quem Lucchetti foi uma grande influência. Lucchetti também ficou conhecido por *O Fantasma do Tio William*, publicado originalmente em 1974, e reeditado duas outras vezes: em 1983, pela Melhoramentos, e, por fim, na Coleção Vaga-lume, da Editora Ática em 1992, já comentada anteriormente.

Hoje, Lucchetti está reeditando suas obras mais importantes na companhia do filho, o escritor e professor Marco Aurélio Lucchetti. Ambos são os responsáveis pela Editorial Corvo, do grupo ACP, que lançou a "Coleção R. F. Lucchetti" em 2014, iniciada com o volume *As Máscaras do Pavor*, publicado originalmente em 1974, no qual o leitor é levado a uma Los Angeles dos anos 1970, assolada por uma onda de assassinatos, praticados, como depois se revela, pelos monstros clássicos hollywoodianos.

De certa forma, *As Máscaras do Pavor* pode ser considerado uma das primeiras obras de *cross-over* nacionais, uma inovadora ficção alternativa que anos antes da novela gráfica *A Liga Extraordinária* (1999), de Alan Moore, do romance *Anno Drácula*, de Kim Newman (1992), do filme *Van Helsing* (2003), de Stephen Sommers, ou ainda da série *Penny Dreadful* (2014-2016)[20], de John Logan, já reunia em uma mesma história as personagens Drácula, Jack, o estripador, o Fantasma da Ópera e um lobisomem. Além de seus muitos livros, Lucchetti também foi roteirista de vários filmes de José Mojica Marins, o Zé do Caixão, e de Ivan Carodos, além de várias histórias em quadrinhos ilustradas por Nico Rosso.

Um caso curioso de horror pontual, também compilado por Braulio Tavares em sua antologia, é o conto "Flor, Telefone, Moça", do poeta modernista Carlos Drummond de Andrade (1902-1987), publicado originalmente na coletânea *Contos de Aprendiz*, de 1951, primeira recolha de contos do autor. O texto começa já desestabilizando o leitor ao dizer: "Não, não é um conto" logo na primeira frase. Com isso, cria-se um pacto entre narrador e receptor de que se a narrativa não é um conto, só pode ser verdade – isso também é dito explicitamente logo em seguida –, da mesma forma, já fica explícita a relação com o humor que permeia todo o texto, apesar do aspecto de terror psicológico de seu desfecho. Como apontado por Todorov, enquanto recurso frequente ao fantástico, o narrador em primeira pessoa na verdade conta aquilo que uma amiga lhe disse, a respeito de uma terceira amiga. Tudo isso enreda o leitor na trama, que só então se inicia de fato.

A amiga da amiga do narrador morava perto do cemitério e, por isso, sempre assistia a cortejos fúnebres de sua janela. Às vezes, chegava até a acompanhar o enterro e assim acostumou-se a passear em cemitérios. Em um desses passeios, sem motivo aparente, pegou a flor de uma sepultura. Voltando para casa, o telefone toca. Quando atende, a voz do outro lado diz: "Quedê a flor que você tirou da minha sepultura?" (ANDRADE, 2003, p. 22). A voz era "longínqua, pausada, surda", mas, de todo modo, a moça riu. O que julgou ser brincadeira, contudo, logo a irritou, pois a ligação continuou por vários dias. Dada a persistência da voz e a impossibilidade de reconhecê-la, a moça começou a sentir medo. O caso se alongou meses a fio e por mais que o irmão e o pai da moça tivessem investigado e até recorrido à médiuns espíritas, a voz ao telefone só foi se calar, quando por fim, a jovem pereceu.

Fica claro, portanto, que a produção de horror do século XX, de uma forma ou de outra, estava muito pautada em modelos europeus e norte-americanos, seguindo de perto autores góticos e românticos do século XIX e do período *pulp* das primeiras décadas do século XX, com forte influência da ficção científica, de tal modo que em muitos casos se torna difícil distinguir os limites entre essas duas vertentes tão fortemente mescladas. Mesmo havendo alguma tentativa de domesticação por parte de determinados autores, como Lucchetti, a revisitação de modelos é dominante. No entanto, tais escritores e obras importam não apenas por seu potencial narrativo como também enquanto registro dessa primeira fase da literatura de horror e terror em terras tupiniquins, temática que volta com grande força, no Século XXI, não apenas pela retomada de monstros clássicos, como vampiros, zumbis e lobisomens em uma nova era *pulp*, como também pelo surgimento de importantes e interessantes tramas psicológicas caracterizando o chamado *Horror Cult*, o que não seria possível sem os importantes precursores do presente capítulo.

CAPÍTULO 8

AUTORES DE FC QUE DESBRAVARAM O TEMPO E O ESPAÇO

A ficção científica recém-nascida no século XIX toma corpo ao longo do século XX, alcançando sua maturidade a partir dos anos 1960. Em seus primórdios, esteve presente nas penas de autores mais populares, como Jeronymo Monteiro (1908-1970), de grandes mestres da especulação, como André Carneiro (1922-2014), e de exploradores ocasionais, como Monteiro Lobato (1882-1948) e Rachel de Queiroz (1910-2003), aquele mais conhecido por sua produção voltada ao público infantil e aquela, pelos livros regionalistas de forte crítica social.

Lobato flertou com o insólito em dois momentos: em sua ficção para adultos e em suas obras infantis, comentada em capítulo anterior. Nas primeiras, escreveu contos seguindo de perto o modelo de Guy de Maupassant (1850-1893), a quem tentou imitar sem muito sucesso. Por outro lado, foi mais longe com seu único romance para adultos, *O Presidente Negro ou O Choque das Raças*, de 1926, uma obra de ficção científica.

O livro conta a história de Ayrton, um homem comum que acaba por conhecer o Prof. Benson, inventor de uma curiosa máquina capaz de predizer o futuro. Através dela, as personagens ficam sabendo que, em 2228, será eleito o primeiro presidente americano negro. O livro apresenta o mesmo problema racista das narrativas passadas no universo do Sítio do Pica-Pau amarelo. A esse respeito, Roberto de Sousa Causo comenta: "Monteiro Lobato, cidadão do seu tempo que era, caiu pela falácia do Darwinismo Social. Claramente influenciado por Wells, em seu romance *O Presidente Negro ou O Choque das Raças* (1926), Lobato condena a mestiçagem brasileira, louva a discriminação racial nos Estados Unidos e lança um projeto de eugenia [...]. No romance, a divisão do eleitorado branco, em 2228, permite a surpreendente ascensão de um presidente negro. Como resultado, os brancos se unem mais uma vez para ressubmeter os negros ao seu controle" (CAUSO, 2003, p. 137-8).

A partir disso, a trama desenvolve-se em torno do "choque das raças", quando os membros da etnia branca se unem contra o político recém-eleito. Ao fim, o presidente é encontrado morto. Ainda segundo Causo, para a pesquisadora norte-americana Daphne Patai, "o único interesse [...] no romance está no seu relacionamento entre a especulação utópica e o contexto histórico-cultural brasileiro da época" (CAUSO, 2003, p. 138).

Além da temática da máquina do tempo explorada por Lobato, outro tema europeu muito difundido no Brasil foi o das cidades utópicas perdidas nas florestas do norte e oeste do território nacional, a exemplo do visto anteriormente em *A Rainha do Ignoto*, de Emília Freitas. Segundo Braulio Tavares, "duas tendências foram se firmando desde o século XIX: os romances utópicos ou satíricos, e os romances voltados para o Espaço Selvagem no interior de nosso país (principalmente a Amazônia)" (2011, p. 10).

Vale dizer que em muitos casos essas duas vertentes apontadas por Tavares se mesclam, ou seja, há muitas utopias em meio a esse "espaço selvagem", sobretudo na primeira metade do século XX. Encontramos nessa vertente: *A Amazônia Misteriosa* (1925), do carioca Gastão Cruls (1888-1952), *A Cidade Perdida* (1948), do paulista Jeronymo Monteiro, *A República 3000* (1930), republicada como *A Filha do Inca* em 1949, pela Editora Saraiva, e também *Kalum, O Mistério do Sertão* (1936), ambos de Menotti Del Picchia (1892-1988), também natural de São Paulo, talvez mais conhecido como autor do poema "Juca Mulato" e por sua participação na Semana de Arte Moderna em 1922[21].

Estes autores muito beberam de livros estrangeiros, como os volumes da série de narrativas de viagens extraordinárias de Jules Verne, e, em especial, o romance *O Mundo Perdido* (1912), de Sir Arthur Conan Doyle, também este a história de uma civilização perdida na mata amazônica, todavia, com forte diferença de posicionamento. Enquanto no livro de Doyle o lugar encontrado é completamente primitivo, inclusive com a presença de dinossauros, nos livros brasileiros o que temos são em sua maioria civilizações utópicas, como a de Del Picchia em *A República 3000*, cujos habitantes vivem em uma cidade de altíssimo desenvolvimento tecnológico.

É curioso o fato de hoje não ser possível encontrar edições desses livros que tanto sucesso tiveram em seu tempo. A edição da Saraiva de *A Filha do Inca*, por exemplo, foi impressa em impressionantes 40 mil exemplares, uma quantidade bastante significativa ainda nos dias de hoje (cf. LARAIA, 2009, p. 101). O romance também chegou a ser traduzido para o francês em 1950, em uma edição ilustrada de algum sucesso (cf. CAUSO, 2003, p. 253). Nesse popular romance, acompanhamos a expedição do Capitão Fragoso pelo interior de Goiás. Após enfrentarem tribos de índios canibais e outros percalços, a equipe acaba reduzida ao capitão e a Maneco, um rapaz matuto que o auxilia. O fantástico é introduzido quando a dupla encontra um círculo de ossos das mais variadas espécies, desde animais contemporâneos até animais pré-históricos, dinossauros e hominídeos de diversas eras. O círculo é guardado por uma proteção elétrica que, por acaso, não mata os dois exploradores, apesar de ter derrubado o avião de busca à procura da expedição. Dentro dessa fortaleza inusitada, encontra-se a tal república do título da primeira edição, uma civilização ultra-avançada, cujos moradores, embora humanos, evoluíram de forma diferente do restante da humanidade: seus corpos são franzinos e suas cabeças imensas, com um único olho capaz de se deslocar pelo perímetro da testa; afinal, em um local onde a tecnologia cuida de tudo, o que importa não é a força bruta, mas o intelecto. Tais criaturas viviam em uma cidade metálica, de contornos retos e arquitetura indefinida.

Espantados com os invasores, logo os cercam inquirindo em português como teriam conseguido entrar em seus domínios. O capitão então é levado até o sábio da cidade, que o recebe muito bem e conta a história de seu povo. Séculos antes, um navio partira pelo mediterrâneo, saindo da ilha de Creta e acabara dando no litoral do local futuramente conhecido como Brasil. Depois disso, embrenharam-se até o local onde fundaram sua cidade: assim nasceu a República 3000. No subterrâneo desta cidade, vive também uma mulher de incrível beleza, cujo aspecto é muito diferente dos demais habitantes, já que é alta, esguia e loira, descendente de antigos incas que ainda habitam sob a cidade; curiosamente, ela é chamada de "o monstro" pelos frágeis republicanos. A referência ao livro *A Máquina do Tempo*, de H. G. Wells, fica explícita quando pensamos nos dois povos que habitavam aquele livro, um na superfície e outro no subterrâneo, como atenta Causo (2003, p. 254).

Dos autores anteriormente citados, o que mais se dedicou ao fantástico foi sem dúvida Jeronymo Monteiro, que além de *A Cidade Perdida* também publicou os romances *O Irmão do Diabo* (1937), *3 Meses no Século 81* (1947), *Fuga para Parte Alguma* (1961) e *Os Visitantes do Espaço* (1963), além da coletânea de contos *Tangentes da Realidade* (1969). No livro de 1947, Monteiro se destaca por revisitar *A Máquina do Tempo* de H. G. Wells, trazendo o escritor inglês como uma de suas personagens.

Em *A Cidade Perdida*, Monteiro especula sobre a existência de uma civilização antiga nas entranhas do Brasil, assim como o fez Del Picchia. O livro é protagonizado por dois amigos, Saulo e Jeremias, que partem em busca de uma antiga civilização após o primeiro convencer o amigo de que a América do Sul é o berço de toda a humanidade. Para ele, a vida começou aqui e, por isso, cá surgiram os primeiros homens, que depois fundaram Atlântida e migraram para a África, espalhando-se pelo mundo. Jeremias hesita um pouco, mas decide acompanhar o amigo numa viagem pelos estados de Goiás e Pará. Após enfrentarem muitos perigos – dentre eles, novamente o clichê de tribos selvagens – acabam por encontrar os avançados atlantes que condenam a humanidade pelo rumo tomado.

A importância de Monteiro para a FC ultrapassa sua produção: foi também antologista, tendo organizado *O Conto Fantástico*, oitavo volume da série *Panorama do Conto Brasileiro*, em 1959, a primeira a incorporar autores brasileiros em um panorama voltado exclusivamente ao fantástico, na qual figuram textos de Afonso Arinos, Aluísio Azevedo, Machado de Assis, Afonso Schmidt, Gastão Cruls, Gonzaga Duque, Coelho Neto, Orígenes Lessa, Viriato Corrêa, dentre outros, em um total de 26 contos. Também foi essencial seu papel, juntamente com outros escritores, como André Carneiro, para a fundação da Sociedade Brasileira de Ficção Científica (Cf. TAVARES, 2011, p. 131).

Além disso, como aponta Marco Bourquignon, "Monteiro travava uma batalha em várias frentes da literatura popular: seriados para rádios, novelas policiais e histórias infantis [...] e nos últimos anos de sua vida foi editor do 'Magazine de Ficção Científica' (edição brasileira da conceituada revista estadunidense 'The Magazine of Fantasy and Science Fiction'). Seu primeiro sucesso foi 'Aventura de Dick Peter', uma série de livros baseados em um dos seus seriados de rádio. A partir de 1947, Monteiro publicou uma série de romances de FC, [...] e manteve por muito tempo uma coluna crítica sobre ficção científica no jornal 'A Tribuna'" (*apud* DUTRA, 2018, pp. 22).

Antes de Monteiro e Del Picchia, na transição entre o modelo europeu e o que viria a ser um fantástico mais tupiniquim, outro autor de destaque no tema do "espaço selvagem" foi Gastão Cruls, com sua *Amazônia Misteriosa* (1925), a narrativa da viagem de um médico em expedição pela floresta, onde encontra um cientista alemão que escolheu a selva tropical para ser palco de suas experiências, em diálogo explícito com o hoje clássico *A Ilha do Dr. Moreau* (1896), de H. G. Wells. A diferença, porém, entre Cruls e Wells está, justamente, no fato de o brasileiro trazer elementos reais da fauna e da flora de nosso país – os quais descreve em pormenor –, dando, assim, um passo além para a consolidação do insólito no Brasil.

Na história, acompanhamos Seu Doutor – nome pelo qual o narrador chama a si mesmo –, em uma expedição na qual, após muitas desventuras que provocam a morte de quase todos os seus companheiros, descobre a tribo de mulheres, as lendárias amazonas, no coração da floresta brasileira. Lá, vive também um estranho cientista alemão chamado Dr. Hartmann, casado com a insatisfeita Rosina. Hartmann mantém um laboratório secreto, onde crianças deformadas são mantidas em cativeiro para serverem de objeto de estudo às suas experiências.

Entre os experimentos de Hartmann estava a tentativa de cruzamento de meninos com macacos. Cruls brinca a partir disso com a obra de Wells, quando Seu Doutor diz em dada altura do romance: "O senhor nunca leu *A Ilha do Dr. Moreau*, de Wells? Pois é um romance muito conhecido. O Dr. Moreau era um médico que se meteu a transformar bichos em gente, ao passo que o senhor quer fazer justamente o contrário" (CRULS, 1957, p. 150). Ao fim, o narrador e Rosina se apaixonam e tentam fugir, mas ela perece no processo.

Desse grupo, resta falar de Afonso Schmidt (1890-1964), importante jornalista, poeta e ativista brasileiro, de também relevante carreira ficcional, na qual se voltou, assim como Del Picchia e Monteiro, à criação de uma utopia, com a publicação de *Zanzalá* em 1928. Associado às experimentações modernistas, entre seus projetos narrativos estava a valorização da temática nacional, para não dizer local. Em suas obras, a região da cidade de Cubatão é descrita no passado de 1500 em *O Enigma de João Ramalho* (1942), no presente, na sua remissão à própria infância em *O Menino Felipe* (1950), e no futuro, ao levar os leitores à utópica cidade de *Zanzalá*, título que nomeia uma cidade paulista situada entre Santos e São Paulo, no ano de 2029.

Trata-se de um lugar luzidio e bem ordenado com avenidas largas e construções ideais, onde as pessoas convivem de forma harmônica consumindo música, literatura e outras artes, em uma utopia bucólica, onde as casas são desmontáveis e cada um vive onde gostaria. Isso contrasta com o restante do mundo imaginado por Schmidt, onde, após uma guerra entre humanos e autômatos, estes ocuparam todos os antigos postos da humanidade, enquanto aqueles se tornaram seres à margem da sociedade. Ou seja, como toda utopia, Zanzalá é um lugar totalmente isolado.

Neste cenário, a paz da cidadezinha é comprometida por uma invasão estrangeira de um povo chamado "caborés". Segundo Causo, o romance une um idealizado "sonho brasileiro" ao "mal-estar europeu" da I Guerra Mundial testemunhado pelo próprio Schmidt em sua juventude (2003, pp. 200-201). Cristina Meneguello comenta ainda a forma trágica e distópica como o romance acaba, seguindo assim uma tendência de outras utopias do século XIX e começo do XX (2009, p. 330), quando os caborés, finalmente, atacam a cidade em uma expedição "para roubar e matar o único exemplar de cavalo que os pacíficos habitantes possuíam em seu zoológico. O animal, amado pelas crianças, será devorado pelos caborés numa orgia de sangue. O episódio marcará o início da guerra que destruirá Zanzalá, e que será – por mais cruel que pareça a narrativa – de intenso interesse para turistas que habitam o mundo que circunda Zanzalá, e que seguirão para aquela região em aviões lotados partindo do Rio de Janeiro ou de Montevideo" (MENEGUELLO, 2009, pp. 330-1).

Afastando-se do exotismo e das utopias dos escritores comentados até aqui, Orígenes Lessa (1903-1986), autor fluminense que ocupou a cadeira 10 da Academia Brasileira de Letras, ficou conhecido como autor de FC com a publicação de sua obra *A Desintegração da Morte* (1948), que retrata os problemas advindos com o fim da morte, após uma grande descoberta científica, tema que interessou a diversos outros autores, como José Saramago em *As Intermitências da Morte* (2005). Em um mundo onde todos os seres vivos são imortais, o leitor acompanha, então, o fim da civilização.

Por fim, nesta primeira fase, temos ainda Berilo Neves (1899-1974), nascido no Piauí, autor de três coletâneas onde o horror se une à FC, intituladas *A Costela de Adão* (1929), *A Mulher e o Diabo* (1931) e *Século XXI* (1934). A respeito de Neves, Braulio Tavares comenta que foi um dos poucos que "demonstrou pelo menos uma familiaridade superficial com temas, conceitos e termos técnicos da FC estrangeira da época" (2011, p. 12), fato interessante de apontar, pois autores como Del Picchia e Monteiro tiveram questionados em seus romances o uso de conceitos científicos que já na época de sua publicação eram considerados defasados.

Causo comenta que toda sua produção vinculada à FC se centrava em "invenções", como autômatos e aparatos pelos quais seria possível ler pensamentos, também algo inovador para a época (2003, 164). Ainda a respeito dessas questões, Aline de Castro Lemos resume a obra de Berilo Neves apontando que suas "narrativas traçam cenários – futurísticos ou não – nos quais a ciência e a tecnologia se imbricam no cotidiano das pessoas de modo quase onipresente, guiando desde políticas públicas até as práticas mais íntimas dos indivíduos. [...] Neves lidava com temas em discussão nos meios científicos de sua época, como a determinação biológica do comportamento, a vida higiênica, as comodidades da eletricidade e o impacto das tecnologias de transporte e comunicação na vida urbana" (2014, p. 29).

Para muitos teóricos, embora encontremos textos precursores da nossa ficção científica – como nas obras de Augusto Emílio Zaluar, Gastão Cruls, Menotti Del Picchia e Berilo Neves, dentre outros dos quais falamos acima –, apenas na década de 1960 esse modo narrativo recebe mais fôlego, chegando a ganhar na segunda metade do século XX e início do XXI a divisão conhecida como as "Três Ondas da Ficção Científica Brasileira". Neste panorama, optamos por uma divisão de capítulos correspondente a outros critérios – como autoria masculina, feminina e ambientação, por exemplo –, mas, de todo modo, cruzamos de certa forma com a noção de ondas, enquanto critério cronológico – dada a estrutura deste panorama – e reconhecemos a importância dessa classificação historiográfica, bem como a utilização dela por importantes críticos, como Roberto de Sousa Causo (2013; 2014), Rodrigo Christofoletti (2010), Ramiro Giroldo (2012; 2018) e Braulio Tavares (2011), dentre outros.

Em linhas gerais, a *Primeira Onda* – final da década de 50 e décadas de 60 e 70 – da nossa ficção científica está presente neste capítulo e no seguinte, dedicado à produção de autoria feminina. Os autores dessa época ficaram conhecidos como "Geração GRD"[22], em função da coleção de publicações lançada pela Edições GRD, capitaneada pelo editor Gumercindo Rocha Dorea (1924), cujas iniciais deram nome à editora e ao grupo. Dorea trouxe para o universo da FC autores nacionais de renome em outras searas. Na altura, autores nacionais como Dinah Silveira de Queiroz (1911-1982), sobre quem falaremos em um segundo momento, André Carneiro (1922-2014), Fausto Cunha (1928-2004) e Rubens Teixeira Scavone (1925-2007), e também estrangeiros como Ray Bradbury (1920-2012) e H. P. Lovecraft (1890-1937), foram inicialmente publicados no Brasil. Nesses anos surgiram também importantes revistas literárias dedicadas à ficção especulativa, como *Fantastic* (1955), *Galáxia 2000* (1968) e *Magazine de Ficção Científica* (1970), publicando tanto escritores estadunidenses e brasileiros, quanto argentinos, espanhóis e franceses.

Dos autores dessa geração, talvez o mais cultuado seja André Carneiro (1922-2014), autor muito prolífero. Paulista nascido na cidade de Atibaia, foi artista plástico, poeta, romancista, contista e ensaísta. Carneiro publicou quinze volumes, dentre os quais as coletâneas de contos *Diário da Nave Perdida* (1963, EdArt), *O Homem que Adivinhava* (1966, EdArt) e *A Máquina de Hyerônimus e Outras Histórias* (1997, UFSCAR), bem como o estudo *Introdução ao Estudo da "Science Fiction"* (1967) e os romances *Piscina Livre* (1980, Moderna) e *Amorquia* (1991, Aleph).

Neste último, o leitor é levado a uma utopia futurista, onde as máquinas assumiram toda e qualquer forma de trabalho. A raça humana, por sua vez, passa então a procurar outras maneiras de passar o tempo, desenvolvendo uma nova sociedade em torno da prática sexual. Nesse universo onde o amor é livre, e a monogamia não existe mais, os rótulos de identidade de gênero são diluídos, para não dizer apagados, e a mulher é considerada o sexo forte, invertendo o estereótipo difundido na época da escrita do romance. Segundo Patrícia Manoya, "esse mundo tecnológico e hedonista trata de riscar do dicionário as palavras 'amor' e 'sexo' como propulsores do comportamento humano que levam à transformação. Sem o tempo, sem a morte, sem a corrupção, sem os conflitos sociais, sem emoção, a sociedade em 'Amorquia' revela-se alienada do propósito humano, salvaguardando no sexo o elemento que compense a falta de entendimento da própria dinâmica existencial. A utopia acaba virando distopia..." (2018, pp. 122-123), movimento muito frequente como já vimos antes e como veremos a respeito de *Fazenda Modelo*, de Chico Buarque.

No concernente à parte formal de *Amorquia*[23], Causo a classifica como um "anti-romance", por trazer uma "ênfase na superfície dos eventos", uma narrativa fragmentada com "ausência de divisões estruturais" e personagens cujos nomes variam ao longo da narrativa (2013, p. 221), em uma experimentação linguístico-formal devedora do *nouveau roman* e típica da última década do século XX, como se verá em "O Insólito na Virada do Milênio".

Outro autor de relevo, apesar de pouco comentado hoje, é Fausto Cunha (1928-2004), jornalista, crítico literário e importante autor de FC atuante na segunda metade do século XX. Cunha publicou quatro obras de ficção: as coletâneas *As Noites Marcianas* (1960) e *O Dia da Nuvem* (1980) e as novelas *O Beijo antes do Sono* (1974) e *O Lobo do Espaço* (1984), sendo que apenas o livro de 1974 "não pode prontamente ser identificado como ficção científica", como destaca o estudioso Ramiro Giroldo em sua tese de doutorado *Alteridade à Margem: Estudo de* As Noites Marcianas, *de Fausto Cunha*, defendida na Universidade de São Paulo em 2012 (p. 12). A obra analisada por Giroldo merece destaque por ser talvez um dos primeiros livros de exploração espacial escrito no Brasil. Lamentavelmente, mesmo após os esforços de Giroldo em recuperar e reconhecer o valor da obra de Fausto Cunha, este ainda permanece sem reedições contemporâneas e ignorado pela maior parte dos leitores e da crítica, salvo por raras exceções.

Cabe ainda falar de Rubens Teixeira Scavone, advogado, jornalista e prolífico escritor de ficção científica, que publicou os romances *O Homem que viu o Disco Voador* (Palácio do Livros, 1958), publicado pelo pseudônimo anagramático Senbur T. Enovacs, ao qual se seguiram *O Lírio e a Antípoda* (Revista dos Tribunais, 1965), *Clube de Campo* (Record, 1973) e *A Noite dos Três Degraus* (Melhoramentos, 1976), a novela *O 31º Peregrino* (Estação Liberdade, 1993), vários livros de ensaios e muitas coletâneas de contos, dentre elas, *Degrau para as Estrelas* (Martins, 1961), *Diálogo dos Mundos* (GRD, 1961) e *Passagem para Júpiter* (Mundo Musical, 1971).

Em sua primeira obra, Scavone nos apresenta ao aviador Eduardo Germano de Rezende, que, em um pouso noturno no aeroporto de Congonhas, em São Paulo, depara-se com um objeto voador não identificado, apavorando toda a tripulação com uma luz ofuscante. Após tentar se informar melhor sobre o que poderia ter acontecido, Rezende acaba sendo contatado pelos tripulantes do disco voador. Estes desejam encontrá-lo em uma ilha no litoral brasileiro. Ele parte, então, acompanhado de alguns amigos até o encontro. Lá, conhecem Alik, um humanoide habitante de Agarta, um mundo subterrâneo dentro da Terra, composto por sete cidades. Alik conta, então, aos quatro humanos que o povo de Agarta era composto de humanos que muitos séculos antes desenvolveram uma tecnologia avançada capaz de lhes permitir sobreviver no subterrâneo. Tempos depois, passaram a monitorar os humanos, com suas naves avançadas. O tema da utopia, portanto, no caso da sociedade subterrânea de Alik, tão em voga em nossa FC, retorna no livro de Scavone. O grupo acaba sendo convocado para ajudar os agartianos a estabelecerem contato gradual com a Terra para integrar ambas as civilizações. Santos, porém, um dos amigos de Eduardo, vende a história para os jornais de São Paulo, causando a própria morte, e fazendo com que os demais tentem cortar relações com Alik e seus conterrâneos. Como comenta Causo, o nome do mundo subterrâneo de Scavone advém da teoria teosofista (2013, p. 168), trazendo uma aura mística a um livro que num primeiro momento parecia apenas voltado a um dos temas mais caros da FC: a ufologia, temática à qual Scavone retorna em outros momentos de sua trajetória.

Ainda no período correspondente à primeira onda, vale mencionar o romance *Fazenda Modelo: Novela Pecuária*, primeiro romance do célebre compositor Chico Buarque de Holanda, publicado em 1974, um livro político e irônico que apresenta semelhanças com *A Revolução dos Bichos* (1945), de George Orwell (1903-1950). Trata-se de uma pretensa utopia de bovinos, governada por Juvenal, o bom. O governo, no entanto, acaba se revelando uma ditadura em sua busca desenfreada por progresso, passando a controlar cada aspecto de seus habitantes: da alimentação à procriação, agora regulada pelo poder central, que só a permite a Abá, o touro. Com o tempo, Abá começa a perder a vitalidade, por se ver preso em uma obrigação incessante. Ao fim, o sistema começa a ruir. Não é coincidência, portanto, a publicação ter saído em um dos piores momentos da ditadura militar brasileira, quando as músicas de Buarque eram constantemente censuradas, o que o obrigou a "dar nome aos bois".

Marca o início da Segunda Onda o agrupamento de fãs em torno da FC, por volta de 1982 (Cf. CAUSO, 2013, p. 220). Em 1985, surge uma importante organização de fãs, o "CLFC – Clube de Leitores de Ficção Científica", que passou a editar a fanzine *Somnium*, publicada até hoje. No começo da década de 1990, a *Isaac Asimov Magazine: Contos de Ficção Científica* passa a ser publicada pela Editora Record, revista que contou com a colaboração de integrantes do CLFC. A partir dessas ações, houve o surgimento de novos autores, muito mais afinados com tendências internacionais e, em muitos casos, menos interessados em dar continuidade a temas e situações associados à ficção científica brasileira. Entre os escritores comumente relacionados a este período estão Jorge Luiz Calife, Gerson Lodi-Ribeiro, Carlos Orsi, o próprio Roberto de Sousa Causo, Finisia Fideli, Marien Calixte, Roberto Schima, Guilherme Kujawski, Ivanir Calado, Ivan Carlos Regina, Simone Saueressig, João Batista Melo, Octavio Aragão, Fábio Fernandes e Max Mallmann, muitos dos quais falaremos em capítulos futuros, sobretudo, em "O Insólito na Virada do Milênio" e "Os Mundos Alternativos e Interestelares da Nova FC".

Destacamos como importante também a criação da editora Ano-Luz, que publicou vários autores nacionais entre 1997-2004, além da revista *Sci-Fi News*, da Meia Sete Editora e depois da Editora Bella, criada também em 1997 e que durou mais de dez anos como referência de notícias sobre livros, filmes e quadrinhos. A Segunda Onda se encerra por volta de 2004 (cf. CAUSO, 2013, p. 221). Pouco antes, porém, há a criação do Argos e SBAF, importantes prêmios do segmento. Talvez a marca mais forte da Segunda Onda seja o experimentalismo linguístico e formal dos autores da década de 1990, como Fausto Fawcett, sobre quem falaremos adiante.

Já pertencente ao século XXI, a terceira geração de escritores de ficção científica, conhecida como Terceira Onda – surgida por volta de 2004 e estendendo-se até o presente, sobre a qual falaremos em pormenor nos capítulos "Os Mundos Alternativos e Interestelares da Nova FC", "Futuros Sombrios e a Febre das Distopias" e "Viagem a um Passado Futurista: O *Steampunk*" –, é marcada por uma relação mais próxima com a internet e outros formatos para além do impresso, como exemplificam a multiplicação de publicações ficcionais e zines na internet, bem como de organizações de debate e disseminação literária utilizando redes sociais como Orkut, em um primeiro momento, e Facebook e Twitter, num segundo. Exemplificam essa produção autores como Flávio Medeiros Jr., Ana Cristina Rodrigues e J. M. Beraldo. Alguns autores da Segunda Onda transitaram para a Terceira, como Octavio Aragão e Gerson Lodi-Ribeiro, publicados, primeiramente, pelo selo Unicórnio Azul da Editora Mercuryo, e hoje pela Editora Draco.

Nessa mesma década, a editora Devir Brasil passou a investir em autores de FC nacional, publicando por exemplo a obra de Causo e outros. Com custos de produção e impressão sendo amenizados pela tecnologia digital, várias iniciativas menores surgiram, como as editoras Tarja Editorial, Draco e Não Editora, que revelaram nomes como Camila Fernandes, Romeu Martins, Cristina Lasaitis e Hugo Vera, além de vários outros. Para Causo, a Terceira Onda se identifica por oscilar "entre uma recuperação tangencial do *pulp* [...], à exploração dos espaços fronteiriços entre a FC, a fantasia, o horror[24] e outros gêneros, como o *New Weird* de Jacques Barcia e Tibor Moricz; e a atualização do gênero pela exploração da corrente retrofuturista do *steampunk* ou da *new space opera* (dois subgêneros pós-*cyberpunk*, por sinal)" (2013, p. 273).

Evidentemente, a ficção científica brasileira é variada e poderia ter recebido mapeamento mais detalhado, mas, aqui, nos concentramos apenas nos autores e obras mais significativos para a nossa argumentação, sendo que ainda há dezenas – literalmente – de novas obras a serem (re)descobertas[25]. Como vimos, primeiramente a FC nacional comunicou seu interesse em explorar o imaginário do mundo perdido relacionado ao Brasil, como se não apenas os estrangeiros desejassem que fôssemos o Continente Perdido e Prometido. Nesse aspecto, as obras de Monteiro, Del Picchia, Cruls e Schmidt apontam para um país ainda em busca de encontrar a confirmação de sua própria identidade, mesmo se muitas vezes essa busca for comunicada através de histórias de perigo estrangeiro ou então de utopia futurista.

Na direção oposta à valorização ou exploração de paisagens nacionais possíveis e insólitas, como também vimos em Scavone, Buarque e Carneiro, vimos que a segunda metade do século também fez surgir o interesse pelas estrelas, em viagens espaciais que não raro viam em planetas e galáxias distantes as mesmas insatisfações vistas em nosso país, como na ficção de Fausto Cunha. A ascensão das duas ondas da ficção científica nacional, que culminam com a criação do CLFC e de publicações informais como os fanzines *Hiperespaço*, *Somnium* e *Megalon*, também indicam uma profissionalização do mercado, bem como o lento – porém constante – desenvolvimento de uma base de leitores e entusiastas, o que serviria de impulso para a formação de um mercado fantástico e do movimento fantasista no século XXI.

Todavia, em alguns dos autores aqui citados ainda se percebe uma reprodução de estereótipos, muitas vezes dedicados a situações e figurações de alteridades, sobretudo no que concerne a personagens femininas. Onde estariam as autoras nessas décadas, quando se proliferou um tipo de produção que o senso comum marcou como tipicamente masculina? O próximo capítulo será dedicado a responder essa pergunta, mostrando que, assim como em outras searas, o senso comum estava completamente equivocado.

CAPÍTULO 9
PORQUE MULHERES TAMBÉM ESCREVEM FICÇÃO CIENTÍFICA

Um dos principais problemas de nossa tradição literária é a ausência de autoras, narradoras e protagonistas femininas. Não por não terem existido, ou não terem sido retratadas, mas devido a um constante apagamento da crítica e do mercado, responsável por fazer autoras como Emília de Freitas e o seu *A Rainha do Ignoto* (1899), Júlia Lopes de Almeida, Maria Firmino dos Reis e outras mulheres já mencionadas anteriormente ficarem praticamente esquecidas, sendo retomadas no século XXI graças a um esforço louvável de pesquisadores e – em particular – pesquisadoras, que têm se esforçado por rever nossa historiografia literária a partir do prisma do feminino. Infelizmente, ainda assim, o mundo literário, e ainda mais aquele associado ao insólito, tem sido praticamente dominado pela voz autoral masculina, salvo por louváveis exceções.

Ao longo do século XX, contudo, a produção de autoria feminina foi volumosa, em especial no que diz respeito à ficção voltada ao público infantil e juvenil – visto em capítulo anterior em nomes como Lúcia Machado de Almeida, Lygia Bojunga e Marina Colasanti –, mas não apenas. Ao longo da segunda metade dos novecentos, é notável também o aumento do número de escritoras em meio aos produtores de ficção científica, com especial enfoque na produção de distopias[26] e alguma presença de utopias, em oposição visível ao grande número de utopias publicadas no começo do século por autores homens, que, todavia, não eram menos críticas e costumavam acabar em anticlímax distópicos, como já vimos. É sobre esse grupo de escritoras que falaremos a seguir.

A primeira autora desse século é a carioca Adalzira Bittencourt (1904-1976), poeta, memorialista e militante do Partido Republicano Feminino e fundadora da Academia Brasileira Feminina de Letras, no Rio de Janeiro. O romance *Sua Excia: A Presidente da República no Ano 2.500* (1929) apresenta uma sociedade utópica na qual o Brasil seria governado por uma mulher. Tratava-se de Mariângela de Albuquerque, uma mulher de 28 anos, com dois diplomas (medicina e direito). Mariângela é uma heroína que personificava os ideais de Bittencourt, defendendo não apenas o poder em mãos femininas como também a sua responsabilidade maternal em conceber uma nação forte e superiora, livre não apenas de doenças como também de problemas sociais como analfabetismo, miséria e violência.

Um aspecto curioso do livro é a hipertrofia de seus habitantes, "o mais comum dos homens do Brasil mede dois metros e 40 centímetros de altura. As mulheres, as menores, medem um metro e 80 centímetros, com os rapazes pesando 150 quilos e as moças 100, e as pessoas vivem de 130 a 180 anos" (CAUSO, 2003, p. 149). O questionável, contudo, ao menos ao leitor moderno, é a relação de sua ficção com ideias progressistas do período que pregavam a eugenia, por exemplo, ou ainda a defesa de um biótipo corporal específico às noções estereotipadas de feminilidade e beleza.

Também se destaca a escritora paulistana Dinah Silveira de Queiroz (1911-1982), mais conhecida pelo romance *A Muralha* (1954). Com o romance *Margarida La Rocque*, publicado ainda em 1949, Dinah registrar seu nome no insólito brasileiro. A história se passa no século XVIII, quando a heroína francesa que dá título ao livro se vê perdida numa ilha inóspita, na companhia de seu amante, de sua ama e de criaturas fantásticas e assustadoras. Nesse cenário, desvela-se uma trama de angústia, ciúme e solidão, na qual um coelho falante vai intermediar a relação de Margarida com as demais criaturas da ilha. Também conhecido pelo subtítulo *A Ilha dos Demônios*, é considerado um dos romances mais importantes da literatura brasileira, especialmente pela linguagem marcante e desalentadora empregada pela autora.

É apenas com a coletânea de contos *Eles Herdarão a Terra* (1960), que Queiroz explora a ficção científica, especulando sobre o impacto da existência de vida alienígena sobre o nosso planeta, tanto em questões sociais como em questões políticas e até religiosas. Nesses contos, explora o contato entre espécies de diferentes planetas e a presença de robôs em nosso cotidiano, atentando em ambos os casos para as relações humanas e sociais que podem advir dessas interações. Voltaria ainda uma segunda vez à FC em 1969, com a publicação da coletânea *Comba Malina*.

A escritora cearense Rachel de Queiroz (1910-2003) é reconhecida como um dos nomes mais importantes da literatura nacional do século XX, sobretudo por seu romance de crítica social *Os Quinze* (1927) e por ser a primeira mulher a entrar na Academia Brasileira de Letras (a segunda foi justamente Dinah de Queiroz). Com seu conto "Ma-Hôre", publicado na hoje clássica coletânea

Histórias do Acontecerá (1961), organizada por Gumercindo Rocha Dorea, e reeditada por Braulio Tavares em *Páginas do Futuro: Contos Brasileiros de Ficção Científica* (2011), Rachel flerta com o insólito.

No conto, Queiroz narra a história de uma criatura pequenina, Ma-Hôre – um homúnculo alienígena anfíbio, de pés e mãos espalmados, com quatro dedos interligados por membranas – e sua relação com os humanos que chegam ao seu planeta numa nave. Ma-Hôre habita o distante planeta Talôi. Seu povo, os Zira-Nura, vive em comunidades pacíficas e semiaquáticas. A paz de Talôi, porém, é entrecortada pela visita de uma nave terráquea que atiça a curiosidade dos Zira-Nura e os amedronta devido a seu tamanho avassalador. Os humanos, aos olhos de Ma-Hôre, são gigantes pálidos, diferentes de tudo o que já vira. Contudo, apesar do medo, ele se aproxima da nave enquanto seus tripulantes consertam avarias e, tomado por extrema curiosidade, acaba invadindo a máquina. Para sua infelicidade, fica preso quando os humanos retornam e partem de volta para a Terra. O tripulante clandestino é descoberto e diante da impossibilidade de levá-lo de volta, começam a educá-lo conforme os costumes humanos. Ma-Hôre é inteligente e logo aprende a se comunicar. Curioso, dedica seu tempo a aprender tudo possível, inclusive o manejo da nave. O leitor é tomado por uma imensa simpatia pelo pequeno homenzinho e acompanha animado seu processo de aprendizado. Qual não é, pois, sua surpresa quando, abruptamente, Ma-Hôre envenena os astronautas e, satisfeito consigo mesmo, programa a nave para um novo destino: seu querido planeta, Talôi.

Com esse fim desconcertante, Rachel encerra sua breve incursão pela ficção científica, modo narrativo ao qual infelizmente não se dedicou mais. A respeito desse conto, Ramiro Giroldo comenta que, embora se distancie muito do restante da produção de Rachel de Queiroz, justamente por seu aspecto insólito, por outro lado, é "apenas na superfície [que] escapa à abordagem das particularidades socioculturais brasileiras. Na história de um alienígena pretensamente subdesenvolvido que se vê às voltas com seres oriundos de uma civilização de avançada tecnologia, o conto elabora de forma velada as tensas relações entre o Brasil e os países cultural e economicamente hegemônicos" (2016, p. 85-6).

Outras autoras de destaque na produção especulativa são Zora Seljan (1918-2006) e Lúcia Benedetti (1914-1998). Em *Contos do Amanhã* (1979), Seljan, que também teve uma carreira bem importante como jornalista e folclorista, com especial predileção pelos mitos africanos – com obras como a peça

Três Mulheres de Xangô (1958), ou os ensaios *Folclore, História de Oxalá* (1965), *Iemanjá e suas Lendas* (1967) e *Iemanjá, Mãe dos Orixás* (1972) –, especula como seria a vida num utópico futuro tecnológico e espiritualmente esclarecido, inserindo sua própria família na narrativa. Já a escritora e dramaturga Lúcia Benedetti esteve presente na *Antologia Brasileira de Ficção Científica* (1961), com o conto "Correio Sideral", dentre outros de sua autoria que flertaram com o insólito e, mais especificamente com o universo da FC, além de ter uma relevante obra voltada para o público infantil.

Como se nota, há nessa produção um fascínio com visões futuristas e enredos espaciais, não raro com especial atenção a exercícios imaginativos que flertam com futuros idealizados. No quesito Utopias e Distopias, quatro são as autoras que se destacam no século XX. A escritora carioca Stella Carr (1932-2008) foi nesta direção ao escrever *Sambaqui: Uma História da Pré-História* (1975), cuja trama começa com a descrição da vida, dos costumes e crenças de um povo que teria vivido no litoral brasileiro há mais de cinco mil anos, para só na segunda parte apresentar o conflito: o combate entre os povos do sambaqui do título e um grupo de antepassados dos indígenas brasileiros.

Este é considerado por muitos especialistas como um dos romances brasileiros mais ousados e importantes do século XX, tanto pela trama inovadora quanto pelo experimentalismo com a linguagem. Essas qualidades fizeram o livro ganhar versão em língua inglesa em 1987 – *Sambaqui: A Novel of Pre-History* – pela Avon Books de Nova York. Além disso, o livro de Carr figura em estudos críticos sobre ficção científica, como no livro do editor e crítico norte-americano Nicholas Ruddick, *Fire in the Stone*. Nele, o autor não economiza elogios à trama, ao estilo e às "incisivas metáforas" de Carr, que ele considera um dos "pontos fortes" de sua escrita (2009, pp. 82-83). Além disso, Carr foi uma autora muito prolífica, tendo também escrito obras juvenis e relacionadas a outros modos narrativos populares, como romances policiais e fantásticos.

A profícua escritora paulistana Cassandra Rios (1932-2002) escreveu dezenas de romances *pulp* com elementos de mistério policial e erotismo, figurando como um dos primeiros fenômenos literários de nosso país. Em 1970, por exemplo, ela atingiu a marca de um milhão de livros vendidos, sendo que 36 de suas obras foram censuradas pela ditadura militar, sobretudo pela temática homossexual. Em 1976, Rios publicou *As Mulheres dos Cabelos de Metal* (1976), romance de ficção científica erótica que, curiosamente, escapou da censura. Apesar de seu sucesso e do volume de vendas, hoje pouco ou nada se fala a respeito de sua vida ou sua obra.

Há ainda a escritora, feminista e advogada mineira Ruth Bueno (1925-1985). Em 1978, publicou *Asilo nas Torres* (1978), obra de caráter alegórico e distópico ambientada num hipotético planeta Saturno. Nele, vive um povo individualista e pessimista cuja existência está atrelada a três edifícios públicos onde se executam os trabalhos burocráticos, as "torres" do título. Nesta sociedade profundamente hierarquizada, todos ficam abaixo do Rei, suserano que igualmente beneficia favorecidos e oprime a grande maioria da população, escravizada por uma rotina maçante e repetitiva. Os nomes dos funcionários das torres são reduzidos a letras, de maneira a limitar sua individualidade.

Acessamos essa trama através de duas protagonistas femininas: uma harpia chamada Salomé – nome muito sugestivo na tradição literária, sobretudo após a segunda metade do século XIX, quando se tornou símbolo da mulher fatal, na literatura simbolista e decadentista, ao mesmo tempo, sedutora, cruel e vingativa – e uma trabalhadora comum de nome Assunta, que se antagonizam. Num planeta/sociedade que lembra o Brasil de ontem – e de hoje –, vemos a FC do período encontrar caminhos para criticar as estruturas sociais que configuram nossa sociedade, já que a tecnologia hipertrofiada do Saturno de Ruth Bueno, longe de melhorar a vida de sua população, resulta em "um decréscimo na qualidade de vida e eficiência nas vidas dos cidadãos" (cf. GINWAY, 2005, p. 118).

Pela presença das harpias, bem como de feiticeiras e outros elementos sobrenaturais, esta distopia imbrica-se com o modo narrativo da fantasia que, na altura, ainda engatinhava em nossas letras (idem). Tal fusão entre fantasia e distopia, no século XXI, é tema muito frequente, não apenas na literatura brasileira, mas igualmente na literatura e no cinema norte-americanos.

Por fim, temos Maria Alice Barroso (1926-2012) e seu *Um Dia Vamos Rir de Tudo isso* (1973), uma distopia com forte teor crítico ao regime ditatorial da época. Nesse romance, acompanhamos Maria, uma jornalista de ideais feministas, em dois tempos, as décadas de 1990, época da ditadura criada no livro, e 1960, quando se passa a trama principal, uma época de maior liberdade, em que uma jovem Maria deseja tornar-se escritora. O governo dos anos noventa está nas mãos da Sociedade Tecnológica de Alto Nível, que controla a população com mãos de ferro, a partir de ameaças e privações, como o confisco da aposentadoria, fazendo o povo se tornar apático. As duas linhas temporais se entrecruzam de maneira interessante, já que no futuro de 1990, a literatura deixa de existir e Maria, que era escritora, perde seu propósito. O binômio de um mundo mais natural, de um lado, e o ultratecnológico, de outro, também se opõe, simbolizando as duas linhas temporais (Cf. GINWAY, 2005, p. 116).

Como notamos, são várias as temáticas preconizadas pela autoria feminina de viés insólito na segunda metade do século XX: obsessão, desespero, erotismo, homossexualidade, marginalidade e crítica social, entre outros temas que evidenciam a relevância e a pertinência dessa produção, tão frequentemente perseguida pela ditadura militar, que acidamente questionava e criticava. Diferente das elucubrações masculinas sobre vida e sociedade que culminaram em diversos momentos em narrativas utópicas – mesmo que o final da maioria delas tendesse ao distópico –, é na obra dessas autoras que vemos a ficção científica adensar em temas delicados e sensíveis, muitas vezes calcados em crises sociais e psicológicas, em outras, apoiando-se e questionando tabus.

Talvez, por isso, predominem aqui as distopias, sobretudo em contraponto às utopias produzidas por muitos dos autores discutidos anteriormente. No entanto, apesar dessas diferentes ênfases e propostas, muitos deles e delas estavam em busca de uma resposta ao mundo onde viviam e aos anos de chumbo da ditadura militar.

Dado o conteúdo abrangente destes dois capítulos, que de forma alguma contemplaram toda a produção do período, fica evidente o porquê de a FC e suas subcategorias terem proliferado tanto no século XXI. Mas antes de chegarmos a elas, fica aqui o convite para revisitarmos os autores e as autoras que, ao proporem outros mundos e outros futuros, indicaram caminhos para modificarmos a nossa realidade, num exercício imaginativo e social que estava apenas começando em nosso país.

CAPÍTULO 10

NARRATIVAS ABSURDAS EM TORNO DO REALISMO MARAVILHOSO

Em meados do século XX, autores latino-americanos como os argentinos Jorge Luis Borges (1899-1986) e Julio Cortázar (1914-1984), o cubano Alejo Carpentier (1904-1980), a chilena Isabel Allende (1942) e o colombiano Gabriel García Márquez (1927-2014), dentre muitos outros, inovaram ao criar uma estética insólita própria, que ficou conhecida como realismo maravilhoso[27], ao proporem um processo de "naturalização" do elemento insólito, aceito com naturalidade dentro da narrativa, a despeito do efeito absurdo e do *nonsense* que isso acaba gerando. De certa forma retomando preceitos encontrados, embora com objetivos distintos, no surrealismo europeu teorizado pelo francês André Breton (1896-1966), no chamado "Teatro do Absurdo" do romeno Eugène Ionesco (1909-1994), do francês Jean Genet (1910-1986) e do irlandês Samuel Beckett (1906-1989) e, sobretudo, nas narrativas do escritor tcheco Franz Kafka (1883-1924), como *O Processo*.

No Brasil, vários foram seus intérpretes, dentre eles, o gaúcho Moacyr Scliar (1937-2011), que em diversos momentos ao longo de sua obra flertou com o fantástico, o sobrenatural, o absurdo e o *nonsense*. Porém, o fantástico em Scliar não é sempre evidente. No conto "No Restaurante Submarino"[28], por exemplo, é preciso algum esforço para identificá-lo, pois só no fim o leitor é surpreendido pelo desfecho *nonsense*. Em "Paz e Guerra", por outro lado, apesar de nada haver de sobrenatural, a possibilidade de um soldado que *bate cartão* e assiste TV numa trincheira em meio a um tiroteio criam a noção de absurdo típica dos autores do realismo maravilhoso. Já em seu alegórico "Atlas", Scliar retoma o mito grego do titã, mas o transporta para o dia-a-dia, ao lado de sua mulher e filhos, expressando toda a sua insatisfação diante de uma monótona rotina de "trabalho".

É, porém, em seus romances que o autor vai mais longe, sobretudo, no célebre *O Centauro no Jardim*, livro de 1980, no qual conta a trágica vida de Guedali, o quarto filho de um casal de imigrantes russos. Guedali nasceu como centauro, uma criatura mítica híbrida, com a parte superior humana e a inferior de cavalo, apesar de ser filho de pais humanos. Em meio a suas desventuras, o centauro se casa com uma centauro-fêmea. Em seguida, buscam uma cirurgia que possa lhes devolver uma suposta condição humana.

A despeito desse final agridoce, Lyslei Nascimento comenta que quando se "exige o sacrifício de peculiaridades e características individuais para que se possa ser aceito e sobreviver numa sociedade cada vez mais impositiva e niveladora, ostentar a diferença é, pois, provocar estranheza e sofrer isolamento. O centauro, na sua dupla natureza, lembra que em meio ao desejo de semelhança e de igualdade jaz um sujeito assujeitado. Nesse sentido, ele caminha, em ritmo galopante, para sua destruição. O desejo de transformação do corpo fantástico em um ser humano comum acaba por gerar outra monstruosidade, de caráter mais íntimo e privado" (2009, p. 6).

Se no século XIX o fantástico não parece ter chegado às penas femininas, salvo honrosas exceções, como já comentamos e demonstramos, em meados do século XX, ainda que timidamente, mulheres começaram a explorá-lo e, ao longo dos anos seguintes, seus números só foram aumentando, como vimos no capítulo anterior. Muitas o visitaram de maneira esporádica ou única, como Rachel de Queiroz; outras cultivaram-no com mais frequência, como Lúcia Machado de Almeida.

Não obstante, com Lygia Fagundes Telles (1923) o fantástico realmente se desenvolveu com maestria ao longo de muitos de seus contos, como "Lua Crescente em Amsterdã", "A Caçada", "O Encontro", "A Mão no Ombro" e "Estrela Branca", para citar apenas alguns, grande parte deles flertando com o realismo maravilhoso. "As Formigas", porém, talvez seja seu conto fantástico mais emblemático e, entre seus pontos altos, destacamos ainda "Anão de Jardim" e "Seminário dos Ratos", que merecem um pouco mais de atenção.

"As Formigas" parece um conto de terror e de absurdo, ao mesmo tempo explorando o elemento sobrenatural à moda do século XIX, muito embora a autora apresente um estilo muito próprio. A história começa quando duas primas alugam um quarto em uma casa velha. O quarto fora ocupado anteriormente por um estudante de medicina que lá deixara uma caixa contendo o esqueleto de um anão. Como uma das garotas também estuda medicina, interessou-se pelo raro esqueleto. Os dias se seguiram, até elas encontrarem uma série de formigas marchando pelo quarto em direção ao caixote. Acham estranho e matam os insetos invasores; porém, ao verificarem o esqueleto, veem que alguns ossos foram encaixados em seus locais corretos. É estranho, mas elas deixam isso de lado.

O problema é que o caso se repete e as duas primas percebem, de fato, as formigas montarem o esqueleto. Assustadas, elas saem de lá às pressas durante a noite, antes de alguém ou alguma coisa tentar impedi-las de fugir ou de o esqueleto de fato se completar. O absurdo da trama, sua carga de realidade e a maneira como Lygia trabalha o tema por si só lhe garantiriam um lugar de destaque como uma das melhores autoras deste panorama. Contudo, talvez em "Anão de Jardim" ela dê um passo além.

Se em "As Formigas", Lygia trabalhou com um fantástico mais evidente a partir de elementos sobrenaturais, em "Anão de Jardim", inova ao dar voz à figura inanimada que dá título ao conto. Apesar de incapaz de se mover ou de falar, ela é dotada de consciência e, quiçá, de alma, portanto capaz de narrar o percurso da casa onde viveu desde confeccionada. O anão, chamado Kobold – nome de uma criatura mitológica, mas ironicamente atribuído pela semelhança que tem com o avô do proprietário da casa, um professor, cujo nome não é mencionado –, conta como o professor foi morto por sua esposa e seu amante, que, ao longo dos anos, conspiraram cruelmente no intuito de roubar seus bens.

Uma vez morto o dono da casa, os assassinos se livram do pobre anão de jardim. Quando Kobold está em vias de ser destruído, questiona sua própria fé e se sua alma habitará outro corpo depois de aquele cessar de existir. O conto termina com a esperança e a fé do anão, que crê no retorno de sua alma. Essa história é de tal forma inusitada e tão bem trabalhada que o leitor ao mesmo tempo se desconcerta pelo fato de o narrador ser um objeto de decoração inanimado e se emociona ante o fim trágico de Kobold e sua fé inabalável. Em última instância, a narrativa toca na delicada questão que aflige a maior parcela da humanidade: há vida além da morte?

Já em "Seminário dos Ratos" a autora explora o absurdo kafkaniano em uma estrutura *nonsense* muito próxima de *O Processo* (1925), na qual uma repartição pública é insolitamente dominada por ratos, sem que os humanos possam fazer algo para controlá-los. Em sua dissertação de mestrado, Juliana Ribeiro comenta que a "metamorfose deste conto consiste na troca de papéis entre os homens e os ratos. Os ratos estão no controle da situação enquanto os homens encontram-se perdidos e sua única alternativa viável é fugir ou [...] esconder-se, como os ratos costumam fazer" (RIBEIRO, 2008, p. 65).

Uma vez vistos Scliar e Telles, é imprescindível ainda falar dos dois maiores autores fantásticos do século XX: Murilo Rubião (1916-1991) e José J. Veiga (1915-1999), conhecidos como o que há de melhor em relação ao realismo maravilhoso brasileiro. Ao contrário de Veiga, que se dedicou tanto ao conto quanto ao romance, Rubião se especializou na ficção curta. Publicou em vida as coletâneas *O Ex-Mágico* (1947), *Os Dragões e Outros Contos* (1965) e *O Pirotécnico Zacarias* (1974), dentre outros, posteriormente reunidos em seus *Contos Reunidos*. Rubião trabalhou incessantemente em seus textos, aos quais sempre voltava, e, talvez por isso, sua obra completa seja composta somente de 33 contos e textos inacabados reunidos em seu espólio. Mas falamos de 33 contos incríveis, vale dizer, o que tornou muito difícil a tarefa de escolher apenas alguns para este panorama.

A respeito da concisão de sua obra, Flavio García comenta que se "por um lado, o legado visível e reconhecido do autor se constitui de apenas 33 narrativas curtas acabadas, tendo uma delas sido publicada postumamente, por outro, o legado da crítica literária sobre esse aparentemente pequeno conjunto de textos é vastíssimo, rico e de referência necessária para os estudos do insólito ficcional" (2013, pp. 13-4), o que torna muito difícil mapear toda a crítica em torno desse autor[29]. À guisa de exemplo do trabalho do autor, acabamos por escolher três contos antológicos: "Dragões", "Teleco, o Coelhinho" e "Bárbara".

O primeiro apresenta a história de um vilarejo que, de repente, se vê visitado por várias das criaturas do título. Ao contrário do esperado, os habitantes do local não sentem medo nem parecem ter qualquer preocupação em relação à própria segurança, mas, ao contrário, cria-se uma grande polêmica na cidade sobre o que fazer com os animais: eles devem ou não ser batizados e educados? Ao cabo de muita discussão, na qual a igreja e toda a gente se envolve, concluem que devem somente educá-los.

A narrativa prossegue, com os dragões começando a ser alfabetizados. Em dada medida, seria possível pensar que o narrador fala de humanos, e não de seres mitológicos – de novo, paira aquela inquietante aceitação da anormalidade. Inesperadamente, porém, os dragões começam a morrer até sobrar apenas um, que, para infelicidade da população local, foge com um circo itinerante. Daquele dia em diante, o povo do vilarejo passa a tentar atrair novos dragões, mas estes nunca mais se fixam na cidade. Nesse conto, há certo humor ácido e satírico diante da necessidade humana de doutrinar um povo segundo nossa própria cultura.

Já em "Teleco, o Coelhinho", a mais célebre dentre todas as obras do escritor mineiro, lemos a história de um coelho dotado de um estranho dom: ele pode mudar de forma o tempo todo, tornando-se outros animais de acordo com seu estado de espírito. O conto começa quando o narrador é interpelado pelo pequenino coelho que, para total desconcerto do leitor, lhe pede um cigarro. O coelho apresenta-se como Teleco e mostra-se uma companhia agradável demais, por isso o narrador acaba por levá-lo para casa. Os dois passam a viver juntos pacificamente, apesar da inconstância de seu amigo peludo que, não poucas vezes, deixava o narrador em situações embaraçosas, assustando os vizinhos e pregando peças na polícia. Em dado momento, porém, Teleco toma a forma de canguru, veste as roupas do narrador-protagonista e começa a namorar uma humana.

Tal processo de transformação, no entanto, torna-se compulsivo, até ficar completamente nocivo, e, por fim, letal. A esse respeito, Maria Cristina Batalha comenta que "as metamorfoses iniciais eram aleatórias e respondiam apenas pelo prazer lúdico, divertimento de um público convencional. Entretanto, ao continuar suas transformações em busca de uma nova forma, ele retira o caráter automático das velhas fórmulas mágicas. Por outro lado, ao repeti-las à exaustão, elas também perdem o sentido e a função desestabilizadora que possuíam, tornando-se inúteis e vazias" (2013, p. 37). Depois que Teleco assume a identidade de canguru, a vida entre os dois torna-se insustentável e o irritado narrador o expulsa de casa. Algum tempo se passa e Teleco reaparece, doente, e morre pouco depois. Em sua derradeira transformação, em uma cena trágica que parece lavar todo o traço lúdico e bem-humorado, vira um bebê sem dentes e malformado.

O conto "Bárbara", por sua vez, traz um elemento insólito, a princípio muito sutil: uma mulher já extremamente gorda engorda ainda mais todo o tempo, pois tem uma compulsão em pedir a seu marido para lhe trazer mais comida. No entanto, o fantástico vai ganhando forma conforme ela começa a pedir as coisas mais inusitadas, como um baobá, um transatlântico e o Oceano. Seu marido, o narrador, tenta contê-la, mas acaba sempre por satisfazer todos os seus caprichos obsessivos. Ao fim, ela pede uma estrela e ele lhe promete buscá-la.

Quanto ao importante José J. Veiga, foi autor de vários romances e contos, dentre eles, *Os Cavalinhos de Platiplanto* (1959), *A Hora dos Ruminantes*

(1966), *De Jogos e Festas* (1980) e *O Risonho Cavalo do Príncipe* (1993), todos vinculados em alguma medida ao modo narrativo correspondente ao realismo maravilhoso. Veiga ficou conhecido por muitas vezes não se valer de nenhum elemento sobrenatural em sua narrativa e, ainda assim, torná-la inquestionavelmente fantástica. *Sombras de Reis Barbudos* (1972) enquadra-se nessa categoria por quase todo o livro, salvo o finalzinho, e serve como perfeito exemplo da grandiosidade técnica e imaginativa do autor.

O livro é narrado em primeira pessoa por Lucas, um menino que tem a vida transformada pela vinda de seu tio Baltazar para a cidade onde mora. Baltazar é um homem excêntrico e visionário que funda "A Companhia". Ao longo do livro, não se sabe o que faz e qual a utilidade da tal Companhia, mas a empresa cresce assustadoramente e passa a controlar toda a cidade. Baltazar, então, sai misteriosamente do emprego e muda-se; não se sabe se foi demitido ou se pediu demissão, porém, com sua saída, as coisas se tornam sinistras naquela antes pacata cidade interiorana. Em muitos sentidos, as atitudes da Companhia lembram a corte de justiça d'*O Processo*, já mencionado.

Tal como no livro de Kafka, leis e questionamentos ilógicos são impostos e as pessoas passam a seguir regras que não entendem sem questioná-las. É uma espécie de ditadura, numa crítica evidente a esse regime, diante da qual todo mundo parece se curvar passivamente. A primeira medida drástica da Companhia é a construção de muros. Sim, muros. Por quê? Não se sabe. Mas toda a cidade é murada. Tudo se torna um incrível labirinto. A locomoção fica difícil. Como era de se esperar, a construção dos muros faz muitos infringirem a lei, pulando-os para chegar aos lugares aonde desejam ir.

A isso, a Companhia reage rapidamente, aplicando punições extremamente severas, que, apesar da crueldade, não parecem surpreender os habitantes da cidade. Meninos têm seus dedos costurados; outros, as pernas paralisadas; com o tempo, as punições vão piorando, enquanto as proibições da Companhia se tornam mais absurdas, como quando proíbe cuspir para cima, ou tapar o sol com uma peneira. Pouco tempo depois, surgem os urubus. Eles invadem a cidade de tal modo que acabam por ser domesticados, isso antes de a Companhia resolver intervir.

Muitas outras desventuras, uma mais excêntrica do que a outra, se passam na vida de Lucas. Até que ele avista um homem voando. No começo, questiona-se a veracidade do fato, mas logo toda a população está voando e os poucos que ainda vivem no chão permanecem em uma cidade fantasma. O livro termina com um diálogo tão maluco quanto lúcido no qual um professor diz a Lucas e a um comerciante que não há ninguém voando de fato. O professor abotoa o paletó e desaparece voando, mas Lucas não olha para trás para confirmar, pois já está cansado de ver gente voando. Com a dúvida suscitada entre a possibilidade de loucura e o absurdo, termina o livro que dispensa qualquer outro comentário.

O jornalista, poeta e romancista cearense José Alcides Pinto (1923-2008) escreveu uma grande obra, entre romances, teatro, novelas e poemas, além de ter assinado vários textos de crítica literária, sobretudo a respeito de autores cearenses. Associado ao realismo maravilhoso, Alcides Pinto é hoje conhecido pela forma como fez coabitar história, alegoria, misticismo e crítica social. De sua obra narrativa, a de maior destaque é sem dúvida a "Trilogia da Maldição", composta por *O Dragão* (1964), *Os Verdes Abutres da Colina* (1974) e *João Pinto de Maria: Biografia de um Louco* (1974). São romances de horror e mistério protagonizados por personagens que caminham nos espaços limítrofes entre a insanidade, a irrealidade e o absurdo, o que parece dialogar com o realismo maravilhoso dos demais autores analisados neste capítulo.

No primeiro livro, acompanhamos os delírios do ancião André ao refletir sobre o passado imemorial da terra diante da proximidade da morte. No segundo, o coronel português Antônio José Nunes relembra seus esforços exploratórios em germinar a terra e as mulheres indígenas de seus territórios para depois lidar com a inevitável decadência de suas pretensas realizações. Por fim, no último romance da trilogia, a história mítica da ficcional São Francisco do Estreito, a grande protagonista da trilogia, é finalizada, com alusões mitológicas se ligando a relatos sobrenaturais e a certeza da permanência do mal e de suas manifestações no cotidiano, seja num cego curandeiro, seja num violento coronel, sejam inusitados animais.

Encerrando o panorama relativo a esta vertente, temos José Cândido de Carvalho (1914-1989), jornalista, advogado e escritor, membro da Academia Brasileira de Letras, famoso por sua obra icônica *O Coronel e o Lobisomem*, publicada em 1964 e adaptada para o cinema em 2005, sob direção de Maurício Farias, uma das poucas obras brasileiras fantásticas, ao lado de *Auto da Compadecida*, de Suassuna, a ganhar uma adaptação cinematográfica cuidadosa e bem executada. Nessa obra, acompanhamos Ponciano de Azevedo Furtado, um homem rico e cheio de si, que herdou de seu avô os títulos e as terras. Ponciano é um contador de causos e em meio a seu discurso o fantástico se infiltra com naturalidade. Assim aparece seu relacionamento com uma sereia e a contenda mal resolvida com o lobisomem que assombrava suas terras. Ao fim, Ponciado se encanta pela cidade e abandona suas terras; no entanto, por não ser bom com as finanças, deixa-se enganar pelos malandros da região urbana, perdendo tudo o que tinha.

Enquanto fenômeno tipicamente latino-americano, o realismo maravilhoso produziu uma bem-vinda aproximação entre temas insólitos e situações do cotidiano de leitores e autores. Os autores e autoras comumente associados a esse modo narrativo parecem nos dizer: só porque é real não significa que não possa ser fantástico e vice-versa. A valorização da dimensão estilística em muitos dos escritores associados ao realismo maravilhoso explica também o número de estudos críticos dedicados às suas obras – isso em uma época na qual as vertentes do insólito ficcional eram completamente ignoradas pela academia.

Em nosso país, a produção de Scliar, Telles, Rubião e Veiga, além das de Alcides Pinto e Carvalho, exemplificam essa postura narrativa que coloca em suspenso os limites entre o real e o fantástico, entre o cotidiano e o insólito. Reconhecidos pela crítica acadêmica e pelo público literário, esses autores também evidenciam que a literatura fantástica não precisaria se limitar a públicos específicos e de nicho, algo que ainda hoje desafia o fantástico brasileiro e incomoda muitos de seus leitores, sobretudo quando expostos à equivocada diferenciação entre alta e baixa literatura.

CAPÍTULO 11
O INSÓLITO NA VIRADA DO MILÊNIO

Na virada do milênio, não apenas as novas tecnologias de impressão como também o impacto da internet na difusão de novos saberes, livros e autores, mudaram substancialmente a forma como a literatura passou a ser difundida e noticiada entre públicos leitores e não leitores. Isso resultou, em particular nas obras dos anos 1980 e 90, em uma literatura bastante particular e experimental, talvez como reflexo da nascente sociedade virtual e líquida, como postulado por Zygmut Bauman (1925-2017), ao mesmo tempo que se refletiu em uma literatura de forte misticismo e grande alcance comercial, como é o caso da escrita por Paulo Coelho.

Um dos primeiros autores a serem destacados nesse contexto é o paulistano Ignácio de Loyola Brandão (1936). De sua vasta produção literária, sublinhamos *Cadeiras Proibidas* (1973), *Não Verás País Nenhum* (1982) e *O Homem que Odiava Segunda-Feira* (1999). Na primeira, temos oito seções narrativas, cada uma com sua própria divisão interna, que apresentam situações insólitas do dia-a-dia. Escrito durante a ditadura, Loyola usa a temática fantástica para burlar a censura. Em "O Homem do Furo na Mão", por exemplo, temos o relato de um homem comum que descobre que sua mão está inutilizada para o trabalho. Acossado até por sua família, junta-se a outros "marcados" como ele.

Na segunda obra, Loyola cria uma distopia passada em uma São Paulo do século XXI destruída pela má administração pública, onde a água acabou e a poluição se alastrou. Acompanhamos o protagonista, um homem chamado Souza, em sua errância por essa cidade decadente, cujo governo cerceia qualquer direito de sua população. Essa construção de mundo, como aponta Ramiro Giroldo, é "um exemplo dos procedimentos próprios da FC: a extrapolação de tendências autoritárias, burocráticas e violentas em curso no momento da escrita (o começo dos anos oitenta, na desconfiança para com a abertura política) é dada em uma configuração ficcional distanciada (pois exagerada, extrapolada para o futuro) e construída segundo uma lógica cognitiva (pois construída por meio de uma reflexão acerca dos caminhos tomados pela história brasileira)" (2016, p. 36).

Já na terceira obra elencada, o autor cria cinco contos, cada um remetendo a situações insólitas relacionadas ao primeiro dia da semana, como o diálogo com uma formiga, uma caixa de correio que engole mãos, partes corporais removíveis, entre outros enredos absurdos. Em suas obras, Loyola abre dezenas de portas e janelas para situações tanto absurdas quanto distópicas, precedendo muitas das narrativas encontradas no novo século que se anuncia.

Também merece destaque o poeta, jornalista, escritor e letrista paulista Ademir Assunção (1961). Em *A Máquina Peluda* (1997), suas diversas narrativas perpassam temas distintos, abarcando desde a descoberta do Brasil até uma guerra ciberespacial. Entre as personagens protagonistas de suas tramas estão figuras históricas como Pero Vaz de Caminha, Roberto Marinho, Franz Kafka e personagens literárias como Diadorim e a Escrava Isaura. Em narrativas fragmentadas e experimentais, o livro de Assunção é exemplar da nova tendência intertextual que tomou de assalto boa parte das obras contemporâneas.

Na mesma visada textual está seu romance seguinte, *Adorável Criatura Frankenstein* (2003), na qual um personagem inominado encontra uma série de figuras oriundas da política, da televisão e da música, quando não dos desenhos animados. Autor de uma obra muito experimental, em que a linguagem é repensada e desestruturada para elevar sua potencialidade, Assunção tenta, por outro lado, afastar-se da realidade, partindo do princípio de que "a lógica aristotélica é um desastre na trajetória humana. Porque podemos entupir nossas cabeças de conceitos e aniquilar nossa percepção direta das coisas" (ASSUNÇÃO *apud* TAVARES, 2011, p. 150).

Por sua vez, o tradutor e romancista carioca Rubens Figueiredo (1956) é autor de *O Mistério da Samambaia Bailarina* (1986), *Essa Maldita Farinha* (1987) e da coletânea de contos fantásticos *O Livro dos Lobos* (1994), dentre os quais se destacam "O Caminho do Poço Verde", antologiado por Braulio Tavares em *Páginas de Sombra* (2003), e "Alguém Dorme nas Cavernas", em que um homem se transforma em lobo e se exila em uma caverna (Cf. NIELS, 2014a, p. 18).

A respeito da obra de Figueiredo, Karla Niels comenta: "o fantástico emerge do real para revelar uma realidade outra – a do interior do ser. E do drama psicológico do sujeito surge o duplo. Em alguns de seus contos o duplo nasce a partir de questões em torno do 'eu' e de sua relação com um "outro": [...] Por que o outro me parece uma ameaça? Trata-se de um indivíduo multifacetado que diante do mundo moderno traz consigo inúmeras questões que implicam a admissão de outras realidades possíveis, da existência de outros 'eus'" e de outras vidas. Como, por exemplo, a possibilidade de ter seu corpo tomado por outra pessoa como acontece a narradora de 'Um Certo Tom de Preto', ou de ser substituído por um sósia como em 'Nos Olhos do Intruso'; ou observar a vida de outro, um potencial rival, em seus sonhos como acontece ao narrador de 'Os Anéis da Serpente'" (2014b, p. 194).

Outra autora também selecionada para a antologia de Tavares é Heloísa Seixas, que em 1995, publicou *Pente de Vênus*, obra elogiada pela crítica e pelo público, devido ao uso inusitado da linguagem em contos sobrenaturais fragmentados. Desse livro, Braulio destaca o conto "Íblis", no qual "a protagonista vai sendo aos poucos tomada por uma imperiosa sensação de medo e fascínio a que não consegue resistir" (2003, p. 216).

Já o letrista e músico carioca Fausto Fawcett (1961) investe mais numa trama que dialoga com *Neuromancer*, de William Gibson, e com a estética *cyberpunk*. Em *Santa Clara Poltergeist* (1991), apresenta as aventuras de Verinha Blumenau, garota de programa cujo corpo é alterado após cair numa poça de lama e ser contaminada por substâncias tóxicas. Com poder de cura infinita, ela pode agora acessar diferentes dimensões, graças a uma fissura magnética em Copacabana. Milagre sexual e surreal do Rio de Janeiro, ela se torna a santa do título.

Em *Básico Instinto* (1992), os seis contos da obra dialogam com o álbum musical lançado pelo autor no ano seguinte. São histórias sobre mulheres noturnas, tórridas noites cariocas, ameaças gnósticas e outras doenças imaginativas "cravadas no chassi neurológico" de seus heróis marginais. Boa parte dessas temáticas urbanas e malditas retornaria dez anos depois em *Copacabana Lua Cheia* (2002), porém agora fundidas à própria persona do autor.

Braulio Tavares aponta que em "todos esses textos, Fausto Fawcett recria seu bairro de Copacabana produzindo uma realidade alternativa que, por um lado, é extremamente familiar a todos que conhecem o bairro e seus ambientes e, por outro, está recheada de elementos pós-geográficos e pré-apocalípticos" (2011, p. 104). A obra de Fausto Fawcett tem suscitado grande interesse acadêmico, tendo sido objeto de estudo de Rodolfo Rorato Londero, em sua dissertação de mestrado *A Recepção do Gênero Cyberpunk na Literatura Brasileira: O Caso "Santa Clara Poltergeist"*, defendida em 2007, na Universidade Federal do Mato Grosso do Sul.

Outro escritor *cyberpunk* desse período é Guilherme Kujawski, que publicou *Piritas Siderais: Romance Cyberbarroco*, em 1994, pela editora Francisco Alves, passada em um Brasil futurista cuja religião oficial é a umbanda, misturando tecnologia ultra-avançada e orixás africanos, numa obra que talvez possa ser considerada como precursora do afrofuturismo, sobre o qual falaremos mais adiante a respeito de Fábio Kabral. O livro traz ainda um protagonista afro-descendente e trabalha com o imaginário afro-brasileiro, algo muito raro na época. Além disso, a obra explora de maneira experimental sua linguagem e aspectos formais. Segundo Causo, o "autor afirmou que o estilo e os jogos de palavras lhe são centrais e que a sua novela é mais um criptograma do que um trabalho científico sobre redes de computadores" (2013, p. 256).

Também no campo da ficção científica, o carioca Jorge Luiz Calife (1951) tem uma carreira sólida como escritor, jornalista e tradutor. Amigo de Arthur C. Clark (1917-2008), seu nome é mais comumente relacionado com a ficção científica de caráter *hard*, isto é, aquela que tenta manter um apurado rigor científico-tecnológico. Entre contos e narrativas longas que sempre forçam os debates científicos no enredo ficcional, temos a trilogia composta por *Padrões de Contato* (1985), *Horizonte de Eventos* (1986) e *Linha Terminal* (1991) – hoje compilados pela Editora Devir com o título do primeiro volume – protagonizada por uma imortal, Angela Duncan, através de quem vemos as transformações sociais em um recorte de três séculos.

A saga começa na Terra no século XXV, quando a humanidade parece ter chegado a uma utopia natural, econômica e social. Tudo começa a mudar com a chegada de uma misteriosa sonda extraterrestre que prevê um futuro estelar para a humanidade. No século XXVI, vemos a humanidade avançar para discussões que vão desde exploração espacial até implantes biônicos em homens e mulheres, enquanto questões ambientais motivam – ou impedem – avanços tecnológicos. No século seguinte, encerrando a trilogia de Calife, vemos o conflito entre transcendentalistas que pregam a união da consciência humana com uma inteligência cósmica, a Tríade. Calife foi vencedor do Prêmio Argos em 2002, pelo romance *As Sereias do Espaço* (Record) na categoria melhor romance, e em 2015, pelo conjunto de sua obra. Tem também uma carreira como escritor infantil, destacando-se os livros *Onde o Vento Faz a Curva* (2004) e *Cecília no Mundo da Lua* (2004), ambos da editora Record.

O também carioca Ivanir Calado (1953) tem formação em artes plásticas e já trabalhou com teatro e música antes de se voltar para a literatura. Como autor de horror, publicou *A Mãe do Sonho* (1990), considerada por Causo uma das primeiras obras de *dark fantasy* nacionais, na qual um antropólogo tem de enfrentar criaturas invisíveis surgida do imaginário indígena (Cf. CAUSO, 2003, p. 119). Outro exemplo de sua produção voltada ao terror é *Mundo de Sombras: O Nascimento do Vampiro* (2007).

É conhecido também pelo drama *Imperatriz no Fim do Mundo* (1993) – obra vinculada ao insólito por apresentar o fantasma da Imperatriz Leopoldina assombrando os corredores da Biblioteca Nacional –, que inspirou a série televisiva por Carlos Lombardi como *O Quinto dos Infernos* (2002). De literatura para jovens, escreveu *O Lago da Memória* (1993) e *A Caverna dos Titãs* (2002). De sua produção, sugerimos a coletânea *Anjos, Mutantes e Dragões* (Devir), publicada em 2010, que reúne contos de ficção científica, viagens no tempo, espionagem futurista, alta fantasia e aventura *cyberpunk*, além de uma bem-vinda defesa de temas como consciência ecológica e valorização da cultura e do folclore brasileiros.

O escritor paulista Nelson de Oliveira (1966), que atualmente assina como o heterônimo "Luiz Bras", investe em tramas mais universais, relendo tradições milenares e realocando-as na modernidade. Em *Subsolo Infinito* (2000), por exemplo, Oliveira trabalha o tema do pacto faústico na figura de um sujeito comum apaixonando-se por um jovem andrógino, dando início a uma história de perseguição por respiradouros de metrô e mundos infernais enquanto contata extraterrestres, antropófagos e mortos-vivos. Por sua vez, no livro *O Filho do Crucificado* (2001), seis histórias reinterpretam a ideia do fim do mundo e seus impactos em diferentes personagens que vão desde o próprio Deus até um grupo de suicidas. Em *O Oitavo Dia da Semana* (2005), o autor se pergunta o que aconteceu depois do sétimo dia criativo. Na sua visão, o Diabo produzirá uma inversão de papéis, com bebês morrendo e moribundos nascendo, dia escurecendo e noite clareando, além de palhaços chorando e doentes gargalhando, numa paisagem igualmente hilária, absurda e aterradora.

Em outra direção está o premiado autor gaúcho Amilcar Bettega Barbosa (1964). Bettega publicou várias coletâneas, sendo a primeira delas *O Voo do Trapezista* (1994), seguido por *Deixe o Quarto como Está* (2002). O fantástico ganha relevo em seus contos. Em "Crocodilo", publicado no livro de 2002, o protagonista acorda descobrindo um crocodilo em seu quarto. Desconfortável, percebe que o réptil começa a sorrir e aos poucos a imitar cada movimento seu. Como faz muito calor, o homem acaba achando confortável sentir a pele do bicho na sua, ao mesmo tempo questionando a própria sanidade, também devido ao forte calor. Ou seja, como aponta Francisco Vieira da Silva, "o personagem titubeia em encontrar elucidação na loucura para tornar inteligível a presença do crocodilo, pois, segundo ele, nem mesmo tal situação seria suficiente para normalizar a emergência do réptil num local tão inusitado como o quarto da personagem" (2018a, p. 196).

Já no conto "Exílio", publicado no mesmo livro, somos apresentados a um comerciante, em cuja loja ninguém nunca entra; apesar disso, obriga-se a todo dia abri-la, embora nada haja para se fazer lá. Ele acaba decidindo partir, cansado do tédio, mas, uma vez fora, sente um impulso obsessivo de voltar, em uma espécie de "aprisionamento cotidiano" de onde não pode escapar (ZARATIN; FAQUERI, 2017, p. 461). Assim também ocorre com outros contos como "O Rosto", "O Encontro" e "Hereditário", nos quais fica clara a inspiração do absurdo de Kafka ou do realismo maravilhoso de Julio Cortázar.

O paulistano de nascimento e curitibano de moradia Valêncio Xavier (1933-2008) foi escritor, roteirista e diretor de cinema e televisão. De sua produção, sublinhamos *O Minotauro* (1985) e *Remembranças da Menina de Rua Morta Nua e Outros Livros* (Cia das Letras, 2006). Nos dois casos, vemos uma aglutinação de texto e imagem com histórias de difícil classificação por seu simbolismo exótico e seu enredo surreal de forte caráter experimental.

No primeiro, o leitor é levado ao labirinto da narrativa e do cenário, num hotel barato de onde um cliente tenta fugir depois de passar a noite com uma prostituta que não deseja pagar. Números enigmáticos em cada página, *flashbacks* inquietantes e horrendos boatos sobre um assassino à solta tornam a narrativa ainda mais estranha, ficando ao leitor a responsabilidade de criar seu próprio fio de Ariadne para encontrar a saída. No segundo livro, várias histórias abarcam o autobiográfico, o fantástico, o policial e outros modos narrativos. Sobre a obra e a carreira múltipla de Xavier, numa época em que experimentações transmídia nem mesmo eram sonhadas, indicamos a coletânea de ensaios da pesquisadora Angela Maria Dias, *Valêncio Xavier: O Minotauro Multimídia* (Oficina Raquel, 2016).

Também no campo da experimentação estético-formal, o paraense Vicente Franz Cecim (1946) tem uma carreira como cineasta e escritor e em ambas tem valorizado a cultura e as lendas da Amazônia, recriada por ele como a imaginária Andara e apresentada na série de títulos *Viagem a Andara: O Livro Invisível*. Através de vários títulos – como *A Asa e a Serpente* (1979), *Viagem a Andara* (1988), *Ó Serdespanto* (2006) e *Diante de ti só Verá o Atlântico* (2017) – Cecim produz a "literatura fantasma" de um "livro invisível", um livro não escrito e sim registrado que leva seus leitores a percorrer trilhas e mistérios de um Brasil pouco conhecido, posto que é também imaginário. Sua narrativa tem caráter onírico e poético, com diversas experimentações com a linguagem e um enredo não linear.

Essa cartografia de uma terra imaginária cheia de seres e heróis irreais também dialoga com o ciclo de filmes KinemAndara, produzido ainda nos anos 1970 e hoje disponibilizado em formato digital em portais como Youtube e Vimeo. Essa dimensão coloca Cecim como um dos precursores das atuais iniciativas transmídia, destacando-se nele, todavia, o absoluto experimentalismo de suas linguagens tanto poético-narrativas quanto audiovisuais[30].

Por fim, um nome obrigatório e controverso desse mesmo período é Paulo Coelho (1947), sem sombra de dúvida o autor brasileiro de maior visibilidade em outros países. A despeito de sua qualidade literária, criticada especialmente nos meios acadêmicos tradicionais, sua inserção na Academia Brasileira de Letras em 2002 denota um justo reconhecimento de sua relevância no cenário literário contemporâneo nacional, em especial por sua projeção internacional. De teor espiritualista, sua obra mescla elementos esotéricos – profundamente inspirados pelo autor libanês Khalil Gibran (1883-1931) – a temáticas insólitas como bruxaria e vampirismo, não raro protagonizadas por personagens femininas vivendo em meio a crises existenciais, como é o caso de *Diário de um Mago* (1987) e *Verônica Decide Morrer* (1998).

Porém, é *O Alquimista* (1988) sua obra mais reconhecida e traduzida. Nela, um jovem pastor empreende uma longa viagem geográfica e espiritual em busca de riquezas e conhecimentos, numa trama que aponta para a Pedra Filosofal e trata da busca dos seres humanos pela realização de seus desejos.

Também ajudaram sua projeção literária a sua carreira como dramaturgo e compositor musical nas décadas de 60 e 70, em parceria com intérpretes como Elis Regina (1945-1982), Rita Lee (1947) e Raul Seixas (1945-1989). Autor de quase vinte livros, seu mais recente romance, *A Espiã*, foi publicado em 2016.

Percebe-se, pois, o quanto a produção das últimas décadas do século XX foi rica, prolífera e variada, indo desde Paulo Coelho, nosso autor mais popular, até os mais experimentais autores do insólito ficcional deste panorama, como Heloísa Seixas, Ademir Assunção, Fausto Fawcett, Luiz Bras, Guilherme Kujawski, Valêncio Xavier e Vicente Franz Cecim, sendo possível identificar um forte pendor para a ficção científica, em especial de viés *cyberpunk*, corroborando a ideia de que nessa época, surgiu a chamada Segunda Onda da Ficção Científica Brasileira. Com essa última década, abrimos então caminho para o tão esperado e imaginado século XXI.

PARTE III
OS MUNDOS INSÓLITOS DO SÉCULO XXI

Enquanto o fantástico no século XIX se marcava por uma forte presença do sobrenatural, infiltrando-se na realidade de modo a confundir as personagens e suscitar a dúvida sobre os limites da verdade em uma atmosfera gótica, no século XX, grande parte da literatura insólita se voltou à aceitação do elemento mágico, mesclado ao real circundante. Isso resultou no que conhecemos como o absurdo e como realismo maravilhoso, enquanto outra parte significativa se voltou às potencialidades do tempo e do espaço, em territórios perdidos, conquistados, especulados, utópicos e distópicos, através das diversas facetas da ficção científica, simultaneamente ao surgimento uma literatura especificamente voltada para crianças e jovens.

No século XXI, por outro lado, o elemento mais característico da nova literatura fantástica é a criação de mundos em suas mais diversas potencialidades, não raro ocorrendo um hibridismo entre dois ou mais modos narrativos, com supremacia, no entanto, da fantasia. Nesse sentido, duas vertentes floresceram mais do que outras, difundindo-se e se multiplicando em outras variantes. É o caso da ficção científica, em constante expansão desde a década de quarenta do século anterior, e que no novo milênio encontrou no *steampunk* – e demais *punks* –, na distopia e no *space opera* novas formas de expressão, e, sobretudo, na fantasia. Talvez essa seja a vertente mais recente do fantástico surgida no Brasil, como a conhecemos – apenas no século XXI, acompanhada de suas infinitas variantes: a fantasia urbana, a baixa fantasia, a alta fantasia (por vezes, chamada pelo público de fantasia épica e fantasia medieval), a *dark fantasy*, a fantasia intrusiva, a fantasia de portal, a fantasia imersiva, etc.

Todas essas categorizações, como se disse, aproximam-se pela criação de mundos, sejam mundos que repensam o passado, como é o caso do *steampunk*, ou mundos que questionam as possibilidades do futuro, como em algumas distopias e narrativas de *space opera*, seja introduzindo o fantástico no nosso mundo em uma coexistência paralela – é o caso da fantasia urbana e de ficções científicas pautadas na criação de máquinas ainda inexistentes, por exemplo – ou ainda, que se descolam de qualquer ligação com o nosso universo, recriando novas leis, nova geografia, nova história, novas religiões e mitologias, como o fazem a alta fantasia e a alguns casos de *dark fantasy*.

A literatura *pulp* também ganha novo fôlego na primeira década dos anos 2000, com a recorrente publicação de antologias temáticas, de diversas editoras, voltadas especificamente à produção de contos de aventura e terror, bem como de ficção científica e fantasia. No que diz respeito ao terror, aliás, esse modo narrativo passa a ser repensado para além dos modelos oitocentistas aos quais por tanto tempo ficou preso. Nesse sentido, surge o chamado *horror cult*, através do qual a literatura de medo passa a ser vista como categoria estética de grande expressão estilística e visual, como acontece com as obras de Santiago Nazarian, Antônio Xerxenesky e Joca Reiners Terron.

Também neste século o mercado nacional de literatura insólita se consolida, acompanhando o crescimento da base de fãs, em constante expansão desde a década de 1980. Ao mesmo tempo, outro movimento visível é o surgimento de editoras especializadas não apenas na publicação de segmentos específicos da literatura fantástica, mas também voltadas exclusivamente à publicação de autores nacionais, com a criação de selos e linhas editorias que contemplem as diversas vertentes do insólito ficcional, possibilitando a profissionalização da produção fantástica contemporânea e resultando em grandes nomes de relevo, como os campeões de vendas André Vianco, Eduardo Spohr, Raphael Draccon, Carolina Munhóz, dentre outros, além dos autores laureados em premiações e traduzidos no exterior, como o escritor gaúcho Max Mallmann (1968-2016), cuja obra majoritariamente publicada pela tradicional Editora Rocco, colecionava prêmios e elogios de crítica e público, a quem homenagearemos em nosso último capítulo.

Tal movimento marca ainda a entrada de grandes grupos editorias na publicação de autores fantásticos, como é o caso da Intrínseca, com a publicação de *Ordem Vermelha: Filhos da Degradação*, de Felipe Castilho, lançado em grande estilo em um evento de grandes proporções, e do selo Seguinte, da Cia. das Letras, que publica obras como *Ninguém Nasce Herói*, de Eric Novello, e *Aimó: Uma Viagem pelo Mundo dos Orixás*, três livros recém-publicados no apagar das luzes de 2017.

A respeito desse cenário otimista, Braulio Tavares comenta: "Do ponto de vista editorial, a FC brasileira vive nesta segunda década do século o seu melhor momento, com o surgimento ou a consolidação de editoras, principalmente em

São Paulo, como Devir, Aleph, Draco, Tarja, Terracota, Giz – algumas especializadas em literatura de gênero (FC, fantasia, horror), outras com selos específicos para essa área, e todas com intensa divulgação. A multiplicação de autores pode proporcionar a massa crítica para que cresça entre nós uma FC que, por um lado, tenha algo de novo a dizer e a mostrar ao resto do mundo, e, por outro, seja uma literatura que de fato imagine o Brasil" (2011, p. 18).

É também no século XXI que o fantástico no Brasil se alça de literatura muitas vezes considerada marginal para se tornar um modo narrativo reconhecido amplamente como tal pelo público e pela crítica, devido a suas características intrínsecas. Nesse sentido, vemos surgir por todo o país núcleos de estudos das vertentes do insólito nas mais diversas universidades brasileiras, com destaque para o grupo *Vertentes do Insólito Ficcional*, alocado na UERJ, que ao longo da última década, vem promovendo eventos e diversas publicações regulares, em parceria com outras reconhecidas instituições de ensino superior do Brasil e do exterior, para discussão, análise e acompanhamento das produções modernas e contemporânea do chamado "insólito ficcional", termo destinado a contemplar todas as categorias narrativas que flertam com o impossível. Também exemplifica esse esforço o projeto de pesquisa e extensão "Bestiário Criativo: O Profissional do Livro e o Mercado Editorial", sediado na UFSM e responsável por diversas ações culturais e acadêmicas, como a exposição que resultou neste livro.

Importa lembrar ainda que vivemos a época da inclusão e da diversidade, motivo pelo qual é visível o considerável aumento do número de autoras, de autores negros, de autores gays, ao mesmo tempo em que as ditas minorias passam a protagonizar livros com mais frequência, algo infelizmente raro nos períodos anteriores. Em sentido semelhante, a busca pelo diverso, somada a uma maior valorização do nacional e de nossas raízes, fez com que o folclore indígena e o imaginário de matriz africana, em especial aquele ligado às religiões e culturas iorubá, fossem muito revisitados, resultando em uma literatura, ao mesmo tempo, muito original, muito brasileira e muito pertinente à nossa contemporaneidade. Em outras palavras, por tudo o que dissemos, parece possível concluir que o insólito ficcional vive um momento de amadurecimento na cena literária brasileira, pautado pela tolerância e pela vontade de se retratar a alteridade pela beleza de suas especificidades e singularidades.

Não é por acaso, portanto, que o Movimento Fantasista – sobre o qual melhor falaremos no epílogo – surja nestas primeiras décadas do novo milênio, resultado de todas estas ações coordenadas, apoiadas pelo suporte de novas mídias, como *blogs*, redes sociais, *podcasts* e canais no Youtube, apontando o caráter transmidiático e interrelacional como marca intrínseca a essa nova literatura, ao mesmo tempo, universalizante, posto que derivada de toda uma tradição de dois séculos, surgida na Europa, e de todo um conjunto de mitos e folclores ocidentais. Por outro lado, ela é também particular e nacional, através da forma antropofágica com que é repensada em nossas letras, de modo a lhe conferir cor local, unicidade e características ainda inéditas até aqui.

CAPÍTULO 12

VAMPIROS: ENTRE O CLÁSSICO E O PÓS-MODERNO

Dentre os chamados monstros clássicos, o vampiro se tornou a figura mais reimaginada e revisitada pela literatura contemporânea e, por isso, nada mais significativo do que abrirmos os estudos relativos ao século XXI comentando sua presença na literatura brasileira. Presente em mitos antigos da Europa Central e Oriental, bem como em outros lugares do mundo, no início associava-se mais à ideia de morto-vivo – termo que pode ou não designar um vampiro, um fantasma ou um zumbi, que voltava à vida para buscar as pessoas amadas ou simplesmente qualquer um com quem seu caminho cruzasse – do que ao monstro belo e sedutor do imaginário atual. Esse morto-vivo, porém, não necessariamente bebia sangue, apesar de já poder ser combatido com estaca no coração e decapitação.

Vampiros também foram, ao longo da história, constantemente associados a bruxas e feiticeiras, dada a etimologia de algumas palavras que o designam. *Strigoï*, em romeno, por exemplo, deriva do termo cujo significado é "feiticeira". Já *vukadlak*, termo croata para vampiro, deriva da palavra "lobo", já que em muitas tradições o vampiro pode se transformar nesse animal, de modo a confundir-se, em alguns momentos, com a figura dos lobisomens (Cf. LECOUTEUX, 2005, pp. 102 e 107).

O alho já era usado na Idade Média como forma de afugentar não apenas vampiros, mas qualquer forma de espírito ou demônio maligno. Com o *Drácula*, de Bram Stoker, porém, ele passa a ser associado de forma específica ao combate aos vampiros (Cf. LECOUTEUX, 2005, pp. 26-27; CARVALHO, 2010, p. 496). Ao longo do tempo a figura do vampiro foi adquirindo os contornos hoje conhecidos e passou a ser uma espécie de parasita sanguinário, para, depois, aproximar-se da figura de um galã de moralidade ambígua.

Um dos primeiros vampiros literários, ou, talvez, o primeiro vampiro mais desenvolvido enquanto personagem de uma narrativa literária foi o criado por John Polidori (1795-1821), um amigo de Lorde Byron (1788-1824) no conto "O Vampiro" (1819), que se inspirou justamente no poeta maldito para construir sua personagem. Isso nos anos 20 do século XIX. Os primeiros vampiros estão filiados, portanto, ao romance gótico e ao personagem que Lorde Byron criou para si mesmo: um homem soturno, melancólico, misterioso e ensimesmado. Outros vampiros foram aparecendo ao longo do século XIX na França e na Inglaterra nas penas de Théophile Gautier (1811-1872) e sua *Morte Amorosa* (1836), Alexis Tolstoi (1817-1875), primo do famoso escritor russo, que escreveu em francês *O Vampiro* (1841) e *A Família Vurdalak* (1847), James Malcolm Rymer (1814-1884), autor de *Varney, o Vampiro* (1847), Alexandre Dumas, Pai (1802-1870), autor de "A Dama Pálida" (1849), Sheridan Le Fanu (1814-1873), autor de *Carmilla* (1872), Paul Féval (1816-1887), que publicou *A Cidade Vampira* (1875), dentre outros romances sobre o tema, e muitos mais, até atingir seu apogeu com o *Drácula* (1897), de Bram Stoker (1847-1912).

Outro aspecto interessante é que os vampiros ficcionais por todo o século XIX não temiam o sol, embora fossem essencialmente noturnos e ficassem, por vezes, enfraquecidos com a luz solar. É apenas com o célebre filme do expressionismo alemão *Nosferatu*, de 1922, do diretor Friedrich W. Murnau (1888-1931), que esse aspecto é acrescentado, e, a partir de então, o vampiro passa a morrer com o sol na maioria das histórias. Em relação ao sol e ao aspecto noturno da criatura, Bruno Berlandis de Carvalho comenta: "A vida ativa do vampiro está confinada à noite? A luz do dia o destrói? Nem sempre. Há vampiros folclóricos que só agem após o escurecer ou à meia-noite; há relatos de outros [...] que vagueiam indistintamente de dia ou de noite" (2010, p. 491).

A respeito do filme de Murnau, o crítico Alexander Meireles da Silva aponta tratar-se da obra que melhor "se aproximou do folclore do leste europeu no que se refere à representação de um vampiro ao apresentar uma criatura alta, esquálida, com orelhas, nariz e dentes pontiagudos como um rato e nenhum *sex appell*" (2010, p. 35), em oposição ao vampiro romantizado e humanizado, surgido no século XIX em alguns dos livros mencionados acima e desenvolvido com supremacia nos demais tipos ao longo dos séculos XX e XXI.

Em 1976, a escritora norte-americana Anne Rice lança a obra *Entrevista com o Vampiro* – seguida por muitos outros livros do mesmo universo – e novamente a imagem do monstro é redimensionada e reconfigurada. Por este motivo, Alexander Meireles da Silva considera que, ao lado de Drácula, Lestat de Lioncourt é a personagem mais influente no imaginário vampírico contemporâneo (2010, p. 37) – sedutor, com uma sexualidade latente e indefinida, cuja moral em relação aos mortais se revela ambígua, mas não essencialmente má. Aliás, a partir desse livro o vampiro deixa de ser um monstro parasita para se tornar um ser atormentado, romântico, repleto de transtornos e remorsos. Isso não é de todo novo, ao se considerar certa tradição vampiresca do século XIX, mas, sem dúvida, Anne Rice o leva às últimas consequências e desde então a imagem do vampiro adquiriu novos contornos, muito menos monstro e muito mais humano.

Além disso, o vampiro de Rice é galante e extremamente belo, assim como alguns de seus antecessores românticos. Com isso criam-se duas linhagens bem distintas: os herdeiros de Lestat e os vampiros monstros, tais como o Conde Orlock, do filme *Nosferatu*, que também deixa marcas em outras produções ao longo dos novecentos. Disso tudo percebemos um efeito interessante da literatura vampírica: a sua diversidade e capacidade de adaptação.

Algo importante para se ter em mente, como aponta Carvalho, é justamente a polivalência do vampiro e a dificuldade de resumi-lo em uma única fórmula: "Toda aproximação do tipo 'O vampiro é...' parece fadada ao fracasso, à incompletude arbitrária. O vampiro é muitas coisas ao mesmo tempo" (2010, p. 490). A despeito disso, parece seguro dizer que o vampiro é uma figura essencialmente cambiante, em constante adaptação, evolução e aclimatação ao contexto histórico, cultural e social ao qual está circunscrito. Por isso, estudar o vampiro no Brasil exige o entendimento de suas particularidades conforme a cor local.

Antes de falarmos dos vampiros brasileiros, é interessante lembrar ainda os vampiros de "Eu Sou a Lenda", conto de Richard Matheson (1926-2013), publicado em 1954, no qual o vampirismo é associado a um vírus, resultado dos constantes avanços tecnológicos (Cf. KORASI, 2014, p. 133). O fator sobrenatural fica de lado e o aspecto científico se ressalta em um imbricamento de modos narrativos tradicionais: o horror, a fantasia, a distopia e a ficção científica. A obra de Matheson interessa para entendermos com um exemplo claro o processo de aclimatação do monstro a outras realidades. Outro caso recente é a série *Crepúsculo*, publicada entre 2005 e 2008, de Stephenie Meyer (1973), em que o vampirismo também surge como uma condição biológica transmissível, mas longe de ser uma doença ou maldição, aparece totalmente sublimada, eliminando-se qualquer relação com as superstições cristãs – que já vinham sendo apagadas da tradição desde Anne Rice –, série responsável também por contribuir para o *boom* de publicações vampirescas no mercado brasileiro no final da primeira década do novo século.

Em nosso país, o mito foi pouco explorado nos séculos XIX e XX, salvo por aparições pontuais como na obra de Rubens Francisco Lucchetti, sendo apenas na virada do novo milênio, com o advento das obras de André Vianco, que a literatura vampiresca ganha força em terras tupiniquins. Em uma perspectiva história, Martha Argel e Humberto Moura Neto confirmam que em "língua portuguesa, durante o século XIX, o vampiro aparece apenas em breves menções. O brasileiro João Cardoso de Menezes e Souza falou de 'sanguessugas' e 'morcegos hematófagos' numa nota do romance versificado 'Octávio e Branca' (1849), que constitui a primeira menção a vampiros na literatura brasileira. Em 1897, o português Gomes Leal[31] trouxe à luz 'O estrangeiro vampiro', uma metáfora do neocolonialismo" (2008, p. 49). Poderíamos acrescentar ainda referências ao vampirismo na poesia de Cruz e Souza (1861-1898), em poemas como "Bondade", do livro *Últimos Sonetos*, mas pouco há além de menções, referências, metáforas e símbolos.

Com Vianco, hoje autor já consagrado, com mais de vinte livros publicados, um universo inexplorado foi desbravado com a publicação de *Os Sete* (autopublicado em 1999, relançado em 2000 pela Novo Século e em 2016 pela Aleph), seguido da continuação *Sétimo* (2002, Novo Século; 2016, Aleph). Seus livros apresentam a trajetória de sete vampiros portugueses, encontrados presos numa caixa de prata numa caravela naufragada ao sul do Brasil. Libertos, passam a causar uma série de desgraças, em meio às trapalhadas por sua recorrente inadequação epocal. Em suas obras, Vianco trabalha o horror e o humor entrelaçados de uma maneira bastante característica.

Seus vampiros são clássicos, no sentido de temerem o sol e o alho e por transformarem outras pessoas em vampiros com a troca de sangue; não obstante, possuem poderes especiais, quase como super-heróis, devido a um pacto com o diabo, séculos antes. Na sequência, parte desses vampiros retornam para combater Sétimo, o mais poderoso dos vampiros portugueses, capaz de se metamorfosear em demônio alado. A essas obras, seguiu-se *Bento* (2003), *A Bruxa Tereza* (2004), *Cantarzo* (2005) e a trilogia *O Turno da Noite* (2006-2007), para citar apenas alguns, além de algumas histórias em quadrinhos e outros livros fantásticos sem presença de vampiros.

A respeito de *Bento*, mas passível de ser estendido a outras obras do autor, os pesquisadores Cristina Azevedo da Silva e Paulo Ricardo Becker apontam: "A narrativa de Vianco procura unificar mitologias antigas e modernas, além de retratar diferentes comportamentos do homem em relação à natureza, criando novos mundos nos quais diferentes mitos coexistem caracterizando a pluralidade de temas do sobrenatural. O escritor reconstrói a imagem da criatura maldita do mito ancestral do vampiro, acrescentando novos elementos a velhos ícones como a bruxa, o vampiro vilão e o herói protagonista" (2013, p. 7).

Esse processo de mesclagem entre mitologias e imaginários diversos marca ainda uma característica muito saliente da obra de Vianco: a presença da fantasia. Em todas as suas obras, elementos externos à tradicional mitologia vampiresca são acrescentados, como os poderes dos sete vampiros do Rio Douro, que os colocam em diálogo com o universo das HQs de super-heróis, em particular, com os *X-Men* da editora Marvel, o que contribuiu para o apelo popular da obra.

Após o sucesso de Vianco, outros autores se lançaram ao desafio de revisitar esse monstro clássico, dentre os quais se destacam duas autoras paulistanas: Martha Argel e Giulia Moon. Argel, ornitóloga com várias obras teóricas publicadas, lança-se na ficção de vampiro com *Relações de Sangue* (2002, Novo Século; 2010, Giz Editorial), no qual a humana Maria Clara Baumgarten acaba se envolvendo com o vampiro Daniel, um sedutor acompanhante de luxo, que se vê com problemas quando suas clientes começam a ser assassinadas por um *serial killer*. Misturando a trama psicológica à maneira de Anne Rice, com o horror do *thriller* policial moderno, Argel cria uma narrativa envolvente com personagens muito bem desenvolvidos, retomados na sequência *Amores Perigosos* (2011, Llyr Editorial).

Outra aventura vampiresca de Martha é o juvenil *O Vampiro da Mata Atlântica* (2009, Idea). O livro trata da história de dois jovens pesquisadores – um ornitólogo e um mastozoólogo – que partem para uma pesquisa de campo numa região serrana onde acabam presos com um vampiro sádico e um passado turbulento. Argel ainda é responsável pela organização do volume *O Vampiro Antes de Drácula* (Aleph, 2008), em parceria com Humberto Moura Neto, no qual apresentam um ensaio sobre as origens do vampiro literário, seguido por contos vampirescos oitocentistas traduzidos pelos dois organizadores.

Já Giulia Moon inicia sua carreira como contista, publicando num curto intervalo as obras *Luar dos Vampiros* (Scortecci, 2003), *A Dama Morcega* (Landy, 2006) e *Vampiros no Espelho* (Landy, 2006) e, alguns anos depois, *Flores Mortais* (Giz, 2014). Em 2008, Moon juntamente com Martha Argel, André

Vianco e outros autores que despontavam no cenário nacional, reúnem-se na coletânea *Amor Vampiro* (Giz Editorial), que alcançou grande notoriedade.

"A Canção de Maria", o conto de Vianco publicado em *Amor Vampiro*, é bastante diferente de suas demais obras, passando-se numa era remota, com pessoas simples e bondosas, em um mundo de crenças e superstições, onde a sede e o amor de um vampiro travam uma batalha interna pela sobrevivência de uma criança recém-nascida. Já Argel, propõe o ousado conto "A Flor do Mal", um título ambíguo que já dá pistas do que podemos encontrar na história: tal como na obra de Charles Baudelaire (1821-1867) a quem homenageia, o belo e o maligno se unem desfazendo o maniqueísmo estereotípico. Reunidas na figura de uma sedutora vampira italiana, essas características se desdobram em sua obsessão por um jovem mortal que a ama e a odeia, sentimentos que o afligem e atormentam. É interessante notar ainda as nuances entre o que é o amor para um vampiro e para um mortal.

Destacamos também "Dragões Tatuados" de Giulia Moon, que narra a história de Samuel, um observador de vampiros, personagem intrigante e engraçada. Em meio ao bairro da Liberdade, em São Paulo, Samuel conhece Kaori, a misteriosa vampira cortesã, considerada excêntrica por poupar algumas de suas vítimas e presenteá-las com tatuagens de dragões. O conto se destaca por ter sido a primeira aparição de Kaori, protagonista dos romances *Kaori: Perfume de Vampira* (Giz, 2009), *Kaori 2: Coração de Vampira* (Giz, 2011) e *Kaori e o Samurai sem Braço* (Giz, 2012).

Nessa série, Giulia desenvolve a personagem do título, mostrando sua origem no Japão medieval, após uma tragédia familiar, até seu presente já no agitado bairro oriental paulista chamado Liberdade, onde se junta a aliados vampiros, humanos e de outras raças fabulosas para enfrentar diversos desafios. Misturando lendas japonesas, folclore brasileiro e mitologia vampiresca – em relação à qual segue de perto a proposta de Rice –, a autora cria um universo bastante rico, escrito de maneira inteligente e sofisticada, de modo a mostrar que esse monstro pós-moderno ainda consegue se renovar e protagonizar excelentes histórias.

Para além dos três autores comentados em pormenor, muitos outros se dedicaram a retratar a figura do vampiro em nossas letras, como Ivanir Callado, sobre quem falamos no capítulo "O Insólito na Virada do Milênio", e Gerson Lodi-Ribeiro, de quem falaremos futuramente, devido à fusão modal operada por este autor, ou ainda, Flávia Muniz e Regina Drummond, a serem comentadas quando falarmos da ficção infantil e juvenil na atualidade. Mas podemos ainda elencar alguns outros autores, como Flávio Medeiros Jr., autor de *Casas de Vampiro*, publicado em 2010, pela Tarja Editorial, no qual também se percebe a fusão de modos narrativos apontada em Lodi-Ribeiro e Matheson.

Eduardo Kasse, autor publicado pela editora Draco, tem se dedicado aos vários volumes de sua saga *Tempos de Sangue*, que já conta com cinco romances – *O Andarilho das Sombras*, *Deuses Esquecidos*, *Guerras Eternas*, *O Despertar da Fúria* e *Ruínas na Alvorada*, publicados entre 2012 e 2017. Na trama, que tem por bastidores os crimes da Igreja Católica medieval, acompanhamos o imortal Harold Stonecross da antiguidade até o renascimento, numa trama repleta de aventura, suspense e crítica social que também já ganhou novelas, contos e uma história em quadrinhos.

Por sua vez, Nazareth Fonseca (1973) destaca-se pela volumosa produção, majoritariamente publicada por grandes casas editorias, a saber: *O Despertar do Vampiro* (Aleph, 2009), *O Império dos Vampiros* (Aleph, 2009), da série *Alma e Sangue*, bem como o *spin-off* intitulado *Kara e Kmam, Segredos de Alma e Sangue* (Aleph, 2010), ao qual se segue *Pacto dos Vampiros* (Aleph, 2010), *A Rainha dos Vampiros* (Aleph, 2011), e, mais recentemente, *Dom Pedro I, Vampiro* (Planeta, 2015), no qual relê a história do primeiro imperador brasileiro sob o prisma da ficção alternativa, na qual ele teria se tornado um sugador de sangue.

Já J. Modesto cria uma história de super-heróis com vampiros, no livro *Trevas*, de 2006, publicado pela Editora Giz, e explora o potencial filosófico da figura maldita em *O Vampiro de Schopenhauer* (Livrus, 2012), no qual o famoso pensador alemão tem suas teorias sobre a vida e a morte questionadas ao conhecer um imortal que desacredita de qualquer possibilidade de divino.

O escritor Alexandre Herédia, por sua vez, explora o monstro vampiresco trazendo-os do leste europeu e aclimatando-os ao território nacional com seus livros *O Legado de Bathory* (2008, 1ª edição, Editora Multifoco; 2ª ed. 2010), em que recria o passado da famosa condessa Elizabeth Bathory (1560-1614), em torno da qual muitas lendas surgiram ao longo dos séculos, bem como nos livros *Predadores* (2010) e *Emboscada* (2010), todos publicados pela Tarja Editorial.

Neste capítulo, poderíamos ainda ter destacado outros autores e obras, como por exemplo Nelson Magrini, Adriano Siqueira, Ju Lund, Kizzy Ysatis,

Georgette Silen, entre tantos outros, mas por uma delimitação espacial, tivemos de nos contentar com apenas alguns. Como podemos perceber, o tema rende obras e público, que permanece na torcida para novas aventuras desses charmosos e assustadores monstros continuarem a assombrar nosso Brasil insólito.

CAPÍTULO 13
A NOVA FICÇÃO DE POLPA E O NOVO HORROR

Outra faceta da literatura insólita no século XXI é aquela que recupera a ficção *pulp* do começo do século anterior, valorizando a ficção científica de caráter mais popular, o horror que muitas vezes tende para o *gore* e em outras, para o terrir e histórias aventurescas, de modo geral. Caracterizados pelo pastiche, pela paródia, pela autorreferência e pelas narrativas rocambolescas – no melhor sentido da peripécia aristotélica –, os autores dessa vertente buscam revisitar temas, situações e personagens – ou criaturas – já solidificadas no imaginário popular do século XX, seja na literatura, no cinema, nos quadrinhos ou nos jogos, por vezes sob um viés cômico, mas aclimatado a uma realidade tipicamente brasileira.

Rhuan Felipe da Silva aponta que o século XXI, "surge então para reconstruir, ou juntar os pedaços, do que foi algo *pulp* no Brasil. Com o auxílio da internet, a possibilidade de publicação se tornou um espaço amplo, qualquer pessoa podia escrever algo em seu desktop e publicar em um blog, um site especializado ou qualquer espaço que abrisse tal possibilidade". Não obstante, como o próprio Silva aponta mais adiante em seu estudo, a despeito "dessa grande liberdade, o acesso a esses textos permanecia seleto a um pequeno público. Quem produzia e lia os textos eram geralmente as mesmas pessoas, o escopo de alcance destas publicações nunca conseguiu alcançar o grande público, permanecendo ainda hoje em um espaço reservado para poucos que se interessam pelo gênero" (2016b, p. 292). Isso é verdade apenas em parte, pois a difusão da literatura *pulp* do novo milênio não advém de revistas, como no século anterior, tampouco de portais na internet, como se poderia supor.

Ao contrário, o mercado vinculado a esse tipo de produção se voltou e se fez, sobretudo, a partir da publicação de antologias temáticas, muitas vezes em formato de bolso, mas, contrariamente ao pressuposto desse tipo de literatura, com belo acabamento editorial. A princípio, o fenômeno ocorre em pequenas editoras, mas há o aumento do público leitor e a contínua absorção de alguns autores por editoras de grande porte e livros de formato tradicional. Ainda assim, cabe mencionar que revistas como a *Trasgo* e a *Arte e Letra Estórias*, sobre as quais falaremos em outro momento, também conquistaram seu espaço. Falaremos neste capítulo sobre esse processo e esse tipo de literatura.

Inegavelmente, a série *Ficção de Polpa* (2008-2011), publicada pela Não-Editora, abriu o caminho para diversas coletâneas dedicadas à aventura, ao terror, à ficção científica, ao policial e outros modos narrativos, porém com uma toada que reverenciava e referenciava as antigas revistas de banca de jornal em estilo *pulp* nas ilustrações chamativas de capa, na diagramação visualmente paródica, nas inserções de falsas notícias e anúncios do seu interior, porém, com muito mais qualidade no material. Nela publicaram nomes como Roberto de Sousa Causo, Carlos Orsi, Octávio Aragão e Fábio Fernandes, além de novos nomes da literatura gaúcha que depois migraram para editoras maiores e se afastaram da literatura de cunho mais popular, como Carol Bensimon e Antônio Xerxenesky, sem falar do próprio Samir Machado de Machado, idealizador e editor do projeto.

Na mesma época, surge também em Porto Alegre a editora Argonautas, a partir do fortuito encontro dos escritores Duda Falcão e Cesar Alcázar (1980). Especializada nas vertentes do fantástico e com predileção por ficções curtas como contos e novelas, dentre suas principais publicações destacamos a coleção *Sagas*, lançada entre 2010 e 2014, e que teve cinco volumes: *Espada e Magia, Estranho Oeste, Martelo das Bruxas, Odisseia Espacial* e *Revolução*. Por suas páginas, além de Falcão e Alcázar, passaram nomes como A. Z. Cordenonsi, Felipe Castilho, Nikelen Witter, João Beraldo, Ana Cristina Rodrigues, Mustafá ibn Ali Kanso (1960-2017), Ana Lúcia Merege e Marcelo Amado, entre outros. Vale também destacar duas coletâneas dedicadas à recriação de contos lovecraftianos: *Ascensão de Cthulhu* (2014) e *Herdeiros de Dagon* (2015).

De Alcázar, destaca-se também a obra *Bazar Pulp* (2012), que traz já no título o diálogo com essa forma de publicação. Explorando as diversas facetas da ficção de polpa nos anos 20 e 30, o livro é composto por sete narrativas. A primeira delas, "O Coração do Cão Negro", apresenta um protagonista que seria posteriormente retomado no livro *A Fúria do Cão Negro*, publicado pela Arte & Letra, uma fantasia histórica, que, por sua vez, se desdobrou em uma série de HQs publicada pela editora Avec e ilustrada por Fred Rubim. "Mordred", apesar de dialogar com os ciclos arturianos, trata do conflito entre duas civilizações. "Uma Sepultura Solitária sobre a Colina" traz já no título o imaginário do terror gótico caro aos autores do período emulado, novamente com a personagem Cão Negro. Em "O Relato do Capitão Blackburn", temos uma história de vampiro bem diferente do habitual. Já em "A Música do Quarto ao Lado", adaptado em bela história em quadrinho publicada pela Editora Estronho, o fantástico é introduzido pelo elemento musical com maestria, em um diálogo com a tradição de contos fantásticos sobre música do século XIX. "O Filme" faz referência ao universo cinematográfico clássico italiano – uma das paixões do autor, que também tem obras críticas de cinema publicadas. Por fim, em "A Última Viagem do Lemora", encontramos uma aventura de pirata que já no título referencia Edgar Allan Poe.

Nesse mesmo período, a editora Devir também lançou a série *Duplo Fantasia Heroica*, em três volumes publicados entre 2010 e 2012, pequenos livros que sempre apresentavam histórias inéditas de dois autores diferentes. Entre os escritores que assinaram esses volumes estão Christopher Kastensmidt, Simone Saueressig e Roberto de Sousa Causo. Nesses três projetos editoriais vemos um similar formato de bolso e o investimento em um visual essencialmente popular e folhetinesco, mas com boa qualidade gráfica, formato mantido pela Argonautas até hoje, vide o recente *Crimes Fantásticos* (2017), que reedita um conto de R. F. Lucchetti.

Essa coletânea leva o elemento fantástico para tramas policias de investigação, tendência crescente, com publicações como *Detetives do Sobrenatural: Contos Fantásticos de Mistério*, organizada por Braulio Tavares (Casa da Palavra, 2014), trazendo doze contos de autores estrangeiros que misturaram os dois modos narrativos, bem como *O Outro Lado do Crime: Casos Sobrenaturais* (Llyr Editorial, 2016), organizada por Bruno Anselmi Matangrano e Debora Gimenes, com contos de nove autores, dentre os quais Marcelo Augusto Galvão, escritor em constante trânsito entre o fantástico e a literatura policial. A título de exemplo, em seu conto para essa antologia, ele nos apresenta uma *space opera* investigativa. Também nessa obra, James Andrade assina uma interessante fantasia investigativa medievalizante de lobisomens, enquanto Natália Couto Azevedo, conhecida por seu romance sobre fadas *O Reino dos Sonhos: A Cidade de Cristal* (Estronho, 2011), apresenta um caso médico com interferência do além, e O. A. Secatto, um conto sobre um pacto faustiano. Além desses, também estão presentes Luís Eduardo Matta, Vera Carvalho Assumpção e Fernanda W. Borges, três escritores mais conhecidos por suas obras policiais, também se aventurando por diferentes vertentes do insólito nos contos compilados nesse livro, além dos dois organizadores que trazem, respectivamente, um conto de um detetive-vampiro, em uma mistura de Lestat de Lioncourt com Sherlock Holmes, e uma narrativa assombrada pelo espírito de uma *banshee*, escrita aos moldes dos casos policiais da série televisiva *C. S. I.*

Com o propósito parecido de divulgar contos voltados aos assuntos caros à literatura de polpa, a editora Draco lançou e continua a lançar regularmente antologias temáticas, dentre elas, *Fantasias Urbanas* (2012) e *Depois do fim* (2014), ambas organizadas por Eric Novello, *Dinossauros* (2016), organizada por Gerson Lodi-Ribeiro, *Medieval: Contos de uma Era Fantástica* (2016) e *Magos: Histórias de Feiticeiros e Mestres do Oculto* (2017), ambas organizadas por Ana Lúcia Merege, e várias outras. Essas antologias, no entanto, diferem dos outros projetos comentados acima por seu tamanho robusto. Por outro lado, entre 2009 e 2015, a Draco também lançou a coleção *Imaginários: Contos de Fantasia, Ficção Científica e Horror*, em seis volumes, também em formato de bolso, cuja identidade visual dialoga com os projetos da Não Editora e da Argonautas. Nessa publicação seriada, figuraram autores como Giulia Moon, Leonel Caldela, Roberto de Sousa Causo, Jorge Luiz Calife e Martha Argel, dentre outros.

No que concerne mais especificamente ao horror, um dos pioneiros do Século XXI é Nelson Magrini, cuja carreira se iniciou em 2004, com o lançamento de *Anjo: a Face do Mal*, pela Editora Novo Século, seguido por *Relâmpagos de Sangue* (Novo Século, 2006), *Os Guardiões do Tempo* (Giz Editorial, 2009) e *Ceifadores*, continuação de *Anjo: a Face do Mal* (2012), lançado pela mesma editora do primeiro volume.

Em sua primeira obra, Magrini nos apresenta Lúcifer, o anjo caído. Ele vaga pela Terra fazendo aquilo que acha certo e tais atos podem, ou não, convir aos designos do Deus cristão. Deixando o tradicional maniqueísmo de lado, trouxe a público uma interessante história de anjos e demônios. O terror, no entanto, se adensa mesmo em sua segunda obra, onde a preocupação em assustar o leitor é levada a sério. *Relâmpagos de Sangue* traz a história de Sara e Jôs, duas pessoas totalmente diferentes, cujas vidas se interligam por estranhos acontecimentos, falta de memória e sonhos recorrentes, marcados pela cor vermelha e pela assustadora imagem de uma chuva de sangue. Escrito numa linguagem visceral, o livro transmite bem a angústia de suas personagens.

Já Duda Falcão é um dos principais expoentes do horror dos anos 2010, não apenas por seu trabalho à frente das coletâneas da Argonautas e da republicação de autores importantes, como Lucchetti, como também por sua obra solo. Contista por excelência, Falcão assinou três coletâneas nos últimos anos: *Mausoléu* (Argonautas, 2013), *Treze!* (2016) e *Comboio de Espectros* (2017), esses últimos publicados numa parceria entre as editoras Argonautas e Avec.

Nesses volumes, estão presentes vampiros, lobisomens, fantasmas, zumbis e outras criaturas, todas apresentadas e introduzidas pelo Anfitrião, um tipo de monstro narrativo que serve para emoldurar as histórias. O personagem é obviamente inspirado no apresentador de *Contos da Cripta* – série de histórias em quadrinhos, também adaptadas para televisão, que se valiam do recurso do narrador-anfitrião – e serve como um prenúncio do que vem pela frente no enredo. Apesar de seu caráter *gore*, mais próximo do terror explícito do que do horror psicológico, Falcão não deixa de refletir sobre questões sociais e políticas, como é o caso do conto "Museu do Terror" de *Mausoléu*, no qual o terror atômico se mescla a outros horrores clássicos e *pulp*.

Outro autor dessa safra é o mineiro radicado em Curitiba Marcelo Amado, editor da Estronho. Nascida do portal literário *Estronho e Esquésito* – que ficou no ar de 1996 a 2016 –, a editora tem publicado obras de literatura fantástica e livros sobre cinema insólito, dentre os quais se destaca a inovadora coletânea de ensaios *Tim Burton, Tim Burton, Tim Burton* (2016), organizada pela professora Laura Cánepa, primeira obra nacional dedicada ao célebre cineasta. Recentemente, a Estronho – que também tem tradição na publicação de coletâneas de contos, em especial, voltados ao terror – tem se dedicado a publicar antologias em formato de bolso, na esteira das outras coleções apontadas acima. Tratam-se das coleções *Funesto*, composta até agora por três obras de terror, e *Fantasia de Bolso*, também com três volumes lançados.

Como escritor, Marcelo Amado publicou *Empadas e Mortes* (2009), *Aos Olhos da Morte* (2010) e *Crônicas de meus Pés Descalços ou de Quando Visitei o Inferno* (2015), além do romance de horror *Ele Tem o Sopro do Diabo nos Pulmões* (2016), todos pela Estronho. Neste último, o grotesco e o sobrenatural transitam por uma atmosfera de *gore* com elementos *steampunk*, enquanto visitamos o maior espetáculo de horrores já visto, o *Cirque Le Monde Bizarre!* Já em *Crônicas de meus Pés Descalços*, o fantástico se dilui em belos textos de gênero textual híbrido, aproximando-se ora de crônicas escritas em prosa poética, ora de poemas em prosa, onde o sobrenatural se faz presente.

Amado não é o único a migrar das páginas digitais para as páginas impressas, pois muitos dos autores desta e de outras seções encontraram na internet um primeiro espaço de publicação e disseminação de suas obras. Cesar Bravo exemplifica esse fenômeno, provando o quanto grandes editoras – em contraste com as editoras de menor alcance mencionadas até aqui – estão atentas a autores que, mesmo iniciantes, já tenham conquistado público em outras plataformas. Esse movimento demonstra um amadurecimento no mercado de literatura fantástica, que só tende a melhorar comercialmente.

O romance de Bravo, intitulado *Ultra Carnem*, foi publicado em 2016 pela editora DarkSide – uma das maiores editoras de terror e fantasia da atualidade, conhecida por seus incríveis projetos gráficos, que até então ainda não tinha investido em autores nacionais. A obra é uma expansão das histórias já publicadas anteriormente na Amazon, mas com um aprofundamento da infância e da obra maldita de seu personagem: o pintor Wladimir Lester. Trata-se na verdade de uma série de narrativas que, juntas, compõem um romance *fix-up*.

Ainda a respeito das grandes editoras, vale mencionar uma obra publicada em 2017 pela Editora Record, intitulada *Criaturas e Criadores*, que dialoga diretamente com o tipo de literatura sobre o qual falamos até aqui, por propor histórias de terror em diálogo com obras do passado. Nesse livro, estão reunidas quatro noveletas: "A Criatura", de Raphael Draccon, "Conde de Ville", de Carolina Munhóz, "Por trás da Máscara", de Frini Georgakopoulos, e "O Sorriso do Homem Mau", de Raphael Montes. A ideia por traz desse projeto foi convidar conhecidos autores de literatura fantástica e de horror para revisitarem grandes clássicos desta última vertente originários do século XIX. Assim, o conto de Draccon relê o *Frankenstein* (1818), de Mary Shelley (1797-1851), incorporando lobisomens à trama; o de Munhóz revisita *Drácula* (1897), de Bram Stoker (1847-1912); o de Georgakopoulos, *O Fantasma da Ópera* (1910), de Gaston Leroux (1868-1927); e o de Montes reimagina *O Médico e o Monstro* (1886), de Robert Louis Stevenson (1850-1894).

Nessa mesma linha editorial, Raphael Montes, muito mais conhecido por seus *thrillers* policiais, publicou seu único livro que flerta com o sobrenatural, *O Vilarejo* (2015, Suma das Letras). Nessa coletânea de sete histórias de horror gótico, Montes inspira-se nos sete demônios que regem os pecados capitais, tendendo para o *gore* em seu intuito de assustar e chocar. Apesar de completas em si mesmas, as histórias estão inter-relacionadas, passando-se em um mesmo vilarejo isolado pela neve e pela fome em algum lugar esquecido do leste europeu.

Para encerrar, falaremos de três autores cujas recentemente publicadas obras de terror lhes trouxeram alguma notoriedade: Marcos DeBrito, Rodrigo de Oliveira e Marcus Barcellos (1989). Os três se aproximam por terem publicado obras pela recente Faro Editorial, que tem feito um excelente trabalho pelo terror brasileiro.

O cineasta DeBrito publicou em 2017 o romance *Escravo de Capela*, onde a cultura escravocrata brasileira é relida a partir de elementos sobrenaturais do imaginário indígena e africano, em uma assustadora trama de horror. Antes disso, o autor já havia publicado *Condado Macabro* (2015, Editora Simonsen), livro derivado de um filme de DeBrito sobre cinco amigos reunidos em uma casa de campo retirada. Já À *Sombra da Lua: O Mistério de Vila Socorro*, sua primeira obra, é um romance tétrico com lobisomens passado no Brasil, publicado em 2013, pela Editora Rocco.

Oliveira, por sua vez, é o responsável pela série de livros de zumbis *Crônicas dos Mortos* (Faro Editorial), com quatro volumes lançados entre 2014 e 2016. *A Ilha dos Mortos*, *A Batalha dos Mortos*, *O Vale dos Mortos* e *A Senhora dos Mortos* aproveitam o ressurgimento do tema após o lançamento da série televisiva *The Walking Dead* em 2010, explorando as tensões humanas em situações extremas. A série de Oliveira deu ainda origem ao *spin-off* intitulado *Elevador 16*, publicado em 2017 e lançou, no começo de 2018, um novo livro: *A Era dos Mortos, Parte 1*, já antecipando um próximo lançamento muito em breve. Além de sua série de zumbis, é também autor de *Os Filhos da Tempestade*, publicado pela Editora Planeta em 2017. Nessa obra, um grupo de amigos brasileiros em viagem para os Estados Unidos sofre um acidente após sobrevoarem o Triângulo das Bermudas. Eles sobrevivem, mas apenas para passarem por muitos apuros em uma ilha deserta, onde, descobrem, mora, desde o século XVII, uma jovem bruxa.

Por fim, Barcellos, outro autor muito atuante em plataformas como Wattpad, publicou *Horror na Colina de Darrington* (2015, Editora Novo Século; 2016, Faro Editorial), romance que lembra muito as estruturas duplas da ficção de Stephen King, onde um acontecimento de infância ou adolescência é revisitado por uma personagem na idade adulta. Nesse livro, acompanhamos o jovem Ben Simons, que se muda para a colina do título para cuidar de sua priminha após um acidente com sua tia. Ele não esperava, contudo, encontrar um lugar assombrado.

Com isso, esperamos ter conseguido demonstrar o quão prolífica tem sido essa nova literatura de polpa, voltada, em um primeiro momento, para a produção e divulgação de contos e noveletas, em antologias de formato de bolso, em diálogo com o século anterior e, em um segundo momento, dedicada às narrativas de horror clássico, com monstros como zumbis, fantasmas e lobisomens. Como fica evidente, nem só de vampiros se faz o horror brasileiro. Mas as narrativas de medo ainda nos acompanham pelo próximo capítulo, pois, no século XXI, o medo achou outras formas narrativas para se manifestar.

CAPÍTULO 14
DO HORROR *CULT* AO INSÓLITO COTIDIANO

Se no anterior, vimos o movimento das coletâneas de aventura da nova ficção de polpa rumo à retomada de um horror popular em enredos cheios de peripécias e monstros clássicos revisitados, no presente capítulo vamos mostrar um segundo movimento de publicações capitaneadas por grandes editoras, e, em especial, a Cia. das Letras, uma das mais tradicionais e premiadas casas de nossa cena literária, por onde saíram as obras da maior parte dos autores comentados a seguir. Com isso, identifica-se o surgimento do que chamamos de "horror *cult*", um horror nascido de obras de alto teor experimental, tanto do ponto de vista da estrutura narrativa, quanto do ponto de vista da linguagem, aproximando-se em muitos momentos da tendência contemporânea da autoficção.

Nessas obras, nota-se igualmente o apagamento dos monstros tradicionais, em benefício de elementos sobrenaturais mais sutis, cuja existência por vezes pode ser contestada. São também marcados pela forte presença do cotidiano. Nelas, em geral, não somos levados a lugares exóticos ou inóspitos, mas, sim, ao espaço doméstico e urbano, onde supostamente reside a segurança. A exploração da temática cotidiana será comentada, em um segundo momento, quando o absurdo – herdeiro do realismo maravilhoso do século XX – infiltra-se na rotina das personagens, criando obras, que, sem serem de horror ou terror, ainda assim causam desconforto por sua estranheza.

Talvez um dos primeiros exemplos dessa nova literatura experimental de horror seja o livro *A Confissão*, publicado em 2006, de Flávio Carneiro, professor de literatura da UERJ, autor de vários livros que também (re)visitam o fantástico em diversos momentos. O livro inicia-se com o sequestro de uma mulher, que se vê presa a uma poltrona, em uma casa localizada em lugar deserto. Com ela está o narrador, cujo propósito é lhe contar sua história. Espécie de *Mil e uma Noites* às avessas, na qual quem narra não é a vítima, mas o sequestrador, as confissões do narrador se estendem por várias tramas em histórias de horror e amor, em diálogo direto com toda a tradição de textos confessionais, de Santo Agostinho a Jean-Jacques Rousseau e Paul Verlaine.

O livro evoca ainda outro romance: *Entrevista com o Vampiro*, de Anne Rice, no qual um vampiro narra a um jornalista a história de sua pós-vida. Acontece que a personagem de *A Confissão* também se revela um vampiro, mas não um vampiro tradicional sugador de sangue, e sim alguém que, através de relações sexuais, suga a alma de suas vítimas. Aos poucos descobrimos seu passado e a forma como se dá sua condição particular de vampiro. Do ponto de vista estilístico, o livro de Carneiro é composto inteiramente de um intenso monólogo, onde brinca com as estruturas narrativas, ao mesmo tempo recorrendo, por vezes, no concernente à linguagem, ao recurso do fluxo de consciência, em uma prosa fortemente plástica e sinestésica. Recursos ainda raros de serem vistos na ficção de horror.

Conforme resume Fernanda Ribeiro Marra em sua dissertação de mestrado dedicada a essa obra de Carneiro: "O que a leitura revela sobre esse narrador é que, quando jovem, foi um ladrão de livros que vivia recluso em uma pensão barata no centro do Rio de Janeiro. A narrativa remonta ao momento de sua vida em que ele compreende ser agente causador da morte de mulheres com quem se relaciona sexualmente. A morte se torna uma consequência imediata do ato sexual. O inusitado, contudo, não se restringe a esse desdobramento fatal da relação sexual consentida, mas ao fato de o narrador virar uma espécie de herdeiro dessas mulheres. Tão logo morrem, transferem ao algoz a essência de quem eram: conhecimentos, memórias, habilidades, hábitos, preferências e refinamentos. As mortes das amantes são descritas como um acontecimento da ordem do sobrenatural, manifestado na trama como efeito do que se poderia denominar um processo de sucção de almas" (2015, p. 12).

Já Santiago Nazarian, autor paulista nascido em 1977, flertou com o horror e com o insólito, de modo geral em diversos momentos de sua carreira. Autor de uma prosa muito característica, com frases curtas, muito pontuadas e repetições intencionais de estruturas paralelísticas, transitando entre o que chama de "romantismo-absurdo" e "existencialismo-bizarro". Em sua obra, mescla os três elementos norteadores deste capítulo: a tendência à autoficção, o horror gótico e o cotidiano insólito. Nas palavras de Aileen El-Kadi, professora e pesquisadora de literatura brasileira da Universidade de El Passo (EUA), ao ler pela primeira vez um texto de Nazarian teve "a impressão de estar diante de uma combinação de *Twilight*, os irmãos Grimm, fórmulas freudianas clichês e o imaginário do *soft porn* adolescente".

Considerando, contudo, que essa apreciação não possui caráter negativo, apenas "reflete certa peculiaridade da narrativa jovem, ao dialogar com gêneros e subgêneros de fontes tão diversas como o melodrama do século XIX, os *cartoons*, o romance gótico e a pornografia, por exemplo" (2013, p. 261). A palavra "bizarro" parece, por conseguinte, um bom termo-chave para adentrarmos o universo de Nazarian.

A primeira obra de Nazarian a ser publicada é *Olívio* (Talento, 2003, Prêmio Fundação Conrado Wessel de Literatura), definido como uma obra de "romantismo-absurdo" conta a história de um rapaz que foge da rotina e se envolve com um misterioso escritor. Já em *A Morte Sem Nome* (Planeta, 2004; Palavra, Portugal 2005), seu segundo romance, escrito em uma linguagem marcadamente poética, conhecemos Lorena, uma suicida serial, que ao longo de várias narrativas termina por se suicidar, marcando o mundo com seu sangue. A cada novo capítulo, no entanto, outra história recomeça, com Lorena viva, apenas para que outra vez possa realizar o desejo de se matar.

Por sua vez, *Feriado de Mim Mesmo* (Planeta, 2005), narra a entediante vida de Miguel, um tradutor que vive sozinho, preso em sua rotina, que, de repente, é alterada pela intromissão de um suposto invasor. Essa presença – que suscita dúvidas sobre a sanidade de Miguel – se manifesta por pequenos atos, como a morte de uma barata e uma escova de dentes que aparece no banheiro. O tema do Outro invisível evoca histórias oitocentistas, como *O Médico e o Monstro*, de Robert Louis Stevenson, e, mais particularmente, *O Horla* (1886), de Guy de Maupassant, na qual um homem também tem sua rotina alterada por um possível ser invisível, bem como histórias em que se explora o tema da dupla personalidade, como no recente romance gráfico francês *Estes Dias que Desaparecem* (2017), de Thimothé le Boucher.

Como comenta Márcio Henrique Soares, sem recorrer à ajuda externa, o protagonista de Nazarian, ensimesmado e enlouquecido, tece suas próprias "conjecturas e suposições que proporcionam o questionamento do fenômeno. Miguel se esforça por elaborar uma série de explicações para os acontecimentos, considerando desde possíveis descuidos seus até a invasão de um funcionário do Inmetro, cujo pátio se situa em frente à janela de seu quarto. Tendo, aparentemente, analisado todas as interpretações plausíveis, Miguel parte então para uma explicação sobrenatural: a materialização de sua consciência" (2017, p. 322). Isso em muito se aproxima do narrador de Horla que, da mesma forma, não recorre à ajuda externa e tenta investigar por conta própria sua condição. A conclusão é a mesma de Miguel: uma força sobrenatural. E para combatê-la, acaba causando a própria destruição.

Nos anos que se seguem à publicação de *Feriado de Mim Mesmo*, Nazarian publica várias obras, dentre as quais, *Mastigando Humanos* (Nova Fronteira, 2006), na qual revisita a lenda urbana sobre crocodilos que habitam os esgotos das grandes cidades, dando voz ao próprio bicho, o qual se mostra melancólico e existencialista. Já *Pornofantasma* (Record, 2011) é uma coletânea de quatorze contos que flertam com a fantasia e com o terror cotidiano, enquanto o romance juvenil *Garotos Malditos* (Record, 2012) conta sobre um garoto viciado em filmes de terror que acaba precisando conviver com toda sorte de monstros.

Por fim, com *Neve Negra* (2017), seu mais recente livro, publicado pela Cia. das Letras, transita bem entre essas duas vertentes: o horror e o insólito cotidiano. Escrita em um estilo muito particular, que aposta num ritmo ágil, de frases curtas, associativas, em uma espécie de fluxo de consciência razoavelmente ancorado, a história começa com o retorno de Bruno Schwarz, pintor catarinense de renome e sucesso comercial, cujas obras nem sempre agradam a crítica, para sua casa em Trevo Sul, a cidade mais fria do estado, onde Bianca, sua esposa, e Alvinho, seu filho de sete anos, o esperam naquela que será, segundo os meteorologistas, a noite mais fria do ano.

Bruno costuma passar tanto tempo fora de casa que o retorno é sempre complicado, de modo que mesmo antes de chegar, reflete sobre o estranhamento de ser um desconhecido para quem deveria ser tão próximo. De saída, o romance parece, portanto, seguir a linha da autoficção – em especial, quando olhamos a orelha do livro e descobrimos que, assim como Alvinho, Nazarian também é filho de uma tradutora e de um artista plástico, que já morou em São Paulo e Santa Catarina. Parece ser mais um drama familiar, do que qualquer outra coisa.

Essa primeira impressão, todavia, logo é desconstruída. Pelo menos, parcialmente. O drama familiar continua lá. Bruno e Bianca têm um relacionamento complicado, preferindo ficarem o mais separados possível, embora se amem a seu jeito. Bruno tem dificuldade em lidar com Alvinho, um garoto que gosta de bonecas e unicórnios, fascinado por coelhinhos, que se nega a jogar bola ou brincar de carrinho. Bianca tem ressentimentos das viagens constantes do marido, mesmo as sabendo importantes para o trabalho. O menino sente falta do pai. Em meio a tudo isso, o insólito começa a ser introduzido; primeiro, pela chave do absurdo, depois, pouco a pouco, caminhando para um horror sobrenatural de matriz folclórica que surpreende justamente por romper o tecido do cotidiano e da rotina.

O terceiro autor sobre quem falaremos aqui é o *designer* gráfico Joca Reiners Terron, nascido em 1968, em Cuiabá no Mato Grosso, onde permaneceu até 1995, quando se mudou para São Paulo. Estreou no mundo das letras com a coletânea de poemas *Eletroencefalodrama* (Ciência do Acidente, 1998), mas logo voltou-se à prosa, publicando três anos depois *Não Há Nada lá* (Ciência do Acidente, 2001; Companhia das Letras, 2011), no qual o insólito já aparecia, em uma *quase* história alternativa, com ares híbridos de metaficção e ficção científica. Nesse livro, ao mesmo tempo metalinguístico, experimental e surrealista, diversas personagens históricas são resgatadas, como Arthur Rimbaud, William Burroughs, Jimi Hendrix e Aleister Crowley, em tramas conectadas por um estranho objeto mágico-científico e um grande livro sonhado.

Após *Não Há Nada lá*, publica dois livros de contos: *Hotel Hell* (Livros do Mal, 2003), narrativas onde sonho "e realidade não mais se balizam por fronteiras rigorosas" (LARANJEIRA, 2012, p. 134), e *Sonho Interrompido por Guilhotina* (Casa da Palavra, 2006), inteiramente pautado no grotesco, entre o real e o sobrenatural, como defende Gabriel Pereira de Castro em sua dissertação de mestrado intitulada *A Manifestação do Grotesco nos Contos de Joca Reiners Terron* (2016). Em 2010, publica *Do Fundo do Poço se Vê a Lua* (Companhia das Letras), vencedor do Prêmio Machado de Assis de Melhor Romance.

É, no entanto, com seu romance *A Tristeza Extraordinária do Leopardo-das-Neves* (Companhia das Letras, 2013), que o horror, o maravilhoso e o cotidiano melhor se misturam, em "uma espécie de romance policial, narrativa de suspense, terror mediano, com uma densidade lírica que aplaina a fusão de gêneros tão própria da literatura contemporânea, no que pode haver de lirismo numa escrita desencantada, irônica, que não tipifica quase nenhuma situação" (MAGALHÃES; COELHO, 2014, p. 67).

Nesse livro, somos apresentados a um escrivão insone, que trabalha de dia na delegacia e de noite cuida do pai demente, motivo pelo qual toma remédios para permanecer acordado, chegando a se perder em alucinações. Ele nos narra um caso policial curioso, já encerrado no início da narrativa, mas desvelado ao leitor aos poucos em uma narrativa fragmentada entre idas e vindas no tempo e no espaço, por meio de *flashbacks* e mudanças de foco narrativo, envolvendo um taxista de requintado gosto musical e o estranho *hobby* de caçar animais – e pessoas – com seus rottweilers.

Conhecemos também a Criatura, um ser diminuto em estatura e estrutura, idade indefinida e rosto monstruoso, impossibilitada de sair no sol. Ninguém sabe exatamente quem ou o que ela é, de onde veio e quais são seus desígnios, mas, sabe-se, ela gosta de desenhar e quer muito conhecer o leopardo-das-neves que habita o zoológico da cidade. A Criatura mora em uma grande mansão no bairro do Bom Retiro na capital paulista, onde toda a trama se desenrola. Com ela, mora a Sra. X, uma enfermeira especializada em pacientes terminais, cuja história descobrimos aos poucos, notando sua dúbia moralidade escondida por um suposto senso de justiça. Essas duas tramas terminam por se entrecruzar conforme o policial descobre o passado de sua família e o terrível segredo guardado por seus pais: afinal, a Criatura é sua irmã mais velha, vítima de uma rara doença degenerativa, motivo pelo qual os pais decidiram mantê-la afastada da sociedade.

Fosse só isso a trama de Terron, talvez se tornasse difícil apontar claramente onde se encontra o insólito neste livro, embora se possa entrevê-lo através das descrições do casarão e da criatura em diálogo com a literatura de horror, incorporando elementos do gótico, ou ainda nos delírios surrealistas do escrivão, após tantas e tantas noites privado de sono. Contudo, o fantástico se faz presente por uma terceira história, contada em cinco fábulas, que se soma às duas outras, a do leopardo-das-neves, animal noturno evocado no título. Como apontam Milena Magalhães e Lilian Coelho, o "modo fabular de escrever o animal, como sabemos, não é o lugar de exibir a animalidade do animal. O aspecto moralizante da fábula, que antecipa a narração, alegoriza os animais a partir da atribuição de 'traços humanos'" (2014, p. 74).

Descobrimos nessa nova história um vilarejo constantemente atacado por curiosos bandidos, cujas vítimas apareciam exangues, com dois furos no pescoço – a referência a vampiros permanece apenas sugerida, como também acontece em relação à Criatura. Vendo aquilo, a conclusão de seus habitantes é das mais inusitadas: "suspeitaram então que a chacina devia ter sido causada por um ataque do leopardo-das-neves, um animal que podia adotar a forma humana" (TERRON, 2013, p. 58), animais que, devido à caça excessiva, estavam desaparecendo. Com essa constatação, entramos, portanto, pois, no campo do maravilhoso.

A respeito da mutilação tanto do leopardo quanto da Criatura encontrada por ele no transcurso da história, Magalhães e Coelho comentam que a "deformação, não apenas social, mas também corporal, biológica, é uma das pautas mais perturbadoras do livro de Terron. Uma doença, conceituada cientificamente, é tratada, no romance, como uma das alianças possíveis entre o humano e o animal. O devir-animal da criatura anuncia-se dramaticamente, numa espécie de desapossamento do corpo humano" (2014, p. 71). Com esse desenlace, a trama realista do escrivão, a trama horrífica da Criatura e a trama maravilhosa do leopardo se entrelaçam de tal modo que fica impossível saber quanto há de lenda e quanto há de verdade na história do inacreditável felino.

Em seu livro mais recente, intitulado *Noite Dentro da Noite* (Companhia das Letras, 2017), Terron joga com a autoficção e com o insólito cotidiano, ao retratar no período da ditadura militar a história de um garoto, que, tal como aconteceu na infância do próprio autor, após um acidente em que bate a cabeça – ocasionando a necessidade crescente de fortes medicamentos barbitúricos –, tem sua percepção da realidade alterada, de modo a desfocar os limites entre real e imaginário até se tornar quase impossível discerni-los.

No limiar, encontra-se Antônio Xerxenesky (1984), autor gaúcho radicado em São Paulo, que ora flerta com o horror, ora se vale de elementos insólitos para desestabilizar o cotidiano, na maioria das vezes partindo da técnica de autoficção e da metalinguagem, que permitem a leitura alegórica e paródica predominante em seus intérpretes. Autor dos livros de contos *Entre* (Fumproarte/SMC e Editora Movimento) e *A Página Assombrada por Fantasmas* (Rocco), publicadas respectivamente em 2006 e 2011, e dos romances *Areia nos Dentes* (Não Editora, 2008; Rocco, 2010), *F* (Rocco, 2014) e *As Perguntas* (Companhia das Letras, 2017), só em seu último livro temos uma trama declaradamente de horror. Logo, Xerxenesky não se restringe ao modos narrativos do fantástico, mas o permeia. Assim o faz em seu romance de estreia, no qual brinca com diversos modos narrativos e estruturas formais, em um enredo híbrido que também dialoga com as três vertentes em estudo neste capítulo.

Romance de dificílima definição, *Areia nos Dentes* pode ser descrito como uma história de faroeste passada em algum lugar semidesértico no antigo México, em primeiro lugar. Ou talvez em segundo. É possível que seja, antes de tudo, uma história de um pai e um filho em conflito, passada na contemporaneidade. Ou de pais e filhos, pois mais de uma trama se apresenta em um efeito de *mi-*

se-en-abyme. Essas duas linhas temporais se intercruzam: na primeira, temos o conflito de duas famílias juradas de sangue. Após a morte do filho de uma delas, o pai procura vingança. Essa trama também dialoga com o modo do romance policial, afinal tudo se desdobra ao redor de um mistério e de um assassinato e também é, em certa altura, uma história fantástica de zumbis, explorando o repertório indígena do velho oeste americano.

Já a segunda trama caminha pelos moldes da autoficção e da metaliteratura, na qual conhecemos um escritor com problemas familiares que tenta contar a história de seus antepassados em livro, justamente aquela que também estamos lendo. A indefinição se a história de horror contada pelo romancista na segunda linha temporal de fato aconteceu ou se é um recurso estilístico fica em aberto, o que não nega a presença do insólito ficcional. Por fim, é ainda um romance contemporâneo, na melhor acepção do termo, isto é, de uma estética nova, de experimentações, pela brincadeira com as palavras, pelo pastiche de modos narrativos, pela mescla de estruturas, pela metalinguagem e autorreferências, que tenta, como fez James Joyce, propor um estilo diferente para cada capítulo. Em suma, revela-se um livro que privilegia a forma, sem descuidar do enredo.

Já *As Perguntas*, definido como uma obra *pós-terror*, conta a história de Alina, uma doutoranda em história, especialista em história das religiões e ocultismo, que desde criança vê vultos e sombras. No entanto, Alina cresceu cética e busca sempre uma explicação racional para esse fenômeno. Devido a seus conhecimentos em torno do ocultismo, a polícia a chama para consultoria: uma suposta seita tem sequestrado pessoas e estaria associada a cultos escusos. Aline tenta ajudar como pode e acaba investigando a questão por conta própria. Ao final, acaba tendo de enfrentar os vultos que toda a vida a perseguiram. O livro, assim como toda a obra de Xerxenesky, brinca com o entrelugar entre uma explicação sobrenatural e uma solução lógica, devido às paranoias da protagonista. De uma forma ou de outra, em termos todorovianos, no mínimo, há o estranho nessa sua assumida empreitada em busca de um novo horror.

O fantástico também se manifesta em alguns de seus contos, como no futurista "Sequestrando Cervantes" de *A Página Assombrada por Fantasmas*, já sem traços de horror. O conto se passa em um Reino Unido de 2070, que foi dominado pelo interessante Partido Ceticista, ao qual o narrador é simpatizante. As coisas se complicam, porém, quando o protagonista entreouve uma conversa de agentes governamentais durante um café sobre o plano de *sequestrar* a obra de

Miguel de Cervantes. Trata-se na verdade de um projeto pedagógico que visa retirar da literatura elementos que desinteressam ao governo. Em um mundo onde o livro em papel foi erradicado, basta que se altere pouco a pouco a obra em seu formato virtual para ninguém perceber; com o tempo a nova estrutura será considerada a oficial, afinal, neste universo de poucos livros, também não há críticos ou especialistas em literatura. O conto é curioso pela forma como trabalha o tema, em meio à ironia e à metalinguagem, valendo-se do elemento insólito como pano de fundo.

Outro escritor gaúcho a explorar o recurso do insólito cotidiano é Gustavo Czekster (1976). Advogado por formação e doutorando em Escrita Criativa pela PUC-RS, Gustavo é um autor muito atuante no cenário das letras, tanto por sua produção ficcional como por seus ensaios e textos críticos. Até o momento, ele publicou duas elogiadas coletâneas de contos: *O Homem Despedaçado* (2011), pela editora Dublinense, e *Não Há Amanhã* (2017), pela Zouk. Em alguns de seus contos – muitos deles influenciados por Jorge Luis Borges e Franz Kafka –, a rotina dos seus personagens é quebrada por pequenos momentos de estranheza e desconcerto.

No conto que dá título ao primeiro livro, um homem descobre que o espelho quebrado de seu banheiro possui todas as possibilidades de sua existência. Para sua surpresa, constata que sua vida está entrelaçada à de outros homens que também foram fracionados pelo espelho – é impossível não nos lembrarmos de Machado de Assis e João Guimarães Rosa, por exemplo, também eles autores de contos sobre o poder de fascínio desse objeto tão corriqueiro. Outros contos nos quais o insólito se faz presente são "Um Mundo de Moscas", "A Bênese dos Paradoxos Brancos" e "Divertissements sobre a Dilatação dos Porcos".

Já em *Não Há Amanhã*, sugerimos inicialmente "Os que se Arremessam", uma narrativa absurda, na qual um misterioso homem conta para a polícia como entrou para a Seita dos Arremessantes e como descobriu um texto capaz de induzir outras pessoas a se jogarem. Já em "Os Problemas de Ser Cláudia", uma mulher que se divide em múltiplas versões de si própria para dar conta de seus compromissos vivencia a desagregação definitiva de si própria. Em "Um Sonho de Relógios", um relógio que realiza saltos no tempo vai engolindo o tempo de vida de um homem. Outros contos interessantes são "Thermidor", "A Ingrata Tarefa das Esfinges" e "Eu, Cidade Infinita".

Por sua vez, a escritora goiana Augusta Faro (1948) assinou vários livros de poemas e obras infanto-juvenis, sempre enfatizando a imaginação humana, as paisagens de Goiás e a figuração do feminino. Em *A Friagem* (Global), publicado em 1999, Faro apresenta narrativas curtas voltadas às questões do feminino em meio a dificuldades – por vezes insólitas – de seu cotidiano. Neste sentido, lembramos quatro contos que flertam com as vertentes insólitas de diferentes modos: temos o fantástico do conto "As Sereias", o maravilhoso em "As Flores", o absurdo em "Check-out" e o horror em "O Dragão Chinês". No primeiro conto, a fábula de Rapunzel, a *Odisseia* de Homero e um drama familiar contemporâneo se unem na trama da protagonista Yara, que de personagem dona de sua identidade, passa pouco a pouco a se submeter aos efeitos da sociedade patriarcal enquanto assume o papel de esposa e mãe. Enquanto ela passa indiferente a esses eventos, seus cabelos não param de crescer, levando ao horror e à loucura as pessoas próximas.

Em "As Flores", acompanhamos Rosa, uma menina para quem desde "seu nascimento, eventos extraordinários acontecem, como, por exemplo, a coloração do céu de tons róseos. A protagonista é uma menina diferente: seu alimento são as rosas, ela exala um perfume de flores e, periodicamente, recebe lições de piano de um pianista invisível, gosta de conversar com as plantas e brincar com os pássaros" (GOMES; RIBEIRO, 2017, p. 165).

Na terceira narrativa, um exame médico de rotina revela que o coração da protagonista literalmente secou, dando início a uma série de outros exames e debates para desvendar esse mistério. O que se inicia como literal chega ao campo do simbólico e do afetivo, quando a ausência do amante é apresentada como possível causa do seu mal-estar. Mas aqui também, Faro inverte expectativas, como apontado por Ana Paula dos Santos Martins (2017) em artigo dedicado ao conto: o que tinha tudo para desandar numa alegoria simplista e sentimental se transmuta numa bem-vinda reflexão sobre a assimetria dos gêneros.

Já em "Dragão Chinês", conto que lembra em sua estrutura o principal tropo de Lovecraft, combinando a temática do medo e a da loucura, a protagonista narra em primeira pessoa ao seu psicanalista os estranhos eventos que a fazem escrever a ele em vez de ir visitá-lo para sua costumeira sessão. O mistério envolve um belo vaso chinês e um enigmático dragão nele pintado, que gradativamente vai ficando mais detalhado e ganhando vida. Poderíamos citar ainda outros contos de *Friagem* que também lidam com elementos fantásticos a partir de sentimentos comuns como solidão, depressão e desalento, seja diante de um fenômeno natural externo, seja a partir de uma inquietação psicológica interna, sempre a partir de uma perspectiva feminina.

Analice de Sousa Gomes e Renata Rocha Ribeiro, em artigo sobre o conto "As Flores", escrevem: "A cada história, os anseios, as prisões, a solidão, os sonhos, os medos e as realizações das mulheres conduzem à temática privilegiada pela autora. Por exemplo, uma mulher que tem seus desejos sexuais reprimidos é consumida por formigas. A solidão de uma jovem impede que seu corpo se aqueça e vive uma intensa friagem. Assombrada pela materialização do dragão chinês de uma porcelana que comprara, uma mulher decide escrever uma carta para seu psicanalista: escreve porque sua fala é censurada, o dragão a ameaça. Um amor é vivido por uma moça que, após a morte da filha e do marido, se junta às sereias e faz do oceano o seu lar. Numa paranoia de perseguição, uma mulher decide assassinar aquele que a ameaça: prepara um bolo envenenado e, ao final, constata a morte do impostor: um rato" (2017, p. 164).

Outra escritora que vem se dedicando a retratar a condição da mulher e, mais especificamente, a mulher negra, é a mineira Conceição Evaristo (1946), cuja história de vida é repleta de reviravoltas. Nascida em uma favela de BH, trabalhou como empregada doméstica, fez graduação em Letras na UFRJ, mestrado na PUC-RS e doutorado na UFF, começou a publicar em 1990 no periódico *Cadernos Negros*. Em 2003, publica seu primeiro romance, *Ponciá Vivêncio* (Mazza, 2003). Hoje, é professora universitária e um dos nomes mais elogiados da literatura contemporânea brasileira.

O insólito é introduzido em seu universo por meio do cotidiano pelo contato com a tradição oral na obra *Histórias de Leves Enganos e Parecenças* (2016, Malê), onde reúne doze contos e uma novela protagonizadas por mulheres, com temática próxima ao realismo maravilhoso. A esse respeito, Nivana Ferreira da Silva comenta: "É interessante notar que, em sua maioria, as narrativas giram em torno de mulheres – crianças, moças ou mães – protagonistas de suas vivências, que contam e escutam histórias passadas de geração em geração, fazendo emergir o fantástico e o imprevisível a partir de uma mescla entre a tradição e o contemporâneo. Chama atenção o não tão sutil jogo entre os nomes próprios de algumas delas e seus respectivos enredos, a exemplo de Rosa Maria Rosa, do conto homônimo, cujas axilas gotejavam pétalas de flores" (2018b, p. 421).

Já na novela "Sabela", por exemplo, temos uma mulher ligada à água – símbolo maior do feminino nas obras de Evaristo –, capaz de vertê-la quando sente a aproximação de uma tempestade. Por sua vez, no conto "Os Guris de Dolores Feliciana", uma mãe verte sangue sempre que chora por seus filhos assassinados. Ou seja, através da desestabilização do cotidiano, Evaristo consegue tratar temas como a violência, a negritude e o feminino, em uma escrita poética, flertando com o realismo maravilhoso.

Por fim, também pensando no imbricamento entre as figurações do sólito e do insólito no cotidiano, a cearense Socorro Acioli (1975), conhecida autora de obras infantis, constrói uma divertida narrativa em *A Cabeça de Santo*, sua primeira obra para o público adulto, publicada pela Cia. das Letras, em 2014. Nesse livro, conhecemos Samuel, cuja recente morte da mãe o leva a uma peregrinação religiosa até a pequenina cidade de Candeia no Ceará. Lá, ele acaba por descobrir uma grande estátua de Santo Antônio, conhecido pelos religiosos como "o casamenteiro", uma espécie de intercessor junto a Deus dos pedidos dos solteiros e solteiras por uma alma gêmea. Curiosamente, Samuel acaba descobrindo uma cavidade na cabeça do santo, onde entra e se surpreende por ouvir muitas vozes. Descobre, então, que são as orações das mulheres pedindo seus favores ao santo. A trama se desenvolve a partir daí com Samuel tentando entender – e tirar algum proveito – de seus novíssimos poderes.

Nessas páginas, tentamos destacar as transformações ocorridas em torno do terror na literatura contemporânea em autores mais conhecidos pelo viés da metaliteratura e da autoficção. Constantemente estudados e elogiados pela crítica, neles vemos um relativo apagamento do monstro clássico e uma crescente naturalização do sobrenatural, que em alguns momentos perde sua carga horrífica, assumindo o controle do dia-a-dia, da rotina e do banal. O cotidiano serve, nesse sentido, de eixo para essas reflexões, culminando em obras, que, beirando o pastiche e a paródia, em muitos momentos encaminham-se para o absurdo, como os contos de Czekster, até chegarmos ao humor ácido de Acioli, com o qual encerramos este panorama.

CAPÍTULO 15

OS MUNDOS ALTERNATIVOS E INTERESTELARES DA NOVA FC

Novo milênio, novas tecnologias, nova sociedade digital, nova literatura? Sim e não. Por um lado, vemos jovens autores encontrando novas formas de comunicar suas histórias e também de divulgar seu trabalho. Por outro, apesar do impacto real da internet, de dispositivos móveis como Kindle e das plataformas gratuitas de autopublicação como o Wattpad, autores de ficção científica continuam encontrando seu público no concorrido mercado literário. Ainda assim, é possível notar que a FC contemporânea se focou em algumas formas específicas de expressão, como a *space opera*, a história alternativa e o retrofuturismo, que surgiram ou se difundiram pelo mundo através da literatura anglófona da segunda metade do século XX, bem como a distopia e o *steampunk*, sobre os quais falaremos nos próximos capítulos.

É possível notar, nesse contexto da Terceira Onda, para usar a nomenclatura anteriormente comentada, uma forte presença de autores advindos da Segunda Onda. Nesse aspecto, Fábio Fernandes, Braulio Tavares, Carlos Orsi, Octavio Aragão e Gerson Lodi-Ribeiro encontraram no século XXI outros caminhos para publicar suas obras. O mesmo acontece com o próprio Roberto de Sousa Causo (1965), tantas vezes citado ao longo deste livro, nome de grande importância neste novo milênio, tanto por sua atuação como escritor quanto como pesquisador. Sua produção inclui contos e artigos em revistas de grande circulação e um projeto ficcional que promete fundir imaginário indígena e geografia nacional, chamado *A Saga de Tajarê*, com diferentes contos publicados em vários formatos. Nela, Causo mescla elementos de fantasia heroica com outros advindos das utopias amazônicas, vistas no primeiro capítulo dedicado à FC, em uma trama de história alternativa onde os vikings chegaram à América antes do dito descobrimento.

Em *A Sombra dos Homens*, primeiro volume da saga, publicado em 2004, pela Editora Devir, "Tajarê, habitante da Aldeia no Coração da Terra, uma mítica comunidade da Amazônia, em um passado pré-cabralino, toma consciência de sua missão como protetor das forças mágicas, ameaçadas pela vinda de uma feiticaria hostil de além de 'tantas águas' (o mar). Auxiliado pelo Anhangá, o veado branco, o relutante guerreiro contempla a chegada de barcos 'estranhos que parecem cobras mboi' que trazem homens 'cheios de pelos na cara e brancos como Anhangá'. São guerreiros de uma expedição viking, comandados por uma bela sacerdotisa do deus trapaceiro Loki: Sjala. Tais guerreiros, guiados pelas visões de Sjala, viajaram até ao Amazonas para libertar sua divindade, 'aprisionada' pela mágica da Floresta, visto que tal prisão resultaria no fim do mundo" (CASTILHO JUNIOR, 2016, pp. 163-4).

Dentre as outras várias produções de Causo, destacamos ainda suas sagas de *space opera* interligadas: *As Lições do Matador* e *Shiroma, Matadora Ciborgue*. Esta última é protagonizada por Bella Nunes, uma pós-humana com capacidades físicas e intelectuais ampliadas geneticamente, que vive num universo futurista perigoso e lisérgico. Vale lembrar ainda *O Par: Uma Novela Amazônica*, vencedora da décima primeira edição do Projeto Nascente, um concurso literário interno da Universidade de São Paulo, e publicada pela Editora Humanitas, da Faculdade de Filosofia, Letras e Ciências Humanas da USP.

Além da FC, Causo também se voltou em alguns momentos de sua trajetória para a fantasia, como em *A Corrida do Rinoceronte* (2006), assim como para o horror, em obras como *Anjo de Dor* (2009) e o romance *Mistério de Deus* (2017), todos publicados pela Editora Devir Brasil, pela qual o autor também publicou uma série de antologias temáticas, muito importantes para se entender os momentos e movimentos da FC brasileira, por exemplo: *Os Melhores Contos Brasileiros de Ficção Científica: Fronteiras* (2009) e *As Melhores Novelas Brasileiras de Ficção Científica* (2011), dentre outras. Causo é ainda o autor de um dos primeiros estudos de fôlego sobre literatura fantástica e insólita no Brasil: *Ficção Científica, Fantasia e Horror no Brasil: 1875 a 1950*, publicado pela Editora UFMG em 2003. Nosso panorama deve muito ao trabalho arqueológico desse autor, crítico e pesquisador da memória literária nacional.

Com uma longa carreira como tradutor de grandes clássicos do horror, da fantasia e da ficção científica (de escritores como Philip K. Dick, Arthur Clark, Anthony Burgess e China Miéville), o carioca Fábio Fernandes é um nome muito reconhecido no cenário literário nacional. Além de obras publicadas em várias editoras e de sua participação em coletâneas nacionais e internacionais, lançou, em 2000, *Interface com o Vampiro*, pela editora Writers, um título que alude ao hoje clássico de Anne Rice *Entrevista com o vampiro*. Nessa coletânea, o autor traça o perfil de personagens marginais vivendo na grande metrópole moderna que recebe todo tipo de existência e de experiências.

Já em *Os Dias da Peste* (Editora Tarja), publicado em 2009, Fernandes especula sobre um mundo onde os computadores estão entrando em pane e no qual a comunicação entre homens e máquinas parece cada vez mais possível. Ao contrário do que costuma acontecer em obras *cyberpunk*, esse romance se passa num contexto anterior à "singularidade" – isto é, quando o humano cruza a linha divisória que o separa das máquinas, rumo ao conceito de pós-humano, "ou melhor, pré-convergência entre homens e inteligências construídas (como as inteligências artificiais se denominam no romance). Ou seja, o narrador-protagonista Artur Mattos, através de relatos escritos em diários e postados em *blogs* e *podcasts*, testemunha os eventos que antecedem à Convergência, fenômeno vagamente descrito ao longo do romance, mas que parece remeter à definição de singularidade. Uma característica estilística do narrador-protagonista, capaz de fornecer metáforas da Convergência, é a intertextualidade recorrente" (LONDERO, 2011, p. 220), recurso este que marca não apenas a contemporaneidade, mas, especificamente, o insólito contemporâneo brasileiro, em geral construído por meio da antropofagia.

Além de professor e jornalista, Fernandes também assina importantes estudos voltados à FC, uma tendência frequente entre os autores dessa geração, como Causo e Braulio Tavares. De sua obra crítica, destaca-se sua tese de doutorado, *Construção do Imaginário Ciborgue: O Pós-Humano na Ficção Científica, de Frankenstein ao Século XXI* (2008), e sua dissertação de mestrado *A Construção do Imaginário Cyber: William Gibson* (2004), ambas defendidas na PUC de São Paulo.

Já o paraibano Braulio Tavares (1950), poeta, contista, romancista, tradutor e pesquisador, presente em vários outros momentos deste panorama, publicou sua primeira obra de temática insólita em 1994, *A Máquina Voadora* (Editora Rocco) – obra do século anterior, mas aqui comentada pela forte presença e atuação de Braulio no cenário atual. De enredo especulativo, nela visitamos a cidade imaginária de Campinoigandres, entre os séculos XIII e XIV, onde um grupo de homens tem acesso a uma série de pergaminhos obscuros que prometem a revelação de mistérios do divino e da composição do universo.

Antes dessa obra, Tavares já havia publicado duas coletâneas de contos de ficção científica: *A Espinha Dorsal da Memória*, em 1989, e *Mundo Fantasmo*, em 1994, publicados pela portuguesa Editorial Caminho e depois relançadas pela editora Rocco em 1996, em um volume duplo. Em 2013, lança a coletânea

Histórias para Lembrar Dormindo, pela Casa da Palavra, na qual reúne 40 breves contos onde explora as potencialidades do fantástico e da ficção científica, ao mesmo tempo dissertando sobre a situação social e política de nosso país. Em 2014, lançou *Sete Monstros Brasileiros*, a ser discutido em capítulo futuro.

Além de sua importância como autor, Braulio Tavares atua como crítico e antologista. Para a FC, legou os importantes estudos *O que é Ficção Científica* (Brasiliense, 1992) e *A Pulp Fiction de Guimarães Rosa* (Marca de Fantasia, 2008), referenciado no capítulo "Os Modernistas mais ao Norte", bem como as antologias *Páginas de Sombra: Contos Fantásticos Brasileiros* (Casa da Palavra, 2003), *Contos Obscuros de Edgar Allan Poe* (Casa da Palavra, 2010), *Páginas do Futuro: Contos Brasileiros de Ficção Científica* (Casa da Palavra, 2011) e *O País dos Cegos e Outras Histórias*, de H.G. Wells (Objetiva, 2014).

O carioca Octávio Aragão (1964) é professor e *designer*, tendo sido o criador da série *Intempol* (Polícia Internacional do Tempo), um projeto multimídia que envolve um universo compartilhado de ficção científica baseado na ideia de uma polícia temporal. O *site* oficial da iniciativa é digno de nota. O projeto teve início em 1998 com o conto "Eu Matei Paolo Rossi". Dois anos depois, ganhou uma antologia original chamada *INTEMPOL: Uma Antologia de Contos sobre Viagens no Tempo* (Editora Ano-Luz), que contou com trabalhos de Lúcio Manfredi, Jorge Nunes, Fábio Fernandes e Gerson Lodi-Ribeiro.

O livro *Reis de Todos os Mundos Possíveis* (Editora Draco) foi indicado ao Prêmio Argos em 2014. Uma ficção científica de viagem do tempo e uma história de amor, o protagonista Carlo se vê frente a toda sorte de desventuras, envolvendo nazistas, neandertais, Houdini e Lampião, o que demarca o caráter metaliterário da obra de Aragão e sua tendência para o humor paródico. Destaca-se ainda *A Mão que Cria* (Editora Mercuryo, 2006). Originada de uma *fanfic* baseada nos heróis da DC Comics, trata-se de uma história alternativa que mescla personagens reais e fictícios com elementos da estética *steampunk*.

Carlos Orsi (1971) participou da primeira antologia da *Intempol*, além de publicar contos de ficção científica, fantasia e horror em revistas e coletâneas nacionais e estrangeiras. De seus romances, destacam-se *Guerra Justa* (2010) e *As Dez Torres de Sangue* (2012), publicados pela editora Draco. No primeiro, acompanhamos a freira Rebeca e a cientista Rafaela vivendo os efeitos do culto ao Pontífice, profeta messiânico que diz prever o futuro após uma catástrofe natural que coloca o futuro da terra em perigo. No segundo, somos levados a

Antares, a cidade das torres do título. Lá estão exilados os sultões dos primeiros homens, gigantes aprisionados no interior da Terra. Na trama, aventura, vingança e cabala marcam o percurso de Suleiman ibn Batil e de sua refém, a importante dama Dona Teresa, em uma história de fantasia distópica.

Como contista, publicou, dentre outros, os livros *Medo, Mistério e Morte* (Didática Paulista, 1996), *O Mal de um Homem* (Ano-Luz, 2000), *Tempos de Fúria* (Novo Século, 2005; Draco, 2015) e *Campo Total e Outros Contos de Ficção Científica* (Draco, 2013), as duas últimas especificamente voltas à FC. Orsi se destaca ainda no campo da divulgação científica, tendo diversas obras publicadas sobre assuntos variados. Além disso, também assina obras voltadas ao público juvenil, como *Nômade*, uma narrativa de *space opera* (Ciranda das Letras, 2010).

O também carioca Gerson Lodi-Ribeiro (1960) é conhecido como grande defensor e divulgador da FC nacional, tendo organizado mais de dez antologias, além de ser autor de vários romances. Após ter participado de diversas obras coletivas, publicou seus dois primeiros livros em Portugal: *Outras Histórias* (1997) e *O Vampiro da Nova Holanda* (1998), ambos lançados pela Editorial Caminho. O universo ficcional deste último livro é retomado em 2014, com *Aventuras do Vampiro de Palmares* (Editora Draco). Passadas em uma realidade alternativa na qual o quilombo de Palmares se tornou uma nação livre e independente, as narrativas de Lodi-Ribeiro revisitam a figura do vampiro a partir de uma abordagem científica. "É neste contexto", discorre Causo, "que Lodi-Ribeiro coloca o seu 'vampiro-científico', noção emprestada do inglês Brian Stableford (também um conceituado escritor de literatura especulativa). A criação de Lodi-Ribeiro é o último de uma espécie que habitava a América do Sul" (2003, p. 118).

Em 2009, publicou *Taikodom: Crônicas* (Devir), uma série de narrativas de *space opera* passadas no universo multiplataforma do jogo para consoles de MMOSG *Taikodon*, um grande sucesso de público, produzido pela empresa catarinense Haplon Infotainment. Nesse mesmo ano, publicou *Xochiquetzal: Uma Princesa Asteca entre os Incas* (Draco), seu primeiro romance, uma história alternativa que parte da premissa "e se os portugueses tivessem descoberto a América e se aliado aos povos autóctones?"

A respeito dessa obra, os pesquisadores Rodolfo Londero e Rosani Umbach destacam seu interessante caráter metaficcional. "Ao se mostrar 'consciente da fragilidade da tessitura histórica', *Xochiquetzal* justifica não apenas sua história alternativa, mas a metaficção historiográfica em geral, principalmente quando esta se abre para as possibilidades latentes da história. O que é latente no universo de *Xochiquetzal*, portanto registrado em sua história alternativa, é justamente a história extradiegética, onde a economia portuguesa se concentra no monopólio das especiarias das Índias, ao invés de no avassalamento dos impérios nativos do Novo Mundo, ainda que Xochiquetzal não se pronuncie sobre quem 'descobriria' as Américas, ou no caso do universo diegético, as Cabrálias. Para a história extradiegética, quem 'descobriu' as Américas foram os espanhóis, mas para os historiadores do universo diegético, 'soa no mínimo implausível tentar imaginar que Cristóvão Colombo pudesse ter descoberto as Cabrálias por qualquer outra bandeira que não a portuguesa' [...]. É neste jogo constante de estranhamento entre o diegético e o extradiegético que Lodi-Riberio problematiza a ficcionalidade da história" (2012, p. 146).

Lodi-Ribeiro também publicou contos e noveletas sob os pseudônimos de Daniel Alvarez e Carla Cristina Pereira, tendo reunido em 2012 as narrativas dessa identidade feminina no volume *Histórias de Ficção Científica de Carla Cristina Pereira* (Draco). Suas obras mais recentes são *Estranhos no Paraíso* (Draco, 2015), um romance de *space opera*, e *Octopusgarden* (Draco, 2017), que mistura fantasia e erotismo.

Já o paulistano Richard Diegues (1974) foi coeditor da antiga Tarja Editorial, responsável por publicar grandes nomes do fantástico nacional e por trazer ao Brasil pela primeira vez obras de Jeff VanderMeer, China Miéville, João Barreiros e Ekaterina Sedia. Como ficcionista, dedicou-se mais às vertentes da fantasia, porém, foi com *Cyber Brasiliana* (2010), uma bem-sucedida obra *cyberpunk*, que mais se destacou. Nesse livro, em um futuro pós-era cibernética dos anos 2100, as estruturas políticas do mundo se inverteram: enquanto os países do norte do globo enfrentam uma grande crise, três potências do sul se elevam: a União da República Brasiliana, a Africanísia e a Euronova. Transitando entre as utopias, que "ao invés de se realizarem na economia e na política", como comenta Londero, "se dão na economia e no ciberespaço" (2011, p. 224), e as distopias, devido ao grande poder das megacorporações em cujas mãos está o mundo, Diegues narra o frágil equilíbrio econômico sustentado pela tecnologia hiperdesenvolvida, enquanto a maior parte da população, paralelamente, navega por uma rede digital chamada Hipermundo.

Dentre os autores da novíssima geração, poderíamos ainda mencionar Fábio Kabral, cujas obras serão comentadas em pormenor no capítulo dedicado ao imaginário de matriz africana. Esse jovem autor tem atiçado a curiosidade dos leitores e comentadores com seu recente *O Caçador Cibernético da Rua 13*, no qual mistura ficção científica futurista, com elementos da cultura africana, em uma estética que ficou conhecida como *afrofuturismo*.

Por fim, é preciso mencionar a brasiliense Aline Valek, autora de *Hipersonia Crônica* (2013), *Pequenas Tiranias* (2016) e do recente livro *As Águas-Vivas não Sabem de si* (Fantástica Rocco, 2016). Nessa obra de difícil classificação, acompanhamos uma expedição científica subaquática composta por cinco tripulantes: Martin Davenport, um oceanógrafo obsessivo, Maurício, seu assistente com necessidade de aprovação, Susana, uma engenheira zelosa, e, por fim, Arraia e Corina, dois mergulhadores profissionais de passado obscuro que trabalharam juntos anos antes em uma plataforma de petróleo. No passado de cada uma dessas figuras, há muitos segredos, pouco a pouco revelados à medida que o tempo e o tédio se impõem na pequena Auris, a estação de pesquisa, submersa a trezentos metros de profundidade. Confinados, o grupo se dedica a instalar sondas nas zonas abissais testando um novíssimo traje capaz de aguentar pressões absurdas. Com tais aparelhos, esperam captar os sons da vida local e mapear as criaturas viventes nas fossas termais. Ou, ao menos, é isso que o Prof. Davenport diz pesquisar. Na verdade, toda sua pesquisa se resume a tentar reencontrar um canto há muito ouvido, um som de imensa beleza e complexidade, no qual o doutor identifica uma elaboração para além do habitual. Tendo estudado a habilidade comunicativa e linguística de cetáceos, Martin sabe o poder das canções no ambiente aquático, já que servem tanto para comunicação quanto para ecolocalização. Aquele, contudo, destoa de tudo o que já ouviu, por isso sua obsessão por escutá-lo outra vez e, quem sabe, descobrir que tipo de criatura seria capaz de emiti-lo. Apesar da importância de Martin, é a partir dos olhos da protagonista, Corina, que vemos o oceano. Desde criança, ela teve uma inexplicável ligação com o mar, e agora vê-se responsável por instalar as sondas para a equipe de pesquisa, ao mesmo tempo em que enfrenta o terrível diagnóstico de esclerose múltipla.

Neste contexto, o elemento fantástico é introduzido aos poucos, por meio de capítulos bastante poéticos em uma linguagem ao mesmo tempo clara – devido à sintaxe e ao vocabulário – e hermética – pela profundidade da mensagem –, pelos quais vemos Auris e a equipe através dos olhos de algumas criaturas do oceano: uma arraia curiosa com uma turbulenta relação com humanos; uma água-viva que, se perdendo de sua colônia, toma consciência de si e se assusta ao se perceber una; um polvo curioso e exibicionista; um cachalote cantor; bem como criaturas inexistentes em nosso mundo, como os longevos eremitas, com suas antenas; os inexpressivos espectros, com sua capacidade nata de emular com perfeição vozes há muito escutadas; e, por fim, os sábios azúlis, criaturas sencientes, que duzentos mil anos antes habitaram os oceanos, construindo uma civilização de arte, cultura, zelo e linguagem, autodestruída, no entanto, por um surto de suicídios.

Nesses capítulos zoológicos, a noção de tempo é distorcida, assim como a de identidade e a narração tenta recriar como seria o pensamento de criaturas tão diferentes dos humanos, para as quais a noção de indivíduo não faz sentido, sendo cada uma delas, a um só tempo, todas as de sua espécie, do passado e do presente; como se cada animal marinho carregasse dentro de si toda a memória coletiva de seus ancestrais, desde a origem do mundo e da vida. *As Águas-Vivas não Sabem de si*, portanto, mostra-se ao mesmo tempo um romance de aventura subaquática, pautado na criptozoologia, com apurada descrição das tecnologias utilizadas, em que um cientista persiste em sua busca por vida senciente, e um romance psicológico em duas frentes, ambas unidas por uma aguçada noção de solidão.

Em vários dos autores citados acima, muitos deles associados à Segunda e à Terceira Onda da Ficção Científica Brasileira, há uma ênfase à exploração de mundos distantes ou então de paisagens futuristas ambientadas em nosso planeta. Indiferente desse exercício de afastamento espacial e/ou temporal, muitas vezes as questões sociais e políticas atuais vêm à tona na prosa desses autores. Tendo ou não relação com categorias estrangeiras, como *space opera* ou *cyberpunk*, como no caso de Causo, Orsi, Fernandes e Diegues, ou ainda ao apresentarem importantes reflexões existenciais, como em Lodi-Ribeiro e Valek (no caso desta, com um inegável lirismo), os nomes da FC contemporânea não param de nos surpreender e nos levar para outros mundos – tão distantes e tão semelhantes ao nosso.

CAPÍTULO 16

FUTUROS SOMBRIOS E A FEBRE DAS DISTOPIAS

Enquanto os autores remanescentes da segunda onda se voltaram às realidades alternativas, ao cenário *cyberpunk* e às viagens temporais e siderais, muitos autores da terceira onda se concentraram, a partir da segunda década do século XXI, nas distopias, sobre as quais falaremos a seguir – além das realidades *steampunk*, a serem comentadas no próximo capítulo. Tal escolha, contudo, não é gratuita. No cenário internacional, distopias voltadas ao público jovem têm alcançado grande sucesso comercial, especialmente por suas adaptações cinematográficas – vide o caso das séries norte-americanas *Jogos Vorazes*, trilogia publicada entre 2008 e 2010, de Suzanne Collins (1962), *Divergente*, trilogia seguida de dois *spin-offs*, lançados entre 2011 e 2017, de Veronica Roth (1988), e *Maze Runner*, de James Dashner (1972), série em seis volumes publicados entre 2009 e 2016. Esse fenômeno retoma uma tendência das décadas de 1950 e 1960, quando foram publicadas as distopias *1984* (1949), de George Orwell (1903-1950), *Fahrenheit 451* (1953), de Ray Bradbury (1920-2012), e *Laranja Mecânica* (1962), de Anthony Burgess (1917-1993).

"Com o sucesso de vendas", comenta a jornalista Raquel Carneiro, em matéria para a revista *Veja* publicada em 2013, logo após a estreia da adaptação do segundo volume de *Jogos Vorazes* para o cinema, "outros títulos no estilo estão previstos para chegar ao Brasil, que já conta com pelo menos sete representantes importantes do filão. A Galera Record, que editou no Brasil a série *Feios*, a primeira a desembarcar por aqui, em 2010, junto com *Jogos Vorazes*, tem agendado para o fim deste mês o lançamento de *Eva*, saga da autora Anna Carey, em que homens e mulheres vivem segregados e atuam em campos de trabalho forçado. Em 2014, a Rocco lança a distopia sobrenatural *Bone Season* [...] da jovem autora inglesa Samantha Shannon" (CARNEIRO, 2013).

O surgimento das distopias neste século também responde à conjuntura política, em particular às fortes ondas conservadoras pelas quais o mundo tem passado, vide a chegada de Donald Trump ao governo americano, a subida da direita ultraconservadora na França – que, felizmente, perdeu a eleição para o centrista Emmanuel Macron –, e o crescimento constante de cadeiras no senado e no congresso brasileiro pelas bancadas ruralista e evangélica – associadas a uma política econômica elitista e a ultrajantes declarações racistas, xenófobas e homofóbicas. Tudo isso cria um cenário de instabilidade econômica e social, além de despertar o medo de novos golpes militares e ditaduras, o que, na mão de escritores competentes, torna-se material literário para a criação de distopias ficcionais. Parte-se, pois, do conceito de que a distopia "seria a descrição de um mundo futuro onde as coisas correram mal a partir da exacerbação nociva de um traço da nossa sociedade" (KLEIN, 2009, p. 126).

No Brasil, as distopias tiveram bastante destaque junto aos autores – e, em particular, às autoras – da chamada Segunda Onda, como se viu anteriormente. Dentre os contemporâneos[32], revela-se Flávio Carneiro, sobre quem já falamos a propósito de seu livro *A Confissão*. Destaca-se aqui *A Ilha* (Rocco, 2011), única obra deste capítulo voltada ao público adulto. Trabalhada a partir de elementos da metaficção, estabelece um diálogo com o projeto literário de Carneiro de explorar modos narrativos associados ao grande público – como o horror, a ficção científica e a literatura policial – sob um verniz estilístico cuidadoso, criando um elo com as demais obras dedicadas ao tema do insólito cotidiano.

Passado em um mundo distópico no qual, após uma catástrofe mundial, quase todo o território terrestre é submerso, o livro conta a história de uma Rio de Janeiro reduzida à ilha do título, onde os sobreviventes tentam se readaptar em uma pacata utopia. Em um fenômeno curioso, a ilha se desloca pelo oceano à deriva. Qual não é a surpresa de seus habitantes quando garrafas começam a encalhar em suas praias. Em cada uma delas, há um mapa indicando que podem, afinal, estar perto de um continente. Paralelamente, uma misteriosa onda de desaparecimentos assola o lugar, tornando a utopia onde achavam viver um tanto distópica, pois não apenas pessoas somem sem deixar qualquer vestígio, mas também casas e outras construções. O absurdo igualmente se faz presente pela forma como os moradores lidam com esses desaparecimentos, isto é, aceitando-os sem maiores questionamentos. Nesse contexto, dois casais resolvem investigar o que acontece na ilha, enquanto buscam entender melhor uns aos outros e a si mesmos.

A metaliteratura de Flávio Carneiro, porém, é um ponto fora da curva, por não se direcionar a um público jovem, como muitas outras obras distópicas o fazem na contemporaneidade. As distopias têm um apelo especial em meio a esse público, que, devido à situação político-econômica-social do mundo comentada acima, vivem um momento de desilusão e, por vezes, de revolta. Ana Martins, gerente editorial do selo Rocco Jovens Leitores e uma das responsáveis pela publicação brasileira das sagas *Jogos Vorazes* e *Divergente*, concluiu em matéria publicada na revista *Veja* que os "jovens leitores imaginam a possibilidade de estar inseridos em uma sociedade que cerceará sua liberdade pessoal. Como isso acontece em determinadas partes do mundo, a ficção se torna verossímil" (*apud* CARNEIRO, 2013).

Isso diz muito do *zeitgeist* do século XXI e se reflete na forma e no conteúdo que está sendo escrito e publicado, e, como consequência, em *quem* está consumindo esse modo narrativo atualmente. A esse respeito, Benjamin Magalhães, gerente de *marketing* da Livraria Travessa, aponta o fato de esses leitores serem "bastante ativos na internet. Quando vêm à livraria ou visitam o site, já sabem o título que buscam. Quando se tornam fãs, mobilizam clubes e páginas especializadas com conteúdo e comentários e os divulgam" (*apud* CARNEIRO, 2013). Os autores desse segmento, por sua vez, também são com frequência jovens escritores, como é o caso de Veronica Roth, nascida em 1988.

Nesse contexto, a jovem escritora brasiliense Bárbara Morais (1989) também se volta para compor sua trilogia distópica empregando a clássica imagem da ilha – associada a utopias e distopias desde a obra de Thomas More (1478-1535). Morais explica o que a atrai nessa literatura associando-a aos conflitos da adolescência: "Você fica desiludido e cético, percebe que os adultos não são heróis e que não há muito no que acreditar" (*apud* CARNEIRO, 2013). A autora tem investido nesse tipo de narrativa ao longo de sua carreira, com sua trilogia *Anômalos* (Editora Gutenberg), unindo uma trama distópica à temática dos mutantes. Seu enfoque no debate sobre o preconceito abre possibilidade para diversas interpretações alegóricas sobre as ondas de racismo, misoginia e homofobia, comentadas antes.

No primeiro volume da série, *A Ilha dos Dissidentes* (2013), a jovem Sybil é levada para uma grande e perigosa megalópole, onde integra os "Anômalos", grupo de heróis improváveis que sofreram mutação genética. Como única sobrevivente de um naufrágio que vitimou toda a sua família, agora ela tem de aprender a viver na maior cidade de mutantes do mundo, enquanto enfrenta revoluções violentas e conspirações governamentais. Nas sequências, *A Ameaça Invisível* (2014) e em *A Retomada da União* (2015), a trama de aventura fantástica, intriga política e crítica social se adensa, sobretudo depois do atentado conhecido como "Massacre Amarelo", levando a um final no qual humanos e mutantes precisarão lutar por suas vidas e muitas vezes contra seus próprios preconceitos.

Atuante na internet e na cena literária do Planalto Central, Morais é uma das jovens autoras da fantasia nacional que mais tem conquistado leitores em nosso país. Sobre ela e sua trilogia distópica, Gabriel Rodrigues da Silva escreve: "A obra de Bárbara se passa em um mundo pós-guerra dividido em dois. A protagonista é um dos anômalos, um grupo especial de pessoas com mutações genéticas e habilidades sobre-humanas que surgiram devido às guerras nucleares e tempestades solares. A sociedade, porém, considera-os aberrações e eles são obrigados a viver isolados, mostrando o quanto ser diferente pode ser ainda mais difícil do que viver em um mundo em conflito" (2014, p. 44).

Outra jovem escritora de importância nos últimos anos é a paraense Roberta Spindler (1985), autora de *A Torre Acima do Véu* (Editora Giz, 2014). Sua temática futurista também propõe uma interessante e importante reflexão sobre a condição humana exposta a condições extremas. Passado em um mundo onde uma névoa tóxica de origem obscura resultante de uma arma biológica recobriu toda a superfície terrestre, o livro conta a história da sociedade que se organizou para sobreviver acima da névoa, em grandes torres controladas pela mais alta delas, na qual fica a sede de uma poderosa corporação. A névoa costuma matar todo aquele que a inala ou entra em contato com ela. Além disso, o conflito é também intensificado pelo fato de haver, próximo ao solo, algumas criaturas mutantes que sobreviveram e que são conhecidas como "Sombras", tornando ainda mais necessária a vida nas torres.

A tecnologia desse universo é hiperdesenvolvida, uma herança da FC clássica, como apontam Thaíse Lira e Luciane Santos, o que corrobora a ambientação futurista da trama, na qual "além da engenharia e arquitetura, que alcançam um nível extraordinário de desenvolvimento, existe a expansão da eletrônica e elétrica: há pequenos cubos de luz capazes de armazenar grande quantidade de energia para prover luz a cidades inteiras e, no entanto, são cercados de uma aura de mistério sobre todas as suas funcionalidades. Registra-se, ainda, as *grappling guns* – armas para saltadores que precisam deslocar-se entre diferentes pontos no espaço; os óculos de visão infravermelha e os trajes antinévoa, desenvolvidos especificamente para aquela realidade, bem como comunicadores de tamanho minúsculo" (LIRA; SANTOS, 2017, p. 157).

Nesse contexto, surge Beca, a protagonista, uma "saltadora" que trabalha junto com seu pai e irmão, catando objetos perdidos que possam ser usados como moeda de troca entre seus saltos de uma torre para outra. Um dia, porém, seu irmão cai na névoa e Beca e seu pai decidem partir em busca dele, mesmo que tenham de acessar os lugares mais improváveis e encontrar respostas para os grandes mistérios que cercam a cidade aérea de Rio-Aires – uma comunidade latino-brasileira, onde português e espanhol se misturam na fala de seus habitantes. Além de tudo isso, pai e filha ainda precisam lidar com o governo autoritário da Torre central, com a névoa e os Sombras.

Já *Ninguém Nasce Herói* (Seguinte, 2017)[33], livro mais recente do autor Eric Novello, mais conhecido por suas obras de fantasia urbana sobre as quais falaremos em capítulo futuro, é uma distopia um tanto diferente das demais por apresentar um mundo secreta e assustadoramente próximo de nossa sociedade atual, com apenas uma sutil diferença, especulativa, mas, ainda assim, extremamente possível. Nesse universo, vemos uma São Paulo alternativa bastante similar à cidade existente, em um Brasil que vive sob uma lamentável ditadura religiosa. Tal governo prega a intolerância a todos aqueles considerados diferentes, os mesmos que por tantos séculos lutaram para conquistar e assegurar seus direitos mais básicos. Falamos de mulheres, negros, gays, transgêneros e outras minorias, infelizmente, ainda perseguidas dentro e fora dos livros.

Com esse contexto macabro como pano de fundo, conhecemos Chuvisco, parte nome, parte apelido da personagem principal, um jovem tradutor com seus 20 e poucos anos. Junto com seus seletos amigos, Pedro, Cael, Amanda e Gabi, tenta ajudar o mundo como pode, através de pequenos gestos de generosidade, seja doando um livro em uma praça pública, seja visitando uma ONG de crianças LGBT, seja fazendo coro ao protesto de uma marcha na Paulista. Assim, por meio desse trabalho de formiguinha, calcando pedra sobre pedra, erguem uma defesa sedimentada na amizade e na empatia contra os fundamentalistas.

O protagonista de Novello, talvez, seja o elemento mais insólito no livro – para além do simples fato de se passar em um futuro alternativo distópico – pois sofre de "catarses criativas", uma doença psicossomática que provoca alucinações. Mesmo tendo criado mecanismos para saber quando está sendo enganado por sua própria mente, ainda assim, em muitos momentos coisas bizarras acontecem e o protagonista não sabe delimitar onde começa o real e onde terminam suas instigantes alucinações com superpoderes heroicos, borboletas partindo de ferimentos abertos e improváveis tartarugas gigantes. Também se destaca nesse romance a bem-vinda construção de seus personagens trans, gays, assexuais e de constituição física e comportamental não estereotipada, tanto de homens quanto de mulheres.

Ao contrário das sagas distópicas da moda, como *Jogos Vorazes* ou *Divergente*, a obra de Novello não acompanha a façanha de um grupo de jovens habilidosos na luta contra o sistema até por fim derrubá-lo, restabelecendo a justiça – até há um Escolhido, mas este é o grande vilão, travestido de presidente. Ao contrário, o mundo de Eric é bem mais "realista" – por falta de termo melhor –, na medida em que acompanhamos um grupo de jovens absolutamente normais, sem habilidades ou poderes extraordinários, vivendo seu dia-a-dia, como quaisquer outros jovens idealistas, lutando em seu cotidiano para exercer cada pequeno direito cerceado pelo governo do Escolhido. Esse líder fascista, disfarçado de defensor da moralidade, permite a facções de fanáticos caçarem minorias nessa São Paulo dividida, em meio a brados de ódio e atos inomináveis de violência e intolerância.

Por fim, já nos encaminhando para o tema do próximo capítulo, temos a obra do professor de História Cirilo S. Lemos. Nos últimos anos, Lemos publicou *O Alienado* (2012) e *E de Extermínio* (2015), ambos da Editora Draco. No primeiro, de temática e atmosfera kafkiana, acompanhamos os passos de Cosmo Kant, um operário que passa a investigar o desaparecimento de um homem através de um espelho, num mistério envolvendo as torres de aço e vidro da Cidade-Centro. De teor absurdo, o enredo ainda dá espaço para um governo de fachada, ataques terroristas usando crianças, e um investigador mais preocupado com um caso amoroso do que com as injustiças a serem punidas.

No segundo livro, em clara alusão à novela gráfica distópica *V de Vingança*, de Alan Moore, vemos o historiador criar uma curiosa linha do tempo alternativa para o nosso país. Nela, um inédito Dom Pedro III prolongou a monarquia até a década de 1930, quando esta é dissolvida num ataque norte-americano usando robôs, belonaves e clones. O responsável por proteger nosso país, nesse cenário, é Protásio Vargas, um amálgama de figuras políticas como Getúlio Vargas, Deodoro da Fonseca e Castelo Branco. Esse é o pano de fundo para o drama da Família Trovão, composta do pai Jerônimo, um matador de aluguel, do primogênito Deuteronômio, do caçula Levítico e da madrasta Irmã Célia. Na trama, imaginação, fé e loucura se entrecruzam, num romance de atmosfera *dieselpunk*, que extrapola a tecnologia da primeira metade do século XX, em uma derivação da estética *steampunk* tradicionalmente associado ao século XIX.

Desde sempre, o poder da literatura esteve não apenas em denunciar comportamentos opressivos e estruturas políticas injustas como também em prever as consequências futuras de decisões individuais e coletivas no presente. Como um canto de alerta, a ficção distópica tem explorado a continuidade de um sem número de futuros possíveis, tanto para investigar os próprios limites do humano como para nos alertar de terríveis e não tão improváveis futuros sombrios. Esperamos que as ficções de Morais, Spindler, Novello e Lemos tenham esse impacto sobre nossa sociedade, fazendo leitores e leitoras atentarem aos perigos eminentes da ascensão de pretensos escolhidos.

CAPÍTULO 17

VIAGEM A UM PASSADO FUTURISTA: O *STEAMPUNK*[34]

Apesar de vivermos em um período de imenso desenvolvimento tecnológico, parte da ficção científica tem se voltado com cada vez mais frequência para nosso passado, ao contrário do que estamos acostumados a imaginar. Não apenas de naves espaciais, androides cibernéticos ou criaturas biotecnológicas fazem a literatura especulativa atual. Parte dela desenvolve-se a partir do passado, em um tipo de história chamado de "retrofuturista". Trata-se de um modo narrativo no qual, em vez de especularmos sobre o porvir, tentamos imaginar como poderia ter sido o futuro de nosso passado, caso algo tivesse acontecido de modo diferente do que de fato aconteceu e caso outra tecnologia se desenvolvesse no lugar da que se propagou.

O *steampunk* é uma das formas mais populares de retrofuturismo, na qual, partindo-se de uma ambientação vitoriana, entre o final do século XIX e início do XX, muitas vezes *underground*, superpoluída e decadente – e por isso *punk* –, seus autores reimaginam um mundo onde a tecnologia a vapor não foi suplantada pela eletricidade. Em meio a esse caos de fumaça e óleo, e ao som do tiquetaquear de relógios de bolso, dos apitos das locomotivas e do som ritmado de engrenagens onipresentes, habitam, via de regra, grandes heróis e vilões da literatura e da história, como Sherlock Holmes, Jules Verne, Jack, o Estripador, Napoleão e o Capitão Nemo, convivendo muitas vezes com criaturas sobrenaturais saídas dos clássicos de terror e/ou com seres feéricos, bem como com outros seres humanos e criaturas mecânicas (Cf. MATANGRANO, 2016e, p. 248).

Além de uma vertente literária, o *steampunk* se traduz em uma manifestação estética, com ares de movimento artístico, estendendo-se por diversas outras artes narrativas, como cinema, *videogames* e novelas gráficas – *A Liga Extraordinária*, de Alan Moore, é um dos exemplos mais consagrados –, além de música, fotografia e moda, culminando, inclusive, em uma subcultura urbana bem organizada, cujos membros se denominam *steamers* (em inglês) ou *vaporistes* (em francês). Para os teóricos franceses Jean-Jacques Girardot e Fabrice Méreste, por exemplo, autores do brilhante estudo "O *Steampunk*: Uma Máquina Literária de Reciclar o Passado", uma das principais características dessa estética estaria na sua revisitação de obras antigas e recuperação de seus personagens bem como de figuras históricas para repensá-las em cenários retrofuturistas – num processo denominado justamente "reciclagem".

Segundo eles, a "originalidade do *steampunk* não está nas ideias, nas personagens, na narração ou em uma crítica social qualquer, mas na arte de reunir todos estes elementos conhecidos para fazer uma construção original. O *steampunk* não consiste em inovar (como sabe fazer a ficção científica), mas em reciclar. É também possível descascar os mecanismos do *steampunk* à luz da noção de reciclagem, ação que consiste em uma primeira fase da recuperação dos elementos de produção antigos, e, portanto, dando um salto metafórico no passado, e em uma segunda fase na transformação para uma nova utilização, que marca assim o aspecto mecânico e industrial característicos do *steampunk*" (GIRARDOT; MÉRESTE, 2006, p. 3, *apud* MATANGRANO, 2016e, p. 252).

O *steampunk* nasce, contudo, na literatura norte-americana das décadas de 1980 e 1990, quando são publicadas, em língua inglesa, obras como *Morlock Night* (1979), de K.W. Jeter, *Os Portais de Anúbis* (1983), de Tim Powers, *Homunculus* (1986), de James Blaylock, e o célebre *A Máquina Diferencial* (1990), de William Gibson e Bruce Sterling. Depois disso, logo ganham o mundo, encontrando na França um grande nicho, com diversas publicações como *Confissões de um Autômato Comedor de Ópio* (1999), de Fabrice Collin e Mathieu Gaborit, *O Equilíbrio dos Paradoxos* (1999), de Michel Pagel, *Só a Lua o Sabe* (2000), de Johan Heliot, e, por fim, a premiada trilogia *Beauregard* de Hervé Jubert: *Magias Secretas* (2012), *O Torneio das Sombras* (2013) e *A Noite dos Egrégoros* (2016), para citar apenas alguns (cf. BARRILIER; MORGAN, 2013, pp. 54-57). Infelizmente, nenhuma dessas obras francesas encontra-se traduzida no Brasil.

Em 2011, o escritor Jeff VanderMeer (1968) se uniu a S. J. Chambers para compor uma obra-guia para a estética, *Steampunk Bible*, e depois se juntou a Desirina Boskovich para escrever *The Steampunk User's Manual* (2014). Nessas duas obras, traçam-se as origens do movimento, suas principais influências, seus mais conhecidos autores nos Estados Unidos e no mundo, e também se fornecem dicas para customização de objetos e criação de narrativas dentro da perspectiva retrofuturista. Esses dois livros sem dúvida foram essenciais para a popularização e difusão do *steampunk*.

Mais recentemente, uma interessante vertente do *steampunk* tem se popularizado, sendo conhecida como *steamfantasy*, ou seja, histórias de fantasia com ambientação *steampunk*. Um ótimo exemplo dessa subcategoria é o livro *A Corte do Ar* (2007), do autor canadense Stephan Hunt (1966), ao qual se seguem outros cinco livros publicados entre 2008 e 2012. Em sua série, o leitor é levado para Chacália, um mundo secundário de fantasia onde coabitam humanos e outras raças biológicas, mas também homens-vapor, uma espécie de criatura mecânica dotada de alma, vivendo em um cenário que mescla a cultura feérica céltica com elementos da cultura *steamer*. Outros exemplos dessa vertente são os romances juvenis *O Peculiar* (2012), de Stefan Bachmann, e sua sequência *Não-sei-quê* (2013) bem como o livro *Voos e Sinos e Misteriosos Destinos* (2014), da britânica Emma Trevayne, os três lançados no Brasil. Além dos romances *steamfantasy*, outras apostas mais recentes no segmento têm sido publicadas por aqui, como a trilogia Leviathan (2009-2011) do norte-americano Scott Westerfeld (1963), publicada pela Galera Record, sendo uma série para jovens que reinterpreta a primeira guerra mundial num cenário dominado por autômatos e criaturas alteradas geneticamente. Outra obra interessante lançada recentemente no Brasil em uma bela edição de luxo da Editora DarkSide é *O Circo Mecânico Tressaulti* (2011), de Genevieve Valentini. Trata-se de uma obra bastante ousada, tanto pelo enredo passado em um futuro distópico muito bem construído, quanto pelos jogos de linguagem e a narração fragmentária e poética.

    A primeira obra nacional associada a esse modo narrativo foi a coletânea *Steampunk: Histórias de um Passado Extraordinário* (Tarja, 2009), única obra brasileira a ser comentada na incrível *Steampunk Bible*, de Jeff VanderMeer e S. J. Chambers. A organização do volume ficou a cargo do editor Gianpaolo Celli, trazendo contos bem variados de nove diferentes autores, entre eles, Flávio Medeiros, Fábio Fernandes e Roberto de Sousa Causo, comentados em capítulos anteriores, e Claudio Villa, Jacques Barcia, Alexandre Lancaster, Antonio Luiz M. C. Costa e Romeu Martins, além do próprio Celli. Nesses autores, segundo a pesquisadora Éverly Pegoraro, "é facilmente perceptível a influência *cyberpunk* em relação às críticas quanto ao desenvolvimento social e à degradação do indivíduo" (2017, p. 550), o que não é exclusivo do nosso país, uma vez que Jeter, Powers e Blaylock eram também autores *cyberpunk* quando começaram a criar histórias futuristas num passado hipotético.

A respeito do livro e, em particular do texto de Martins, Vander-Meer e Chambers comentam: "Se algumas das obras escolhidas se apoiam em influências familiares, como Verne e Wells, outras, como 'Cidade Phantástica', de Romeu Martins com suas 'favelas a vapor', suas gangues de ex-escravos africanos tornados combatentes capoeiristas e suas gigantescas construções às margens da praia de Copacabana, são mais intrinsecamente brasileiras" (2014, p. 211, tradução nossa). Os autores citam ainda um trecho de uma entrevista de Fábio Fernandes que previa em alguns anos um rápido crescimento e amadurecimento do movimento para formar um "verdadeiro gênero literário *steampunk* brasileiro" (*apud* VANDERMEER; CHAMBERS, 2014, p. 211), o que, de fato, parece ter ocorrido por volta de 2014, como procuremos mostrar.

Dentre os contos do livro organizado por Celli, Telma Vieira destaca "A Flor do Estrume", de Costa, em seu artigo "A diversidade dos gêneros discursivos: da ficção científica ao *steampunk*" (2016), uma paródia de *Memórias Póstumas de Brás Cubas*, de Machado de Assis, apoiada no princípio *steamer* da reciclagem. Nessa história, Cubas se junta a seu amigo Quincas Borba – outra personagem de Machado – para comercializar o famoso emplastro, um sucesso da indústria farmacêutica (originalmente, um grande fracasso). Mas, além das personagens recicladas, o que torna o conto uma narrativa *steampunk* é, sobretudo, seu cenário com "carroças, cavalos e carruagens a vapor" em meio a "máquinas e laboratórios farmacêuticos" (cf. VIEIRA, 2016, p. 24).

Éverly Pegoraro comenta, a propósito da ambientação, que o *steampunk*, em literatura, está muito próximo da ideia de construção de um espaço urbano repensado sob esse prisma retrofuturista, no qual se destaca o aspecto da tecnologia hipertrofiada, mas também, muitas vezes, a decadência da própria cidade, onde a fumaça se torna "elemento sintomático da Revolução Industrial" e também "metáfora de um processo irreversível de progresso que tem seu preço para o homem e para o meio ambiente" (2017, pp. 551).

No ano seguinte, veio à luz a coletânea *VaporPunk: Relatos Steampunk Publicados sob as Ordens de Suas Majestades* (Draco, 2010), organizada pelo brasileiro Gerson Lodi-Ribeiro e pelo português Luís Filipe Silva, em uma rara iniciativa colaborativa entre os dois países lusófonos. Além dos dois organizadores, também participam do livro os brasileiros Octavio Aragão, Flávio Medeiros, Eric Novello e Carlos Orsi, bem como três autores de Portugal, Yves Robert,

João Ventura e Jorge Candeias, conhecido em terras tupiniquins por ser o tradutor de *As Crônicas do Gelo e do Fogo*, de George R. R. Martin.

Já a coletânea *SteamPink*, publicada em 2011 pela Editora Estronho, traz uma proposta diferente e interessante: reunir apenas narrativas *steampunk* escritas por mulheres – aludidas no título pela partícula "*pink*", como forma de provocação. O livro foi organizado por Tatiana Ruiz, com prefácio de Romeu Martins, e contou com contos de Nikelen Witter, Amanda Reznor, Dana Guedes, Lidia Zuin, Lyra Collodel, This Gomez, Leona Volpe, Verônica Freitas, Bia Machado, Renata Galindo Neves, Lívia Pereira e Georgette Silen.

Apenas para ilustrar, destacamos o conto desta última autora, intitulado "Terceiro Reinado", no qual "conhecemos a cidade do Rio de Janeiro vista de uma forma bastante peculiar", conforme resumem Wandeir Araújo Silva e Liane Schneider. "Ambientando-se no século XIX, o conto cria um cenário hipotético, em que a monarquia resiste bravamente e conduz o Brasil a uma prosperidade invejada por muitas potências europeias, graças aos investimentos tecnológicos do governo [da] Imperatriz Isabel, filha de D. Pedro II. A tecnologia à base do vapor cria aparatos que melhoram a vida de toda a população – fato que irrita os republicanos, que perdem cada vez mais força" (2012, p. 174). Cabe comentar ainda, que, além da autoria feminina, nota-se nessa coletânea uma intenção de se retratar personagens fortes do sexo feminino, como a Imperatriz Isabel do conto de Silen.

Dois anos depois, foi lançada a coletânea *Retrofuturismo* (Tarja, 2013), com organização de Romeu Martins e contos de Alliah, Nikelen Witter, Georgette Silen, Ana Cristina Rodrigues, Gianpaolo Celli, Renato A. Azevedo, Michel Argento, Marcelo Augusto Galvão, Dana Guedes e Richard Diegues. Diferente dos demais projetos que selecionamos para este capítulo, essa obra não se dedica especificamente ao *steampunk*, embora ele também seja contemplado, mas sim às diversas modalidades e desdobramentos do retrofuturismo, dentre eles o *cyberpunk*, o *clockpunk*, o *dieselpunk* e outras variantes.

Ainda em 2013, foram publicadas duas outras coletâneas, *Deus Ex Machina: Anjos e Demônios na Era do Vapor* (Editora Estronho), com organização de Cândido Ruiz, Tatiana Ruiz e Marcelo Amado, e que, como o próprio nome diz, trouxe para o universo retrofuturista as tradicionais personagens angelicais e infernais, e *Erótica Steampunk: Por Trás da Cortina de Vapor* (Editora Ornitorrinco), também organizada por Tatiana Ruiz, na qual se explora a potencialidade erótica da atmosfera vitoriana em uma roupagem *steampunk*.

No ano seguinte, a editora Draco lança uma segunda coletânea de mesmo nome de seu livro anterior, *VaporPunk: Novos Documentos de uma Pitoresca Época Steampunk*, dessa vez com organização de Fábio Fernandes e Romeu Martins, e contos de Dana Guedes, Nikelen Witter, Luiz Bras, Sid Castro, Jacques Barcia e Cirilo S. Lemos. A respeito dessa segunda coletânea, Jayme Chaves destaca o conto de Luiz Bras, como uma criação "inédita no subgênero, com resultados artísticos superiores". Trata-se do conto "'Mecanismos Precários', no qual o autor, interpretando o papel de Narrador Onisciente, interfere arbitrariamente no confronto físico e emocional de seus personagens, um casal vitoriano em crise, que se metamorfoseia em vários engenhos de guerra. Bras utiliza sem pudores todo um arsenal de imagens tecnofantásticas da estética *steampunk*, em estilo épico e hiperbólico" (2015, pp. 115-6).

É interessante notar nessa seleção de antologias e também nos romances comentados na sequência, que diversos nomes se repetem, mostrando haver um trabalho e um interesse contínuo em torno do *steampunk*, de modo a criar uma verdadeira comunidade de consumidores e produtores de obras afiliadas a essa estética. Esse fato pode ser visto em relação a iniciativas como o Conselho Steampunk, fundado em 2008, ou seja, um ano antes da primeira coletânea do estilo. Trata-se de uma organização de fãs que promove eventos, oficinas e debates relacionados ao tema, em cidades como São Paulo, Rio de Janeiro, Curitiba e Porto Alegre, e responsável pela criação do SteamCon, um evento anual que ocorre na vila ferroviária de Paranapiacaba, em São Paulo, reunindo a maior parte dos escritores aqui mencionados.

Com tanta coisa sendo feita, torna-se natural o surgimento de especialistas no tema, com produção de artigos, dissertações e teses que analisam o *steampunk* em âmbito nacional e internacional. Nesse sentido, sublinhamos a participação intensa da teórica Éverly Pegoraro, já aqui citada, professora da UNIOESTE, em Guarupuava (PR), com vasta produção sobre o tema, incluindo seu livro *No Compasso do Tempo Steampunk: O Retrofuturismo no Contexto Brasileiro* (2015).

Com tanto sendo feito em relação a narrativas breves, não demorou então para surgirem os primeiros romances nacionais *steampunk*, como *O Baronato de Shoah: A Canção do Silêncio* (2011), de José Roberto Vieira, e sua sequência *A Máquina do Mundo* (2014), ambos publicados pela editora Draco. No caminho de obras como as de Hunt, Bachmann e Trevayne, Vieira nos apresenta um sombrio mundo secundário de *steamfantasy*. No continente Nordara, onde se localiza uma poderosa nação, o Quinto Império – em óbvia referência ao mito português –, coabitam humanos, medusas, titãs, lobisomens, magos fantasmas e outras criaturas inspiradas na mitologia e no imaginário popular, em meio a aparatos tecnológicos condizentes com a estética, incluindo autômatos e robôs gigantes. A ambientação difere de muitas narrativas de fantasia típicas, por buscar referências na cultura hebraica, de onde o autor recolhe nomes e mitos, fugindo um pouco do imaginário tolkiniano já tão desgastado.

O primeiro livro narra a história de Sehn Hadjakkis, que, logo no começo entra para o treinamento no exército de Shoah, conhecido como a Kabala, em eterno embate contra os Titãs. Sehn sabe dos perigos que lhe aguardam, mas não lhe restam opções. Ele então parte prometendo voltar um dia para sua cidade natal e reencontrar seu amor de infância, Maya, que também acaba se revelando uma grande guerreira. A narrativa é ágil, marcada por frases curtas e referências que dialogam com o universo dos mangás e dos *videogames*. No segundo livro, o enfoque já é outro. Se em *A Canção do Silêncio* acompanhamos de perto as aventuras da elite guerreira do Quinto Império, em *A Máquina do Mundo* – título retirado do longo poema homônimo de Carlos Drummond de Andrade – destaca-se o povo oprimido que resolve se levantar contra seus supostos defensores.

Seguindo outro caminho, a maior parte dos romances *steampunk* que se seguem à publicação da obra de Vieira trazem um princípio norteador comum: o recurso da reciclagem, como previsto pelos teóricos Jean-Jacques Gerardot e Fabrice Méreste (2006) anteriormente citados. Além disso, todos se passam em versões retrofuturistas de nosso mundo e não em um mundo secundário. Em *Homens e Monstros: A Guerra Fria Vitoriana* (Draco, 2013), de Flavio Medeiros Jr., também autor do anteriormente comentado *Casas de Vampiro*, os acontecimentos políticos e econômicos do século XIX, se deram de forma bem diferente: com o Império Britânico dominando as ex-colônias espanholas enquanto os franceses também expandem seus domínios, fazendo o mundo ficar polarizado numa Guerra Fria *avant la lettre*.

No universo de Medeiros, cada um dos impérios é comandado por uma personalidade real, porém reimaginada. Do lado inglês, temos H. G. Wells, do lado francês, Jules Verne. A eles se somam personagens de romances oitocentistas, como o Almirante Nemo, o então capitão de *As Vinte Mil Léguas Submarinas* (1870) e *A Ilha Misteriosa* (1873), ambos de Verne, juntamente com Axel

Lidenbrock, de *Viagem ao Centro da Terra* (1864), também do autor francês; Dr. Jekyll, de *O Médico e o Monstro* (1886), de Robert Louis Stevenson; dentre muitos outros, como "Conrad, Jack London, Robert E. Howard e Leopoldo Lugones", como aponta Jayme Chaves em sua dissertação de mestrado. "Seu universo alternativo concentra ucronias europeias e norte-americanas, exceção aberta para um Império Asteca alternativo. O Brasil é mencionado de passagem, como 'aquelas terras banhadas de sangue', onde tropas ibéricas enfrentam incas e astecas pelo controle do território" (2015, p. 115).

Já em *Le Chevalier e a Exposição Universal* (2015), de A. Z. Cordenonsi, pela Editora Avec, somos levados ao ano de 1867, quando o grande império francês, encabeçado por um orgulhoso Napoleão III, prepara em uma Paris repleta de fumaça, *dozdes* – um tipo peculiar de autômatos – e maquinários criados pelo *Professeur* Verne, a grandiosa Exposição Universal, evento real e tradicional cuja proposta é reunir a cada ano em um país específico o que há de melhor em termos de inovação, tecnologia e arte. Ninguém esperava, no entanto, o avanço do exército prussiano que, após derrotar a Áustria, torna-se uma grande potência.

Le Chevalier, o mais importante espião francês, cujo nome jamais se pode revelar, é convocado então para defender sua pátria investigando seus inimigos, com a ajuda de seu cômico braço direito conhecido como "o Persa". Nessa obra, o recurso da reciclagem aparece com menor ênfase, recriando personagens históricos como Napoleão, Verne, Louis Pasteur, Otto Von Bismarck e outros, porém mais como pano de fundo, destacando a profunda pesquisa do autor, do que como de fato atuantes na trama, como acontece no livro de Medeiros comentado acima e na obra a ser comentada a seguir.

Por fim, destacamos *A Lição de Anatomia do Temível Dr. Louison*, primeiro volume da série transmídia *Brasiliana Steampunk*, escrito pelo professor e tradutor gaúcho Enéias Tavares (1981) e publicado em 2014, após vencer um concurso nacional da Editora Casa da Palavra/LeYa. Nessa obra, o leitor se depara com uma Porto Alegre retrofuturista, um grande diferencial em relação às obras anteriores, por ser o primeiro romance *steampunk* não apenas passado em terras tupiniquins, mas, acima disso, uma obra na qual são *reciclados* personagens da literatura brasileira. A trama é envolta em uma atmosfera de misticismo romântico e horror psicológico entrevista pelo véu dos vapores das máquinas e dos autômatos.

Nessa Porto Alegre dos Amantes, como é chamada no livro, vivem grandes heróis da literatura nacional do século XIX, como Isaías Caminha, de Lima Barreto, Simão Bacamarte, de Machado de Assis, Rita Baiana, de Aluísio Azevedo, Solfieri, de Álvares de Azevedo, e muitos outros. Recriados de maneira cuidadosa por quem gosta, conhece e entende muito de literatura, somam-se a essas figuras clássicas heróis originais, como o assassino em série do título, inspirado na figura do dândi baudelairiano, o investigador Pedro Britto Cândido – um policial bruto típico, mas de bom coração – e a escritora feminista negra Beatriz de Almeida e Souza – cujas publicações são assinadas por um pseudônimo masculino como fazia George Sand (1804-1876) –, em uma trama policial que mistura elementos de tradição naturalista e decadentista.

Tudo isso é descrito em uma linguagem trabalhada, ao mesmo tempo erudita e popular, com variações genéricas – indo de cartas a gravações radiofônicas dramatúrgicas – e recursos estilísticos mais comuns à poesia – como as assonâncias, rimas e aliterações –, "como se a emular o ruído ritmado do maquinário onipresente e a suscitar o estado de espírito agitado e empolgado do narrador, típico da estética retrofuturista", como apontado por Bruno Anselmi Matangrano em artigo dedicado ao livro.

Matangrano ainda acrescenta que essa "acuidade sonora salta aos ouvidos, por ser pouco usual à prosa, e confere certo ar das estéticas finisseculares oitocentistas ao romance, ao mesmo tempo que evidencia sua modernidade, evocando, por vezes, a prosa poética. À sonoridade, soma-se a carga imagética, construída por frases abundantemente adjetivadas e entrecortadas – nunca truncadas, posto que musicalmente compostas [...], impondo uma leitura, por vezes rápida e aflitiva, por vezes, lânguida, nostálgica ou até mesmo sensual" (MATANGRANO, 2016e, p. 254). Isso evidencia as grandes possibilidades artísticas possíveis de serem alcançadas pelo *steampunk*, um campo propício – e ainda pouco explorado – para se fazer grande literatura – e grande arte. A série já foi adaptada para um jogo de *cardgame* intitulado *Cartas a Vapor* e transposta para audiolivro, dentre outras iniciativas visando expandir seu universo, num esforço de seu criador em produzir no Brasil uma experiência transmídia semelhante às de outros países.

Em 2017, Tavares se uniu a A. Z. Cordenonsi e Nikelen Witter, para juntos criarem *Guanabara Real: A Alcova da Morte* (Avec), romance com elementos de horror sobrenatural, ficção científica e narrativa policial, ambientado no Rio de Janeiro em 1892. Cada um dos autores ficou responsável por um herói: Tavares assumiu as aventuras do dândi místico de origem indígena Remy Rudá, Cordenonsi escreveu os perigos tecnológicos do engenheiro negro Firmino Boaventura, e Witter se responsabilizou pelos mistérios investigados por Maria Tereza Floresta, a líder da agência de detetives que dá nome à série. Em meio à trama política, há "um debate entre misticismo e lógica", como aponta a pesquisadora Carol Chiovatto, "polos representados por Remy Rudá e Firmino Boaventura, respectivamente, que encontra um ponto de equilíbrio em Maria Tereza Floresta e seu pragmatismo" (2017b, p. C2), embate este muito frequente à maioria das narrativas *steampunk*.

Em relação às obras comentadas anteriormente, é curioso notar que, embora passado numa cidade existente, essa obra não se vale do recurso da reciclagem tão frequente ao *steampunk*. Chiovatto ainda destaca outro "dos pontos mais fortes do livro", também muito frequente em obras do estilo, a saber "a forma como conseguiram incutir uma discussão política muito atual num Rio de Janeiro plenamente reconhecível, tanto no passado histórico preciso, quanto nas distorções feitas para acomodar os aspectos retrofuturistas" (CHIOVATTO, 2017b, p. C2).

O *steampunk* e as narrativas retrofuturistas em geral, sejam *cyberpunks* ou *dieselpunks* como a de Cirilo Lemos, que encerra o capítulo anterior, normalmente trabalham temas políticos e sociais contemporâneos no ambiente oitocentista, como forma de contrastá-los e questioná-los. Não é raro, por exemplo, que nestas obras circulem em destaque e despidos de preconceito personagens femininas, homossexuais, indígenas e negras – como é possível ver em várias das obras elencadas aqui –, mostrando que, a despeito das limitações sociais de cada época, sempre existiram pessoas inconformadas com a situação díspare de nossa sociedade, cuja vontade de romper as regras em vez de aceitá-las merece ser contada e lembrada. Nesse sentido, a ficção retrofuturista trava grande diálogo com as distopias, por serem narrativas fortemente sociais, onde se faz a denúncia das desigualdades e dos perigos de comportamentos intolerantes.

CAPÍTULO 18
FANTÁSTICO PARA CRIANÇAS NA ATUALIDADE

A produção infantil brasileira é vasta e de difícil compilação, praticamente constituindo um cenário editorial à parte, tanto nos espaços das livrarias como também por suas ações efetivas em feiras e inserções em escolas e bibliotecas. Já a literatura juvenil é, talvez, a mais prolífica, sobretudo se considerarmos as grandes sagas de fantasia[35]. Vários dos autores já comentados aqui ou a serem apresentados em outros capítulos poderiam se encaixar como autores de obras para crianças e para jovens leitores, como Felipe Castilho, Jim Anotsu, Ana Lúcia Merege, Simone Saueressig e Bárbara Morais, por exemplo. No entanto, por suas particularidades temáticas ou por não se aterem apenas a esse universo, acabaram sendo comentados em outras seções.

A bem da verdade é difícil a seleção de um conjunto de obras realmente capaz de dar conta de um panorama de temática fantástica acerca da literatura para infância e da literatura para juventude nos dias de hoje. Primeiramente, pelo imenso volume da produção, o que torna difícil esse mapeamento. Em segundo lugar, por haver muitos autores que ocasionalmente fazem incursões no fantástico, mas por hábito mantêm-se longe dele, ou ainda, por existirem autores que raramente se voltam a esses públicos, mas em uma ou duas obras dedicam-se a eles. A crítica literária também não ajuda muito. Voltada de forma obsessiva para um viés utilitarista da literatura para leitores mais jovens, boa parte dos estudos tendem a priorizar as importantes questões de letramento, arte-terapia e funcionamento de mercado, acabando por deixar de lado o caráter intrinsecamente temático e estilístico que dialoga com o número deste livro.

Por esses motivos, apresentamos a seguir apenas um pequeno recorte de obras e escritores cujo posicionamento é de se colocarem como autores de livros para crianças e pré-adolescentes (a literatura adolescente está melhor representada em outros momentos do livro). Não nos detivemos em livros-imagem ou livros para crianças na fase de alfabetização, pois estes constituem um universo à parte. A maioria das obras selecionadas, portanto, é composta de breves romances e novelas, nas quais se nota uma presença marcante do fantástico. Por esse motivo, privilegiamos aqueles em cujo posicionamento há também uma defesa da importância do fantástico nesse tipo de literatura, como é o caso de Helena Gomes e Rosana Rios, além do primeiro autor a ser comentado: Christian David.

Muito engajado na cena educacional e cultural do Rio Grande do Sul, com grande impacto em escolas do sul do país, Christian David (1972) tem fomentado a leitura entre jovens leitores e professores da rede pública de ensino. Além disso, seu trabalho como presidente da Associação Gaúcha de Escritores – AGES no biênio 2017 e 2018 – tem motivado autores do sul do país a continuarem com sua produção e a participarem de uma série de atividades culturais. Vencedor de vários prêmios nacionais, de sua produção destacamos o juvenil *O Filho do Açougueiro e Outros Contos de Terror e Fantasia* (BesouroBox), os infantis *A Menina que Sonhava com os Pés* (Gaivota), ambos de 2013, *Rita Tem Medo* (Abacatte Editorial), de 2014 e *Sangue Real* (Off-Flip, 2016), além do recém-lançado *O Centauro Guardião* (Panda Books), de 2017.

Nessa aventura juvenil, os irmãos Gustavo e Clarice vivem uma aventura insólita por Porto Alegre, quando descobrem a Ordem dos Centauros, uma sociedade secreta com sede nos subterrâneos da capital gaúcha, cujos membros possuem poderes sobrenaturais. Lá, recebem por missão proteger um dos artefatos, uma aparente pedra que Gustavo mantinha em sua coleção sem saber sua grande importância, e resgatar os outros dois, para que, uma vez reunidos, destruam um grande e antigo mal. No seu encalço, estão os cruéis integrantes da Ordem dos Minotauros, que farão de tudo para colocar suas mãos sobre os três objetos.

David lançou-se no mundo literário com *O Monge Rei e o Camaleão*, uma de suas mais comentadas obras, publicada incialmente em 2006, sob financiamento do FUMPROARTE, programa de fomento do governo estadual para incentivo a jovens escritores, e relançada em 2013 pela BesouroBox. Nela, encontramos duas narrativas. A primeira, intitulada "O Monge Rei", é uma aventura capa e espada protagonizada por Petrus, o Rei de Fangot, passada num período medieval indefinido. Já "O Camaleão" é uma ficção espacial protagonizada por Meg Knox, um agente do Serviço Intergaláctico de Inteligência que tem a capacidade de se transformar em outros seres.

É de igual destaque a produção da escritora e tradutora carioca Flavia Côrtes (1971). Em *Senhora das Névoas* (Edelbra, 2013) conhecemos a adolescente Isa, cuja vida vira de cabeça para baixo depois de encontrar – ou imaginar? – uma fada, fazendo-a repensar se continuará em nossa dimensão ou se rumará para Avalon. Já em *Assombros e Calafrios* (Editora Jovem), publicado em 2014, Côrtes se aventura nas histórias de terror para pré-adolescentes, enquanto em *Medo de Quê* (DCL), de 2006, a mesma temática é tratada, porém direcionada ao público infantil.

A paulistana Flávia Muniz (1956), por outro lado, se dedica ao segmento de livros de horror para jovens. De histórias sobre bruxas, ela lançou *O Manto Escarlate* (SESI-SP), de 2016, além de outros títulos que recriam contos de fadas e monstros clássicos. Contudo, o livro mais conhecido de Muniz é sem dúvida *Os Noturnos* (Moderna). Esse romance juvenil se destaca pela trama bem amarrada, na qual seguimos o adolescente André enquanto ele investiga um misterioso livro que o leva a uma gangue de vampiros e à perdição da irmã Ana Paula, apaixonada pelo imortal Hiran. Inspirado pelo filme *Lost Boys*, dirigido por Joel Schumacher, de 1987, *Os Noturnos* é acompanhado de uma trilha sonora bem interessante, listada na última página do livro, trazendo uma ambientação brasileira bem rara para quando foi escrito, em 1995. É interessante notar ainda o fato de esse livro de vampiros ter atingido notoriedade antes da "febre" de obras protagonizadas por essas criaturas no começo dos anos 2000.

Duas outras autoras importantes, que bastante escreveram e publicaram obras em conjunto, são Helena Gomes e Rosana Rios. Ambas têm uma produção impressionantemente extensa – Rios já publicou mais de cento e cinquenta livros! Helena já passou de quarenta títulos, muitos deles escritos em coautoria com Rios e com outros escritores – e já foram laureadas em diversas premiações. Com muitas obras de fantasia urbana para o público jovem, comentadas em outro capítulo, destacam-se também pela produção voltada para crianças.

De Gomes, por exemplo, vale mencionar três obras recentemente publicadas pela editora Biruta: *Princesas, Bruxas e uma Sardinha na Brasa: Contos de Fadas para Pensar sobre o Papel da Mulher* (2017), escrito em parceria com Geni Souza, no qual as autoras tentam subverter o tradicional destino das heroínas de contos populares, cujo único objetivo na vida parece ser o de esperar um marido. Em *As Aventuras de Sargento Verde* (2016), lemos a história de uma menina que se veste de soldado para tentar provar seu valor, amiga de um jovem príncipe que também quer se provar, enquanto juntos enfrentam dragões, peixes gigantes e outros perigos. Por fim, com *Dragões, Maçãs e uma Pitada de Cafuné: Contos de Fadas para Pensar sobre Ética*, escrito com Susana Ventura, lançado em 2015, brinca com o habitual maniqueísmo dos contos de fadas.

Já da imensa obra de Rios, destacamos *Sete Perguntas para um Dragão* (Editora Prumo). Lançada em 2010, nela conhecemos as aventuras de Yuri, um menino capaz de se comunicar com dragões sem ser morto por eles. Yuri acaba conhecendo Groen, o dragão, que lhe permite fazer perguntas e lhe ensina sobre a cultura dessas criaturas, desde que o menino se comprometa a realizar algumas difíceis tarefas. Em 2015, Rios publicou *O Invisível Sugador de Sangue* (Editora Melhoramentos). Esse livro traz a história dos três jovens redatores do jornal *O Sinistro*, publicação dos alunos do Colégio Casmurro, que acabam se tornando uma espécie de equipe "caça-fantasmas", tendo de lidar com o fantasma de um professor preso no banheiro. O livro é o primeiro volume da coleção *Os Sinistros*, na qual cada obra é escrita por um reconhecido escritor de literatura infantil.

A mineira Regina Drummond é escritora, contadora de história e tradutora, tendo também se dedicado a projetos de incentivo à leitura e formação de professores. De sua produção, vale lembrar a série de contos de terror e mistério *Quatro Estações*, escrita em parceria com Rosana Rios, com dois títulos lançados até o momento, pela Editora Melhoramentos: *Quatro Estações de Pavor* (2013) e *Quatro Estações de Morte* (2013). De suas novelas juvenis, sugerimos duas. Primeiro, *O Blog da Bruxa* (Giz Editorial, 2013), na qual uma bruxa de muitos séculos vai detalhar sua história até o presente na cidade de São Paulo. Em segundo lugar, *Aventura na Mina da Passagem* (Melhoramentos, 2017), outra aventura da série *Os Sinistros*, iniciada pelo livro de Rosana Rios comentado acima. O livro apresenta os perigos vividos por três amigos – Shaila, Pedro e Cadu – em uma mina abandonada e o ressurgimento do fantasma de um pirata do século XVIII.

O jornalista e editor da Panda Books Marcelo Duarte (1964) também se dedicou a criar histórias para o público juvenil. Na coleção *Vaga-Lume Júnior* da Editora Ática, por exemplo, ele publicou *O Ladrão de Sorrisos* (2000) e *Meu outro Eu* (2003). No primeiro, os amigos Bia, Isadora e Vítor, depois de perderem a excursão de sua escola a um circo, percebem que os colegas voltaram da experiência destituídos de sua capacidade de rir e se divertir. No segundo, vemos o jovem Rodrigo mudar sua personalidade após fazer parte de um experimento no centro de pesquisas ultrassecreto do Dr. Brodovsky. Seus amigos Rafael, Periscópio e Bolacha farão de tudo para ajudá-lo. Da mesma coleção, indicamos também *Deu a Louca no Tempo* (2002), no qual assistimos Rodrigo e alguns amigos do último ano do Ensino Fundamental criarem uma superinvenção para apresentar na Feira de Ciências: um hipnotizador que também traz à vida personagens importantes da história.

Ainda pensando nas histórias de meter medo – em crianças, jovens e adultos –, citamos outro autor gaúcho que também tem sido atuante em escolas e feiras literárias: Antônio Schimeneck (1976). Esse escritor explorou o tema das histórias de horror em *7 Histórias de Gelar o Sangue* (BesouroBox), de 2013, coletânea na qual recupera contos e lendas do sul do país. Já em *A Verdade em Preto e Branco*, lançado pela mesma editora em 2015, acompanhamos uma senhora chamada Mercedes que, ao decidir trocar de lugar o corpo do esposo falecido, acaba por desenterrar uma história de mistério e horror, com um leve toque de ficção científica em sua conclusão. De sua produção infantil, destacamos o lírico *Amaro* (Escrita Fina), de 2015, onde vemos até onde a imaginação e as descobertas da infância podem levar o pequeno herói do título.

Também no Rio Grande do Sul, o professor e escritor Caio Riter (1962) ganha relevo pela variedade das obras e pelas importantes premiações que tem recebido – como Açorianos, Orígenes Lessa e Barco a Vapor, entre outros. De suas obras em que o fantástico é perceptível, indicamos o conto de fadas espacial *As Luas de Vindor* (Biruta), de 2010, o conto de terror com vampiros *Os Dentes da Noite* (2013) e o drama sobrenatural *A Filha das Sombras* (2011), esses últimos da editora Edelbra. Já em *A Cor das Coisas Findas* (Artes e Ofícios), de 2010, seguimos o trio de amigos Eduarda, Pedro e Beatriz numa aventura noturna por uma biblioteca, em um enredo que envolve livros misteriosos e vampiros assustadores. Por sua vez, em *Atrás da Porta Azul* (Artes e Ofícios, 2014), viajamos com Alícia, que, encontrando-se sozinha na casa dos avós, viaja para o mundo mágico que se esconde do outro lado da porta do título. Riter também é um dos autores de *Os Sinistros*, tendo escrito *Os Fantasmas da Igreja* (2015), segundo volume de série, no qual os três amigos partem para Porto Alegre para investigar uma antiga lenda.

Natural de São José do Rio Preto, Tiago de Melo Andrade (1977) tem dedicado sua produção aos pequenos e jovens leitores. De suas obras de temática fantástica, sugerimos *A Estrela Mecânica* (Editora Melhoramentos, 2012), romance de ficção científica e aventura para jovens, trazendo heróis improváveis como o camponês Gmim e a corajosa Abe, enquanto uma misteriosa ameaça coloca o futuro desse mundo mágico em risco. Já em *O Ovo do Elefante* (Melhoramentos, 2010), acompanhamos a princesa africana Badu e a tragédia de sua família, dizimada em função de um antigo e poderoso diamante. Enquanto foge para cumprir a missão deixada por seu pai, fundar um quilombo para proteger outras crianças da escravidão, ela precisa lidar com a joia do título, um poderoso talismã mágico que pode ajudá-la ou prejudicá-la. Por fim, indicamos *O Livro dos Desejos* (DCL, 2004). Na trama, um escritor frustrado recebe de herança de um tio distante, um enigmático livro que realiza os mais inacreditáveis desejos. Tomado por seus desafetos, o protagonista Jorge não percebe os perigos que corre no velho casarão familiar.

 O mineiro de nascimento e paulistano por moradia Adriano Messias tem uma produção variada, sendo também um pesquisador de literatura e cinema insólitos. Sua tese de doutorado apresenta um monstruário contemporâneo tanto em textos como em outras formas midiáticas. De sua extensa produção, destaca-se a série *Contos para não Dormir*, da editora Biruta. Entre seus vários títulos, indicamos *Histórias Mal-Assombradas do Tempo da Escravidão* (2005), *Histórias Mal-Assombradas de um Espírito da Floresta* (2005), *Histórias Mal-Assombradas do Caminho Velho de São Paulo* (2006), *Histórias Mal-Assombradas de Portugal e Espanha* (2010) e *Histórias Mal-Assombradas do Espaço Sideral* (2015). Na trama que liga todos estes livros, acompanhamos as férias do imaginativo André no sítio dos seus avós ao sul de Minas Gerais. Sempre escutando histórias de horror de parentes, vizinhos e outros narradores, somos levados por seus relatos, fábulas e histórias, a um mundo de sombras e monstros em que geografia e história são valorizadas, num convite a revisitá-las.

 Por sua vez, o paulistano Álvaro Cardoso Gomes (1944) também tem uma produção tanto acadêmica quanto ficcional. De suas obras fantásticas para jovens, sublinhamos *A Casa do Terror* (Moderna), de 2003, no qual três amigos se veem às voltas com um casarão habitado por um demônio de mármore. Diante desse perigo e de se verem aprisionados no casarão para sempre, são ajudados pela menina japonesa Tieko, que possuía a capacidade de reviver seres infernais. Já em *A Cidade Perdida* (FTD, 2011), o enredo revisita o conto popular sobre pretensos nazistas que teriam vindo para o Brasil em 1939 em busca de uma cidade milenar. Na trama, eles estão em busca de um poderoso meteorito que está sendo usado por um vilão insano com planos de dominação mundial e pendores por sacrifício humanos. De sua produção para crianças, indicamos divertido *O Menino Invisível* (FTD, 1996), e para adultos, o suspense *noir* de ambientação brasileira *A Boneca Platinada* (Girafa, 2004).

Já o mineiro Júlio Emílio Braz (1959), importante autor de ascendência negra, dedicou-se a diversas modalidades de literatura para crianças e jovens, tendo escrito algumas dezenas de livros. De insólito, produziu tanto obras de terror, como *Bença, Mãe* (Moderna, 2001), uma história de fantasmas, e *A Rua do Terror* (Atual, 2008), coletânea de sete contos passados em uma rua mal-assombrada, quanto obras de ficção científica, como *Asimov e os Perseguidores da Lua* (FTD, 1997), história de um robô batizado em homenagem ao célebre escritor. Braz é também autor de histórias lendárias inspiradas em mitologias do universo africano, como *Lendas Negras* (FTD, 2001), *Lendas da África* (Bertrand Brasil, 2005), *Sikulume e Outros Contos Africanos* (Pallas, 2005) e *Moçambique* (Moderna, 2011). Nesses, Braz reconta com maestria histórias de diversos lugares do continente africano, misturando monstros, canibais, magia e deuses antigos, sendo um dos primeiros autores a se voltar para estas questões depois de Joel Rufino dos Santos[36].

Por fim, destacamos a obra do escritor e ilustrador Marcelo Amaral, autor de *Palladinum: Pesadelo Perpétuo*, de 2011, que dialoga com histórias de alta fantasia brincando com uma trama que lembra o desenho animado *Caverna do Dragão*. Os personagens desse primeiro livro voltaram ainda para protagonizar duas outras histórias, que compõem a série *Turma da Página Pirata*, cujos títulos são: *A Máquina Antibullying* (2013) e *S.U.P.E.R. Gincana* (2015). Ambos os livros abordam a infância e o preconceito em histórias divertidas em diálogo com a ficção científica e a fantasia.

No caso de *A Máquina Antibullying*, por exemplo, vemos um artefato científico capaz de transformar qualquer pessoa que ofenda outra naquilo que xingou. Com isso, uma professora se transforma em um dragão, um aluno em um bebê chorão e assim por diante. Amaral tem feito um trabalho excelente em escolas de ensino fundamental e nas redes sociais, impactando não apenas a visibilidade do seu trabalho como também a predileção de professores e pequenos leitores pelas aventures da *Turma da Página Pirata*.

Com isso, esperamos ter mostrado um pouco do que vem sendo feito nas últimas duas décadas e – especialmente, nos últimos anos – em relação ao insólito ficcional para pequenos leitores. São obras muito diferentes e interessantes que contam ainda com uma bem-vinda preocupação com o aspecto visual – quase todas são ilustradas. Fica, contudo, o convite para pensarmos mais nessa literatura tão pertinente e convidativa à formação de leitores, além de dotada de valor artístico, cultural e estético e capaz de divertir e entreter, não apenas crianças, como adultos.

CAPÍTULO 19
NOVO FÔLEGO AO FOLCLORE NACIONAL

Há muito tempo o folclore brasileiro fornece inumeráveis subsídios para autores revisitarem suas histórias, com seus muitos mitos, monstros e heróis. Na maioria dos casos, esse imaginário é associado à cultura indígena, apesar da existência de outros, como os de matriz afro-americana ou de origem alemã, italiana, portuguesa e polonesa, entre tantas que configuram a variedade étnica do nosso país. No decorrer do século XX, os nomes mais associados ao folclore – termo que acaba virando sinônimo dos antigos mitos e religiões indígenas – são Simões Lopes Neto, Inglês de Sousa, Monteiro Lobato, Mário de Andrade, Joel Rufino dos Santos, Câmara Cascudo e outros vistos ao longo deste livro.

Talvez o mais popular dentre eles ainda seja Lobato, apesar de nos últimos anos sua obra ter sido revista e fortemente criticada por representações étnicas questionáveis. Quanto ao autor de *Macunaíma*, os elementos folclóricos presentes em sua obra não raro são suplantados por outros temas como experimentação estilística ou preocupações ideológicas com a formação da cultura nacional, de modo que grande parte da crítica quase ignora essa matriz fantástica de caráter popular no romance.

Quanto a Luís da Câmara Cascudo (1898-1986), ele continua sendo o grande historiador dos nossos mitos, um nome fundamental para repensar nosso folclore indígena e a riqueza cultural nele contida. De suas obras e de seu trabalho pioneiro não apenas pela historiografia literária como também pela memória cultural do Brasil, destacamos *Vaqueiros e Cantadores* (1939), *Antologia do Folclore Brasileiro* (1943) e *Geografia dos Mitos Brasileiros* (1947), obras que culminaram no seu trabalho mais conhecido, o *Dicionário do Folclore Brasileiro*, publicado em 1951. Outros dois folcloristas importantes foram Gilberto Freyre (1900-1987), que em sua obra *Assombrações do Recife Velho* (1955), mapeou a cultura popular pernambucana, criando uma profícua tradição, bem como Franklin Joaquim Cascaes (1908-1983), com trabalhos voltados ao folclore de Santa Catarina.

A respeito da obra de Freyre, Maurício Menon comenta sua semelhança "à crônica local", pois "se propunha a realizar uma espécie de mapeamento do sobrenatural utilizando-se de narrativas oriundas da memória assombrada ou supersticiosa que emanava da cidade em várias de suas ruas, de seus becos, de seu casario e seus monumentos. O texto do autor entrega-se à fluidez de uma narrativa *sui generis*, muito próxima dos velhos casos contados pelos antigos ao cair da tarde ou à noite em torno da vela ou da lamparina" (2013, p. 80).

Ainda sobre o Recife, outras obras de cunho folclórico surgem na esteira de Freyre, isto é, compilando mitos e causos de Pernambuco, como *Histórias Medonhas d'O Recife Assombrado* (2002) e *Estranhos Mistérios d'O Recife Assombrado* (2007), ambas organizadas pelo escritor e pesquisador Roberto Beltrão (1968) e publicadas pela Editora Bagaço. Essas obras derivam de um projeto de Beltrão e outros jornalistas em torno do portal *O Recife Assombrado*, onde, no começo dos anos 2000, começaram a compilar lendas, mitos e causos, inspirados por Freyre, sobre a própria cidade. O *site*, comenta André de Sena, é "ainda hoje bastante atuante na produção de eventos, publicação de livros e, mais recentemente, no fomento à arte dos quadrinhos com a criação de obras autorais inéditas desenhadas por artistas locais, em enredos que sempre oscilam entre o fantástico e o horror" (SENA, 2015, p. 37). Beltrão ainda publica uma terceira obra, já de cunho autoral, ainda que inspirada no folclore pernambucano, intitulada *Na Escuridão das Brenhas* (Bagaço, 2013).

Além da obra de Freyre, o pesquisador André de Sena lembra também da obra de Jayme Griz (1900-1981), que, em suas palavras "era uma espécie de Lovecraft do engenho e canaviais pernambucanos". Foi também "autor de obras importantes como *O Lobishomem da Porteira Velha* (1956) e *O Cara de Fogo* (1969), que apresentam contos fantásticos e contos de horror totalmente aclimatados aos cenários e costumes da Zona da Mata pernambucana, muito inspirados pela trilha aberta por Gilberto Freyre. Não à toa, Griz também era folclorista, e seus contos seguem os mesmos passos de *Assombrações do Recife Velho*, no sentido de registro da oralidade folclórica, meticulosas descrições da realidade dos engenhos, com a diferença de que o autor palmarense incrementa suas histórias com todos os procedimentos literários necessários a uma verdadeira carpintaria ficcional. Nele, a literatura efetivamente modaliza o registro antropológico, e não o contrário, como ainda ocorria em Freyre" (2015, p. 34).

Sena cita ainda outros autores contemporâneos pernambucanos que enveredam por este caminho em obras como *Legião Anônima* (Cepe, 2014), de João Paulo Parísio, *O Olho do Leviatã* (Bagaço, 2014) e *Sob um Céu de Domingo*

(Bagaço, 2014), de Luiz Marcello Trigo (Cf. SENA, 2015, p. 39). Vale lembrar ainda a obra de Pedro Salgueiro, que, em caminho semelhante, compilou obras fantásticas de matriz popular cearense em sua extensa *O Cravo Roxo do Diabo: O Conto Fantástico no Ceará*, publicado em 2011, pela editora Expressão.

Já Franklin Cascaes foi folclorista, ceramista, ilustrador, pesquisador e escritor catarinense. Explorou a vertente popular da literatura sobrenatural do Estado de Santa Catarina, buscando suas fontes na tradição popular dos pescadores e na narrativa oral de seu estado herdada de imigrantes açorianos, nas quais figuram toda sorte de criaturas míticas como lobisomens, bruxas, fantasmas e boitatás. Tais histórias foram transformadas em quase mil desenhos e em 24 contos, posteriormente compiladas no volume *O Fantástico na Ilha de Santa Catarina*[37], escritos entre 1946 e 1975.

Entre eles estão "Eleição Bruxólica", "Congresso Bruxólico", "Balanço Bruxólico" "Mulheres Bruxas Atacam Cavalos", "Baile de Bruxas Dentro de uma Tarrafa de Pescaria", "Estado Fadórico das Mulheres Bruxas", "Vassoura Bruxólica", "Orquestra Selenita Bruxólica", "As Bruxas Roubam a Lancha Baleeira de um Pescador da Ilha", "Lamparina e Catuto em Metamorfose", "Bruxas Atacam um Pescador" e "A Bruxa Roubou Meio Alqueire Feito Armadilha para Apanhá-la", em que pese a escolha obsessiva no tema da bruxa. A elas se juntam os boitatás incansavelmente desenhados por Cascaes – talvez a figura mais revisitada do folclore brasileiro.

Desde então, vários autores revitalizaram o nosso folclore não pelo olhar de folcloristas, mas, sim, de ficcionistas. O sempre presente Braulio Tavares (1950), cordelista, crítico e autor de ficção científica, também se voltou ao tema, em particular, àquele vinculado ao imaginário nordestino, em sua obra *Sete Monstros Brasileiros* (Casa da Palavra, 2014). Tavares produz sete narrativas de suspense que recriam criaturas míticas da tradição popular do norte e nordeste do Brasil, como o assustador Papa-Figo, a sedutora divindade Iara, o choroso e enlouquecedor Bradador ou ainda a versão nacional do lobisomem, entre outros temas, como monstros suínos e jovens zumbis. "É importante ressaltar", como apontam três comentadores da obra de Tavares, que sua concepção "vai além de uma simples coletânea de contos dedicados a essas criaturas, seguindo um viés enraizado em suas manifestações mais antigas e interioranas. Na obra, temos uma série de relatos que respeitam o aspecto mitológico destes seres unindo tradição e inovação por meio de uma criação literária respeitosa" (BRAZIL, GONÇALVES, ALVES, 2016, p. 9).

Outro autor a reelaborar o folclore nacional é o artista e escritor paulistano Walter Tierno (1972). Seu primeiro livro foi *Cira e o Velho* (Editora Giz, 2010), que relê o folclore, a história e a mitologia nacional numa narrativa claramente inspirada por Robert E. Howard e Neil Gaiman. Numa história passada no século XVII, a guerreira e bruxa Cira jura vingança ao sertanista Domingos Jorge Velho, que matou sua mãe. Nesse cenário colonial, a heroína encontra criaturas mágicas originárias do imaginário indígena e de lendas lusitanas. O romance se encerra revivendo outro cenário importante da cultura brasileira, o Quilombo dos Palmares, no qual Cira enfrentaria seu grande antagonista: o Velho. Em 2013, a coletânea *Amor Lobo* (Giz) apresenta o conto "A Dama e o Poeta", *spin-off* do mesmo universo de *Cira e o Velho*, no qual Tierno narra a trágica história de amor entre uma prostituta e um lobisomem poeta. Porém, nesse suspense à brasileira, a ambientação centra-se nos anos de chumbo da ditadura militar.

A gaúcha Simone Saueressig (1964) estreou em 1987, com o infantil *O Mistério do Formigueiro* (Kuarup), seguido de outros títulos de fantasia voltados a um público juvenil e jovem adulto, como *Padrão 20* (Besouro Box, 2014), e da série *Os Sóis da América*, iniciada em 2013. Antes disso, conquistou o prêmio *Livro do Ano* na categoria "Narrativa Longa" pela AGES com o romance *Aurum Domini: O Ouro das Missões* (Artes e Ofícios), de 2010. De sua produção, destacamos *A Fortaleza de Cristal* (L&PM), publicado em 2007, romance cujo enredo conecta preocupação ambiental, cultura indígena e folclore brasileiro, além de trazer à trama outras mitologias.

No enredo, os indiozinhos Saíra e Batuíra partem numa jornada com o objetivo de esconder o Dardo Verde, arma mágica poderosa desejada por Punga Mangava, o Obscuro. Para impedir a dupla infantil de obter sucesso na salvação dos Povos Livres e de suas próprias tribos, o vilão envia lobos-guarás e anões para persegui-los. Como a própria autora menciona em entrevistas, há elementos de Tolkien e de outros escritores de fantasia que se unem numa história de ambientação brasileira. Em outros dois livros, *O Palácio de Ifè* (L&PM) e *A Estrela de Iemanjá* (Cortez), a autora estabelece diálogo com a mitologia afro-brasileira, tema do próximo capítulo.

Já o norte-americano Christopher Kastensmidt (1972), que vive no Brasil há mais de uma década, percebeu nos mitos e lendas nacionais um rico manancial de histórias que poderia render um complexo universo fantástico e transmidiático. *Game designer*, quadrinista, professor e escritor, Kastensmidt, quando se interessou pelo Brasil, primeiramente ficou surpreso com a pouca valorização do folclore tupiniquim no próprio país. Começou então a compor *The Elephant and Macaw Banner*, série de novelas publicadas no Brasil, na Espanha, na China e nos Estados Unidos.

Na trama de ambientação colonial, os aventureiros Gerard van Oost e Oludara, respectivamente, um bandeirante de origem holandesa e um escravo africano liberto, vivem uma série de aventuras percorrendo o vasto território nacional. A primeira dessas histórias foi indicada ao Prêmio Nebula em 2011, um dos mais importantes da fantasia mundial, depois de ser publicada na revista especializada em narrativas insólitas *Realms of Fantasy*. No Brasil, a série tem sido publicada pela editora Devir desde 2010 e em edições de bolso, com supervisão do próprio autor cujo domínio da língua portuguesa é excelente.

Em 2016, as dez novelas foram reunidas no romance *A Bandeira do Elefante e da Arara* (Devir). Nesse meio tempo, Christopher lançou a primeira dessas novelas, *O Encontro Fortuito*, em quadrinhos, seguida de um *role playing game*, projetos que contaram com financiamento público e grande visibilidade no meio editorial e *geek*. Em desenvolvimento estão um desenho animado, um jogo de tabuleiro e um jogo digital, entre outros projetos que, além de valorizar a cultura brasileira, lançam seus leitores e leitoras numa ambientação mágica e misteriosa repleta de lobisomens, boitatás e sacis, como raras vezes vimos em nosso país.

Falando em boitatás e sacis, o editor, quadrinista e escritor paulistano Felipe Castilho (1985) também revisita esses e outros mitos na série *O Legado Folclórico* (Editora Gutenberg). Mas, diferente de Kastensmidt, cuja temática está mais próxima da narrativa histórica e da fantasia heroica, a obra de Castilho é uma fantasia urbana de ambientação contemporânea voltada ao público juvenil. Tais elementos levam seus jovens leitores a se identificarem com Anderson Coelho, o protagonista adolescente viciado em jogos de computador, e seus amigos, que incluem uma capivara com complexo de cachorro e uma arara falante absurdamente inteligente.

No primeiro livro da série, *Ouro, Fogo & Megabytes* (2012), Anderson é contatado por uma misteriosa organização ambientalista preocupada com causas sociais e com a permanência de velhos mitos, imaginários ou reais, e convidado a ajudá-los a descobrir um mistério envolvendo um jogo de computador no qual ele é o segundo melhor jogador no *ranking* nacional. Vindo de uma cidadezinha de Minas Gerais até São Paulo, Anderson descobre que o grupo responsável por sua contatação guarda muitos segredos. Pouco a pouco, ele vai descobrindo. Uma vez conquistada a confiança do garoto, ele decide ajudar o grupo e, na companhia de outros jovens ativistas, o menino enfrentará o ambicioso empresário Wagner Rios e monstros da nossa tradição popular, em especial terríveis capelobos e medonhas cucas famintas. Todavia, Anderson conta com grande ajuda, pois também integram a organização uma menina meio-sereia, um lobisomem, um homem meio-caipora e o próprio Saci, o mentor do grupo.

A série dialoga ainda com universos de fantasia juvenil como o de J. K. Rowling e seu *Harry Potter*, e o de Rick Riordan e as aventuras mitológicas de Percy Jackson, além dos universos de *videogames* e RPGs, como *Dungeons & Dragons*. De quebra, Castilho presta homenagem a importantes folcloristas e, em especial, ao próprio Câmara Cascudo, que não apenas é citado no livro, como também se torna, de certa forma, uma personagem da série, que já ganhou três volumes. Além do primeiro, foram lançados *Prata, Terra & Lua Cheia* (2013) e *Ferro, Água & Escuridão* (2015). Os fãs e leitores de Castilho aguardam ansiosos pelo quarto e último volume da série, "Aço, Vento & Sacrifício".

Por sua vez, Gustavo Rosseb (1985), também natural de São Paulo, é autor da trilogia *As Aventuras de Tibor Lobato* – em óbvia referência ao criador do *Sítio do Pica-Pau Amarelo*. O primeiro volume da série, intitulado *O Oitavo Vilarejo*, foi publicado em 2011, primeiramente pela Editora Patuá, sendo depois relançado em 2015, pela Jangada, selo jovem do grupo Cultrix-Pensamento, pela qual saíram os dois volumes seguintes: *A Guardiã de Muiraquitãs* (2016), e *A Carruagem da Morte* (2017). A série conta a história de Tibor e sua irmã Sátir, dois adolescentes, que, após a trágica morte dos pais em um incêndio, ficam dois anos em um orfanato sem saber direito qual será seu futuro. Até que um dia sua avó os encontra e os leva para morar consigo em um sítio em um lugar chamado Vila do Meio, onde passam a estudar em casa e fazem um grande amigo: Rurique. A partir daí o trio passa a viver grandes aventuras, sobretudo porque logo a Quaresma se inicia e como Rurique e a avó avisam aos dois, nessa época toda sorte de fantasmas e seres mágicos fica à solta. Em meio às confusões, Tibor descobre que sua família tem uma antiga e estranha ligação com as criaturas fantásticas da região. No volume seguinte, os problemas se intensificam quando Sátir desaparece e Rurique e Tibor precisam tentar resgatá-la, ao que descobrem uma grande vilã, a Cuca, cujo retorno, no terceiro e último livro, marca o início de uma batalha épica.

Por fim, importa falar de *Quatro Soldados*, brilhante romance *fix-up* do autor gaúcho Samir Machado de Machado (1981), publicado inicialmente pela Não Editora em 2013, e republicado em 2017 pela Editora Rocco. Nesse livro, somos levados ao Brasil colonial do século XVIII, quando índios, jesuítas, portugueses e espanhóis ainda travam disputas pelas flexíveis fronteiras de um país ainda inexistente. Trata-se de um romance histórico escrito de forma cuidadosa, tanto no concernente aos dados e fatos, quanto do ponto de vista da linguagem erudita e, ao mesmo tempo, convidativa da prosa de Machado, recheadas de referências metaliterárias das mais diversas.

Quanto ao fantástico e, em particular, ao folclore nacional, este se infiltra na narrativa pelo viés da criptozoologia – ciência que estuda criaturas de existência questionada. Ou seja, no universo de *Quatro Soldados* não há magia ou sobrenatural, mas existem criaturas outras, para além das descritas nos tratados zoológicos. É nesse contexto que surge, por exemplo, um boitatá gigantesco de pele azulada e luzidia, uma espécie habitante dos subterrâneos despertada pela ação do homem, ao cavar minas profundas demais.

Em outro momento do livro, em um labiríntico forte espanhol, surge uma besta mítica, que, ao fim e ao cabo, revela ser apenas um animal de grande porte, feroz, sim, mas sem qualquer aura sobrenatural. Já nas outras duas narrativas, dois mitos folclóricos aparecem, "o índio branco", uma suposta assombração, e a clássica "mula sem cabeça", revelando-se, no entanto, engodos com explicação natural. No limiar do real, com o qual Samir sempre parece brincar, vale ainda lembrar, há a personagem conhecida como o Andaluz, cuja visão apuradíssima permite-lhe ver no escuro, o que, afinal, nos parece ser um elemento realmente fantástico.

Visto este panorama, poderíamos ressaltar, à guisa de curiosidade, o fato de que duas figuras mitológicas indígenas parecem nortear o imaginário folclórico brasileiro de nossos escritores: de um lado, há o boitatá, de outro, o lobisomem. Presentes em quase todas as obras aqui elencadas e também nas anteriores, relativas ao século XIX, esses dois monstros tipicamente brasileiros são constantemente revisitados, reescritos e reinventados. O primeiro deles aparece como elemento de criptozoologia, em *Quatro Soldados*, e é transformado em um ser elemental do fogo na obra de Felipe Castilho, aterrorizando os céus de uma São Paulo em polvorosa. Ademais, aparece ainda em Kastensmidt, Rosseb, Simões Lopes Neto e nos inúmeros desenhos de Cascaes, dentre outros. É um dos mais antigos mitos do folclore nacional, como cita Câmara Cascudo, tendo sido inclusive mencionado pelo Padre José de Anchieta em texto de 1560 (Cf. CASCUDO, 2012. p. 119).

Paralelamente, o lobisomem, um dos mitos mais universais, já fora antes explorado por Jayme Gris e José Cândido de Carvalho, mas volta no século XXI com grande força nas penas de Braulio Tavares, Felipe Castilho, Walter Tierno e Eric Novello, para citar apenas alguns e sem contar aqueles inspirados no imaginário de outros países, já que a figura do lobisomem está presente em múltiplos folclores, inclusive no imaginário europeu.

Assim, entre lobisomens e boitatás, bem como cucas, sacis e capelobos, o que conecta o trabalho desses autores, e de muitos outros que têm retomado o folclore nacional em sua produção, é a sua valorização do patrimônio cultural brasileiro. Num cenário marcado por obras de fantasia estrangeiras, trata-se não apenas de uma produção vigorosa e estilisticamente admirável, como também de um posicionamento ultrapertinente de que nossos mitos e histórias não devem nada a quaisquer monstros ou heróis criados em outros países, do mesmo modo que também não o devem os mitos do imaginário africano, sobre os quais falaremos no próximo capítulo.

CAPÍTULO 20

REDESCOBRINDO O IMAGINÁRIO AFRICANO

Ao contrário do imaginário europeu, que sempre permeou e ainda permeia nossa literatura, cultura e artes em geral, ou do imaginário indígena, que ao longo de toda nossa história foi sendo constantemente resgatado por nomes como Inglês de Sousa, Mário de Andrade, Simões Lopes Neto, Câmara Cascudo, Franklin Cascaes e pelos fantasistas do capítulo anterior, o imaginário de matriz africana, apesar de presente em nossa cultura e no cotidiano, foi deixado de lado da maior parte de nossa literatura. E não foi diferente em relação à nossa literatura insólita, salvo a exceção pontual de Joel Rufino dos Santos, Zora Seljan e seu marido Antonio Olinto, importantes nesse sentido não apenas enquanto escritores, mas também como estudiosos, respectivamente, da questão do negro e do folclore africano no Brasil, bem como Júlio Emílio Braz, Tiago de Melo Andrade e Jorge Amado, escritores que incorporam esse imaginário em suas narrativas.

A esse respeito, Suelly Dulce de Castilho aponta que, com o autor de *Capitães de Areia*, "o negro passou a ocupar um lugar na literatura brasileira, sob afirmação positiva e apaixonada. Porém, a sensualidade da mulher mulata continua exacerbada, de modo a reforçar o estereótipo da mulher negra enquanto exagerada nas práticas sensuais e sexuais" (CASTILHO, 2004, p. 107). Foi, pouco a pouco, que esses estereótipos puderam ser desconstruídos, para mostrar a identidade e os valores das culturas de matriz africana, despidos de preconceitos.

A respeito da importância dessa literatura, o pesquisador Celso Silva comenta o papel dos contos populares e mitológicos da tradição oral afro-brasileira que, "para além de objeto estético, constituem fato sociológico, sinal de poder social, que acabam por determinar hoje, em nosso país, um interesse maior por sua produção, divulgação e permanência. Não é só o discurso verbal que faz essas obras existirem e serem importantes hoje. É a conjuntura social. É o momento político" (SILVA, 2013a, p. 3).

Neste capítulo, portanto, pretendemos preencher essa lacuna com alguns dos nomes atuais que têm trabalhado para difundir esse imaginário em nossas letras fantásticas, com especial destaque às lendas do povo iorubá, ainda muito presentes em religiões sincréticas do novo mundo, como a santeria cubana e a umbanda e candomblé brasileiros. Ao todo, falaremos de onze autores nos quais podemos verificar a presença desse imaginário: Reginaldo Prandi, Carmen Sagenfredo, A. S. Franchini, Raul Longo, Carolina Cunha, Rogério Andrade Barbosa, Jarid Arraes, Muniz Sodré, Fábio Kabral, JP Pereira e Simone Saueressig. Os seis primeiros especializam-se em recontar mitos e lendas, sendo que Prandi e Sagenfredo se voltam a públicos variados, enquanto Cunha e Barbosa, também se dedicando a recontar tais histórias, voltam-se para um público específico, os pequenos leitores, produzindo livros breves e ricamente ilustrados.

Em seu artigo sobre Rogério Barbosa, Celso Silva comenta a relevância de se recontar mitos, não apenas como forma de registro de algo intrínseco da tradição oral, mas também por possibilitar a criação artística e estilística, de modo que cada ato de recriação, ao mesmo tempo, dialogue com as obras já produzidas e construa algo novo (Cf. SILVA, 2013a, pp. 2-3). Já os cinco últimos escritores de nossa seleção partiram dos diversos imaginários africanos para contar novas histórias, à exceção talvez de Jarid Arraes, que trabalha não com a temática mitológica, mas com a temática histórica com toques de sobrenatural, em um meio termo entre os dois grupos.

Talvez a maior contribuição hoje para a difusão desses múltiplos imaginários no Brasil seja a obra de Reginaldo Prandi, escritor e professor de sociologia da Universidade de São Paulo. É autor de diversos livros, em diversos segmentos, dentre eles textos teóricos de sociologia e mitologia, e obras literárias voltadas ao público infantil e adulto, de temática policial e insólita, sendo grande parte consagrados à cultura e mitologia iorubá. Em *Mitologia dos Orixás* (2000), publicado pela Cia. das Letras, após uma cuidadosa introdução teórica, apresenta-se ao leitor uma série de poemas narrativos em verso livre que contam as histórias dos orixás. Ao todo, são 301 episódios – número importante segundo a tradição iorubá –, através dos quais Prandi recria a partir de uma tradição totalmente oral os mitos fundadores desse povo, sua cosmogonia, sua teogonia, com sensibilidade poética e apuro de pesquisa, características reconhecíveis em todas as suas obras seguintes.

Com *Ifá, o Adivinho* (2002), *Xangô, o Trovão* (2003) e *Oxumarê, o Arco-Íris* (2004), publicados pelo selo Cia. das Letrinhas, o autor revisita três orixás, recontando suas histórias para o público infantil. O primeiro conta a história do orixá que sabe tudo, o contador de histórias Ifá, presente em quase todas as obras de Prandi. Esse livro foi adaptado para TV na série "Livros Animados" do Canal Futura (Cf. MACHADO; BROZE, 2009). O segundo é dedicado ao mito do deus do trovão, um orixá guerreiro, também responsável pela justiça. Por sua vez, o terceiro livro narra as aventuras de Oxumarê, filho de Nanã, um dos mais belos orixás, que certo dia para conter a chuva criou o arco-íris, e, noutra ocasião, capturado por Xangô, tornou-se serpente para escapar. São livros escritos de modo bastante lúdico, retomando sua obra *Mitologia dos Orixás* e adequando-a ao público infantil (Cf. MACHADO; BROZE; 2009, p. 142).

Ainda a respeito desses livros, mas também aplicável aos demais textos de Prandi, a pesquisadora Suely Dulce de Castilho comenta seu poder de desmistificar "a religiosidade de origem africana, através da forma descontraída e divertida como são contadas as sagas dos deuses. São histórias que permitem um acesso ao universo da cultura popular da África negra, muito pertinente em tempos nos quais a sociedade clama por respeito ao legado dessa cultura na formação da identidade brasileira, tendo em vista o preconceito que a rodeia" (CASTILHO, 2004, pp. 111-2). Já em *Contos e Lendas Afro-Brasileiras: A Criação do Mundo* (2007, Cia. das Letras), acompanhamos Adetutu, uma moça africana capturada para ser escrava no Brasil. Durante o trajeto dessa triste viagem, Adetutu sonha com os mitos iorubás de criação do mundo. Em 2011, sai pela extinta editora Cosac Naify, a coletânea de contos *Os Príncipes do Destino: Histórias da Mitologia Afro-Brasileira*.

Por fim, em *Aimó: Uma Viagem pelo Mundo dos Orixás*, seu livro mais recente, publicado em 2017 pela editora Seguinte, Prandi narra as desventuras de uma pobre menina sem nome, sem vida, sem família, sem história, cujo passado terrível apagou quaisquer notícias possíveis de sua existência anterior. Presa em Orum, o apático mundo dos orixás e dos eguns, respectivamente as divindades da mitologia iorubá e os espíritos das pessoas mortas no Aiê (isto é, a Terra), a menina acaba despertando Olorum, o senhor dos orixás, que decide ajudá-la. Acontece que as almas dos mortais costumam ficar em Orum apenas de passagem, enquanto aguardam pela hora de reencarnar, na mesma família da qual descendia. Cada família, por sua vez, descende de um orixá, seu guardião, e para que um egum reencarne é preciso que seus parentes vivos se lembrem de seus feitos e guardem sua memória. A menina, no entanto, perdeu família e história, quando capturada por traficantes de escravos que a levaram ao Brasil, onde logo morreu de tifo, longe daqueles que dela se lembrariam. Sem família viva, sem um orixá guardião, a menina está fadada a permanecer *aimó omobinrin*, na língua iorubá literalmente: *menina esquecida*. Começa-se então um passeio pela história daquelas entidades, no qual Aimó vai conhecendo pouco a pouco cada um dos orixás, guiada por Ifá, o adivinho, aquele que sabe tudo, o orixá responsável por contar histórias e relembrá-las para não serem esquecidas, e por Exu, o faz-tudo, responsável pelas mudanças, transformações e mensagens. Assim, passeando pelo espaço e pelo tempo, Aimó e seus companheiros revisitam lendas e mitos iorubás, já que, segundo a tradição desse povo, tudo o que acontece, já um dia aconteceu, e, portanto, a vida nada mais é do que uma repetição de padrões, possíveis de serem identificados por adivinhos, capazes de auxiliar em escolhas e decisões.

Por sua vez, os escritores e tradutores gaúchos Carmen Seganfredo (1964) e A. S. Franchini (1956) dedicaram suas carreiras à reescrita dos mitos das mais diversas culturas. Dentre a vasta obra dos dois, destacam-se *As 100 Melhores Histórias da Mitologia* (2003), *As Melhores Histórias da Mitologia Nórdica* (2004), *O Anel dos Nibelungos* (2006), *Gilgamesh* (2008), entre muitos outros. Quanto ao universo do continente africano, escreveram três obras, duas dedicadas à cultura egípcia, *Akhenaton e Nefertiti* e *As Melhores Histórias do Egito*, ambas publicadas em 2006, e *As Melhores Histórias da Mitologia Africana*, publicado em 2008, pela Editora Artes & Ofícios, obra que nos interessa em particular por melhor dialogar com a temática deste capítulo. Talvez o livro devesse se chamar *As Melhores Histórias da Mitologia Iorubá*, pois é deste universo – o mesmo ao qual Prandi se dedica – de que fala o livro.

Escrevendo em uma prosa fluida e convidativa, Seganfredo e Franchini compilam alguns dos principais mitos em torno dos orixás e os transformam em contos divertidos e instrutivos, voltados para o público jovem, muitas vezes fã de outras mitologias, que aqui descobre um novo universo a ser explorado. Por isso, os autores buscam tornar o universo iorubá próximo de seus leitores, através de comparações com outras mitologias. Apesar de ser uma obra baseada na cultura oral, Franchini e Seganfredo demonstram sua voz autoral pelo tom já característico de sua escrita, em que se destaca seu bom humor.

Já o paulista Raul Longo, autor do interessante *Filhos de Olorum: Contos e Cantos do Candomblé*, publicado inicialmente em 1980, e republicado em 2011 pela Editora Pallas, conta em uma escrita semificcional e semiautobiográfica suas vivências em Salvador. Nessa obra, em caminho semelhante ao que fizeram Prandi, Franchini e Seganfredo, Longo compila mitos e lendas em torno dos principais orixás, vistos, no entanto, não apenas pelo viés de sua raiz mitológica, mas por sua presença ainda viva no candomblé, misturando relatos da tradição oral às narrativas contemporâneas contadas pelos pais de santo, em Salvador, misturando misticismo, religião, mitologia e crítica social.

A baiana Carolina Cunha (1974) e o mineiro Rogério Andrade Barbosa, por outro lado, como se comentou, criaram histórias voltadas para o público infantil a partir de matrizes mitológicas. Cunha, que também é ilustradora e *designer*, tem uma história semelhante à de Longo, também tendo se encantado com o imaginário iorubá a partir do contato com os terreiros do candomblé e, em particular, com o babalaô francês radicado no Brasil, Pierre Verger. Desde então, tem pesquisado sobre o tema e publicado diversos livros, com destaque para a coleção ilustrada pela própria autora *Histórias de Oku Lailai* (Editora SM), de que fazem parte os livros: *Eleguá e a Sagrada Semente de Cola* (2007), *Yemanjá* (2007), *Awani* (2014) e *Ogum Igbo* (2014).

No primeiro, narra as aventuras do deus-criança Eleguá, o menor e mais poderoso dos orixás; no segundo, as aventuras da mãe das águas, talvez a mais célebre de todos os orixás; já o terceiro volta-se à divindade brincalhona conhecida como Awani, e o quarto a Ogum, o deus da guerra. Além dessa coleção, também vale mencionar *Caminhos de Exu* (2005, SM), em que o mais engraçado e travesso dos orixás é apresentado, e *Aguemon* (2002, WMF Martins Fontes), no qual narra a origem do mundo segundo a tradição iorubá.

Preocupado em difundir tal imaginário, Rogério Andrade Barbosa, laureado com diversos prêmios por suas obras para crianças, dedicou-se, em especial, a recontar fábulas e lendas dos mais diversos países africanos, não se centrando, portanto, nos povos de origem iorubá, como fizeram os demais autores mencionados até aqui, embora também revisite esses mitos. Barbosa comenta inclusive em entrevista citada no artigo de Celso Silva, sobre a pluralidade africana, são "54 países onde convivem homens e mulheres de culturas diferentes, que se expressam em mais de mil línguas e incontáveis rituais e práticas religiosas" (*apud* SILVA, 2013a, pp. 5-6)[38]. Por esse motivo, contou histórias de países e culturas diferentes, como Luanda, Moçambique, Cabo Verde, Somália etc., demonstrando as particularidades de cada um, bem como suas marcas identitárias.

Tendo uma relação muito próxima com o continente africano – sobretudo por ter lecionado em Guiné-Bissau e por lecionar no Brasil disciplinas vinculadas às literaturas afro-brasileiras (Cf. SILVA, 2013a, p. 4) –, Barbosa escreveu uma obra muito vasta – mais de setenta livros –, da qual selecionamos apenas alguns títulos em diálogo com nosso recorte, dentre vários outros, como: *Bichos na África* (vol. 1 a 4), série de fábulas de estrutura tradicional (isto é, com animais falantes em situações humanas), publicada em 1987, pela Editora Melhoramentos; *O Filho do Vento* (DCL, 2011), no qual conta uma história dos bosquímanos, povo africano nômade do deserto do Kalahari (SANTOS, 2016, p. 22), trata-se do conto de um menino sem nome, filho de Iansã, orixá dos ventos; *Como as Histórias se Espalharam pelo Mundo* (2002, Editora DCL), no qual acompanhamos as aventuras de um ratinho curioso que viaja pelos quatro cantos do continente africano para ouvir histórias; *Nyangara Chena: A Cobra Curandeira* (2006, Editora Scipione), história passada no Zimbábue, onde um chefe tribal à beira da morte só pode ser salvo por uma misteriosa cobra de poderes mágicos.

Além disso, Barbosa também escreveu diversos títulos sobre imaginário indígena brasileiro, bem como lendas específicas de alguns países africanos, em títulos como *Histórias que nos Contaram em Luanda* (2009, FTD), *Karingana Wa Karingana: Histórias que me Contaram em Moçambique* (2012, Paulinas) e *Lobu Ku Xibinhu: Histórias que as Crianças me Contaram em Cabo Verde* (2013, Cortez).

Já na obra *Duula: A Mulher Canibal* (DCL, 1999), um de seus livros mais conhecidos, acompanhamos as desventuras da bela Duula, em uma história que explora outra vertente religiosa muito difundida e importante no continente africano, para além da iorubá: a religião islâmica. Em uma travessia pelo deserto, toda a família da jovem que tentava fugir de uma extensa seca perece e, para sobreviver, Duula se vê obrigada a ingerir a carne de seus corpos, enlouquecendo. Com o tempo, começa a sofrer transformações, tornando-se monstruosa e adquirindo alguns poderes sobrenaturais. Passa então a viver em uma cabana, onde tenta capturar qualquer pessoa incauta que ouse se aproximar. Em uma noite, quando os irmãos pastores Askar e Mayran se perdem, Duula captura-os para devorar, não sem antes tentar engordá-los em cativeiro, pedindo para que fiquem longe dos grandes vasos, onde guarda os corpos de suas vítimas anteriores. Ao fim, os irmãos conseguem enganar Duula, matando-a e fugindo.

É interessante notar, como aponta Silva (2013ª, pp. 22-3), o forte diálogo desse conto com histórias da tradição popular europeia, como "João e Maria", "Barba Azul" e "Chapeuzinho Vermelho". A esse respeito, o próprio Rogério Barbosa comenta: "o que mais me chamou a atenção ao pesquisar, adaptar e recriar essa história baseada nos inúmeros relatos sobre mulheres canibais da tradição oral somali foi o fato desses antigos contos terem situações e passagens que nos remetem a outras histórias de conhecimento universal" (BARBOSA, 1999, p. 5 *apud* SILVA, 2013a, p. 7).

A ligação com a história de "João e Maria" conforme recontada pelos irmãos Grimm é evidente: assim como os dois irmãozinhos alemães, Askar e Mayran são capturados por uma espécie de bruxa canibal, que também tenta engordá-los antes de os devorar. Em dada cena, a história de Barbosa se assemelha à de Chapeuzinho, quando os irmãozinhos fazem uma série de perguntas a respeito dos olhos vermelhos e dos "dentes que parecem de lobo" de Duula, ecoando as perguntas feitas pela menina ao Lobo Mau, na história europeia. Por fim, o conto pode ser lido numa chave intertextual com o clássico de Perrault, pelo espelhamento do quarto em que Barba Azul esconde suas esposas assassinadas nos vasos onde são armazenados os corpos das vítimas de Duula (SILVA, 2013ª, p. 23).

Antes de passarmos para o segundo grupo, vale mencionar a importância do trabalho efetuado pelos autores acima comentados no resgate e na legitimação de mitologias, religiões, história e cultura de povos por tanto tempo marginalizados e silenciados. Como comenta Jorge Luiz Gomes Jr., "muito se deve pensar sobre as entrelinhas da desconstrução e deslegitimação da religiosidade africana pelas bases eurocêntricas. Diante do processo de construção desse país, não se pode pensar a nação sem considerar as influências das religiosidades nesse espaço. A religião, utilizada como instrumento de poder, marca a trajetória cultural brasileira [...]. As investidas religiosas do colonizador e a interação, submissão e resistência dos colonizados provocaram direções diversas, que vão desde a assimilação por parte dos colonizados, até os processos de sincretismo, forma de resistência pacífica às tentativas de negação e sufocamento das práticas culturais afrodescendentes" (2012, p. 364).

Em 2015, a cearense Jarid Arraes lançou *As Lendas de Dandara* em formato virtual e independente. Dado seu sucesso, o livro logo foi relançado pela Editora Cultura em formato impresso. Ilustrada por Aline Valek, a obra retoma a figura histórica, lamentavelmente pouco comentada e pouco conhecida de Dandara dos Palmares, a heroica companheira de Zumbi, cuja existência se envolve em lendas, chegando até mesmo a ser contestada. Arraes, partindo disso, conclui: "Se Dandara é uma lenda, alguém precisa escrever suas lendas", como menciona na introdução do livro. Muito elogiada por seus mais de cinquenta cordéis, a autora se destaca com sua primeira obra em prosa, na qual mistura elementos de história com toques de fantasia para criar a personagem guerreira quilombola, sobre a qual há tão poucas informações.

A invisibilidade de Dandara se torna motivadora para Jarid Arraes, que se propôs a trazer à luz tais lendas na série de dez narrativas que compõe seu livro, que começa demarcando a tristeza dos orixás pela situação da África no período colonial. Decidem, então, fazer uma reunião para lutar contra essa situação. A proposta de solução vem de Iansã, senhora dos ventos e tempestades: levar Dandara, uma alma guerreira, para o Brasil. Isso decidido, a entidade atravessa o oceano com o bebê no colo e o deposita numa floresta, onde uma escrava em fuga a encontra e acaba levando-a para os Palmares. Dandara cresce, assim, indignada com a condição do negro e da mulher e disposta a fazer algo para mudar. O fantástico nem sempre é explícito, mas permeia seu nascimento, sua vida de grandes feitos e seu fim trágico. Em uma mescla de história, lenda, religião, mitologia e criação, *As Lendas de Dandara* surge como uma nova possibilidade de se explorar o imaginário africano – e, mais especificamente, o imaginário iorubá – na arte de contar histórias.

Um nome muito importante não apenas para a literatura voltada ao folclore africano, mas igualmente para a questão do negro em nossa sociedade é o do baiano Muniz Sodré (1942). Professor da Faculdade de Comunicação e da UFRJ, foi presidente da Fundação Biblioteca Nacional. É autor de uma grande quantidade de obras, sendo a maioria delas voltada para a cultura de massa, a mídia brasileira e a cultura afro-brasileira – em seus diversos aspectos, do candomblé ao samba – e também autor de *A Ficção do Tempo: Análise da Narrativa de Ficção Científica*, um dos primeiros estudos feitos no brasil sobre FC, publicado pela editora Vozes em 1973.

Quanto à ficção, Muniz Sodré publicou pouco, mas o pouco que publicou é de grande relevância. Em 1988, lançou a coletânea *Santugri: Histórias de Mandinga e Capoeiragem*, pela Editora José Olympio, na qual reúne dezoito contos bem-humorados, e, em 2000, *A Lei do Santo*, outro conjunto de contos, posteriormente republicada pela Editora Malê, em 2016, casa editorial voltada a publicações de autores negros ou sobre cultura africana.

Em ambas as obras, o fantástico se faz presente através dos orixás, como aconteceu na maioria das obras comentadas neste capítulo, identificados como "santos", vocábulo presente na composição dos títulos dos livros. Não surpreende, portanto, que a maior parte de suas personagens seja composta por filhos de santo, enquanto o espaço onde se desenvolve cada narrativa será a favela, o terreiro, espaços de capoeiragem, a rua e o quintal, locais onde tais personagens estejam em maior contato com seus orixás (Cf. PAULA, 2009, pp. 60-1).

Há também contos puramente mitológicos, como "Água do Rio", no qual é narrada a luta entre Oxum e Agbaraiê, conto presente em *A Lei do Santo*. Já no conto que dá nome a esse livro, conhecemos Dona Marta, empregada doméstica com problemas trabalhistas que busca auxílio de um advogado e, como não consegue a ajuda necessária do profissional, vai buscar no terreiro uma forma de justiça. Em "Cágado na Cartola", conhecemos um humilde pescador e sua tia, Carmita, protegida pelo orixá Ossanim, o que lhe concede poderes de curandeira.

Assim, os dois livros se constituem nesse movimento de ir e vir do passado mítico iorubá para os terreiros do Brasil contemporâneo. Nas palavras de Rodrigo Pires Paula, em sua dissertação de mestrado, nos "espaços de consagração da lei do santo e do misticismo afro-brasileiro, sagrado e profano se encontram. É tão sagrado tomar uma cachaça no intuito de alimentar o santo quanto tocar um tambor evocando os orixás. Vários personagens de Sodré são filhos-de-santo. Eles não são envolvidos por meros preceitos religiosos, mas sim por uma cosmogonia rica de segredos e mistérios revelados aos personagens, mas nem sempre ao leitor. A África se reterritorializa nos contos de Muniz Sodré, em que descendentes de iorubás e bantos se reúnem, fazendo com que a memória afro-brasileira se presentifique" (2009, p. 123).

Diferente do contexto cotidiano de Sodré ou da ficção histórico-mítica de Arraes, a obra de Fábio Kabral mergulha no fantástico, entre a fantasia e a FC. Em *Ritos de Passagem* (Editora Giostri, 2014), a fantasia se faz presente pela construção da cidade de Kinemara, localizada em um continente fictício em uma época mítica. Nesse ambiente, há deuses, monstros e uma dose de magia, mas a história se centra nas lutas pessoais de quatro adolescentes: um sonhador filho de soldado que gostaria de enfrentar as feras dos arredores; um escravo com desejo de se tornar contador de histórias; outro escravo, cuja tribo foi destruída; e uma princesa cujas inimigas são suas próprias irmãs. Assim, os quatro terão de enfrentar os monstros do mundo onde vivem, e seus monstros internos para sobreviver neste universo hostil.

Já no recente *O Caçador Cibernético da Rua 13*, publicado pela Editora Malê em 2017, temos um exemplo de afrofuturismo, talvez o primeiro nas letras nacionais. Nessa história, acompanhamos o drama de João Arolê, um jovem mutante-ciborgue que trabalha como caçador de espíritos malignos, após abandonar uma milícia extremamente agressiva na qual executava pessoas. Arolê é um habitante de Ketu 3, um lugar onde a tecnologia altamente desenvolvida se emaranha ao universo mítico dos povos iorubá, sendo ele mesmo parte máquina e detentor de poderes sobrenaturais, como a habilidade de teletransporte. "Por meio de *flashbacks*", como aponta o crítico e escritor Luiz Bras, "vamos conhecendo paralelamente detalhes das três etapas da vida de João Arolê: a infância com os pais amorosos, o período traumático no grupo secreto de extermínio e a angustiada rotina de um desertor assombrado pelo espírito dos mortos" (BRAS, 2018, p. 126). Esperamos que após essa instigante primeira manifestação de afrofuturismo brasileira, a fusão entre imaginário africano e a ficção científica tenha outros frutos[39].

No campo da fantasia, outros dois autores se destacam. O primeiro é o publicitário carioca PJ Pereira, que vive nos EUA há vários anos, autor da trilogia *Deuses de dois Mundos* (Da Boa Prosa), composto de *O Livro do Silêncio* (2013), *O Livro da Traição* (2014) e *O Livro da Morte* (2015), nas quais trabalha com as religiões de matriz africana a partir de uma extensa pesquisa, cujas principais referências são Pierre Verger e Reginaldo Prandi, mencionados anteriormente. Na trama, o jornalista Newton Fernandes se vê em meio a um conflito imemorial entre forças humanas e divinas, só que neste caso se trata de entidades africanas, numa trama de mistério e suspense, ao mesmo tempo que Orunmilá, também conhecido como Ifá, o orixá adivinho, perde sua capacidade de prever o futuro.

Passado entre a São Paulo contemporânea e Orum, o mundo onde vivem as entidades da mitologia iorubá, a história de Pereira entrecruza essa trama do presente com uma trama de um passado remoto, protagonizada pelos orixás quando ainda não eram deuses. Em 2017, Pereira lançou *A Mãe, a Filha e o Espírito da Santa* (Planeta), livro que relê e critica várias facetas da espiritualidade contemporânea a partir da personagem Pilar, filha de uma mãe de santo no Maranhão. Chegando ao planalto central, a protagonista entra em contato com o misticismo *new age* e com as religiões evangélicas, no seu percurso de formação que a tornará uma importante líder espiritual em São Paulo.

Por fim, temos a gaúcha Simone Saueressig, uma pioneira não apenas no uso do folclore como material para a fantasia, como vimos no capítulo anterior, mas igualmente inovadora ao se dedicar à mitologia afro-brasileira em duas de suas obras: *O Palácio de Ifê* (L&PM) e *A Estrela de Iemanjá* (Cortez), publicados respectivamente em 1989 e 2009. No primeiro, acompanhamos duas crianças negras que buscam a cura para seu irmão caçula. No percurso, acabam adentrando uma terra mágica onde vivem os orixás. Lá fica o Palácio de Ifê – ou Ifá, ou Orunmilá –, a entidade que tudo sabe, nos termos de Prandi.

Já em *A Estrela de Iemanjá* três jovens pescadores, também negros, acabam, por acaso, recolhendo a dita estrela, que havia sido roubada – e depois perdida – por dois malfeitores. A estrela, no entanto, pertencente à orixá governante dos mares, detém poderes mágicos. Voltados para o público juvenil, os livros de Simone destacam-se por misturar o cotidiano de jovens negros com elementos do fantástico.

Vale ainda mencionar o autor João Beraldo, que, embora não explore o imaginário africano diretamente, em sua série *Reinos Eternos* constrói um mundo de alta fantasia inspirado em mitologias e culturas negras, fugindo, portanto, dos clichês europeizantes que têm na Inglaterra e países nórdicos – e respectivas mitologias – seu modelo, em caminho semelhante ao trilhado por Fábio Kabral em *Ritos de Passagem*. Por se tratarem, no entanto, de histórias pautadas em mundos secundários, falaremos um pouco mais da obra de Beraldo em futuro capítulo, dedicado às questões da vertente da alta fantasia.

Trabalhos como os comentados acima são extremamente relevantes para trazer ao imaginário brasileiro um elemento constituinte básico da formação da cultura brasileira. O pesquisador Jorge Luiz Gomes Jr. comenta que os "mitos yorubás se constituem como formas de ligação entre o passado e o presente. São histórias de origem ancestral, cercadas de um caráter maravilhoso, que recontam a passagem dos orixás, seres encantados na natureza, pelo mundo humano. Muitas vezes esses orixás podem ser vistos como heróis negros, grupo que não existe no imaginário infantil, com exceção das crianças de candomblé que são apresentadas a esses deuses-personagens" (2012, p. 367).

Por isso a importância não apenas de trabalhos que buscam recriar e recontar tais histórias para um público abrangente, seja na forma do reconto de mitos e lendas, na incorporação desse imaginário à realidade brasileira, ou na criação de outros mundos inspirados nessas culturas, mas também da Lei 10.639/03, na qual se prevê o ensino de história e literatura de origem africana na educação básica, o que também resultou numa maior publicação de obras nesse segmento. Muito ganharemos com histórias que, além de fugir dos temas e representações mais comuns de nossa cultura, contribuam para uma maior sensibilização quanto à alteridade cultural e étnica.

CAPÍTULO 21

A FANTASIA NO ESPAÇO URBANO

Dentre as diversas vertentes contemporâneas do insólito ficcional, a fantasia, sem dúvida, reúne os livros de maiores sucessos comerciais, além de concentrar grande parte dos lançamentos no Brasil e no mundo, sobretudo quando consideramos as apostas de grandes editoras. É um dos modos narrativos mais recentes, nascido em fins do século XIX nos países de língua inglesa, mas estudado e sistematizado apenas a partir da segunda metade do século XX. Muitos teóricos apontam-na como derivada do maravilhoso, assim como seu primo latino-americano, o realismo maravilhoso, ainda que diferenças gritantes de direcionamento se fazem ver entre os dois.

Enquanto o realismo maravilhoso volta-se com exclusividade ao universo adulto, quase sempre com uma possível interpretação alegórica e uma crítica subjacente, a fantasia tem um apelo mais popular, muito presente no imaginário infantil, juvenil e jovem adulto, embora não deixe de se fazer presente também – em particular nos autores ultracontemporâneos da segunda década do século XXI – com histórias intrincadas, de estrutura ousada, enredos elaborados e, por vezes, com grande tratamento estilístico, voltadas ao público adulto. Como exemplo, indicamos *As Crônicas do Gelo e do Fogo*, de George R. R. Martin, *Jonathan Strange & Mr. Norrell*, de Susanna Clarke, *Exorcismos, Amores e uma Dose de Blues*, de Eric Novello – sobre o qual falaremos a seguir –, e o recente *Ordem Vermelha: Filhos da Degradação*, de Felipe Castilho, a ser comentado no próximo capítulo.

Por ser muito versátil, a fantasia se diversificou muito, e variadas subcategorias aparecem frequentemente não apenas em obras críticas, como também na boca dos fãs. A confusão começa por haver formas muito diversas de se classificar ou de se compreender essas histórias, muitas delas sobrepondo-se umas às outras. Mesmo assim, dois critérios parecem nortear a maior parte das classificações: de um lado, o grau de imersão no universo insólito, de outro, a temática da fantasia.

Em geral, acadêmicos optam mais pela classificação do primeiro grupo, no qual teríamos, em um primeiro momento, os conceitos de "alta fantasia", isto é, a história passada inteiramente em um mundo secundário, em oposição ao mundo primário, ou seja, o dito "mundo real" (Cf. MARQUES, 2015, p. 16 e ss.). Os exemplos mais óbvios de alta fantasia são os livros de J. R. R. Tolkien passados na Terra Média, e os de George R. R. Martin, passados em Westeros. No outro lado do espectro, a "baixa fantasia", às vezes chamada de fantasia contemporânea, estaria situada no próprio mundo primário, mas com a intrusão de elementos mágicos, sobrenaturais e fantásticos. Ou seja, o que definiria se é uma alta fantasia ou uma baixa fantasia é a proximidade ou distanciamento a partir do nosso mundo, tendo o conceito de "realidade" como balizador.

A saga Harry Potter é, sem dúvida, o exemplo clássico, mas obras de autores como Neil Gaiman ou Susanna Clarke também poderiam se encaixar aqui. Cabe dizer que, portanto, estes conceitos em nada se relacionam com a discussão ultrapassada de "baixa literatura *vs.* alta literatura", tampouco apresentando qualquer espécie de juízo de valor (Cf. NOGUEIRA, 2013, p. 16). No entanto, essa classificação se mostra insuficiente quando na história há tanto um mundo primário quanto um mundo secundário, de modo que parte da narrativa seria alta fantasia e parte baixa fantasia. Nesse sentido, surge uma classificação complementar, atualmente mais usada pela crítica acadêmica dedicada ao assunto, segundo a qual, poderíamos dividir as obras em: fantasia imersiva (quando passada totalmente em um mundo secundário), fantasia de portal (quando há uma inter-relação entre ambos os mundos) e fantasia intrusiva (naquelas em que o sobrenatural se faz presente no mundo primário) (Cf. NOGUEIRA, 2013, p. 67).

O outro modo de classificá-la é quanto a sua temática: seguindo esse princípio teríamos, portanto, a fantasia medieval para mundos de aspecto medievalista (normalmente, extrapolando e confundindo conceitos do que de fato foi o período medieval histórico, como frisa frequentemente a historiadora Ana Cristina Rodrigues); a *dark fantasy* que incorpora elementos do terror; a *Science fantasy* ou fantasia científica, na qual elementos da ficção científica são aplicados a um mundo de fantasia; a fantasia histórica, em um hibridismo entre a fantasia e o romance histórico, não raro passada no século XIX ou no período das grandes guerras, mas podendo se ambientar em qualquer época; a *steam fantasy*, com ambientação *steampunk*, como vimos antes a propósito dos romances de José Roberto Vieira; dentre outras formas concebidas à medida que escritores contemporâneos desejam criar novos cenários para suas histórias. Devido ao fato de muitas vezes haver cruzamentos entre dois ou mais estilos, torna-se bem complexa a caracterização da fantasia pelo viés temático. Nesse sentido, surge, por fim, a fantasia urbana, à qual este capítulo é dedicado.

Essa modalidade descreve cenários contemporâneos que misturam tecnologia e arquitetura reais, bem como aspectos da cultura *pop*, com magia e sobrenatural, criando rupturas e espaços mágicos dentro de nossa própria realidade, ou simplesmente trazendo o elemento maravilhoso para o dia-a--dia. A maior parte das grandes sagas da atualidade se enquadra nessa classificação, como *Harry Potter*, de J. K. Rowling, ou *Percy Jackson*, de Rick Riordan, e também a maior parte dos livros de Neil Gaiman, como *Deuses Americanos* e *Lugar Nenhum*. No Brasil, esse é um dos segmentos de fantasia de maior sucesso comercial, talvez por ser o estilo que mais se aproxima de outras categorias prolíficas no século XX em terras tupiniquins, como o absurdo, o realismo maravilhoso, o sobrenatural, etc. Ou, o que é mais provável, por ser o modo narrativo mais adaptado para o cinema.

Com grande projeção e incríveis números de vendas, a paulista Carolina Munhóz (1988) ficou conhecida por suas obras sobre seres feéricos que saem de suas terras em dimensões paralelas para visitar o nosso mundo. Autora de *O Inverno das Fadas* (Fantasy, 2012) e *Feérica* (Fantasy, 2013), alcançou o sucesso com a obra *A Fada* (Arte Escrita, 2009; Novo Século, 2011; Fantasy, 2012), na qual Melanie Aine, uma tímida jovem londrina, descobre ser meio-fada após a morte de seu pai ao soar da meia-noite de seu aniversário de dezoito anos. A partir de então, descobre um novo mundo dentro da Londres atual, onde bruxos, elfos e – é claro – fadas passeiam despercebidos enquanto buscam solucionar problemas ocultos da humanidade.

Em 2014, lançou *O Reino das Vozes que não se Calam* (Fantástica Rocco), escrito em parceria com a atriz Sophia Abrahão, obra que alcançou um grande sucesso de vendas, logo seguida por *O Mundo das Vozes Silenciadas*, em 2015. Essa série é ambientada em um cenário que poderíamos chamar de uma fantasia de portal. No mesmo ano, publicou o primeiro volume da trilogia *Trindade Leprechaum*, intitulado *Por um Toque de Ouro*, ao qual se seguiram *Por um Toque de Sorte* (2016) e *Por um Toque de Magia* (2017). Nesta outra série de fantasia urbana, vemos os famosos duendes irlandeses construindo impérios em nosso mundo em cidades como Dublin, Paris e Rio de Janeiro.

Passado em Dublin, o primeiro livro acompanha a vida de Emily O'Connell, uma socialite que trabalha com o universo da moda e que, um dia, descobre descender de uma antiga e rica linhagem de criaturas míticas cujos potes de ouro estão escondidos para além de cada arco-íris. Já Raphael Draccon, esposo de Carolina, mais conhecido pela sua trilogia de alta fantasia *Dragões de Éter*, sobre a qual falaremos no próximo capítulo, também se voltou à fantasia de temática urbana em algumas de suas obras, dentre elas, *Fios de Prata: Reconstruindo Sandman* (LeYa, 2012), romance que envolve um jogador de futebol brasileiro de imenso sucesso e uma guerra entre os deuses do sono que afeta a hora de repouso de todos os habitantes da terra.

Um dos nomes de referência no cenário nacional de fantasia é o carioca Eduardo Spohr (1976), que uniu religiões antigas, cultura *pop* e *nerd* e uma grande diversidade de referências literárias – indo de clássicos como John Milton aos temas mais atuais, como jogos de RPG, por exemplo – para compor uma história que inicia na criação do mundo e que avança até o apocalipse. Sua carreira como *podcaster* e a influência de *webportais pop* como *Jovem Nerd* colocaram seu primeiro livro, *A Batalha do Apocalipse* (Verus, 2007), na lista dos mais vendidos[40]. A trama se inicia no Rio de Janeiro e apresenta a existência imortal de Ablon, anjo renegado após ter se revoltado contra Miguel, e sua relação com a bruxa Shamira, a Feiticeira de Endor.

Em relação à criação de seu universo ficcional, Marcelo Carneiro chama a atenção para a forma como Spohr cria sua premissa, mesclando preceitos de duas mitologias para criar uma nova, na qual, "Deus Yahweh cria o mundo, e no sétimo dia vai descansar, mas não acorda; passa para os anjos a incumbência de administrar a ordem das coisas, daí a necessidade de ter um livro da Vida, vinculado à Roda do Tempo, espécie de máquina que controla o desenvolvimento da história. Essa abordagem nos remete à mitologia nórdica – o sono de Odin –, segundo o próprio autor. Assim, a obra se permite entrecruzar diversos mitos e narrativas, com muita naturalidade, além de inovar, mostrando que mesmo os anjos remanescentes – os 'dois terços' – permaneceram em conflito entre si, formando facções, lideradas por Gabriel e Miguel, respectivamente. Lúcifer, o rei do inferno, já teria sido banido antes, sendo mais um componente de conflito no enredo" (2012, p. 106).

O apelo popular de sua temática, portanto, com referências diversas à história ocidental e às tradições judaico-cristã e nórdica, além do estilo cinematográfico de sua narrativa, asseguraram sua crescente popularidade entre leitores e leitoras. Vale dizer que, além desse livro, publicou outros três romances no mesmo universo em uma trilogia intitulada *Filhos do Éden* (Verus). O primeiro volume, *Herdeiros de Atlântica*, foi publicado em 2011. Em 2013, saiu *Anjos da Morte*, logo seguido por *Paraíso Perdido*, em 2015. Em 2016, a Editora Verus publicou ainda a obra *Universo Expandido* de sua tetralogia *Os Filhos do Éden*, um luxuoso livro em capa dura que apresenta detalhes temporais e geográficos de seu universo, além de quadros explicativos que permitem que seus personagens sejam usados pelos leitores para partidas de RPG.

Munhóz, Draccon e Spohr são constantemente associados devido ao grande êxito e também por fazerem "parte de uma geração de escritores", nas palavras de Dora Carvalho, "cujo sucesso está fortemente relacionado com suas performances na internet e uma grande correlação com o universo literário fantástico de outros países, sobretudo a Inglaterra, com referências claras à J.R.R. Tolkien, Charles Dickens e irmãs Brontë" (2017, p. 124). Essa constatação nos faz repensar a forma como autor e leitor se posicionam em relação a sua obra e a sua carreira na contemporaneidade.

Para além dos anjos e demônios de Spohr e dos feéricos de Munhóz, os lobisomens também encontraram espaço na fantasia urbana nacional, sobretudo com a obra *Sangue de Lobo* (DCL, 2010), escrita por duas famosas escritoras de literatura juvenil: Helena Gomes e Rosana Rios, que também assinaram outros trabalhos em parceria, como visto anteriormente. Obra finalista do Jabuti 2011, selecionada pelo PNBE do mesmo ano, *Sangue de Lobo* conta a história de duas amigas que descobrem um antigo livro. Por coincidência, o volume narra uma série de assassinatos ocorridos no início do século XX, que parecem estar se repetindo no presente. Ao mesmo tempo, Hector, um jovem lobisomem inglês parece estar envolvido nesses crimes.

Já em *Conexão Magia* (Rocco, 2009), livro também escrito em parceria pelas duas romancistas, o jovem Gael descobre um mundo mágico paralelo no Brasil atual, onde uma guerra entre clãs mágicos coloca a vida de todos a quem ama em perigo. As duas autoras possuem outras obras publicadas, com destaque para a saga *A Caverna de Cristais* (Idea; Rocco) e *Lobo Alpha* (Rocco, 2006), de Helena Gomes, e *Olhos de Lobo*, outra história do lobisomem Hector, e *Iluminuras* (Editora Lê, 2016), ambos de Rosana Rios, livro recentemente agraciado com o Prêmio Jabuti de 2016.

Vale ainda mencionar as recentes e bem-sucedidas obras da niteroiense FML Pepper, que se lançou no mercado editorial de maneira independente em

2012, com a obra *Não Pare!* Sua trajetória é bastante particular e tem servido de inspiração a muitos jovens escritores, como bem pontua Kátia Regina Souza (Cf. 2017). Odontologista de formação, Pepper começou a escrever para lidar com o repouso de uma gravidez de risco que a obrigou a ficar em casa. Com o livro em mãos, optou por colocá-lo à venda na Amazon em formato virtual. *Não Pare!* logo integrou as listas dos mais vendidos da plataforma e o mesmo aconteceu com as sequências *Não Olhe!* (2013) e *Não Fuja!* (2016). O sucesso dos livros eletrônicos de Pepper chamou a atenção da Editora Valentina, que em 2015 começou a relançar a trilogia em formato físico.

A trama da série conta a história de Nina Scott, uma menina aparentemente normal, cujos olhos escondem um segredo: suas pupilas são verticais, como as de um gato caçando ou as de uma serpente venenosa. Cercada de acontecimentos estranhos e possivelmente sobrenaturais, Nina vive com sua mãe Stela, mudando de cidade em cidade, fugindo de uma força desconhecida sobre a qual Stela nada quer lhe contar. Quando as coisas finalmente se aquietam e as duas começam a ajeitar a vida em Nova Iorque, Nina descobre a existência "das mortes", seres de outra dimensão responsáveis por ceifar vidas terrenas. Em 2017, FML Pepper, lançou seu romance *Treze*, pela Galera Record, novamente misturando suspense e romance em uma história de fantasia urbana.

Por fim, falemos de dois autores que vêm conquistando espaço na fantasia nacional pela qualidade e pelas peculiaridades de sua escrita[41]. O primeiro é Eric Novello (1978), que se lançou no mundo literário com o romance *Dante, o Guardião* (Novo Século, 2004), logo sucedido por *Histórias da Noite Carioca* (Lamparina, 2005), e *Neon Azul* (2010), um romance *fix-up*, e seu *spin-off*, o belo *Sombra do Sol* (2012), ambos pela editora Draco, explorando, nestes dois últimos, a boate "Neon Azul", localizada no Rio de Janeiro, onde coisas estranhas acontecem, uma vez que o bar parece diferente a cada visitante e a cada noite. Lá, encontram-se pessoas peculiares como um homem que nunca dorme e um assassino capaz de transitar por espelhos. O Neon Azul liga cada uma de suas histórias.

É, no entanto, com a obra *Exorcismos, Amores e uma Dose de Blues*, lançada em 2014 pela Editora Gutenberg, que Novello alcança seu ponto alto até então. Neste livro, constrói uma fantasia urbana de atmosfera *noir*, meio distópica, onde somos apresentados a Libertà, uma versão sobrenatural de São Paulo, na qual Tiago Boanerges, um decadente exorcista doente e desempregado, se envolve em uma trama digna dos melhores romances policiais, ao lado de necromantes, ilusionistas, salvaxes – seres feéricos semelhantes a lobisomens – e efrites – seres oníricos feitos de fumaça – para enfrentar uma musa – um ser de luz extremamente poderoso –, enquanto busca se redimir de um passado do qual nada se orgulha. Eric Novello nos conduz por esta Libertà de neon e fumaça, de azul sombrio e roxo pálido, tons ecoados na bela capa do livro, enquanto Boanerges tenta solucionar um mistério e resolver-se consigo mesmo – num dos raros casos de protagonista bissexual das nossas letras fantásticas.

Em outros momentos da narrativa, somos levados ao Entremundos, uma terra para além dos espelhos, com leves traços de *steampunk*, muito bem realizado, e muitas referências a outras obras – como a *Alice no País das Maravilhas*, de Lewis Carroll, e ao quadrinista Moebius, homenageado com uma personagem de mesmo nome –, onde as mais bizarras criaturas parecem encontrar um lugar para chamar de lar. A trama e a linguagem denotam uma elaboração ainda rara na literatura insólita brasileira – sobretudo da vertente da fantasia –, demonstrando, através do cuidado e força dos diálogos, descrições e digressões, uma voz amadurecida e consciente de sua artesania textual. Ao fundo de cada cena, quase sempre está "tocando" um *blues* suave, cuja letra aparece entrecortada por memórias que com ela se misturam, instigando o leitor e o colocando no meio das sensações e pensamentos, confusos e difusos, do exorcista Tiago Boanerges.

O segundo nome que destacamos é Jim Anotsu (1988), autor de *A Morte é Legal* (2012, Draco) e *Rani e o Sino da Divisão* (2014), também publicado pela editora Gutenberg, obra que se constrói em meio à excentricidade, tanto do ponto de vista narrativo, quanto do ponto de vista material – no caso, devido à própria diagramação singular da obra. O livro lembra inicialmente filmes e histórias da moda adolescente como as séries norte-americanas *Diário de um Vampiro* (iniciada em 1991), de L. J. Smith, *Crepúsculo* (2005-2008), de Stephenie Meyer, ou *Dezesseis Luas* (iniciada em 2009), de Kami Garcia & Margaret Stohl, nos quais, em uma cidade onde nada acontece, uma (ou um) adolescente entediada(o) é arrebatada(o) pelo sobrenatural na figura de um(uma) menino(a) misterioso(a) que o tira de sua vida absolutamente monótona.

Na verdade, o autor está visivelmente brincando com o leitor e com esse tipo de história, pois seu livro logo se diferencia – e se distancia – pelo tom ao mesmo tempo leve, ácido e engraçado. A trama gira em torno de sua narradora, Rani, uma menina feliz que vive com sua família em uma cidade pacata de interior. Tudo muda, no entanto, quando conhece o vampiro-fluorescente Pietro e descobre ser uma xamã. Isso não bastasse, assim como Harry Potter, ela fica sabendo que o mais poderoso e maligno dos feiticeiros deseja matá-la. O fantástico da história se constrói justamente no entrechoque entre o mundo real pacato, sem graça e opaco da cidade de Rani de um lado, e, do outro, as cores vibrantes do mundo sobrenatural, ao qual é conduzida, introduzido por um adolescente fluorescente, como na música do *Artic Monkeys*.

Assim como no livro de Novello, músicas permeiam toda a obra, conferindo-lhe tom e ambientação. No que diz respeito à diagramação, comentada no início, o livro brinca o tempo todo com bilhetinhos e anotações que saltam do texto com flechas e palavras escritas à mão, algo bastante original do ponto de vista estético, e que cria, ao mesmo tempo, uma forte identificação com o público adolescente, como se Rani pudesse conversar com seu leitor.

Depois dessas duas grandes obras, cada autor enveredou por um caminho diferente: Anotsu se voltou para o mundo virtual de Minecraft, onde ambientou seus romances *A Espada de Herobrine* (2015) e *A Vingança de Herobrine* (2016), publicados pela Editora Nemo, dois imensos sucessos comerciais já traduzidos para diversos idiomas, como o inglês, o francês e o polonês. Já Novello se voltou para o público mais jovem e para o universo distópico, para tratar das questões políticas e sociais que apontam para o Brasil contemporâneo, como vimos na análise de sua obra *Ninguém Nasce Herói*.

Diante deste panorama, fica evidente o quanto os autores brasileiros encontram na fantasia de temática urbana uma forma de retratar um mundo e, sobretudo um Brasil, diferente do que estamos acostumados, de modo a demonstrar o quanto as paragens nacionais também podem ser ótimos palcos para as mais diversas aventuras, quando não para a discussão de temas mais sérios. Além disso, as produções de Eric Novello demonstram a potencialidade estilística da fantasia, que não precisa ser obrigatoriamente algo simples e sem preocupação com recursos sonoros e rítmicos.

CAPÍTULO 22

NOS TERRITÓRIOS DA ALTA FANTASIA

O primeiro desafio quando pretendemos traçar as origens de uma das muitas categorias ou subcategorias do que atualmente a crítica tem chamado de insólito ficcional é justamente definir tais categorias, no caso, a alta fantasia, também chamada de fantasia imersiva – por se passar unicamente em um mundo secundário, logo "imersa" nas novas culturas criadas pelos fantasistas –, como o fizemos no capítulo anterior. Isso acontece em parte pelo caráter intrinsicamente cambiante da literatura e das transformações sofridas pelas nomenclaturas ao longo das últimas décadas, em parte porque o que hoje se entende por fantasia nem sempre foi assim chamado.

Dentro do conceito de insólito, a natureza desse elemento em relação ao leitor e às personagens, isto é, a forma como desperta sensações e emoções em qualquer sujeito envolvido, seja real ou fictício, define suas diversas categorias – modalidades ou divisões, como a própria fantasia. Ou seja, um elemento que causa medo pode indicar um texto de horror, ao passo que algo que suscita estranhamento pode indicar uma obra absurda, e assim por diante. A sensação de maravilhamento, o famoso *sense of wonder*, é o indicativo do maravilhoso, uma vertente do insólito aparentada à fantasia.

A noção mais básica de fantasia a considera como uma obra narrativa dedicada, sobretudo, a enredos passados em lugares imaginários, cujas leis diferem das que regem o mundo dito "real" em, ao menos, uma instância, seja física, metafísica, religiosa, biológica etc. Por isso, na maioria das vezes e, sobretudo em suas primeiras manifestações, a fantasia retrata lugares utópicos, como a Terra de Oz, de L. Frank Baum (1856-1919), e a Terra do Nunca, de James M. Barrie (1860-1937), e depois a Nárnia, de C. S. Lewis (1898-1963).

É comum ver atribuído a J. R. R. Tolkien (1892-1973), o célebre autor de *O Senhor dos Anéis*, *O Hobbit* e *O Silmarillion*, a criação desse tipo de literatura, o que não é exatamente verdade, embora seja inegável seu papel definidor para os atuais parâmetros do que se convencionou chamar de "alta fantasia", assim como sua confessa influência sobre autores posteriores, como os americanos Raymond E. Feist, autor de imensa saga passada no mundo ficcional Midkemia, e Terry Brooks, autor da saga *Shannara*, por exemplo, ou mesmo o próprio George R. R. Martin e suas complexas *Crônicas de Gelo e Fogo*. Tolkien foi também um dos primeiros a escrever ensaios teóricos em torno dessa temática, tendo publicado *Sobre Histórias de Fadas* (2006), no qual transita entre o maravilhoso e a fantasia.

Muitos consideram o escocês George MacDonald (1824-1905) e o artista pré-rafaelita britânico William Morris (1834-1896) os "pais" ou "fundadores" da fantasia, graças às diversas obras sobre reinos mágicos, como o livro *A Princesa e o Goblin*, de 1872, escrito por MacDonald, e o romance *O Bosque além do Mundo*, de 1892, de Morris, que de fato são as primeiras a trazerem várias das características consideradas essenciais a esse tipo de história. Depois deles, vários autores se dedicaram a esse modo narrativo, como os citados acima. Sobre o universo de Baum, vale lembrar que foi o primeiro a ser desenvolvido em mapas – isso em 1900! –, algo comum a mundos de alta fantasia apenas após Tolkien.

No decorrer do século XX, a fantasia começou a se expandir e a se diversificar, dividindo-se em várias subcategorias. Há quem identifique atualmente mais de vinte definições, sendo que muitas delas se confundem e se sobrepõem. Com isso, chegamos – ou voltamos, uma vez que já falamos dela algumas vezes – à alta fantasia, dedicada à criação de mundos totalmente independentes do nosso, com regras próprias, mas evocando, ao mesmo tempo, aspectos de nossa realidade.

No Brasil, poucas foram as manifestações de fato do que entendemos hoje como alta fantasia, salvo publicações pontuais, como as *Aventuras de Xisto*, de Lúcia Machado de Almeida ou as obras de Luiz Roberto Mee, publicadas no fim dos anos 1990. Na verdade, apenas a partir dos anos 2000, a fantasia de fato se difundiu no Brasil e então surgiram diversos autores e obras importantes, possivelmente sob influência do sucesso de autores como J.R.R. Tolkien e George R.R. Martin, e de suas respectivas adaptações cinematográfica e televisiva, bem como as recorrentes publicações de sagas que, a partir desta época, começaram a ser traduzidas e lançadas em território nacional.

Um dos primeiros nomes da nova geração a despontar no cenário nacional como autor de alta fantasia foi o roteirista e escritor Raphael Draccon (1981), mais conhecido como o autor da trilogia *Dragões de Éter*, publicado em 2007 pela Editora Planeta e depois relançado pela Editora LeYa. No primeiro livro, acompanhamos a protagonista Ariane Narin enquanto vemos a releitura de muitos contos de fada e histórias lendárias, realocadas em um mundo secundário, elementos imaginativos fundamentais à existência de seu universo. Concomitante à sua publicação, ele coordenou na mesma editora o selo Fantasy, que acolheu vários autores de fantasia nacional.

Sua obra como escritor continuou na editora Rocco em 2014 com uma nova saga, *Cemitérios de Dragões*, série inspirada também em *games* da década de 90 e em filmes e seriados nipônicos, à qual se seguem *Cidades de Dragões*, em 2015, e *Mundo de Dragões*, em 2016. Nessa série de fantasia de portal, passada parte no mundo primário e parte no mundo secundário, um *hacker* brasileiro une-se a um dublê francês, a uma guerrilheira de Ruanda, a um soldado norte-americano e a uma garçonete irlandesa para combater criaturas vindas de outro mundo. Draccon está entre os primeiros autores de fantasia nacional a migrarem para o mercado internacional, tendo suas obras publicadas em países como Espanha e México. Sua atuação como roteirista e sua presença constante nas redes sociais, ao lado da esposa e também escritora Carolina Munhóz, também contribui para sua visibilidade.

Outro pioneiro na publicação de alta fantasia no Brasil é o gaúcho Leonel Caldela (1979), que se lançou no cenário do fantástico a partir de suas experiências com RPG. Primeiramente publicou pela Editora Jambô uma série de livros inspirados no cenário nacional *Tormenta*, iniciada com *O Inimigo do Mundo* (2004), romance que teve "sua primeira tiragem rapidamente esgotada por conta do grande número de jogadores da série *Tormenta* interessados na obra", como comenta Victor Hugo Caparica. O pesquisador ainda aponta que "o romance de Caldela é a primeira iniciativa editorialmente relevante de se produzir literatura de fantasia diretamente relacionada a um mundo de RPG. O sucesso de *O Inimigo do Mundo* foi tamanho que no ano seguinte as edições revisadas de *Tormenta* para o sistema [...] passaram a incluir em suas descrições de Arton trechos extraídos do romance" (2011, p. 43).

Depois de *O Inimigo do Mundo*, saíram as continuações *O Crânio do Corvo* (2007) e *O Terceiro Deus* (2008) pela mesma editora. Caldela lançou ainda *O Caçador de Apóstolos* e *Deus Máquina*, obras passadas em um universo criado pelo próprio autor. Em 2013, publicou *O Código Élfico* pelo selo Fantasy da LeYa, e em 2015 tornou-se autor do selo NerdBooks, com *A Lenda de Ruff Ghanor*, projeto transmídia que já recebeu continuação, audiodrama e guia ilustrado do universo da série, tema de interessante dissertação de mestrado *Entre Produtos e Consumo Nerd: Elementos para uma Subcultura de Fronteiras a Partir de Ghanor*, de Alan Ricardo Dal Pizzol, defendida na UNISINOS. Trata-se de um exemplo perfeito da importância de se encontrar uma audiência cativa e comum, nesse caso, a dos jogos de interpretação.

Ao falar da carreira e da obra de Caldela, não poderíamos ignorar duas publicações que foram muito importantes para os entusiastas de fantasia e de jogos no Brasil: *Dragão Brasil* e a já referida *Tormenta*. A *Dragão Brasil* foi uma das revistas mais importantes de jogos de RPG (*role-playing game*) a ter sido publicada no Brasil. Editada entre 1994 e 2009 e tendo passado por várias editoras (Trama, Talismã e Melody), ela marcou uma geração de leitores, parte da qual viria a consumir literatura fantástica posteriormente. No final de 2016, a Editora Jambô anunciou que retornaria a publicá-la em formato digital utilizando um sistema de financiamento coletivo.

Já o RPG *Tormenta* surgiu em 1999, no número 50 da *Dragão Brasil*. Criado por Marcelo Cassaro, Rogério Saladino e J.M. Trevisan, era um cenário de fantasia medieval que remetia a *Dungeons & Dragons* e a outros jogos de sucesso, tendo já mais dezenas de livros e suplementos lançados. Inicialmente, ele fora pensado como um cenário compatível com outros sistemas, mas recebeu seu próprio conjunto de regras. "O mundo de Tormenta é chamado Arton por seus habitantes", como resume Caparica, "e se constitui de um grande continente duplo dividido por um estreito, vastos oceanos circundantes e uma considerável quantidade de ilhas. Seus territórios, divididos em reinos, são habitados, variando conforme o lugar, por humanos, elfos, anões, halflings, minotauros, orcs e praticamente todo tipo de ser fantástico condizente com *Dungeons & Dragons*" (2011, p. 37). Desde 2005, o cenário é publicado pela Jambô.

Outro autor pioneiro foi Leandro Reis, que atualmente assina como Leandro Radrak. Reis lançou-se na literatura com *Os Filhos de Galagah* publicado pela Editora Idea, em 2008. Trata-se do primeiro volume da série *O Legado Goldshine* passado no universo ficcional de Grinmelken, por sua vez dividido em cinco continentes e vários reinos, habitado por elfos, bruxas, dragões, humanos e outras raças tradicionais dos universos de fantasia. O diferencial do primeiro volume da saga de Reis é ser protagonizado por uma garota, Galatea Goldshine, filha do poderoso rei Airon, que após intenso treinamento se torna uma guerreira, campeã do reino. Cada reino do continente é regido por uma religião e por deuses diferentes.

Em Galagah, reino de Airon, louva-se o deus Radrak – não podemos deixar de comentar o quanto é sugestivo o autor ter anexado esse termo ao próprio nome –, que incumbe a princesa Galatea de uma importante missão: buscar três crianças poderosas conhecidas como Serafins, perseguidas pelo maligno deus Orgul. O segundo volume da série, *O Senhor das Sombras*, foi lançado em 2010, aprofundando a história da Iallanara Nindra, bruxa de caráter dúbio cujas escolhas afetaram o destino de todos. O terceiro, *Eneloch*, de 2011, encerra a trama com o grande conflito entre Galatea e Eneloch, seu maior inimigo.

Leandro Reis é ainda autor de *Garras de Grifo* (2012), também publicado pela editora Idea, no qual nos apresenta outro mundo, regido por tribos que louvam os grifos. Segundo a crença local, nunca nascem dois grifos de um mesmo ovo e, por isso, gêmeos são mal vistos – como de fato o são em muitas culturas tribais, inclusive entre muitas etnias de índios brasileiros –, porém, duas meninas gêmeas nascem, filhas do mais importante guerreiro local e, em respeito ao pai, é permitido que sobrevivam. A superstição, ainda assim, parece mais forte e outros conflitos as esperam em um futuro nada acolhedor.

Um dos primeiros a escrever fantasia no século XXI é Fabio Rezende, autor de *A Recompensa dos Guerreiros*, publicado em 2001 pela Editora Record, romance de forte inspiração tolkieniana. Dividido em duas histórias ao mesmo tempo independentes e conectadas, o livro acompanha a vida dos gêmeos Maxam e Millar, em um mundo povoado por bruxos, orcs e ogros. A obra de Rezende destaca-se nesse panorama por ser uma das primeiras formas de expressão de alta fantasia, como entendida atualmente, a ser publicada no Brasil, retomando uma vertente trabalhada anteriormente por poucos autores, como Luiz Roberto Mee.

Também pioneiro na alta fantasia é o curitibano Thiago Tizzot, que além de escritor é também editor da Arte & Letra. Publicou *O Segredo da Guerra*, seu primeiro livro, em 2005, romance narrado por sete diferentes personagens, que conta as aventuras do paladino Varr por todo o mundo de Breasal (nome que ecoa antigas denominações do Brasil anteriores ao Descobrimento) em busca de um pergaminho roubado da biblioteca de Krassen. Este conteria a localização de certos artefatos que, se reunidos, seriam capazes de subjugar todos os povos livres do continente.

Seu segundo livro é *A Ira dos Dragões e Outros Contos* (2009), coletânea de oito contos ilustrada por John Howe, importante artista que chegou a trabalhar nas obras de Tolkien e na pré-produção da trilogia cinematográfica inspirada em *O Senhor dos Anéis*. A história da gênese deste segundo livro é muito interessante, pois o que veio primeiro não foram as histórias de Tizzot e, sim, as ilustrações de Howe, a partir das quais o escritor foi desenvolvendo cada conto, inserindo-os em seu próprio universo ficcional. Devido a essa origem inusitada e também pelo fato de ser composto por contos, o livro apresenta Breasal – o mundo de Tizzot – de forma fragmentária, cabendo ao leitor descobrir pouco a pouco seu funcionamento – mais ou menos como faz Ana Cristina Rodrigues em *Fábulas Ferais*, que logo comentaremos. Ambos os livros foram assinados sob o pseudônimo Estus Daheri, nome de um mago no primeiro livro de Tizzot.

Em 2014, publicou *Três Viajantes*, que, assim como as duas obras anteriores, também se passa no mundo de Breasal, um mundo povoado por elfos, anões, gnomos, magos, vermes gigantes de areia e outras criaturas. Esse livro mais recente – o primeiro assinado pelo próprio nome do autor – apresenta a aventura de três personagens que se conhecem na fortaleza de Perfain, prisão monumental cravada num continente desértico e perigoso. Juntos, eles embarcam numa grande aventura em busca dos misteriosos Oráculos, ao sul do continente, onde são perseguidos e quase mortos.

O mundo de Breasal ainda aparece em alguns contos do autor, como "Anões", publicado no livro *Mundo de Fantas* (Estronho), em 2014, e "A Vingança É para Todos", que se encontra na coletânea *Crônicas de Espada e Magia* (2013). Esta última, também publicada pela Arte & Letra, em parceria com a editora Argonautas, e editada por Cesar Alcázar – autor de *A Fúria do Cão Negro* (2014), uma fantasia histórica publicado pela mesma editora –, destaca-se pelo caráter inovador em misturar contos de seis autores estrangeiros renomados, a saber George R. R. Martin, Michael Moorcock, Karl Edward Wagner, Robert E. Howard, Saladin Ahmed e Fritz Leiber, com um grupo de cinco escritores brasileiros de fantasia: Ana Cristina Rodrigues, Carlos Orsi, Roberto de Sousa Causo, Max Mallmann e o próprio Tizzot. Apesar de ter tido apenas uma edição, o volume responde à tendência nacional de valorizar tanto o estrangeiro quanto o produzido em nossas terras tupiniquins. Para dar uma amostra da qualidade da coletânea, comentemos dois dos contos, o primeiro de autoria de Tizzot.

Em "A Vingança É para Todos" somos levados à cidade livre de Gram, a oeste de Breasal, um lugar tranquilo onde piratas aportam para consertar seus barcos, mas que antes sofria pela terrível violência de suas ruas repletas de mercenários. A paz, porém, dura pouco, quando ouro é descoberto em suas terras e aventureiros e sonhadores a invadem em busca de riqueza rápida. Nesse cenário, a história começa com o espetáculo de uma execução, onde toda a cidade parece estar presente. Porém, um atentado interrompe o *show*, culminando na morte do carrasco, muita selvageria, pessoas em pânico e um grupo de rebeldes salvando seu líder das garras da morte. A partir daí, a trama se desenrola.

Já em "Anta das Virgens", de Ana Cristina Rodrigues, conhecemos Finisterra, mundo ficcional da autora, criado a partir de uma extensa pesquisa em torno da Península Ibérica medieval, onde mora Laurinda, uma jovem desiludida após ter de se despedir de Duarte, seu amado, que partiu para guerra e desapareceu. Um dia, um grupo de guerreiros chega ao vilarejo e Laurinda descobre que Duarte foi capturado por moiras – criaturas mágicas cujo alimento é sangue humano, em um interessante amálgama de bruxas e vampiros. Resta, então, à heroína salvá-lo em uma interessante inversão de papéis, já que dentro da subcategoria conhecida como *sword and sorcery* (espada e feitiçaria) a predominância do universo masculino é patente.

Ana Cristina é também autora de *Anacrônicas: Pequenos Contos Mágicos*, publicado incialmente pela Editora A1, em 2009, e depois em edição ampliada pela Editora Aquário, em 2015, sob o título *Anacrônicas: Contos Mágicos e Trágicos*, na qual passeia por diversas vertentes da fantasia. Eminentemente contista, Rodrigues já participou de mais de trinta antologias e recentemente lançou *Fábulas Ferais: Histórias dos Animais de Shangri-lá, Conforme Relatadas no Atlas Ageográfico de Lugares Imaginários*, publicado em 2017 também pela Editora Arte & Letra. Nesta obra, encontramos um conjunto de crônicas – em seu sentido primeiro, isto é, um compêndio de fatos históricos de um povo – da cidade mítica de Shangri-lá, alocada no não-espaço, conforme descritas e compiladas no *Atlas Ageográfico de Lugares Imaginários*, título de uma obra fictícia do universo de Rodrigues, mas, ao mesmo tempo, nome de uma obra ainda inédita da autora, da qual *Fábulas Ferais* deriva.

Com uma estrutura bastante fragmentada, o livro se compõe de relatos curtos da formação e expansão de Shangri-lá na forma de contos intercalados por trechos historiográficos retirados do referido *Atlas*, narrados com o distanciamento esperado de um cronista. O mundo de Rodrigues vai se descortinando ao leitor muito aos poucos, não sendo descrito, como o fazem outros autores de fantasia. Ao contrário, fica ao leitor a tarefa de montá-lo a partir de pequenas informações dispersas de modo a compor, como em um quebra-cabeças, essa cidade mágica e seus arredores. Todos os contos têm nomes muito sugestivos, muitos deles em diálogo com epígrafes de músicas que os iniciam. Um tom singelo permeia cada uma das narrativas, destacando as relações afetivas, muito mais intuídas e sugeridas do que desenvolvidas, o que se torna muito interessante, em um diálogo com o gênero fábula, pois quase todas as personagens são animais antropomorfizados. Isso contrasta com a crueza das imagens, intensificadas pelos começos *in media res* e pelos finais abruptos.

Outra autora dedicada a essa esfera do fantástico é a carioca Ana Lúcia Merege, que passa os dias cercada de livros, catalogando-os, editando-os e escrevendo-os. Além de trabalhar na Biblioteca Nacional, ela tem publicado textos de ficção e ensaios sobre literatura e cultura. Entre seus primeiros livros, encontra-se a aventura medieval infanto-juvenil *Pão e Arte* (Escrita Fina, 2013). Na alta fantasia, destaca-se sua série *Athelgard* (Editora Draco), composta dos romances *O Castelo das Águias*, *A Ilha dos Ossos* e *A Fonte Âmbar*, lançados entre 2011 e 2016, além da prequela *Anna e a Trilha Secreta* (2015), destinada ao público mais jovem.

Na trama que envolve o conflito entre homens e elfos, acompanhamos a formação da protagonista Anna de Bryke na Escola de Magia de Athelgard. Ao entrar em contato com artistas, magos e guardiões de segredos milenares, Anna se vê em meio a um conflito envolvendo o Conselho de Guerra das Terras Férteis e o tempestuoso Kieran de Skyllix. Este se torna o companheiro de Anna numa jornada de descobrimento, perigos e salvação. Além do universo de Athelgard, que também já ganhou contos e novelas, Ana tem se tornado referência pelas coletâneas que organiza, como *Excalibur: Histórias de Reis, Magos e Távolas Redondas* (2013), *Medieval: Contos de uma era fantástica* (2016), vencedora do Prêmio Argos de Ficção Fantástica em 2017, e *Magos: Histórias de Feiticeiros e Mestres do Oculto* (2017), todos lançados pela Editora Draco.

Já Renan Carvalho publica pela editora Novo Conceito a série de fantasia *Supernova*, derivada de seu fascínio por RPGs. Com dois volumes já publicados – *O Encantador de Flechas* (2013) e *A Estrela dos Mortos* (2015) – Renan cria o mundo de Acigam, uma isolada cidade que vive os revezes de uma guerra civil eminente entre dois grupos: de um lado, a Guilda, que faz uso da Ciência das Energias para explorar a população e, do outro, um governo corrupto. Entre os dois lados da contenda, conhecemos o protagonista Leran, que, ao adentrar a rebelião, precisa descobrir a verdade sobre seus poderes. As aventuras de Leran continuam no livro seguinte, quando o jovem guerreiro parte numa jornada para auxiliar sua irmã, Luana, e encontra Tlavi, uma jovem conhecida como Estrela da Cura, cuja missão é descobrir quem está prestes a controlar as forças das trevas do Reino Central. Além da série, Renan também publicou a aventura juvenil *Heróis da Internet*, na companhia do *youtuber* Italo Matheus.

Outro escritor a se aventurar pela alta fantasia em nosso país é o paulista e editor de quadrinhos Tiago Zanetic, com seu romance *Onze Reis*. Primeiro volume da série *Principia*, publicado pela editora Callis em 2015, apresenta as desventuras do jovem Sttanlik explorando o mundo de Relltestra enquanto é perseguido pela guarda real de Tinop'gtins. Antes dele, Douglas MCT publicou a saga *Necrópolis* (2013), composto de três livros, pela editora Gutenberg. Neles, acompanhamos as aventuras de um jovem e cético herói chamado Verne Vípero, que parte numa longa jornada, ao lado de outros heróis, com o objetivo de salvar a alma do irmão, aprisionada na cidade dos mortos que dá título à série.

Há ainda João Beraldo, com os romances *Império do Diamante* (2015) e *O Último Refúgio* (2016), da série *Reinos Eternos*, ambos publicados pela Editora Draco, destacando-se por sua trama distante dos tropos eurocêntricos mais comuns da fantasia – como na maior parte das obras comentadas até aqui – e inspirada nas culturas africanas e indiana. No enredo, depois de conhecermos no primeiro livro a decadente cidade de *O Último Refúgio*, onde acompanhamos o conflito de quatro personagens sob o poder de uma casta de imortais magos, acompanhamos os dramas do militar Kasin e da mentalista Vema Thevar enquanto testemunham o crescente conflito entre o Império de Diamante e a Companhia Mercantil.

Já na série *Crônicas dos Senhores do Castelo*, publicada pela Editora Verus, dos autores curitibanos G. Norris e G. Brasman, somos levados ao Multiverso, governado por inúmeros reinos e protegido por um exército de forças especiais chamado Senhores do Castelo. A saga tem até agora três livros: *O Poder Verdadeiro*, lançado inicialmente pela Editora Base, em 2009 e relançado em edição revista pela Verus, em 2010, que se ocupou da publicação dos livros seguintes, *Efeito Manticore* (2012) e *Maré Vermelha* (2014). Misturando as habituais criaturas de mundos de alta fantasia, com uma tecnologia mais avançada através da qual existem armas de fogo e autômatos, bem como outros planetas e reinos interligados pelos quadrantes do Multiverso, em uma história de *science fantasy*, a trama gira em torno de Laryssa, uma princesa guerreira e seu companheiro androide. Os dois estão em busca de um artefato mágico enquanto tentam lidar com um feiticeiro de caráter duvidoso, contando com a ajuda dos míticos guerreiros castelares, como são conhecidos os membros da ordem dos Senhores do Castelo.

Affonso Solano (1981), por sua vez, ficou conhecido por seu trabalho com o *podcast Matando Robôs Gigantes* e por ser o atual curador dos títulos de fantasia da Editora LeYa. Em 2013, lançou seu primeiro romance, *O Espadachim de Carvão* (Editora LeYa), situado no universo ficcional de Kurgala, desenvolvido ao longo de dez anos. Nesse livro, acompanhamos as aventuras de Adapak, o espadachim do título, por terras exóticas e oníricas, onde foge de assassinos pérfidos, encontra marujos e marujas pouco convencionais, além de se defrontar com estranhas criaturas.

Um dos elementos mais interessantes do mundo de Solano são *As Aventuras de Tamtul e Magano*, crônicas antigas que formam o imaginário heroico do jovem protagonista. Num caldeirão de referências que vão desde Platão e seu mito da caverna até as ficções de Robert E. Howard e H.P. Lovecraft, passando por alusões a cultura *pop*, *gamer* e *nerd*, as aventuras de Adapak já ganharam um segundo volume – *A Pontes de Puzur* (2015) – e uma HQ. Em 2017, Affonso foi destaque da Bienal do Livro do Rio de Janeiro por ser o curador da área "Geek & Quadrinhos", a primeira seção do tipo no maior evento literário do nosso país.

Para encerrar este capítulo, falaremos de uma obra recente de imenso sucesso que tem chamado a atenção do público e da crítica por sua constante presença em listas de mais vendidos, somada a uma impressionante qualidade literária, tanto do ponto de vista da construção elaborada de mundo e do enredo bem estruturado, quanto no concernente à construção de imagens. Trata-se de *Filhos da Degradação*, de Felipe Castilho, primeiro volume do universo expandido *Ordem Vermelha*, publicado no final de 2017 pela Editora Intrínseca, em parceria com a empresa Omelete, o que propiciou um grande lançamento em um dos maiores eventos dedicados à cultura *pop* e *nerd* do país, a Comic Con Experience (CCXP).

A história do livro se passa na desolada cidade de Untherak, cercada por desertos e pântanos tóxicos, onde um povo composto de várias raças – entre tradicionais, como anões, gnols e gigantes, e originais, como sinfos e kaorshs – vive oprimido por uma deusa, a imperatriz Una. Todavia, em Untherak, nada é o que parece ser e o poder de Una não se estende tão longe quanto a população pensava, pois, por trás da monarca-deusa, esconde-se a Centípede, um grupo de sábios-cientistas-conselheiros cuja raça e os desígnios ninguém conhece, bem como o General Proghon, uma criatura feita de ódio e mácula – uma substância corrosiva e volátil, de essência mágica, controlada pelo líder militar, capaz de dissolver seres humanos e também transformar outras raças que tenham o azar de entrar em contato com ela.

A narrativa de Castilho se destaca por trazer à tradicional alta fantasia algumas inovações, como a atmosfera disfórica que a rodeia, naquilo que talvez pudéssemos chamar de "fantasia distópica", e ainda por introduzir elementos da cultura brasileira à cidade de Untherak, ao criar, por exemplo, os Assentamentos, uma espécie de favela que dialoga com nossa tradição literária e cinematográfica, na qual não se encontram cavaleiros em cavalos brancos, mas sim pessoas humildes lutando pelo dia-a-dia, enquanto são perseguidos por autoridades corruptas em corredores tortuosos de habitações construídas sem nenhuma estrutura ou planejamento.

Como o próprio autor diz em uma entrevista, havia um desejo de fazer algo que dialogasse com as tradições do modo narrativo e, ao mesmo tempo, introduzir certa brasilidade. Sobre isso, Castilho comenta: "Coloquei na cabeça que minha história seria cortante, veloz e atormentada. Eu, que sempre retratei temas urbanos e sempre escrevi com cinismo e sarcasmo [...], descobri que precisaria mergulhar nas partes mais sujas da fantasia. Queria fazer o meu *Trainspotting* na Terra Média, o meu *Cidade de Deus* em Westeros, ao mesmo tempo em que procurava me afastar da Terra Média e de Westeros" (2017, p. 42).

Em meio a isso, conhecemos duas fortes personagens: Aelian Oruz, um escravo humano que cuida dos falcões da cidade e vive se metendo em enrascadas graças a seu vício em jogo de dados e a necessidade de roubar mais comida, já que a recebida diariamente não basta; e Raazi, uma kaorsh, guerreira, que juntamente com sua esposa Yanisha trama um golpe de estado contra Una, na tentativa de libertar seu povo. O destino dos dois acaba se cruzando após a morte de Yanisha, quando são guiados por Aparição, uma líder guerreira rebelde, e começam a sabotar os planos dos governantes de dentro para fora, buscando romper a inação do povo oprimido por mil anos.

Conclui-se, portanto, que os autores deste capítulo, seja por suas ações na seara da escrita ou da editoração – já que muitos, como Tizzot, Rodrigues,

Draccon e Solano são também editores –, ilustram a importância de se buscar estratégias diversas para atingir públicos cada vez mais exigentes, sobretudo numa época em que muito se discute se há futuro para a leitura e para os livros na era das mídias digitais e audiovisuais. Seus esforços em transpor as barreiras e muitos dos preconceitos de tradicionalistas literários ou do público em geral, bem como em construir mundos complexos e longas sagas em nítido esforço de criar em nosso país um registro épico comparável a Tolkien e Martin e que também conseguisse se afastar destes modelos, como tão bem faz Felipe Castilho, evidenciam que há sim um público leitor e desejoso de obras fantásticas nacionais.

A variedade de personagens, temas e características textuais das obras comentadas neste capítulo denotam as ricas possibilidades deste modo narrativo, tanto de um ponto de vista comercial quanto artístico. Além disso, seja nos quadrinhos, na televisão, no cinema ou na música, seus empreendimentos multimidiáticos alteram a forma tradicional como vemos o texto literário e abrem caminho para novas possibilidades, demonstrando, na contramão de muitos pessimistas que apontam a morte do objeto literário, o rico e promissor momento que o fantástico brasileiro vive.

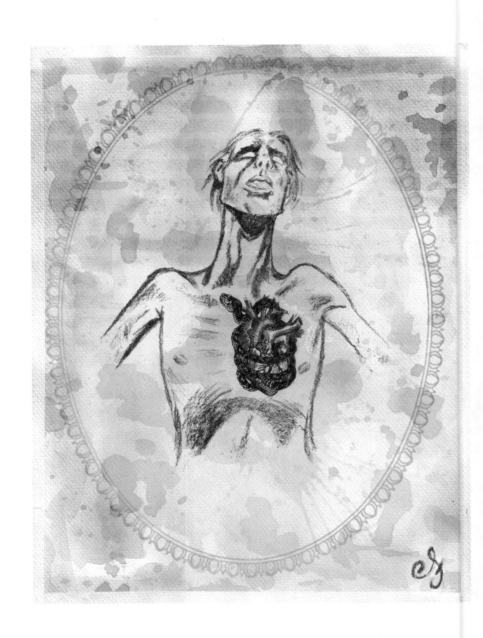

CAPÍTULO 23

MAX MALLMANN E A POÉTICA DA IRONIA[42]

Este livro inicia e termina homenageando um autor que consideramos de extrema importância ao fantástico brasileiro. Diferente do que fizemos até aqui, priorizando modos narrativos específicos e movimentos estéticos a carreiras individuais, dedicamos este último capítulo à obra do escritor Max Mallmann (1968-2016), que tão cedo nos deixou. Contudo, legou-nos uma obra que, apesar de curta, figura como uma das mais importantes das últimas décadas, tanto por seu viés comercial como por sua qualidade estética. Nos livros de Max, uma melancolia soturna, de quem tem profunda consciência de si mesmo, mescla-se com uma fina ironia, como um sorriso enviesado, de quem sabe que a vida, com seus altos e baixos, é efêmera e não há nada a se fazer em relação a isso.

Nascido em 1968, gaúcho, formado em direito pela UFRGS – embora se orgulhasse de nunca ter exercido a profissão –, Max foi um importante roteirista, tendo trabalhado em programas como *Carga Pesada*, *A Grande Família* e nas novelas *Malhação* e *Coração de Estudante*, todos da Rede Globo. Lançou-se na literatura com a obra *As Confissões do Minotauro* (1987), antes de completar 20 anos. O livro, ganhador do prêmio Nova Literatura, do Instituto Estadual do Livro do Rio Grande do Sul, apresenta um mundo futurista, uma *space opera* inteligente que já deixa antever o estilo ácido do autor.

Quase dez anos se passam até a publicação de *Mundo Bizarro*, em 1996, seu segundo livro, publicado com auxílio do Fumproarte da Prefeitura de Porto Alegre, e vencedor do Prêmio Açorianos de Melhor Romance. Nessa mistura de ficção científica com fantasia, somos apresentados ao estranho mundo de Ruidya, um lugar ao mesmo tempo muito semelhante e muito diferente da Terra, onde habitam seres humanos e animais conhecidos, mas também lendários como dragões e outras criaturas fantásticas. Nesse mundo, a tecnologia dos rádios e telefones já foi descoberta, mas não o motor a vapor. Em sua trama, começam a despontar as primeiras repúblicas, em meio a monarquias sanguinárias, apresentadas em uma atmosfera que mistura Roma Antiga com o Século XIX. O leitor conhece então Krysio V, rei de

Gavorya, e Zé Carlos, um alienígena terráqueo lançado em Ruidya através de uma fenda espaço-temporal. Juntos, tentam governar o reino, em meio a guerra, golpes de estado, traições e assassinatos.

Em 1997, um ano após *Mundo Bizarro*, Max escreveu o conto *Tomai e Bebei*, publicado em formato de folhetim pela Editora Aquário apenas em 2015, última obra lançada pelo autor, em bela edição ilustrada por Estevão Ribeiro. Nesse livro, acompanhamos um padre de fé questionável que vive num pacato vilarejo no fim do século XIX. Tudo muda quando um bispo pede asilo em sua igreja, acompanhado de um anão horrendo. O bispo tem um comportamento estranho, mas o padre segue sua rotina normalmente, até que, na manhã seguinte, um corpo decapitado é avistado no rio do vilarejo. Médico, delegado e padre acompanham o caso que choca o lugar pacato. Autópsia inconclusiva, o padre volta para casa e dorme. À noite, porém, ouve barulhos e vai ver o motivo: é Bruno, o anão, que salta o muro da igreja.

Curioso e preocupado, decide segui-lo e termina por encontrar o homenzinho com um machado em mãos debruçado sobre um corpo à beira do rio. Há uma luta e pela divina intervenção de uma cobra, Bruno morre. O bispo desaparece. No corpo exangue às margens do riacho, a marca de dois dentes. Tempos depois, o padre recebe uma mensagem do bispo que confessa sua condição – um vampiro, claro –, e que, consciente de sua perdição, não deseja legá-la a mais ninguém e por isso mandava seu lacaio cortar a cabeça de suas vítimas, já que por uma questão de moral, não era capaz de fazê-lo ele mesmo.

Em ficção curta, para além de *Tomei e Bebei*, Mallmann também publicou "História Natural", na antologia *Vinte Voltas ao Redor do Sol* (2005), organizada por Alfredo Franz Keppler Neto e publicada pelo Clube de Leitores de Ficção Científica (CLFC) em comemoração aos vinte anos de fundação do grupo[43]. Num conto posterior, no qual o narrador em primeira pessoa tece um panorama de sua existência desde uma simples molécula, passando por estágios de célula, criatura marinha, anfíbio, dinossauro e, por fim, ave, quando então descobrimos que vive numa apertada gaiola assistindo contrariado aos absurdos praticados pelos humanos. Esse conto foi republicado no fanzine *Samizdat* em 2008, mesmo ano em que Mallmann participou da coletânea *Dez Contos de Humor* (Editora Mar de Ideias), ao lado de outros colegas roteiristas dos programas humorísticos, e do número 101 da revista *Somnium*, também publicada pelo CLFC, com o brevíssimo "Homo Habilis", no qual conhecemos Feio, um hominídeo primitivo que toma consciência de si mesmo ao se ver refletido nos olhos do cadáver semidevorado de seu pai.

Em 2009, veio "Hábito Noturno", no livro *Galeria Sobrenatural* (Terracota), organizado por Silvio Alexandre, aos quais se seguiram "Cavalos?", no livro *Crônicas de Espada e Magia* (Arte & Letra), organizado por Cesar Alcázar, e "O Vórtice", em *Tu Frankenstein II* (BesouroBox), organizado por Duda Falcão, respectivamente em 2013 e 2014. Destes, destaca-se o conto publicado por Alcázar, uma prequela de *Mundo Bizarro*, publicado quase vinte anos antes, em que narra o momento da chegada de Zé Carlos ao planeta Ruidya, um mundo onde não há cavalos, e seu primeiro encontro com Krysio, Príncipe de Gavorya, que se tornará seu amigo.

De volta às narrativas mais longas, em *Síndrome de Quimera*, novela que flerta com o absurdo e com o realismo maravilhoso, lançada no ano 2000 pela Editora Rocco, Viktor, o bem-humorado e irônico narrador, vive em embate com seu próprio corpo, onde reside, alojada em torno de seu coração, uma cascavel diminuta. Homem e serpente travam assim um constante duelo de sobrevivência. Ora, a força pende para o lado dele, que a oprime com álcool e tranquilizantes, ora ela lhe dá um abraço cardíaco, literalmente, causando-lhe o aperto da angústia. Em meio a tal tormento, a vida continua, com suas alegrias e tristezas. O medo o domina o tempo todo. Ele teme morrer, pois não acredita em nada após a morte, mas teme aceitar uma possível imortalidade, por não querer uma eternidade de medo.

Em *Zigurate* (Rocco, 2003), a historiadora Sophie Brasier luta contra a AIDS, enquanto tenta terminar sua tese de doutorado. Quando chega a uma espécie de *impasse* em sua investigação, sem saber se tenta viver algo mais enquanto aguarda seu fim, resolve sair do campo teórico, para partir em uma pesquisa de campo. Assim encontra Lugal, um imortal melancólico, que passa seus dias refletindo sobre a vida e a morte, a fragilidade fugaz da humanidade, tão bem encarnada na enferma Sophie, e a nem sempre desejável imortalidade que o acompanha ao longo de mais de 30 mil anos de existência terrena.

Em todos esses trabalhos, tanto em contos quanto em romances ou novelas, a ironia e o humor peculiar, traços marcantes e característicos da escrita de Max, fazem-se presentes diante da frágil condição humana, sempre em questão, seja pela insistente presença de velhos, cuja decrepitude é demarcada, seja pelo tema onipresente da morte. Torna-se, assim, perceptível que muitas das personagens de Max escondem um espírito depressivo e enfadado por trás de brincadeiras e comentários espirituosos. Riem do mundo e dos outros. Às vezes, a sós, riem de si mesmos. Assim são o Padre, de *Tomei e Bebei*, Lugal e Viktor, e assim também se revela Publius Desiderius Dolens, plebeu feito senador romano, após uma vida galgando degraus da carreira militar no Império.

Protagonista do romance histórico com ares de literatura policial, *O Centésimo em Roma* (2010), e de sua continuação, *As Mil Mortes de César* (2014), ambos também publicados pela Rocco, Dolens é uma personagem *sui generis*, que conquista a simpatia do leitor, não por ser a melhor das criaturas ou tampouco por ser de grande brilhantismo – seu cérebro está constantemente turvado por vinho ou por raiva, apesar de, por vezes, conseguir equiparar-se em intelecto ao do mais hábil estrategista ou ao velho detetive da Baker Street –, mas sim por sua coragem e ambição, além de seu humor ácido, de quem sabe apreciar as inevitáveis ironias da vida, mesmo quando estas se dão consigo mesmo.

Em uma Roma ao mesmo tempo antiga e nova, Max recobre a história do seu guerreiro com dezenas de referências, das mais eruditas às mais populares, como Tácito e Plutarco, passando por Shakespeare, Edgar Allan Poe e Machado de Assis, e culminando em Alan Moore, Lovecraft e *rock* brasileiro, salpicadas na narrativa como *easter eggs*, segundo as palavras do próprio autor no posfácio, e alinhavadas no enredo com o esmero da alta costura. Assim, mesmo não se tratando de romances associados ao fantástico – em uma trajetória toda permeada por ele –, as duas narrativas flertam com suas categorias, brincando com citações e reinterpretações de seus mitos.

Nesse ambiente, Dolens luta por seus objetivos, consciente de sua mortalidade, temendo morrer sem alcançar o *status* de aristocrata. Contudo, quando menos espera, chega ao fim de sua história como senador e como um dos principais comandantes das tropas imperiais, pelos caminhos mais tortuosos e irônicos imagináveis. Ou, ao menos, assim chega ao fim a história que nos é permitido conhecer, pois, apesar de *As Mil Mortes de César* ser um romance fechado em si mesmo, é claro que seu autor pretendia dar continuidade às aventuras e desventuras do guerreiro plebeu tornado nobre.

No entanto, ao leitor só resta especular sobre como teriam sido os anos futuros do novo senador e das outras icônicas e carismáticas personagens do autor, pois Max Mallmann, escritor e pessoa de qualidades excepcionais, veio a falecer em 4 de novembro de 2016, deixando em aberto o futuro de seu herói. Max, que tanto escrevia sobre a brevidade da vida, a perenidade da obra, as ironias da morte, e as potencialidades da linguagem, acabou partindo jovem demais, legando para a posteridade uma obra profunda e madura, escrita por quem domina não apenas a língua com que trabalha, como também um oceano fértil de referências das mais diversas.

No posfácio de *As Mil Mortes de César*, seu penúltimo livro, Max diz viver um grande impasse. Qual impasse? Ele prevê que o leitor perguntará, e logo em seguida responde: "Tudo já foi escrito, vamos todos morrer e a vida não faz sentido. Nossos amores, nossos ódios e nossos porquês, diante da eternidade, não são mais perenes que uma palavra rabiscada com o dedo numa vidraça embaçada" (2014, p. 308). Mas ele, consciente da pequenez de um autor no mar de livros, conseguiu, ousadamente, fazer algo diferente. Uma obra única, que, o tempo confirmará, há de persistir.

Quanto ao sentido da vida, a resposta está em seu próprio livro, o mesmo onde levantou tal questionamento, quando, em meio ao tormento de descobrir a esposa morta, Dolens exclama: "Se os deuses existissem, a vida faria sentido!" Ao que Eutrópia, uma curandeira-meio-bruxa que se diz grega, responde: "A vida só faz sentido [...] quando você a obriga a fazer sentido" (MALLMANN, 2014, p. 294). E Max sem dúvida fez isso. Ao fim, o que sempre permanece, mais perene do que qualquer construção, mais duradouro do que qualquer grande conquista, vide a Troia de Homero ou a Roma de Virgílio, caro leitor, é a boa literatura. Todo o resto é efêmero. E boa – e fantástica – literatura, Max fez em abundância.

EPÍLOGO

FANTASISMO: UM NOVO MOVIMENTO LITERÁRIO?

Após esse extenso panorama no qual percorremos tantos autores, obras, estéticas e movimentos, talvez o leitor e a leitora se perguntem: mas, afinal, 1) onde está 2) e o que é o "fantasismo", termo mencionado no título deste livro e presente em alguns capítulos? A resposta curta para a primeira pergunta é relativamente simples. O fantasismo se encontra difundido na maior parte dos capítulos desta terceira parte, ou seja, ao longo das duas primeiras décadas do século XXI e, em particular, naqueles dedicados à fantasia urbana, à alta fantasia, à literatura infantil, ao imaginário indígena e ao imaginário de matriz africana. A resposta breve para a segunda pergunta também parece igualmente simples. O fantasismo é um novo movimento literário cuja origem parece coincidir com o novo século, mas, sobretudo, a partir de 2010, quando o mercado de literatura fantástica brasileira começa a se estruturar de fato. Não há dúvidas, porém, da necessidade de respostas mais elaboradas, como tentaremos fazer a seguir, começando pelo próprio conceito de "movimento fantasista".

Usado por alguns leitores, autores, editores e críticos de forma bastante pontual[44], o termo "fantasista" designa, em um primeiro momento, os autores de fantasia, e, às vezes, os autores de literatura fantástica de modo geral, comumente descritos pela mídia como "autores de fantasia". O conceito de fantasia, portanto, tornou-se muito alargado, quando usado pelo grande público ou pelo jornalismo não especializado, para definir obras insólitas genericamente. Um exemplo disso é visível em livrarias quando encontramos estantes de "livros de fantasia", de um lado, e "livros de ficção científica", de outro, com todas as demais categorias do insólito ficcional espalhadas entre essas duas etiquetas. Algumas livrarias – pensa-se especificamente na Livraria Cultura – chegaram inclusive a cunhar o termo "ficção fantasiosa" – não utilizado em nenhum outro contexto – para aglutinar todas as vertentes do fantástico.

O catálogo do serviço de *streaming* Netflix, segue por caminho semelhante, dividindo a maioria dos filmes e séries que tratam de questões do insólito em dois grandes grupos: "fantasia e ficção científica" e "terror", no qual o primeiro grupo se destaca como termo "guarda-chuva" acolhendo tudo aquilo que não pertence ao terror óbvio, cujas delimitações parecem provavelmente mais claras aos olhos do público leigo. Ou seja, a escolha do termo "fantasismo" como designativo do fenômeno literário contemporâneo, tanto se explica pela proliferação de obras de fato relacionadas à fantasia, quanto pela abrangência do próprio conceito – que, como vimos, devido a suas inúmeras subcategorias, pode se aproximar de diversos outros modos narrativos, como a ficção científica (*science fantasy*), o terror (*dark fantasy*), o realismo maravilhoso (fantasia urbana), o romance histórico (fantasia histórica), o *steampunk* (*steam fantasy*), a distopia (fantasia distópica) e assim por diante –, bem como também pela predominância do termo nas classificações de livreiros, editores e jornalistas. Em outros termos, trata-se também de uma imposição mercadológica, que, invariavelmente, acaba resvalando na própria crítica literária acadêmica, uma vez que se torna impossível estudar os fenômenos da literatura contemporânea à parte do mercado, do contexto histórico-social atual, das potencialidades intermidiáticas e da interinfluência com as mídias digitais[45]. Entendido por que a escolha do termo *fantasismo*, resta responder agora por que chamar essa tendência de *movimento*.

Ao contrário do que comumente se ensina nas escolas brasileiras, os movimentos literários, sobretudo a partir do século XIX, não são termos propostos *a posteriori* pela crítica especializada. Antes disso, trata-se de agremiações de escritores e editores, ou simplesmente de grupos de amigos que, reunidos, levantam uma bandeira em torno de um ideal estético e passam a defendê-lo, em geral, por não acreditarem nos ideais vigentes, impostos por outro grupo ou pelo período anterior. O iluminismo nasce assim, na tentativa de se impor contra o obscurantismo barroco, assim como o romantismo aparece na tentativa de buscar uma valorização do indivíduo a partir do conceito de originalidade, em relação ao antigo paradigma classicista de emulação de temas e enredos clássicos. Com o simbolismo, no final daquele século, e as vanguardas no começo do XX, isso se torna ainda mais intenso. A Semana de Arte Moderna de 1922 também exemplifica perfeitamente esse tipo de iniciativa, quando um grupo de jovens artistas se reúne para contestar a arte vigente e propor novos caminhos. O movimento modernista paulista ganha com isso até data de fundação, com pompa e circunstância. Diante dessa rápida recuperação de fatos históricos, torna-se difícil sustentar a ideia de atribuição de rótulos posteriores como prega o ensino de literatura tradicional.

Em relação à literatura fantástica, ao longo da história literária, não apenas brasileira, mas mundial, é possível perceber que ela sempre se desenvolveu dentro de alguns movimentos específicos: houve mais narrativas fantásticas no romantismo, por exemplo, do que no naturalismo, e mais no simbolismo do que no modernismo, e assim por diante. À medida, porém, que esse modo narrativo específico foi se desenvolvendo, começou a ganhar contornos de movimento em alguns lugares específicos. É o caso, por exemplo, do realismo maravilhoso na américa hispânica. Ou da ficção científica nos Estados Unidos a partir dos anos 1950. O *steampunk* é descrito muitas vezes como um "movimento literário" norte-americano dos anos 80. Isso para citar apenas alguns exemplos.

No Brasil, no entanto, a despeito dos importantes esforços realizados a partir de 1960, sobretudo no que diz respeito à FC, nunca houve de fato um movimento literário em que a questão do insólito fosse central, seja por falta de alcance e/ou de apoio de importantes instituições – nomeadamente, grandes editoras, a mídia e a crítica especializada –, seja por, em alguns casos, não ser este o objetivo, a exemplo de muitos autores da época da ditadura que se voltaram ao fantástico como forma de burlar a censura e criticar o governo, sem necessariamente se preocupar com uma associação específica e estética derivada daquele modo narrativo, como vimos, por exemplo em relação ao livro *Fazenda Modelo*, de Chico Buarque.

Em um artigo de 1993, citado por Roberto de Sousa Causo, Braulio Tavares comenta que "até o final dos anos 30, praticamente inexistiu em nosso país um movimento literário nos moldes da ficção científica americana, envolvendo escritores e leitores em contato constante, e revistas especializadas. O balanço que fizemos [...] mostra que os diversos subgêneros da literatura fantástica foram praticados de modo casual, de 'passagem', por alguns dos grandes nomes de nossa literatura e por autores menores cuja obra não provocou maior repercussão. Não tivemos, portanto, dois dos fatores que cristalizam o cultivo de um gênero: 1) a existência de uma ou mais Grandes Obras que desencadeiam dezenas de imitações por anos a fio, ou 2) a existência de um grupo organizado de autores com objetivos semelhantes, que, à força de pura e simples militância, inscrevem uma tendência intelectual na história da literatura de seu país (como são as chamadas 'escolas' ou 'movimentos')" (TAVARES *apud* CAUSO, 2003, p. 235).

Essa situação apontada por Tavares, que corrobora e confirma a tese defendida acima, começa a mudar no século XXI, com a) a publicação de títulos que alcançaram notoriedade, b) a progressiva criação de editoras e de selos específicos voltados às vertentes do insólito ficcional, c) o incrível aumento de estudos teóricos e a crescente penetração dessas questões nos meios universitários e acadêmicos brasileiros, bem como d) a criação de eventos, prêmios e reuniões congregando fãs, escritores, editores e críticos em torno de um objetivo comum: debater e valorizar a produção fantástica nacional.

Para exemplificar essa questão, apontamos alguns fatos, em torno desses quatro tópicos. Primeiro, o aumento de publicações de grande impacto comercial, como *Os Sete*, de André Vianco, no ano 2000 – mesmo ano em que Max Mallmann é indicado a finalista do Prêmio Jabuti com *Síndrome de Quimera* –, seguido por *Sétimo*, em 2002. Essas duas obras começaram o lento processo de abrir os olhos das editoras para a possibilidade de publicar obras insólitas de autores nacionais. A publicação de *A Batalha do Apocalipse*, de Eduardo Spohr, e do primeiro volume da trilogia *Dragões de Éter*, de Raphael Draccon, ambos em 2007, só veio a confirmar essa possibilidade de sucesso, sobretudo pelo fato de a obra de Spohr ter encontrado primeiro sucesso na internet, em um meio à parte do mercado editorial tradicional, e, depois, ter sido incorporado pelo mercado com grande êxito.

Não por acaso nos anos seguintes começam a surgir diversas editoras pequenas com objetivo declarado de publicar literatura fantástica nacional. Vemos, por exemplo, em um curto período surgirem as editoras Novo Século (2000), Giz (2005), Tarja (2008), Draco (2009), Estronho, Vermelho Marinho e Argonautas, as três últimas fundadas em 2010. O ano de 2009 é ainda marcado pela vinda para o Brasil do grupo português LeYa, que logo se dedicou à publicação de grandes obras fantásticas internacionais e à publicação de fantasistas brasileiros, como Draccon, Carolina Munhóz, Fabio M. Barreto, Affonso Solano e, posteriormente, Enéias Tavares, vencedor do Prêmio Fantasy em 2014, que também marca uma postura ousada do mesmo grupo em privilegiar esse tipo de publicação em seu catálogo. Já a Editora Gutenberg, do grupo Autêntica, apesar de ter sido fundada em 2003, passa, na segunda década do século XXI, a investir massivamente na publicação de autores nacionais, como a série *Legado Folclórico*, de Felipe Castilho, cujo primeiro volume saiu em 2012. Nessa época, vale ainda lembrar, diversos grupos editorias de peso, como LeYa, Rocco e Cia. das Letras, criaram selos específicos para criação de obras fantásticas, abrindo um espaço inédito para autores nacionais.

Paralelamente a essas ações, fora do campo editorial, vemos florescer na academia uma série de grupos de trabalho com foco no estudo da literatura insólita e suas variadas vertentes em diversas universidades do país, como UFPE, UFPB, UNESP e, em especial, na UERJ, onde temos o grupo *Nós do Insólito*, coordenado pelo Prof. Dr. Flavio García, e o grupo *Estudos do Gótico*, liderado pelos professores Júlio França e Luciana Colucci de Camargo. Também na UERJ ocorre anualmente o Congresso Vertentes do Insólito Ficcional, reunindo pesquisadores de todo o país. Os dois grupos – e outros a eles associados – são ainda responsáveis pela revista *Abusões* e pela Editora Dialogarts, que publicam, respectivamente, artigos e livros relacionados ao tema. Uma rápida busca por termos como "fantástico" e "insólito" no diretório dos grupos de pesquisa no site do CNPq demonstra o grande crescimento de estudos nesse segmento. Os esforços de Braulio Tavares e Roberto de Sousa Causo em compilar, estudar e publicar a produção fantástica nacional, bem como de outros pesquisadores como o próprio Júlio França, Alexander Meireles da Silva, Ramiro Giroldo, Rodolfo Londero, Maria Cristina Batalha, dentre outros, atestam essa nova tendência crítica.

Quanto à ação de fãs e entusiastas, essas duas décadas marcam a criação de diversos eventos, prêmios literários e publicações não-literárias. A começar pelo Prêmio Argos de FC e Fantasia concedido pelo Clube de Leitores de Ficção Científica (CLFC) e criado por Gerson Lodi-Ribeiro, Cesar Silva e Marcello Simão Branco no ano 2000. Também de criação de Silva e Branco, temos a excelente publicação *Anuário Brasileiro de Literatura Fantástica*, que passou a compilar em formato livro todas as publicações nacionais das vertentes do insólito ficcional. O livro foi publicado anualmente em formato impresso entre 2004 e 2015, e depois migrou para o formato digital. A dupla ainda mantém o projeto de memória literária fantasista *Almanaque de Arte Fantástica Brasileira*, onde disponibilizam as versões digitais do anuário, bem como notícias e resenhas. Outra publicação interessante é o recente *A Fantástica Jornada do Escritor no Brasil*, de Kátia Regina Souza, no qual a jornalista compila cinquenta e duas entrevistas de escritores e editores de literatura insólita, apresentando um panorama do cenário atual, do ponto de vista de quem produz essa literatura.

Em 2007, é criado pelo editor Sílvio Alexandre, o Fantasticon, um simpósio anual de literatura fantástica que reuniu até 2013, ano de sua última edição, leitores, entusiastas, autores, editores e acadêmicos, para discutir as questões concernentes às vertentes do insólito ficcional. O evento ocorreu principalmente na Biblioteca Viriato Correia, que em 2008 passou a ser uma biblioteca temática de literatura fantástica. Embora tenha acabado em 2013, o Fantasticon abriu portas para várias outras iniciativas do tipo, como a Odisseia de Literatura Fantástica, cuja primeira edição aconteceu em 2011, em Porto Alegre. Idealizada pela dupla Duda Falcão e Cesar Alcázar, que no ano anterior fundaram a Editora Argonautas. Esse evento perdura até hoje, com um aumento crescente de público. Em formato similar, também foi criado o Festival Cultural Mondo Estronho, em Curitiba, em 2014.

No que diz respeito a prêmios, para além do Argos e do Fantasy, anteriormente comentados, tivemos também a criação do Concurso FC do B (2008-2012), privilegiando a ficção científica, e, depois, a do Prêmio Hydra, em 2011, idealizado por Christopher Kastensmidt, contando com três edições. Atualmente, destacam-se dois outros eventos: a Steamcon, que reúne anualmente entusiastas da cultura *steampunk* na Vila Ferroviária de Paranapiacaba e a Comic Con Experience (CCXP), um dos maiores eventos de cultura *nerd*, *pop* e *geek* do mundo, onde, na edição de 2017, foi lançado em uma campanha de *marketing* jamais vista em território nacional o livro *Ordem Vermelha: Filhos da Degradação*, de Felipe Castilho, da Editora Intrínseca em parceria com a própria CCXP.

Dado essa conjuntura de nossa história recente, é possível perceber a formação de um movimento literário específico em torno da defesa, produção e divulgação da literatura fantástica, com especial enfoque na fantasia ou em criações híbridas aparentadas a ela. Todos esses indícios nos levam ao fantasismo. Observa-se ainda que, em um primeiro momento, houve ações isoladas, no início dos anos 2000, em grandes centros urbanos, como São Paulo e Rio de Janeiro. No fim da primeira década do novo milênio, pequenas empresas e grupos de entusiastas começaram a se reunir para celebrar e debater estas publicações, impulsionando o alcance desta literatura. Por fim, vemos nos dias atuais a participação ativa de grandes empresas, da mídia e da academia – instituições que, no século anterior, poucas relações estabeleciam com a literatura insólita – em produzir, divulgar, estudar e popularizar a literatura fantasista brasileira.

Por fim, podemos dizer que o caráter definidor de um autor fantasista é, antes de tudo, sua *intenção* enquanto produtor dessa forma de arte. Por mais que muitos autores tenham produzido obras nas quais o insólito se apresenta, em menor ou maior medida, em mais ou menos obras, poucos eram os autores que vinham a público defender sua produção pelo viés dos modos narrativos aqui descritos ou pelo aspecto popular ou comercial de suas produções, como se houvesse um demérito nesses critérios. Até pouco tempo, mesmo autores que produziam tais obras, comunicavam explicitamente que não faziam literatura fantástica e sim "ficção alegórica", "ficção pós-moderna de pastiche com objetivos críticos", ou qualquer outra nomenclatura capaz de conferir uma aura de respeito, numa compreensível temeridade de que a associação com o fantástico pudesse prejudicar a recepção ou o estudo de suas obras, o que de fato acontecia em um passado não muito remoto. Hoje, diferentemente, mais autores e autoras, muitas vezes até motivados por suas respectivas editoras, estão vindo a público noticiar que sua produção é fantástica.

Todavia convém também detalhar melhor algumas das principais características que norteiam esta nova possibilidade estética das letras nacionais, para além do sentimento de grupo e ideal comum que tem unido produtores, divulgadores, difusores e estudiosos. A primeira delas nos parece ser a ênfase na criação de universos ficcionais, como se viu nos capítulos integrados à terceira parte deste livro, sejam mundos secundários com suas novas leis físicas e biológicas, sejam mundos distópicos, futuristas, retrofuturistas ou alternativos passados no próprio planeta Terra. Essa ênfase parece unir os diferentes modos narrativos em torno de um objetivo comum. Outra característica é seu pendor para a intertextualidade por meio da paródia, do pastiche, da reciclagem, do palimpsesto ou simplesmente do diálogo com obras anteriores ou estrangeiras, marcas da metaliteratura tão típica à chamada pós-modernidade – ou ainda, pós-contemporaneidade, como dizem alguns.

Além disso, o fantasismo recupera fortemente o aspecto antropofágico da literatura modernista brasileira e o aplica a sua própria categoria, em um esforço louvável de abrasileirar, aclimatar e conferir cor local a modos narrativos importados, distanciando-se de suas matrizes. É graças a esse processo que temos uma cidade *steampunk* como a Porto Alegre dos Amantes de *A Lição de Anatomia do Temível Dr. Louison* em oposição às constantes histórias retrofuturistas passadas em Londres ou a celebração das mitologias e religiões indígenas e africanas que vimos em detalhes anteriormente em diálogo com as constantes releituras das mitologias europeias pelas sagas de fantasia, como *Percy Jackson*. É também esse viés que nos brinda com uma São Paulo *noir* e mágica, como a criada por Eric Novello, que dialoga com a Londres de baixo de Neil Gaiman, ou ainda, a Untherak de Felipe Castilho, que mistura elementos de mundos fantásticos tradicionais com as favelas brasileiras.

Com isso não se pretende mostrar que o fantasismo brasileiro seria uma literatura que copia moldes estrangeiros, com imitações aclimatadas. Ao contrário, nosso objetivo é apresentar uma literatura que sabe trabalhar suas referências, tanto nacionais como estrangeiras, em continuidade a toda uma tradição, brasileiríssima em essência, que remonta o romantismo e toda a nossa história literária subsequente, como exemplificado e detalhado ao longo destas páginas. Trata-se, pois, de uma literatura que teve tempo de amadurecer em um longo processo marcado por preconceito, descaso e despeito, mas que, ao fim e ao cabo, conseguiu conquistar seu lugar ao sol.

POSFÁCIO

UMA QUESTÃO LITERÁRIA PARA O SÉCULO XXI

Roberto de Sousa Causo

O principal produto da cultura brasileira é o esquecimento. Costumamos nos esconder desse fato atrás de justificativas muito repetidas, mas que nunca fizeram muito sentido. A principal delas é a de que o *tempo* – ele mesmo uma abstração sem senso crítico ou noção de justiça – faz a seleção do que deve ou não permanecer para a posteridade. Uma falácia que esconde, ao mesmo tempo, a preguiça em emitir opiniões e o jogo de forças por trás da seleção efetiva realizada pelos atores do sistema literário – no caso específico da literatura, que é o interesse deste notável livro que você tem em mãos.

Alguém sempre escolhe, e esse alguém, que muitas vezes se apresenta como autoridade em razão de formação, bom gosto ou posição de destaque nos meios de comunicação ou aparelhos culturais, não está distante de empregar no campo da política literária, os mesmos recursos baixos utilizados na política partidária ou ideológica, como o Dr. Martim Vasques da Cunha apontou no seu importante embora desastrado ensaio *A Poeira da Glória* (2015). Recursos que incluem a difamação, a desonestidade intelectual no momento da crítica, e o empenho em colocar inimigos literários no ostracismo acionando aliados em círculos intelectuais e artísticos – e atualmente, fomentando consensos fabricados nas redes sociais.

Outro argumento, muito ouvido há alguns anos no ambiente da literatura especulativa (ficção científica, fantasia e horror) brasileira, é o de que a internet e os recursos de comunicação e socialização advindos dela representam uma mudança radical de paradigmas. E essa mudança tornaria irrelevante o que veio antes, já que a maior necessidade seria o fomento e a criação de espaços para a geração de autores (no que chamei de Terceira Onda da Ficção Científica Brasileira) surgida dentro desses novos paradigmas.

O que se expressava então era, antes de qualquer outra coisa, a ansiedade de jovens escritores em serem publicados, comentados e integrados a um mercado editorial de literatura especulativa que, na época, crescia de maneira sem precedentes. Trata-se, de qualquer modo, de outra instância de política literária, uma que ignora a importância do diálogo intertextual como mecanismo de evolução literária – e que nega a possibilidade de um diálogo específico com textos *brasileiros*, e não apenas com as influências internacionais contemporâneas. Essa postura tem uma resposta óbvia: quem não está disposto a lembrar, dificilmente será lembrado. Porque com essa negação solapamos a formação de um futuro quadro institucional disposto e apto a lembrar.

Finalmente, existe ainda a questão do lugar destinado, dentro das letras brasileiras e do atual sistema literário, tanto à literatura especulativa propriamente, quanto aos outros ramos agrupados dentro do útil conceito do Prof. Flavio García, o *insólito*. O que subjaz aqui é que essa produção ou esse aspecto da literatura brasileira, dentro do sistema literário, não mereceria ser lembrado. Seria "secundário", "minoritário", "irrelevante", "subliterário", "impertinente", "espúrio", "ideológico"... Dependendo, é claro, do alvo da avaliação. Secundário, quando ocorrendo na obra de grandes nomes como Machado de Assis, Mário de Andrade, Menotti Del Picchia, Monteiro Lobato, Erico Verissimo, Jorge Amado, João Guimarães Rosa, Dinah Silveira de Queiroz, Antonio Olinto, Lygia Fagundes Telles, Ignácio de Loyola Brandão, Conceição Evaristo, Rubem Fonseca, João Ubaldo Ribeiro, Flávio Carneiro, Rubens Figueiredo e Nelson de Oliveira. Subliterário, quando configurado como um gênero popular como a ficção científica, a fantasia e o horror – vistos pela *intelligentsia* como parte da "indústria cultural" ou "mera literatura de entretenimento".

Diante desse estado de coisas, é preciso um *tipo especial de generosidade* para contextualizar historicamente uma produção como a literatura especulativa, no contexto das letras brasileiras. Escrito pelos Profs. Enéias Tavares e Bruno Anselmi Matangrano, *Fantástico Brasileiro: O Insólito Literário do Romantismo ao Fantasismo*, vem se juntar a uma pequena produção de livros que se incumbiu de – muitas vezes para além da muleta intelectual do *recorte de pesquisa* – levantar, interpretar e nos lembrar da existência e da importância dessa produção no Brasil. Entre eles estão *Viagem às Letras do Futuro: Extratos de Bordo da Ficção Científica Brasileira: 1947-1975* (2002), de Francisco Alberto Skorupa; *Ficção Científica Brasileira: Mitos Culturais e Nacionalidade no País do Futuro* (2004), de M. Elizabeth Ginway; a iniciativa em vários volumes do *Anuário Brasileiro de Literatura Fantástica* (2004 a 2013), de Cesar Silva & Marcello Simão Branco; e *Atmosfera Rarefeita: A Ficção Científica no Cinema Brasileiro* (2013), de Alfredo Suppia.

Essa generosidade é em si mesma uma ousadia, que Tavares & Matangrano multiplicam ao colocarem sob a mesma chave grandes autores do romance e do conto brasileiro, ao lado dos menos conhecidos, desconhecidos ou iniciantes – como conterrâneos de um mesmo território literário. Tamanho ecletismo e destemor tem precedente no singular *Fantastic, Fantasy and Science Fiction Literature Catalog* preparado por Braulio Tavares para a Fundação Biblioteca Nacional, em 1991. O insólito abraça a todos, e essa postura não hierarquizante também é algo a ser reconhecido e aplaudido, no trabalho dos autores de *Fantástico Brasileiro*.

Mais do que a perspectiva cronológica, o livro tem uma divisão engenhosa cujos tópicos sublinham a mais interessante perspectiva da Terceira Onda – a problemática da diversidade e da representatividade. A ênfase na fantasia – que sentimos no conceito do fantasismo – e na literatura para jovens, são outros pontos constantes da Terceira Onda, aqui também representados com a mesma preocupação de abrangência. Assim como a recorrência à tradição da escrita *pulp*, nem sempre bem manipulada pela Terceira Onda, mas estabelecida como símbolo de desejo de se engajar o leitor e renunciar ao elitismo literário e à mesmice da alta literatura brasileira, demanda que também caracteriza a situação da leitura e da literatura no século XXI.

Ao expressar esses tópicos de retórica literária e das estratégias de ação da Terceira Onda, *Fantástico Brasileiro* se une ao também recente livro de Kátia Regina Souza, *A Fantástica Jornada do Escritor no Brasil* (2017), como um texto que traduz o caráter desse momento tão intenso e inédito dentro da trajetória nacional seja da literatura especulativa, seja do insólito – este, incorporado sob a forma do absurdismo metaficcional (ou *fabulation*, na expressão do acadêmico americano Robert Scholes) à ficção pós-modernista brasileira desde a década de 1970, e sublinhado pelos autores da Geração 90.

Diversidade e representatividade parecem compor o ponto mais relevante deste momento da Terceira Onda. O "Manifesto Irradiativo" (2015), dos escritores Alliah & Jim Anotsu[46], e o consequente Encontro Irradiativo (realizado também em 2015) certamente serviram para marcar a eclosão dessa tendência. Nela temos, muito bem expresso no livro de Tavares & Matangrano, o fantástico brasileiro como uma alternativa ao infeliz estado de coisas que trouxe perplexidade à Profa. Dra. Regina Dalcastagnè (UnB)[47], quando o segundo *round* da sua pesquisa sobre o perfil demográfico dos narradores e personagens de ficção na literatura brasileira revelou que pouco havia mudado desde a sua denúncia inicial, há mais de uma década (2005), de que as letras nacionais são ocupadas pela figura do homem branco, heterossexual e de classe média, com valores estagnados e focado majoritariamente na metalinguística da escrita literária. O fato da Dra. Dalcastagnè ter se concentrado em três editoras que representaria o núcleo duro (engessado?) da literatura brasileira contemporânea, e de ter excluído deliberadamente qualquer forma de ficção de gênero, é uma daquelas instâncias em que a impertinente instituição do *recorte de pesquisa* escusa o pesquisador de buscar remédios para o mal que ele denuncia. Sem esse olhar para fora, a própria voz que exige mudanças acaba sendo uma daquelas que condena a todos, sem salvar ninguém.

Devo dizer que os resultados levantados por Dalcastagnè não são e nunca foram surpresa para mim. Já por volta de 1993 eu pedia, implorava e exigia uma variação temática, uma busca maior por representatividade, por enfoques literários diversos dentro da literatura especulativa brasileira. *O país que possui a maior biodiversidade do mundo não pode ser o país da monocultura*, eu disse mais tarde, numa metáfora ecológica. Se a *lit spec* brasuca deseja não apenas existir e não só vender bem, mas ser *relevante*, ela precisa compor um ecossistema forte e diversificado. Não só para crescer e frutificar em si mesma, mas para constituir ela mesma uma variação diversificação que se posicione em simultânea articulação e divergência perante o *mainstream* literário. Um bioma distinto, dentro do ecossistema maior da literatura brasileira.

A proposta de que esse bioma — uma corrente, prática ou conjunto de possibilidades — teria o potencial para contestar, redirecionar ou reposicionar pontos como os levantados por Regina Dalcastagnè, é uma questão literária significativa para as letras nacionais no século XXI. E ela está implícita, eu creio, no anúncio do fantasismo como um movimento literário, feito nas páginas deste livro.

Vale lembrar que antes, no ensaio "Convite ao Mainstream" (de 2009), o escritor Luiz Bras (Nelson de Oliveira) havia apontado o esgotamento dos modelos de protagonista na ficção brasileira contemporânea, e levantado a ficção científica como um possível antídoto. Nisso – assim como Tavares & Matangrano, no plano maior da literatura especulativa –, ele enxerga em um gênero literário popular uma força que, em diálogo com o *mainstream*, poderia conduzir a literatura brasileira a direções diferentes e produtivas. Quem sabe até sacudi-lo em suas certezas.

Tudo isso faz com que o livro de Enéias Tavares & Bruno Anselmi Matangrano não seja exclusivamente um estudo que encara o passado remoto ou recente dessa produção literária esquecida. Lembrar o passado é importante porque todos aqueles que vieram antes no insólito e na literatura especulativa formam um contingente considerável — e você precisa de um exército atrás de si, se quiser fincar sua bandeira em território ocupado. Eu suspeito que *Fantástico Brasileiro* encara com mais intensidade ainda o futuro da literatura que ele investiga.

São Paulo, 15 de março de 2018.

Bacharel em Letras Inglês/Português, e Doutor em Estudos Linguísticos e Literários em Inglês, ambos pela Faculdade de Letras da Universidade de São Paulo (USP), Roberto Causo *é autor dos livros de contos* A Dança das Sombras *(1999),* A Sombra dos Homens *(2004) e* Shiroma, Matadora Ciborgue, *e dos romances* A Corrida do Rinoceronte *(2006),* Anjo de Dor *(2009),* Glória Sombria: A Primeira Missão do Matador *(2013) e* Mistério de Deus *(2017), e do estudo* Ficção Científica, Fantasia e Horror no Brasil *(Editora UFMG, 2003). Seus contos, mais de oitenta, foram publicados em revistas e livros de onze países. Foi um dos três classificados do Prêmio Jerônimo Monteiro (1991), da* Isaac Asimov Magazine, *e no III Festival Universitário de Literatura, com a novela* Terra Verde *(2000); foi o ganhador do Projeto Nascente 11 (da USP e do Grupo Abril) em 2001 com* O Par: Uma Novela Amazônica, *publicada em 2008.*

APÊNDICE A

DIVULGADORES DO FANTÁSTICO: PORTAIS, CANAIS, PODCASTS E REVISTAS DE LITERATURA

Hoje, é difícil separarmos o mercado literário e seus meios de divulgação e difusão tradicionais – jornais, revistas, livrarias e eventos – de fenômenos midiáticos que alteraram substancialmente a forma como livros e autores são vistos, conhecidos e comentados. Em 2018, qualquer projeto editorial, ao planejar o *marketing* de uma obra, contempla portais digitais, redes sociais, *podcasts* literários e canais de Youtube, pois dependendo da ação, estamos falando de um alcance de dezenas de possíveis leitores, quando não de milhares.

Alguns acadêmicos já reconhecem esse fenômeno – e alguns até se inserem nesse meio, como o professor Alexander Meireles da Silva – como "elemento essencial na engrenagem do sistema literário" e seus agentes como integrantes fundamentais do campo literário. Segundo Marcello de Oliveira Pintos, "essa série de atores sociais que produzem novos textos sobre os textos literários" passou a ser conhecida e reconhecida como atuantes do "espaço da pós-produção literária" (2015, p. 163). Para o debate que segue, não entraremos aqui no mérito da discussão sobre quais sistemas seriam os mais adequados, válidos ou pertinentes, pois acreditamos se tratarem de suportes e espaços *diferentes* que – salvo raras exceções – se comunicam com públicos *variados*.

Além disso, no caso da literatura fantástica hoje, o diálogo com as redes e plataformas digitais também ganha outro sentido, uma vez que diversos autores, ao conceberem seus mundos insólitos, levam em conta expansões transmídia como audiodramas, *booktrailers*, infográficos e artes inéditas, entre outras mídias produzidas e consumidas exclusivamente em ambientes virtuais. Tais ações demonstram que o fazer literário atual muitas vezes demanda outros mecanismos e diálogos, diferentes daqueles contemplados pelo *marketing* literário tradicional. Nesses casos, raramente essas ações partem de um fascínio exclusivo com a tecnologia digital e sim da percepção de que tais mídias, cedo ou tarde, poderão levar outras audiências ao livro, algo que talvez, sem a intermediação dessas ações, não fosse acontecer.

Os sucintos parágrafos a seguir, dedicados a quatro fenômenos digitais específicos – portais, *podcasts*, canais e revistas –, não compõem uma lista completa ou detalhada e sim um primeiro recorte sobre exemplos considerados mais relevantes pelo alcance e pela longevidade das ações de seus produtores e/ou pela singularidade de suas propostas. Não incluímos aqui, por razões que dizem respeito a escopo e também relevância à nossa discussão, portais, podcasts, canais e revistas que a) pouco ou nada mantêm relação com o fantástico b) brasileiro c) literário. Como em todos os demais capítulos, a seleção abaixo não se pretende exaustiva, mas sim um primeiro caminho para adentrar este universo.

No decorrer dos anos 2000, portais literários importantes como *Literatortura*, *Estronho & Esquésito*, *Cabine Literária* e *Psychobook* reuniam em suas páginas e também em suas contrapartes nas redes sociais um grande número de seguidores, entusiastas e parceiros. Nos últimos anos, esses canais ou fecharam definitivamente por motivos variados ou continuaram em outras plataformas, como o Youtube. Hoje, destacamos o portal *Acervo do Leitor*, *site* de resenhas capitaneado por Diego Ribeiro, Artur Moraes, Guilherme Caciano e Lucas Ramos. O Acervo hoje se mostra importante por ser também o organizador do grupo de discussões *Reino dos Livros* no Facebook, grupo que, em janeiro de 2018, já passava de 50 mil integrantes, que publicam notícias diárias e promovem discussões sobre literatura fantástica nacional e estrangeira. Outro caso similar é o que acontece com o portal *Intocados*, editado por Anderson Tiago, que mantém relação com o grupo de discussões *Livros de Fantasia e Aventura – SKOOB*, gerenciado por Vagner Stefanello e Eduardo Schimitt. A importância desses portais e grupos já é reconhecida por editoras como LeYa, Arqueiro e Intrínseca, parceiras de vários de suas ações, como divulgações de capas, sorteios e resenhas.

Há também iniciativas locais e bastante atuantes nos seus contextos regionais, sendo que algumas delas já alcançam destaque e visibilidade nacional. É o caso do portal *geek* e *pop* sediado em Recife, *CosmoNerd*. Dirigido por Victor Morais e Rildon Oliver, com apoio de Édipo Pereira, Luke Muniz, Charles Castro, Cynthia Nogueira e Rharison Almeida, o portal publica notícias diárias sobre cinema, quadrinhos e literatura, e dedica especial atenção à literatura nacional. Entre seus colunistas, Enéias Tavares é o autor do *Bestiário Criativo*, coluna de escrita de ficção fantástica que conta com a participação de mais de 40 escritores da cena fantasista contemporânea. *CosmoNerd* também sedia o *podcast Pulsar* e o canal homônimo no Youtube. Igualmente importante em sua cena local é o portal *Academia Literária DF*, iniciativa de Luciano Vellasco e Helken Araújo, que tem movimentado a cena literária do Planalto Central.

Há outros *sites* que também se destacam pela longevidade e pela regularidade de suas publicações, em especial por publicarem resenhas de obras literárias, sendo que muitas delas de caráter fantástico, como os *blogs Sem Serifa*, criado pela editora Bárbara Prince e pela tradutora e escritora Isa Próspero, o *Estante Diagonal*, mantido pela Joice Cardoso, Liliane Dalpizol e Izabel Ryokobel, o *Listas Literárias*, mantido por Douglas Eralldo, o *Nerd Geek Feelings*, editado por Rodrigo Ferreira, o *MinasNerds*, liderado por Gabriela Franco, e o *Universo dos Leitores*, coordenado por Isabela Lapa.

Em contrapartida a essas iniciativas exclusivamente literárias, há portais de notícias do mundo *pop*, *nerd* e *geek* que passam gradativamente a dar maior destaque à literatura fantástica nacional, como ocasionalmente acontece com os portais *Cinema com Rapadura* e *Jovem Nerd*, sendo este não apenas um grande motivador do sucesso inicial de Eduardo Spohr como também criador de um selo de livros, a *NerdBooks*, que hoje publica autores como Leonel Caldela e sua série de alta fantasia *A Lenda de Ruff Ghanor*. Nessa direção, um exemplo interessante é o Grupo Omelete, que não só firmou uma parceria com a Editora LeYa para publicação de obras estrangeiras fantásticas envolvendo universos cinematográficos e quadrinísticos, como lançou, com grande divulgação, a série *Ordem Vermelha*, de Felipe Castilho, com edição de Daniel Lameira e publicação da editora Intrínseca. O fato de esse projeto ter sido publicado por uma grande editora e em parceria com um portal como Omelete e num evento como CCXP – Comic Con Experience, ilustra o crescente investimento e reconhecimento da literatura fantástica nacional.

Outro segmento importante são os *podcasts* literários. Com um formato que propicia discussões mais profundas sobre os temas escolhidos, há projetos bem inovadores e interessantes. Um dos mais tradicionais nesse segmento é o *NerdCast* criado por Eduardo Spohr para discutir literatura, cultura e RPG, além dos bastidores da sua série *Os Filhos do Éden*. Outro *podcast* de grande repercussão é o *Matando Robôs Gigantes*, criado pelos amigos Didi Braguinha, Beto Estrada e Affonso Solano, *podcast* que também tem canal no Youtube. O fato de Solano ter sua carreira como escritor direciona também alguns episódios para temática literária e fantástica. Outro *podcast* de grande repercussão é o *Iradex*, apresentado por PH Santos.

Enquanto *podcasts* exclusivamente literários, há o bem conhecido *CabulosoCast*, uma das grandes referências do formato entre os amantes de literatura, tendo por organizadores Lucién O Bibliotecário e Domenica Mendes. Domenica também gerencia o projeto *O Podcast é Delas* e o *podcast* do portal *CovilGeek*, este ao lado de Rodrigo Basso. Andrei Fernandes, autor independente de *Kalciferum*, é o idealizador do *Mundo Freak*, *podcast* de temas variados que também trata de literatura.

Já o *podcast Caixa de Histórias*, apresentado por Paulo Carvalho, tem por diferencial apresentar uma dramatização da obra discutida em cada episódio, sempre com um convidado especial do meio literário. A carreira de narrador de audiolivros de Paulo Carvalho dá a essas aberturas dramatizadas uma mostra das qualidades desse formato, ainda novo no Brasil. Outra figura frequente do meio é Mario Marcio Félix, que além de *podcaster*, é professor de literatura. Carvalho e Félix também tem uma carreira num formato que ganha mais e mais espaço no Brasil: o de audiolivros. O primeiro tem trabalhado com a paulistana *Tocalivros* e o segundo com a carioca *Ubook*, as duas maiores produtoras desse segmento no Brasil.

Para quem deseja escrever ficção, a recomendação é *Os 12 Trabalhos do Escritor*, idealizado por AJ Oliveira. Como seus episódios são dedicados a diferentes facetas da escrita de ficção, não raro a fantástica, como ideia inicial, estrutura, estilo e vida literária, Oliveira sempre recebe escritores para tratar desses temas. Essa característica faz do seu *podcast* um excelente registro de processos criativos, já tendo recebido autores como André Vianco, Leonel Caldela, Enéias Tavares, A. Z. Cordenonsi, Nikelen Witter, Felipe Castilho e Eric Novello.

No Youtube, o fenômeno e o impacto dos resenhistas – chamado de Booktubers – é ainda maior. Dos três fenômenos discutidos aqui, é certamente essa plataforma a que tem possibilitado a muitos desenvolvedores viver do seu trabalho, tornando-se assim profissionais de relevância no mercado editorial. Boa parte desses está não apenas no Youtube como também em portais literários que publicam conteúdos similares aos disponibilizados em suas resenhas em vídeos. Nomes como Tatiana Feltrim, do canal e portal *Tiny Little Things*, Bruna Miranda, com canal homônimo, e Juliana Cirqueira, do canal e *site Nuvem Literária*, além do canal *Cabine Literária*, de Danilo Leonardi, têm se mostrado bastante influentes no cenário brasileiro de literatura fantástica.

Um canal que merece particular atenção é o *Fantasticursos*, nascido de um *blog* de mesmo nome, idealizado pelo professor Alexander Meireles da Silva, da Universidade Federal de Goiás (UFG). Nele, Alexander apresenta tanto resenhas ligadas às vertentes do insólito ficcional de livros, filmes e séries, quanto apresenta breves aulas, bastante informais e divertidas, nas quais discute conceitos norteadores de cada categoria, em vídeos como "O que É Ficção Científica?" ou "O que É Fantasia", em um esforço louvável de divulgação, para o grande público, da ciência desenvolvida nas universidades.

Outros nomes que merecem menção pela seriedade, frequência e longevidade de seu conteúdo audiovisual, são Victor Almeida, do canal *Geek Freak*, Isabella Lubrano, do *Ler Antes de Morrer*, Raquel Moritz, do *Pipoca Musical*, Gabriela Colicigno e Roberto Fideli, do *Who's Geek*, Gabriela Pedrão, de *É o Último, Juro*, Thaís Cavalcante, do canal *Pronome Interrogativo*, Cristian Oliveira e Alison Iared, do *Índice X*, Paty Argachof, do canal *Borogodó*, Anna Schermak, de *Pausa para um Café*, Mayra Sigwalt, do canal *All about that Book*, e Maria Angélica, do canal *Vamos Ler!*

Por fim, enfatizamos o papel das revistas digitais que objetivaram a divulgação do Fantástico em nosso país. A *Revista Fantástica*, criada pelo escritor Luiz Ehlers, autor de *Divindade das Chamas Gêmeas*, durou apenas 4 edições, mas registra até hoje o cenário da fantasia em nosso país entre os anos de 2010 e 2011. Por sua vez, a versão brasileira da revista *Bang!*, da editora lusitana Saída de Emergência, também teve vida curta: apenas 2 edições entre 2013 e 2014, mas grande difusão, não apenas em caráter digital, como também pela versão impressa de grande tiragem e distribuída gratuitamente em livrarias e eventos. Entre os destaques dessa publicação, estão os dois artigos de Bruno Anselmi Matangrano que apresentam o primeiro esboço da pesquisa que resultou na exposição e neste livro dedicado ao fantástico brasileiro.

De publicações digitais, vale lembrar também a revista *Somnium*, revista oficial do CLFC – Clube de Leitores de Ficção Científica. Com impressionantes 113 edições publicadas desde 1986, seu número mais recente é dedicado ao escritor Max Mallmann. Outro exemplo atual é a *Trasgo*, revista de ficção científica e fantasia editada por Rodrigo van Kampen. Com uma política cuidadosa de recebimento e avaliação de originais e pagamento de autores, a Trasgo tem se destacado pelo profissionalismo de seu trabalho editorial, sempre trazendo, além de histórias curtas de ficção fantástica, ilustrações e entrevistas com seus autores. Em 2017, a revista compilou suas primeiras 4 edições em um volume físico a partir de uma campanha de financiamento coletivo.

Por fim, mencionamos aqui uma última revista, que, contudo, foi apenas impressa: a *Arte & Letra Estórias*, projeto idealizado pelos irmãos Thiago e Frede Tizzot e publicada de 2008 a 2015, que reuniu vários nomes comumente associado ao fantástico tanto nacional quanto internacional, tanto do presente quanto do passado. Com design gráfico singular e no decorrer de 24 números, cada um nomeado com uma letra do alfabeto, autores como Roberto de Sousa Causo, Ana Cristina Rodrigues e Cesar Alcázar, entre dezenas de outros, publicaram em suas páginas peças curtas de ficção, ao lado de nomes como Stephen King, Saramago, Isaac Asimov, L. Frank Baum e Edgar Allan Poe.

A revista nasceu de uma vontade de seus editores de resgatar obras esquecidas e de abrir um espaço para jovens autores. Nesse sentido, Thiago Tizzot, comenta: "Existiam muitos textos e autores inéditos ou fora de catálogo no Brasil. Como não poderíamos publicar todos, o formato da revista foi a solução que encontramos. Funcionou muito bem" (*apud* CAUSO, 2014, p. 27). A longevidade desse projeto, a qualidade gráfica da edição e a importância nos nomes nela publicados deixaram saudade, levando o público a questionar se não estaria na hora de surgir uma nova publicação voltada à produção literária nacional.

APÊNDICE B

EDITORAS NACIONAIS DO FANTÁSTICO

Nos últimos tempos, é visível o aumento de publicações relacionadas às diversas vertentes da literatura insólita, e isso não seria possível sem o crescente interesse de editoras grandes, médias e pequenas por obras associadas a temáticas fantásticas. Nesse sentido, como uma forma de reconhecer esse respeitável trabalho editorial, fizemos um levantamento de algumas casas editoriais que desempenharam um importante papel na publicação e difusão da literatura fantástica nacional.

34 – Fundada em 1992 em São Paulo, capital, a Editora 34 sempre se focou na publicação de clássicos mundiais e livros teóricos de ciências humanas. Em seu catálogo, no entanto, figuram também importantes obras fantásticas, não apenas clássicas, como *O Capote*, de Nikolai Gógol e *James e o Pêssego Gigante*, de Roald Dahl, como também contemporâneas, tanto internacionais, como *Os portais de Anúbis*, de Tim Powers – uma das primeiras obras *steampunk* –, quanto nacionais, como *Viagem à Trevaterra*, de Luiz Roberto Mee, e *A Pedra do Meio-Dia ou Artur e Isadora*, de Braulio Tavares.

9Bravos – A jovem 9Bravos, localizada em Salvador (BA), lançou suas primeiras obras em 2013, desde o começo mostrando predileção por duas áreas bastante distintas: a arquivologia e a fantasia. Neste segundo grupo, a antologia *Tomos Fantásticos*, com contos de autores da cena fantástica brasileira, dentre eles, Ana Lúcia Merege, Ana Cristina Rodrigues, A. Z. Cordenonsi e Gian Danton, autor da fantasia histórica *Galeão*, também lançado pela 9Bravos. Unindo suas duas áreas, publicou *A Ordem dos Arquivistas: Centésimo*, de Ricardo Sodré Andrade.

Alaúde – A editora paulista Alaúde tem em seu catálogo obras de temáticas variadas. No que diz respeito ao fantástico, lançou tanto clássicos quanto obras contemporâneas, a exemplo do thriller sueco *Mortos entre Vivos*, de John Ajvide Lindqvist. Destaca-se ainda pela coleção *Necrópole*, cujos três volumes, lançados entre 2005 e 2008, trazem contos de autores brasileiros de literatura fantástica, como Gianpaolo Celli, Richard Diegues, Nazareth Fonseca e Eric Novello.

Aleph – A editora Aleph, localizada em São Paulo, capital, foi fundada em 1984, no intuito de lançar no mercado brasileiro obras da então recente área acadêmica do turismo. Em pouco tempo, porém, encontrou na ficção científica um nicho a ser explorado e desde então já lançou obras dos maiores autores desta vertente narrativa, como Isaac Asimov, Frank Herbert, William Gibson, Philip K. Dick, Pierre Boule e muitos outros. Em seu catálogo figuram ainda autores nacionais de horror, como Nazareth Fonseca e, recentemente, André Vianco.

Andross – Fundada em São Paulo, capital, em 2004, a Andross se especializou na publicação de antologias temáticas, na maioria das vezes dedicadas às vertentes do fantástico, publicando autores iniciantes ao lado de figuras já consagradas no mercado, como Helena Gomes e Roberto de Sousa Causo. Para além das coletâneas, a Andross Editora também publicou alguns romances, como a série juvenil *Fábulas da Terra*, de Paola Giometti.

Aquário – A casa fluminense Aquário Editorial nasceu em 2014, demonstrando desde o início a predileção pela literatura fantástica e por histórias em quadrinhos. Responsável pela publicação em livro das elogiadas tirinhas de Carlos Ruas, também lançou as coletâneas de contos *Anacrônicas*, de Ana Cristina Rodrigues e *O Outro Lado da Cidade*, que conta com nomes importantes, como Bárbara Morais. Foi também pela Aquário Editorial que Max Mallmann lançou sua última obra, *Tomai e Bebei*.

Argonautas – Fundada em 2010, pelos escritores Cesar Alcázar e Duda Falcão, a Argonautas se especializou em lançar coletâneas de contos de temática fantástica. Dentre os títulos lançados, destacam-se os volumes da coleção *Sagas*, os títulos consagrados ao universo lovecraftiano e *Crônicas de Espada e Magia* (em coedição com a Arte & Letra), que traz textos de autores brasileiros, como Max Mallmann e Carlos Orsi, e internacionais, como George R. R. Martin.

Arte & Letra – Editora curitibana fundada em 2001, a Arte & Letra é conhecida por suas edições primorosas, muitas vezes artesanais, vencedoras de vários prêmios. Para a literatura fantástica, legou a publicação de autores clássicos como Lorde Dunsany e Robert Chambers, bem como os brasileiros Fausto Fawcett, Cesar Alcázar, Ana Cristina Rodrigues e Thiago Tizzot. Além disso, publicou entre 2008 e 2015 a célebre *Revista Arte e Letra: Estórias*, que reuniu contos de autores clássicos e contemporâneos, nacionais e internacionais, muitos deles fantásticos.

Artes & Ofícios – Apesar de não ter muitos títulos dedicados ao fantástico, esta editora porto-alegrense publica as séries de Carmen Seganfredo e A.S.

Franchini, que citamos no capítulo dedicado ao imaginário africano, em que compilam histórias das mais variadas mitologias. Também publicaram obras fantásticas voltadas para o público infantil e juvenil de autores como Caio Riter e Simone Saueressig.

Ateliê – Editora sediada em Cotia, na grande São Paulo, é mais conhecida pela publicação de obras clássicas e teóricas, nas áreas de artes e ciências humanas; todavia, há em seu catálogo algumas obras singulares de literatura insólita, desde os antigos *Pantagruel*, de François Rabelais, e *Orlando Furioso*, de Ludovico Ariosto, passando pela interessante *Antologia da Literatura Fantástica Antiga*, de Marcelo Cid, chegando até os contemporâneos *A Máquina Peluda* e *Adorável Criatura Frankenstein*, ambos de Ademir Assunção.

Ática / Scipione – Uma das mais tradicionais casas editoras de São Paulo, a Ática foi fundada em 1965, tendo posteriormente adquirido a Editora Scipione. Atualmente, ambas fazem parte do grupo Somos Educação. Tanto a Ática quanto a Scipione se especializaram na publicação de livros didáticos e de obras clássicas. Nesse sentido, é graças a elas que grandes clássicos fantásticos se encontram no mercado. Mas, mais do que isso, devemos à Editora Ática nada menos do que a *Coleção Vaga-Lume*, composta apenas de autores nacionais, cuja maior parte dos títulos se enquadra como fantástico. Além de vários outros autores de obras infantis e juvenis, como Joel Rufino dos Santos e Rosana Rios.

Avec – A recente Avec, fundada em 2014, em Porto Alegre (RS), traz em sua missão o objetivo de publicar literatura fantástica brasileira de qualidade, meta que vem sendo fielmente cumprida. Em seu catálogo, destacam-se os títulos *Le Chevalier e a Exposição Universal*, de A. Z. Cordenonsi, *Treze*, de Duda Falcão, *O Caminho do Louco*, de Alex Mandarino e o recente *A Alcova da Morte*, escrito a seis mãos por Enéias Tavares, Nikelen Witter e A. Z. Cordenonsi.

BesouroBox – A editora porto-alegrense BesouroBox possui um catálogo de temática bastante variada. No que diz respeito ao fantástico, publicou obras voltadas ao público juvenil, como *O Filho do Açougueiro* e *O Monge Rei e o Camaleão*, ambos de Christian David. Também é a casa das coletâneas *Tu Frankenstein*, organizadas pelo escritor Duda Falcão, obras derivadas das últimas edições do evento de mesmo nome que acontece durante a Feira do Livro de Porto Alegre.

Biruta – Iniciando suas atividades no ano 2000, a Biruta tem como público os pequenos e jovens leitores. Grande parte do catálogo é constituído de literatura que flerta com o fantástico. Destas, destacamos dois recentes livros de

Helena Gomes: *Princesas, Bruxas e uma Sardinha na Brasa: Contos de Fadas para Pensar sobre o Papel da Mulher* – escrito em parceria com Geni Souza – e *Dragões, Maçãs e uma Pitada de Cafuné* – com Susana Ventura. Vale ainda lembrar da coleção *Contos para não Dormir*, de Adriano Messias.

Callis – Fundada em 1987, a Callis tem um extenso catálogo de livros juvenis e infantis e didáticos. Dentre aqueles voltados aos universos fantásticos, temos a fantasia urbana *Pérola: O Ano do Dragão*, de Georgette Silen e Rosana Rios, e a alta fantasia *Onze Reis: Principia*, de Tiago P. Zanetic.

Casa Lygia Bojunga – Editora da Fundação Cultural Casa de Lygia Bojunga, alocada no Rio de Janeiro (RJ). A proposta dessa casa editorial é publicar as obras da premiada autora gaúcha.

Cia. das Letras / Cia. das Letrinhas / Seguinte / Objetiva / Suma – Talvez a mais prestigiada das casas editoriais brasileiras, a Cia. das Letras, fundada em 1986, bem como seus selos Cia. das Letrinhas e Seguinte, hoje fazem parte do grupo Penguin Randon House, o maior grupo editorial do mundo. Em 2015, a Cia. das Letras se juntou à respeitada Objetiva, e a seus selos Alfaguara e Suma, que, por sua vez, recentemente foi anunciado como o selo *Geek* do grupo. O grupo teve uma contribuição imensa para as letras fantásticas, não apenas publicando autores de grande renome internacional como Stephen King, Susanna Clarke e H. G. Wells, como também trazendo autores brasileiros que se dedicam ao fantástico. É o caso de Lygia Fagundes Telles, Amilcar Bettega, Moacyr Scliar, e dos trabalhos recentes de Raphael Montes, autor de *O Vilarejo*, e Eric Novello, autor da distopia *Ninguém Nasce Herói*. Poderíamos citar ainda os autores Joca Reiners Terron, Santiago Nazarian, Antonio Xerxenesky, Reginaldo Prandi e tantos outros comentados ao longo deste panorama.

Cortez – Editora paulistana especializada em títulos de educação e ciências sociais, também tem um grande catálogo de títulos indicados para o público infantil e jovem, publicando autores como Rogério Andrade Barbosa e Simone Saueressig.

Corvo – A Editorial Corvo, selo do grupo ACP, criou em 2014, a Coleção R. F. Lucchetti, no intuito de relançar as obras deste importante escritor de terror, que por tanto tempo ficaram fora de catálogo.

DarkSide – Uma das mais importantes editoras da atualidade para a literatura de horror, a DarkSide é conhecida pela qualidade gráfica de seus livros. Seu catálogo é constituído em grande parte por obras estrangeiras de horror, dentre clássicas e contemporâneas, mas possui também obras de outras vertentes do insólito como o romance steampunk *O Circo Mecânico Tresaulti*, de Genevieve Valentini, e o recente terror nacional *Ultra Carnem*, de Cesar Bravo.

DCL / Farol Literário – A DCL (Difusão Cultural do Livro) é uma editora paulista fundada em 1966, detentora de um imenso catálogo de temática variada. Dentre as obras fantásticas de maior relevância publicados pela editora temos *Sangue de Lobo*, de Helena Gomes e Rosana Rios, esta última também autora de *Olhos de Lobo*, publicado pelo selo jovem Farol Literário. A DLC publicou ainda autores como Rogério Andrade Barbosa, Flávia Côrtes e Tiago de Melo Andrade.

Devir – A Devir é uma editora paulista, fundada em 1987, especializada em jogos de RPG e literatura de ficção científica, atualmente com filiais em Portugal, Espanha, Chile, México, EUA e Itália. Praticamente todo seu catálogo se relaciona à literatura fantástica, tendo publicado os livros de Roberto de Sousa Causo e de Christopher Kastensmidt. Destaca-se ainda pela publicação de títulos acadêmicos ligados à temática, como *Ficção Científica Brasileira: Mitos Culturais e Nacionalidade no País do Futuro*, de M. Elizabeth Ginway.

Dialogarts – Única editora exclusivamente acadêmica desta seleção, a Dialogarts nasce na UERJ para publicar obras críticas e teóricas relacionadas ao Instituto de Letras da universidade. Grande parte de seu catálogo é voltado a obras críticas sobre as vertentes do insólito, como os títulos *As Arquiteturas do Medo e o Insólito Ficcional* e *Vertentes Teóricas e Ficcionais do Insólito*, dentre muitos outros.

Draco – Editora paulista cujos títulos são exclusivamente nacionais e, em sua maioria, de fantasia, ficção científica e horror, a Draco é a casa de autores importantes da cena fantástica brasileira como Eric Novello, Jim Anotsu, Cirilo Lemos, Gerson Lodi-Ribeiro, Ana Lúcia Merege, Eduardo Kasse, Octávio Aragão, Karen Alvares, Flávio Medeiros Jr., José Roberto Vieira, Antonio Luiz M. C. da Costa e outros, publicando também histórias em quadrinhos e coletâneas temáticas. Dentre as coletâneas de maior destaque, temos a coleção punk, com os volumes: *VaporPunk, DieselPunk* e *SolarPunk*.

Edições GRD – Editora paulista fundada em 1948 por Gumercindo Rocha Dorea, cujas iniciais formam o nome da empresa. Voltadas a várias áreas de conhecimento, as Edições GRD contribuíram significativamente para ficção científica a partir de 1958, tendo sido responsáveis pela descoberta de grandes autores. Em seu catálogo, constavam títulos como *Eles Herdarão a*

Terra, de Dinah Silveira de Queiroz, e autores como André Carneiro, Rubens Teixeira Scavone, Zora Seljan e outros.

Estronho – A proposta editorial da Estronho é publicar obras fantásticas, sobretudo de horror, bem como histórias em quadrinhos e obras teóricas de cinema, sempre prezando o estranho e o peculiar. De seu catálogo literário, destacamos as antologias *SteamPink* e *Terrir*, pioneiras em suas propostas, bem como os romances *Ele Tem o Sopro do Diabo nos Pulmões*, de Marcelo Amado, e *O Menino que Perdeu a Magia*, de Celly Borges. Vale ainda mencionar a HQ *A Música do Quarto ao Lado*, de Eduardo Monteiro e Cesar Alcázar e a coletânea de textos teóricos *Tim Burton, Tim Burton, Tim Burton*, sobre o universo ficcional insólito do cineasta.

Faro – A recente Faro Editorial já chegou apostando na literatura fantástica nacional e, mais especificamente, no segmento de horror, com os romances de zumbis de Rodrigo Oliveira. Atualmente, além dos livros desse autor, constam em seu catálogo os romances sobrenaturais *O Escravo de Capela*, de Marcos DeBrito e *Horror na Colina de Darrington*, de Marcus Barcelos.

FTD – Criada em 1902 e de administração marista, a FTD se especializou em livros didáticos e educacionais. Além desses, tem um catálogo bem expressivo dedicado à literatura infantil, com autores como Álvaro Cardoso Gomes, Júlio Emílio Braz, Rogério Andrade Barbosa, Rosana Rios e outros.

Giz – Atuando no mercado desde 2005, a casa paulista Giz Editorial se dedica majoritariamente à publicação de obras contemporâneas nacionais e, em grande parte, obras fantásticas. Destacam-se em seu catálogo os incríveis livros da saga *Kaori*, de Giulia Moon, *Relações de Sangue*, de Martha Argel, *Aluado e Outros Contos*, de Adriano Messias, *Anardeus* e *Cira e o Velho*, de Walter Tierno, *A Torre acima do Véu*, de Roberta Spindler, *Estrela da Manhã*, de André Vianco, dentre muitos outros, bem como as coletâneas de sucesso *Amor Vampiro* e *Amor Lobo*.

Global – Fundada em São Paulo em 1973, a Global tem diversos títulos relacionados direta ou indiretamente em seu catálogo, como toda a obra de Câmara Cascudo, bem como títulos dos autores Ignácio de Loyola Brandão, Augusta Faro, J. J. Veiga e Joel Rufino dos Santos.

Gutenberg / Nemo – Editoras do grupo Autêntica, Gutenberg e Nemo destacam-se no cenário fantástico de formas diferentes: a primeira lançou diversos romances fantásticos internacionais, bem como obras de autores brasileiros, como *Exorcismos, Amores e uma Dose de Blues*, de Eric Novello, *Rani e o sino da* *divisão*, de Jim Anotsu, e as sagas *O Legado Folclórico*, de Felipe Castilho, *Necrópolis*, de Douglas MCT e *Anômalos*, de Bárbara Morais. Já a Nemo é especializada em novelas gráficas e obras de cultura *geek*, como os livros de Jim Anotsu passados no universo de *Minecraft*.

Idea – Fundada em 2000, na cidade de Bauru, no interior de São Paulo, a editora Idea tem um catálogo muito variado, no qual figuram também algumas obras fantásticas de autores como Helena Gomes, Martha Argel e Leandro Reis. Hoje em dia, infelizmente, a editora já não publica mais obras do segmento.

Intrínseca – Fundada em 2003, no Rio de Janeiro, seu lema "Publicamos *poucos* e bons livros" já não se aplica, sendo hoje uma das cinco maiores editoras do Brasil e com um catálogo expressivo de títulos de ficção e de não-ficção. Em 2017, ela deu um passo à frente no sentido de valorizar a ficção fantástica nacional ao publicar o romance *Ordem Vermelha: Filhos da Degradação*, de Felipe Castilho, com edição de Daniel Lameira. O grande marketing dedicado ao livro, em parceria com o grupo Omelete, rendeu à obra grande visibilidade, significando um marco para o fantástico em nosso país.

Jambô – Conhecida pela publicação de jogos de RPG, a Jambô editora se consagrou na cena fantástica nacional, sobretudo, com os livros passados no universo ficcional da série *Crônicas da Tormenta*. Além disso, publicou várias obras insólitas, dentre as quais os livros de Leonel Caldela.

Jangada – Selo de literatura jovem do grupo Editorial Pensamento, a Jangada vem se dedicado à publicação de romances de fantasia e ficção científica, dentre os quais a trilogia *As Aventuras de Tibor Lobato*, de Gustavo Rosseb.

Lendari – Editora amazonense criada em 2014 por Mário Bentes com o lema "Literatura Fantástica *Cult*", ela tem se especializado em romances e antologias de ficção insólita, muitas vezes flertando com temas religiosos e ambientais, como é o caso, respectivamente, dos títulos *Lúcifer, o Primeiro Anjo* e *O Último Gargalo de Gaia*. Destaca-se ainda o livro *O Dito pelo não Dito*, um romance no qual cada capítulo foi escrito por um autor diferente.

L&PM – A porto-alegrense L&PM foi fundada em 1974 por Paulo de Almeida Lima e Ivan Pinheiro Machado. Hoje, trata-se da maior editora de livros de bolso do Brasil, tendo conquistado seu espaço não apenas em livrarias como também em lugares alternativos como bancas, mercados e lojas. É responsável por várias obras de Simone Saueressig, bem como boa parte dos clássicos nacionais e internacionais de fantasia disponíveis no mercado.

LeYa/ Casa da Palavra/ Fantasy – Um dos maiores grupos editoriais portugueses, o grupo LeYa iniciou operações no Brasil em 2009, com a criação da LeYa Brasil e posterior aquisição da Editora Casa da Palavra e criação do selo Fantasy – descontinuado recentemente. Responsável pela publicação de grandes sagas internacionais, como a aclamada *As Crônicas de Gelo e Fogo*, de George R. R. Martin, o grupo também publicou muitas obras brasileiras de literatura fantástica, como a série *Dragões de Éter*, de Raphael Draccon, os livros feéricos de Carolina Munhóz, as coletâneas temáticas de Braulio Tavares, os romances *Código Élfico*, de Leonel Caldela, *O Espadachim de Carvão*, de Affonso Solano, e o vencedor do Prêmio Fantasy, dedicado à literatura insólita nacional, *A Lição de Anatomia do Temível Dr. Louison*, de Enéias Tavares.

Malê – Fundada em 2015, tem uma missão que também significa grande diferencial em nosso mercado: publicar e valorizar autores e autoras negros e livros que apresentem personagens e temas oriundos da cultura brasileira de raiz africana. Dos autores afrodescendentes citados, Muniz Sodré, Fábio Kabral e Conceição Evaristo são publicados por ela. Ela também instituiu o Prêmio Malê de Literatura, que visa "estimular a produção literária realizada por jovens negros e divulgar a literatura produzida por eles, além de promover a imagem positiva do jovem negro, contribuindo para a igualdade racial e superação do racismo".

Martins Fontes – A editora paulista Martins Fontes se consagrou no imaginário dos fãs de literatura fantástica por ser a casa das obras de ninguém menos do que J. R. R. Tolkien e também das de seu amigo C. S. Lewis. Embora publique poucos ficcionistas brasileiros, também constam em seu catálogo alguns autores que flertam com o insólito, como o carioca Fausto Fawcett.

Melhoramentos – Pertencente à Cia. Melhoramentos, fábrica de papel fundada em 1890, a editora Melhoramentos é uma das mais tradicionais do país, publicando obras clássicas, didáticos e livros infanto-juvenis. Atualmente, destaca-se com os livros fantásticos de Tiago de Melo Andrade, vencedor do Prêmio Jabuti, autor de *A Estrela Mecânica*, *O Mágico de Barro Preto*, dentre outros. Publica ainda Rosana Rios, Regina Drummond, Rogério Andrade Barbosa, e muitos outros.

Não Editora – Editora gaúcha que assumidamente busca livros não convencionais, a Não Editora ganhou espaço no cenário fantástico com a publicação da série *Ficção de Polpa*, organizada pelo escritor Samir Machado de Machado. Foi também a primeira casa editorial de Antonio Xerxenesky, autor de *Areia nos Dentes*, e de Samir Machado de Machado, autor de *Quatro Soldados*.

Novo Conceito / Novas páginas – O Grupo editorial Novo Conceito, especializado em *best-sellers* internacionais, nos últimos anos também se voltou para a literatura brasileira criando a Editora Novas Páginas. Dentre os títulos lançados pelo novo selo, destacamos *O Sonho de Eva*, de Chico Anes, e a série *Supernova*, de Renan Carvalho.

Novo Século – Fundada em 2001, a Editora Novo Século logo ganhou espaço no cenário fantástico nacional por ter sido a primeira casa editorial de André Vianco e de vários outros célebres autores, como Eric Novello, Carolina Munhóz e Martha Argel.

Pallas – Outra editora voltada à cultura negra é a carioca Pallas, fundada em 1975, e já com um grande catálogo dedicado a temas relacionados a culturas afrodescendentes, tanto de ficção quanto de não ficção. Dos autores que figuram neste livro, publicou Raul Longo e Júlio Emílio Braz.

Panda Books – É uma editora paulistana fundada em 1999 e hoje especializada em livros infantis e juvenis, muitos deles de temática fantástica, dentre eles *O Centauro Guardião*, de Christian David.

Planeta dos Livros – Editora pertencente ao grande grupo espanhol de mesmo nome, a Planeta atua no Brasil há vários anos, trazendo autores estrangeiros e descobrindo talentos nacionais. Publicou algumas obras fantásticas brasileiras, sendo uma das mais recentes o romance *A Mãe, a Filha e o Espírito da Santa*, de PJ Pereira.

Record / Verus – Fundada em 1940, a Record hoje faz parte de um dos maiores grupos editoriais do país: o Grupo Editorial Record, ao qual também se integram as editoras BestSeller, José Olympio, Bertrand, Verus e várias outras, tendo publicado diversas obras fantásticas. Dentre aquelas que se destacam no cenário insólito nacional, temos as de Eduardo Spohr e as elogiadas obras de Santiago Nazarian.

Rocco – Fundada em 1975 no Rio de Janeiro, a Editora Rocco é responsável pela publicação de algumas das mais consagradas sagas fantásticas do mundo, como *Harry Potter*, de J. K. Rowling, *As Crônicas Vampirescas*, de Anne Rice, e as recentes séries *Divergente*, *Jogos Vorazes* e *O Ciclo da Herança*. De brasileiros, a Rocco já publicou obras insólitas de André Vianco (*O Caso Laura*), Antonio

Xerxenesky (*Areia nos Dentes*), Max Mallmann (*Síndrome de Quimera* e *Zigurate*), Flávio Carneiro (*A Ilha*), bem como vários volumes de Carolina Munhóz e Raphael Draccon, que saíram pelo selo Fantástica Rocco, criado em 2014, casa editorial também de *As Águas Vivas não Sabem de si*, de Aline Valek.

Saída de Emergência – Foi uma editora carioca, criada pela parceria entre a Saída de Emergência portuguesa e o grupo brasileiro Sextante. Infelizmente, a editora teve curta duração, mas legou mais de dez títulos de fantasia e FC consagrados internacionalmente. Além disso, a operação brasileira também publicou duas edições da *Revista Bang!*, trazendo artigos, contos e entrevistas sobre literatura fantástica. A edição brasileira foi descontinuada, mas a portuguesa permanece, contando com constantes colaborações tupiniquins.

Salamandra / Moderna – Editoras pertencentes ao grupo Santillana, que se dedica sobretudo à publicação de literatura juvenil e livros didáticos, a Salamandra se destaca no mercado por ser a casa editorial de Ruth Rocha e de outros importantes autores de literatura fantástica voltada ao público jovem, enquanto a Moderna se orgulha de ser a casa de autores como Flávia Muniz, Álvaro Cardoso Gomes e Júlio Emílio Braz.

Tarja – Foi uma editora paulista, responsável por publicar pela primeira vez no Brasil autores de peso como Jeff VanderMeer e China Miéville, bem como por lançar vários autores nacionais, como Alexandre Herédia, Camila Fernandes, Richard Diegues e Cristina Lasaitis.

Terracota – Criada em 2008, na cidade de São Paulo, a Terracota publica majoritariamente obras acadêmicas, mas em seu catálogo também encontramos grandes autores de prosa e poesia, dentre os quais vários se dedicam ao fantástico. Destacam-se os livros *Réquiem: Sonhos Proibidos*, do tradutor Petê Rissatti, e *Paraíso Líquido*, de Luiz Bras.

Underworld – Fundada em 2009 e tendo encerrado suas atividades em 2014, passaram por ela alguns autores do fantástico brasileiro, como A. Z. Cordenonsi e Duda Falcão, além de traduções importantes, como *Sangue e Chocolate* e *Boneshaker*, algumas assinadas por outros nomes do insólito nacional como Jim Anotsu e Eric Novello.

Valentina – Recente editora carioca, a Valentina deixa claro seu objetivo em publicar literatura de entretenimento, com foco em literatura jovem e temas caros à contemporaneidade, como distopias, *steampunk*, fantasia urbana e chick-lit. De seu catálogo destacamos a saga romântica de ambientação retrofuturista de Gail Carriger e a trilogia *Não Pare!* da brasileira FML Pepper.

Vermelho Marinho/ Llyr Editorial – Editora carioca fundada em 2010, a Vermelho Marinho publicou várias obras de fantasia, terror e ficção científica, dentre as quais a série *Mundo de Oz*, de L. Frank Baum, com tradução de Carol Chiovatto, bem como os seguintes títulos nacionais: *Cidades Indizíveis*, antologia original organizada por Nelson de Oliveira e Fábio Fernandes, *O outro Lado do Crime*, organizada por Bruno Anselmi Matangrano e Debora Gimenes, *A Grande Criação de Nicolas*, de Dennis Vinícius, *Amores Perigosos*, de Martha Argel, *Contos para uma Noite Fria*, de Bruno Anselmi Matangrano, e a série juvenil *Turma da Página Pirata*, de Marcelo Amaral.

NOTAS

1

Embora pareça de certa forma anacrônico considerar textos da Antiguidade Clássica como narrativas fantásticas no sentido pleno do termo, essa abordagem não deixa de resultar em estudos e publicações interessantes, como a extensa *Antologia Fantástica da Literatura Antiga*, organizada por Marcelo Cid (2016), na qual mais de trezentos fragmentos de tratados médicos, teológicos, históricos, retóricos, além de, é claro, textos literários dedicados a alguma forma de ruptura do dito real foram compilados, resultando num interessante panorama que contempla autores como Horácio, Ovídio, Virgílio, Filóstrato, Platão, Plutarco, Sêneca, dentre muitos outros.

2

Flavio García define o conceito em diversos trabalhos além da entrevista citada. No artigo "Quando a manifestação do insólito importa para a crítica literária", por exemplo, de maneira sistemática e perspicaz, traça um mapeamento das ocorrências do termo em diversos teóricos e o defende enquanto categoria abrangente, capaz de dar conta das particularidades das manifestações do fantástico em seu sentido alargado, em oposição a categorias muito restritas que apontam para diferenças e não para a unidade que reúne as variadas vertentes do insólito ficcional. Por fim, ele aponta a necessidade de a crítica voltada às manifestações do insólito se renovar, sempre em diálogo com as teorias anteriores e com as novas, para dar conta da dimensão e pluralidade de seu objeto de estudo (GARCÍA, 2012, p. 27).

3

Seguindo linha de raciocínio semelhante à que procuramos defender aqui, a professora e pesquisadora Marisa Martins Gama-Khalil, nas considerações finais de seu artigo "Literatura Fantástica: gênero ou modo?", conclui: "O meu enfoque sobre a literatura fantástica dirige-se não no sentido de entendê-la a partir da noção de gênero, enquadrando-a em um período histórico preciso. Por esse motivo, acredito ser mais viável considerar a literatura fantástica como um 'modo'. Caso se parta de um mirante que considera seu enquadramento por intermédio do gênero, reduzimos o ponto de alcance de uma vasta literatura que fratura a realidade e se ergue como uma estética em que a incerteza é a base de criação, literatura essa que existe desde os primórdios, fruto do imaginário dos seres humanos. Pela vertente que considera o fantástico como um modo, podemos alargar o enfoque analítico sobre essa literatura, porque o que mais nos interessa nas pesquisas sobre a literatura fantástica não é datar determinada forma de fantástico nem enfeixá-la em uma espécie ou outra, mas compreender de que maneira o fantástico se constrói na narrativa e, o mais importante, que efeitos essa construção desencadeia" (GAMA-KHALIL, 2013, p. 30).

4
Uma interessante e detalhada resenha dessa primeira mostra da exposição, realizada em Porto Alegre, foi publicada pela pesquisadora Elenara Walter Quinhones em um dossiê dedicado à produção de "Literatura fantástica em língua portuguesa", na revista *Scripta*, da UNIANDRADE, de Curitiba (Cf. QUINHONES, 2017).

5
A expressão "longo século XIX" foi cunhada pelo historiador britânico Eric Hobsbawm (1917-2012) para designar o período compreendido entre 1789 – ano da Revolução Francesa – e 1914 – início da Primeira Guerra Mundical –, uma vez que, para ele, os paradigmas definidores dessa época poderiam ser assim simbolicamente delimitados, em oposição ao que chama de "breve século XX", iniciado com a Primeira Guerra e encerrado com o fim da União Sociética em 1991. Tal ideia é explorada em sua trilogia de estudos dedicados ao século XIX, *A Era das Revoluções (1789-1848)*, *A Era do Capital (1848-1875)* e *A Era dos Impérios (1875-1914)* e no livro *Era dos Extremos: o Breve Século XX, 1914-1991*.

6
O conto de Justiniano, assim como vários outros mencionados neste e nos dois capítulos seguintes, como "As Bruxas", de Fagundes Varela, "A Dança dos Ossos", de Bernardo Guimarães", "Acauã", de Inglês de Souza, dentre outros, foram compilados pela professora Maria Cristina Batalha na importante antologia *O Fantástico Brasileiro: Contos esquecidos* (2011), na qual a pesquisadora se propõe a resgatar algumas destas primeiras manifestações do insólito na literatura nacional.

7
A bem da verdade, a proliferação de textos fantásticos no século XIX brasileiro é muitíssimo maior do que a seleção apresentada neste e nos dois próximos capítulos, limitada por uma questão de tempo e espaço. Contudo, vale lembrar que, em seu artigo "Profano, maldito e marginal: o conto fantástico na literatura brasileira", a pesquisadora Karla Menezes Lopes Niels lista uma série de nomes e obras, hoje totalmente esquecidos e pouco acessíveis, que dialogariam em alguma medida com o insólito literário. Segundo ela, "Homero Pires (1931) e Jefferson Donizete de Oliveira (2010) também vislumbraram nos contos do jovem paulista [Álvares de Azevedo] o ponto de partida da produção do gênero fantástico no Brasil. Nesse sentido, apontam uma série de emulações de *Noite na taverna* que, ao nosso ver, serviriam como indicativo da produção do gênero fantástico nas letras brasileiras ainda no século XIX e início do XX. Dentre elas estão *A confissão de um moribundo* (1856), de Lindorf Ernesto F. França; *Cartas-romance* (1859), de Américo Brasílio de Campos; *Conto Misterioso* (1860?), de Antonio L. Ramos Nogueira; *Poverino* (1861), de Américo Lobo; *Ruínas da glória* (1861), *A guarida de pedra, crenças populares* (1861), *Esther* (1861), e *Inak* (1861), de Fagundes Varela; *Conto à mesa de chá* (1861), de Antônio Manuel dos Reis; *Uma noite no cemitério* (1861), de João Antônio de Barros Júnior; *Gennesco: vida acadêmica* (1862), de Teodomiro Alves Pereira; *A Trindade Maldita: contos no botequim* (1862), de Teodomiro Alves Pereira; *Uma noite de vigília, romancete* (1863), de Félix Xavier da Cunha; *Dalmo, ou Mistérios da noite* (1863), de Luís Ramos Figueira; *D. Juan ou A prole de Saturno* (1869), de Castro Alves; *Favos e Travos* (1872), de Rozendo Moniz Barreto; *Meia-noite* (1873), de João de Brito; *Um esqueleto* (1875), de Machado de Assis; *D'A Noite na taverna* (1889) de Medeiros e Albuquerque; *O esqueleto* (1890), de Vítor Leal (pseudônimo de Pardal Mallet e Olavo Bilac); *O medo* (1890), de Vivaldo Coaracy; *Meia-noite no cabaré* (1901), de Leandro Barros; *Misérias, contos fantásticos* (1910), de Altamirando Requião; *Misérias* (1931), de Amadeu Nogueira e *Os donos da caveira* (1931), de Ernani Fornani" (2014a, p. 9).

8
É interessante notar que, apesar de apenas uma das histórias de *Noite na Taverna* trazer o elemento sobrenatural, não é raro críticos se referenciarem ao

livro como sendo fantástico, sem maiores questionamentos ou restrições ao conto "Solfieri", talvez por entenderem que as demais narrativas se aproximam do "estranho" todoroviano. Nesta tradição, Afrânio Peixoto (1876-1947) é apontado como o primeiro a analisar "*Noite na Taverna* como uma obra de cunho fantástico, filiando-a a uma vertente instaurada pela novela gótica", conforme aponta Cilaine Alves em seu livro *O Belo e o Disforme* (1998, p. 44). Em caminho semelhante, Antonio Candido aponta a obra de Azevedo como "conto fantástico" (2007, p. 343), novamente, sem qualquer ressalva, o que mostra uma sobreposição de conceitos, entre "fantástico", "sobrenatural", "horror" e "gótico", em nossa historiografia e crítica literária no início do século XX.

9
Textos alegóricos, como os dois de Macedo, são "recusados" enquanto obras fantásticas por muitos teóricos, como o próprio Todorov, em cuja *Introdução à Literatura Fantástica*, no capítulo "Poesia e Alegoria" discute a não pertinência dessas duas questões à construção do fantástico na narrativa (2008, pp. 65-81). Para este trabalho, no entanto, optamos por não excluir obras passíveis de interpretação alegórica, pois, primeiramente, a interpretação alegórica raramente é única e inequívoca. Além disso, não nos restringimos a uma definição de fantástico tão fechada quanto a de Todorov, antes o vemos como macrocategoria, equivalente à noção de "Insólito Ficção", como foi demonstrado até aqui. Por fim, de uma forma ou de outra, tanto textos poéticos, quanto alegóricos, quando trabalham com recursos próprios às vertentes do fantástico e com o imaginário coletivo, possibilitam um diálogo com a tradição do insólito literário, o que por si só já os torna interessantes para avaliar suas transformações em uma perspectiva histórica e panorâmica.

10
Conforme Roberto de Sousa Causo aponta em seu estudo, mais do que uma ficção científica propriamente formada, o que havia em meados do século XIX eram "romances científicos" (*scientific romances*), nos quais a ciência era apenas vagamente evocada como desculpa para os acontecimentos sobrenaturais (Cf. CAUSO, 2003, pp. 37, 144 e ss.).

11
Ao longo do livro, retornaremos muitas vezes a questão das utopias, muito em voga na primeira metade do século XX, e de sua contraparte, a distopia, que se proliferará em dois momentos: nos anos 1960 e 1970, na pena das escritoras da Primeira Onda de Ficção Científica e, no século XXI, em uma retomada de alcance internacional, propulsionada por grandes sucessos comerciais e franquias norte-americanas. Norteando estas questões, temos em mente todo o tempo o brilhante *Dicionário das Utopias* (2009), organizado por Michèle Riot-Sarcey, Thomas Bouchet e Antoine Picon.

12
A respeito da relação conflituosa de João do Rio com os simbolistas franceses e brasileiros recomenda-se o artigo "O Jovem Paulo Barreto e os Simbolistas", de Álvaro Santos Simões Júnior, publicado na Revista Itinerários. Nesse artigo, Simões Júnior traça o percurso do jovem João do Rio – com então dezoito anos – enquanto crítico do jornal *Cidade do Rio*, no qual publicou diversos artigos sobre os simbolistas em sua maioria bastante duros, pois, ainda muito ligado a valores positivistas, Paulo Barreto tinha dificuldade de entender as extravagâncias e a nevrose tipicamente simbolistas (Cf. SIMÕES JÚNIOR, 2010), as quais, no entanto, apareceriam futuramente em suas obras e, em especial, na coletânea *Dentro da Noite*.

13
É curioso notar como dentre todas as criaturas do folclore brasileiro, o boitatá tem se mostrado a mais profícua em releituras contemporâneas, nos mais diversos estilos e vertentes. Falaremos mais disso no capítulo "Novo Fôlego ao Folclore Nacional" a propósito das obras de três autores muito distintos entre si, mas iguais na grande qualidade: Felipe Castilho, Samir Machado de Machado e Christopher Kastensmidt. Sua presença neste capítulo, portanto, na pena de Simões Lopes Neto, demonstra desde cedo em nossa história literária o interesse nacional por esta curiosa figura mitológica.

14
Braulio Tavares dedicou muito de seus estudos ao insólito em Guimarães Rosa. Além dos dois artigos citados por Causo, "As Origens da Ficção Científica

do Brasil", publicado no jornal *D.O. Leitura*, n. 138, em novembro de 1993, e "A *Pulp Fiction* de João Guimarães Rosa", saído no "Caderno de Sábado", do *Jornal da Tarde* em 20 de junho de 1998, Tavares também escreveu o livro *A Pulp Fiction de Guimarães Rosa*, que recupera o artigo saído no *Jornal da Tarde*, acrescentando dois outros preciosos ensaios inéditos. O livro foi publicado pela Editora Marca de Fantasia, de João Pessoa, em 2008.

15

Este capítulo e o outro dedicado à literatura infantil e juvenil, intitulado "O Fantástico para crianças na atualidade", talvez sejam os menos pretenciosos, pois dada a imensidão que é o universo da literatura para pequenos leitores, esses dois textos não se pretendem de forma alguma abrangentes. São apenas duas brevíssimas introduções para pensarmos na relação entre o fantástico e os universos infantil e juvenil, que desde os primórdios da literatura caminharam juntos. Além disso, muitas obras apresentadas em outros capítulos são direcionadas aos jovens leitores, no entanto, pelo recorte temático foram alocadas junto com outras de seus respectivos temas. Da mesma forma, obras reunidas nesses dois momentos, em especial, poderiam ser redistribuídas nos demais, mas aqui ficaram por parecerem ter em seu público específico uma de suas principais características.

16

Outros dois autores da época do modernismo que se dedicaram largamente à escrita de histórias infantis foram Erico Verissimo, sobre o qual falamos no capítulo "Modernistas mais ao Sul", e Graciliano Ramos, comentado em "Modernistas mais ao Norte".

17

É importante lembrar, que, antes do estudo de Arroyo, já havia alguns outros apontados em seu próprio livro, como *Problemas de Literatura Infantil* (1951), de Cecília Meireles (1901-1964), também ela autora de livros de poemas para crianças, e *Bibliografia de Literatura Infantil em Língua Portuguesa* (1953), de Lenyra Fraccaroli (1906-1991) (Cf. ARROYO, 2011). No entanto, é apenas com *Literatura Infantil Brasileira* que um panorama abrangente, embora não exaustivo, apresenta-se ao público leitor.

18
Nesse sentido, Suely Dulce de Castilho, comenta que "Monteiro Lobato foi o precursor do modernismo no Brasil, na temática do negro. No entanto, foi o autor que mais declaradamente atacou os negros de forma cortante e preconceituosa: considerava-os ora como animais selvagens, ora como resignados. No conto *Bocatorta*, especificamente, o personagem negro era tão feio que a filha do fazendeiro morreu só de pôr o olho nele" (2004, p. 107).

19
A respeito do maravilhoso e sua relação com os contos de fada na obra de Colasanti, a pesquisadora Regina Michelli, comenta que em "sentido restrito, não há fadas nem bruxas nos contos de Marina Colasanti, mas uma atmosfera de magia impregna cada linha, convidando o leitor a ingressar em um cenário com castelos, reis, princesas, unicórnios, metamorfoses, ambiência típica dos contos de fadas da tradição. Ainda que encharcado dessa herança do maravilhoso, o texto de Colasanti é contemporâneo: através da linguagem metafórica e de um tratamento simbólico afloram, nas narrativas, os conflitos existenciais que marcam o complexo mundo dos sentimentos e das relações humanas" (2012, p. 134).

20
A respeito da série *Penny Dreadful* e do recurso da ficção alternativa, recomendamos dois trabalhos anteriores, intitulados "A humanização do monstro no seriado televisivo *Penny Dreadful*" (TAVARES; MATANGRANO, 2016), publicado na Revista *Abusões*, e "Educação e (de)formação do gênero feminino na série *Penny Dreadful*" (TAVARES; MATANGRANO, 2018), publicado na revista *Todas as Musas*, nos quais analisamos detidamente as figuras monstruosas relidas pela série em perspectiva comparada com as personagens originais, vistas sob a chave da Ficção Alternativa.

21
Roberto de Sousa Causo ainda acrescenta outras obras, além das acima elencadas, nesse panorama de "cidades perdidas". Segundo ele, "histórias de mundo perdido continuaram a aparecer, de lá para cá. Uma fantasia picaresca de Ariano Suassuna, *A Pedra do Reino e o Príncipe do Sangue do Vai-e-Volta* (1971), fala de um reino perdido no sertão nordestino. Seu herói é um certo

Quaterna, nome que lembra Allan Quatermain, personagem de Haggard em série de romances ambientados numa África mítica. [...] Mais atlantes tentando conquistar o mundo aparecem em *Amor e Morte em Atlântida* (1994), de Sylvio Pereira, também habitando uma Terra oca. Por outro lado, em *Os Deuses Subterrâneos* (1994), de Cristovam Buarque, os criadores da humanidade – tratada por eles como 'andróides' – querem é salvar o planeta da guerra nuclear, num romance de implicações esotéricas vinculadas ao Planalto Central e a Brasília, um espaço que o autor conhece bem (como reitor da Universidade de Brasília e como governador do Distrito Federal) e que possui mitologia própria. [...] Na maioria dessas histórias – dispostas numa escala mitográfica bastante discernível, de exploração de mitos nacionais –, os personagens que descobrem o mundo perdido têm pouco a fazer, além de observar os planos de uma civilização superior. Embora o mundo perdido de tecnologia ou da moralidade superior esteja latente no coração do Brasil, permanece ainda como um potencial explosivo de transformação, mas prefere (ou é obrigada pelas circunstâncias a) manter-se incógnita" (2003, pp. 193-4). Ainda a respeito das utopias na literatura do final do século XIX e primeiras décadas do século XX, Cristina Meneguello cita os pouco conhecidos *Páginas da História do Brasil, Escritas no Ano 2000* (1872), de Joaquim Felício dos Santos (1822-1895), *A Liga dos Planetas de Albino* (1923), de José Ferreira Coutinho, *Há Dez Mil Séculos* (1926), de Enéas Lintz e *O Reino de Kiato* (1922), de Rodolpho Teóphilo (1853-1932) (Cf. MENEGUELLO, 2009, p. 327). A respeito deste último, Causo comenta: "Em *O Reino de Kiato*, o norte-americano King Paterson, dono da patente da substância 'Novrovicina', sedativo obtido a partir de princípios homeopáticos [...] aporta em Kiato após uma tempestade. Ali ele descobre uma sociedade que havia abolido os três principais males da humanidade: o álcool, o fumo e a sífilis" (2003, p. 152).

22
Roberto de Sousa Causo comenta que este termo, cunhado pelo escritor e crítico Fausto Cunha, é equivocado por aglutinar em um só grupo não apenas os autores publicados por Gumercindo Rocha Dorea, mas também aqueles publicados pela EdArt, na coleção "Ciencificção" (2013, p. 174).

23
Para um maior aprofundamento ao estudo de *Amorquia*, recomendamos o livro *Ditadura do Prazer: Sobre Ficção Científica e Utopia* (2013), do Professor Ramiro Giroldo, da Universidade Federal do Mato Grosso do Sul.

24
Voltaremos a essa aproximação entre o que Causo chama de "espaços fronteiriços" no "Epílogo" deste livro, quando formos definir o Movimento Fantasista, no qual identificamos uma predominância da fantasia, que, em diversos momentos, incorpora elementos de outros modos narrativos, como a ficção científica, o realismo maravilhoso, e o horror, por exemplo, para constituir narrativas híbridas nas quais se sobressai a criação de mundos e sociedades secundários.

25
Em sua dissertação de mestrado defendida em 2007, na UNICAMP, Edivaldo Marcondes Leonardo faz uma extensa relação de obras de ficção científica publicadas no século XX que não comentamos ao longo deste panorama, mas que valem ser citadas. São elas: *São Paulo no Ano 2000 ou Regeneração Nacional: Uma Crônica da Sociedade Brasileira no Futuro* (1909), de Godofredo Emerson Barnsley, *A Vida Eterna*, de Gomes Netto (1932), *O Outro Mundo* (1934), de Epaminondas Martins, *Novellas Fantásticas* (1934), de Gomes Netto, *A Destruição do Mundo* (1936), de Vero de Lima, *A Paz Veio de Marte* (1955), de Heyder de Siqueira Gomes, *Viagem Interplanetária* (1956), de Soares de Faria, *A Estranha Aventura de Max Smith* (1957), de Arlindo Pereira, *A Atlântida* (1957), de Amílcar Quintella Júnior, *Amei um Marciano* (1958), de Jenny Silenck Fernandes, *A Clã Perdida dos Incas* (1958), de O. B. R. Diamor, *O Homem que Virou Formiga* (1959), de Kofal Filho, *Ocsaf: Meu Amigo Marciano* (1961), de Vasco Ribeiro da Costa, *Testemunha do Tempo* (1963), de Guido Wilmar Sassi, , *O Dia em que o Mundo encolheu* (1964), de Christian Kirbi, *Rússia Livre ou O Único Deus Verdadeiro* (1965), de Vinícius de Carvalho, *O Terceiro Planeta* (1965), de Levy Menezes, *Dunquerque Universal* (1966), de João Ribas da Costa, *A Véspera dos Mortos* (1966), de Domingos Carvalho da Silva, *O Planeta Perdido* (1968), de Luiz Armando Braga, *Mil Sombras da Lua* (1968), de Nilson Martello, *Queda Livre* (1970), de Pedro e Régis Cavini Fer-

reira, *O Ciclo dos Apocalipse* (1970), de Walter Paulo Vieira, *O Rosto Perdido* (1970), de Almeida Fischer, *O Terceiro Milênio: Um Sonho no Espaço* (1972), de José Maria Domenech, *Estertor* (1972), de Osias Gomes, *Somos Parte nas Estrelas* (1972), de Raul Feteira, *O Filho do Cérebro* (1973), de Antonio Moreno, *Avalovara* (1973), de Osman Lins, *A Grande Guerra Nuclear* (1973), de Mario Sanchez, *Prelúdio e Fuga do Real* (1974), de Câmara Cascudo, *A Serpente no Atalho* (1974), de Luís Beltrão, *O Planeta do Silêncio* (1974), de Anatole Ramos, *Adaptação do Funcionário Ruam* (1975), de Mauro Chaves, *Confissões de Ralfo* (1975), de Sérgio Sant'Anna, *O Último Dia do Homem* (1975), de William Angel de Melo, *Os Planelúpedes* (1975), de Garcia de Paiva, *As Máquinas* (1976), de Moisés Baumstein, *O Fruto do Vosso Ventre* (1976), de Herberto Sales, *O Menino e o Anjo* (1977), de José Herculano Pires, *Umbra* (1977), de Plínio Cabral, *Espaço Sem Tempo* (1977), de Gerald Izaguirre, *Os Sonhos Nascem da Areia* (1978), de José Herculano Pires, *O Túnel das Almas* (1978), de José Herculano Pires, *A Grande Bofetada* (1978), de Jorge Rachaus, *A Cachoeiradas Eras* (1979), de Carlos Emílio C. Lima, *A Invasão* (1979), de José Antonio Severo, *No Espaço, a Esperança: Projeto S-I* (1979), de Sílvio Roberto Melo Morais, *A Nova Terra* (1980), de Walmir Ayala, *Fenda no Tempo* (1980), de Gerald C. Izaguirre, *O Método Cronos* (1981), de Alves Borges, *Metrô para o Outro Mundo* (1981), de José Herculano Pires, *A Porta de Chifres* (1982), de Herberto Sales, *Alice no Quinto Diedro* (1982), de Laurita Mourão, *Ano 2023: Missão Europa* (1982), de Paolo Frabrizio, *Depois do Juízo Final* (1982), de Silveira Júnior, *Miss Ferrovia 1999* (1982), de Dolabella Chagas, *A Guerra dos Cachorros* (1983), de José Antonio Severo, *A Ordem do Dia* (1983), de Márcio Souza, *Camilo Mortágua* (1983), de Josué Guimarães, *Spectra, o Planeta Misterioso* (1983), de Margot L. Valente, *A Fêmea Sintética* (1983), de Herbert Daniel, *Adão e Eva* (1984), de José Herculano Pires, *Espaço* (1984), de G. Carmo, *Contos do Futuro* (1984), de Cristina Gendarte, *Agora é que São Elas* (1984), de Paulo Leminski, *Viagem para o Desconhecido* (1984), de Celso Barroso, *Ofos* (1984), de Carlos Emílio C. Lima, *Além da Curvatura da Luz* (1985), de Mário Sanchez, *Alguma Coisa no Céu* (1985), de Marien Calixte, *Viagem a um Planeta Artificial por Rapto* (1985), de Adelino dos Santos Abreu, *O Planeta Azul: Diário de um E.T.* (1985), de Maria Clotilde Vieira, *Apenas um Sonho* (1986), de Antonio Baptista, *A Expansão da Memória* (1986), de Luís Carlos Eiras, *A Porta de Chifre* (1986), de Herberto Sales, *Pequenas Portas do Eu* (1987), de Roberto Schima,

Homo Sapiens Prolificus (1987), de Miguel Yazbeck, *Quiliedro* (1987), de André Sanchez, *A Terceira Expedição* (1987), de Daniel Fresnot, *EEUU 2076 D.C.: Um Repórter no Espaço* (1987), de A. A. Smith (pseudônimo de Ataíde Tartari), *Jogo Terminal* (1988), de Floro Freitas de Andrade, *Mergulho no Céu* (1988), de Marco Fontoura, *O Sorriso do Lagarto* (1989), de João Ubaldo Ribeiro, *Só Sei que Não Vou por Aí!* (1989), de Henrique Villibor Flory, *O Acontecimento* (1989), de Márcio Tavares D'Amaral, *Catatau* (1989), de Paulo Leminski, *Malthus* (1989), de Diogo Mainardi, *Missão W55: O Passageiro da 4ª Dimensão* (1989), de André Sanchez, *Odisséia no Planeta Terra* (1989), de G. Carmo, *Pax* (1989), de Paulo Roberto Renner, *Do Outro Lado do Tempo* (1990), de José dos Santos Fernandes, *A Um Passo de Eldorado* (1990), de Elvira Vigna, *O Fim do Terceiro Mundo* (1990), de Márcio Souza, *Operação Thermos: Amazônia* (1990), de Carlos Araújo, *A Ponte das Estrelas* (1990), de Márcia Denser, *Viagem* (1990), de Guilherme Figueiredo, *Uma Aventura no Espaço-Tempo* (1990), de Deuszânia G. de Almeida, *Projeto Evolução* (1990), de Henrique Villibor Flory, *Sete Histórias da História* (1990), de Daniel Fresnot, *Contos do Além-Tempo* (1991), de Liti Betinha, *Escorpião* (1991), de Celso Júnior, *O Inventor de Estrelas* (1991), de João Batista Melo, *A Pedra que Canta e Outras Histórias* (1991), de Henrique Villibor Flory, *Travessias* (1991), de Régis Cavini Ferreira, *Nós, a Essência* (1992), de Carlos Magno Maia Dias, *Cristóferus* (1992), de Henrique Villibor Flory, *Os Bruxos do Morro Maldito e os Filhos de Sumé* (1992), de Agostinho Minicucci, *O Fruto Maduro da Civilização* (1993), de Ivan Carlos Regina, *O Dia das Lobas* (1993), de Nilza Amaral Tríplice, *Os Semeadores da Via Láctea* (1993), de Paulo Rangel, *Contos de Solibur* (1994), de Itamar Pires, *Dinossauria Tropicália* (antologia) (1994), de Roberto de Sousa Causo (Org.), *Espada da Galáxia* (1995), de Marcelo Cassaro, *Estranhos Visitantes* (1995), de Luiz Zatar, *A Lição de Prático* (1998), de Maurício Luz Gulliver, *Registros de Descoberta da Esfera Terra* (1992), de Ciro Moroni Barroso, *Dez Anos Escuros* (1992), de Roberley Antonio, *Arcontes* (1999), de Daniel Bozano, *Campus de Guerra* (1999), de Rogério Amaral de Vasconcellos, *Spaceballs* (1999), de Gian Danton, e *A Âncora dos Argonautas* (1999), de Miguel Carqueija (cf. LEONARDO, 2007).

26
Em seu artigo "Teoria Crítica e Literatura: a distopia como ferramenta de análise radical da modernidade", Leomir Cardoso Hilário apresenta a seguinte

definição de distopia, que parece muito pertinente para melhor entender as produções de FC femininas escritas ao longo do século XX: "As distopias problematizam os danos prováveis caso determinadas tendências do presente vençam. É por isso que elas enfatizam os processos de indiferenciação subjetiva, massificação cultural, vigilância total dos indivíduos, controle da subjetividade a partir de dispositivos de saber etc. A narrativa distópica é *antiautoritária, insubmissa e radicalmente crítica*. As *distopias* continuam sendo utopias, no sentido que Jacoby (2001, p. 141) lhe deu, isto é, não apenas como a visão de uma sociedade futura, mas como uma capacidade analítica ou mesmo uma disposição reflexiva para usar conceitos com a finalidade de visualizar criticamente a realidade e suas possibilidades" (2013, p. 206, grifos do autor).

27
Os termos "realismo mágico", "realismo maravilhoso" e "realismo fantástico" parecem concorrer entre si dentro dos domínios da crítica literária, sendo defendidos ou recusados por determinados críticos na busca por uma definição de determinado modo narrativo em voga na América do Sul na segunda metade do século XX, no qual, *grosso modo*, o elemento insólito é introduzido de maneira naturalizada no cotidiano, causando ao leitor certa sensação de absurdo ou *non sense*. Milton Hermes Rodrigues (2009), por exemplo, defende o uso dos termos "mágico" e "fantástico" para designar esse tipo específico de "realismo", problematizando as dificuldades taxonômicas das categorias literárias e recusando a nomenclatura "realismo maravilhoso", para ele inadequada. Já Irlemar Chiampi privilegia o termo "realismo maravilhoso", proposto por Alejo Carpentier (1904-1980), por ser aquele que, para a autora, mais dá conta da produção (e que mais se difundiu) em países hispânicos, onde essa tendência foi mais forte. Para todos os efeitos, utilizaremos neste livro o termo "realismo maravilhoso", por termos nos guiado pelo ótimo trabalho de Chiampi no livro *O Realismo Maravilhoso: Forma e Ideologia no Romance Hispano-Americano* (2008) e por entendermos a importância de se buscar uma unidade nesse tipo de literatura tão típica da América do Sul.

28
Dado o grande número de contos passíveis de serem associados ao fantástico na obra de três dos autores comentados neste capítulo, a saber,

Moacyr Scliar, Lygia Fagundes Telles e Murilo Rubião, valemo-nos da seleção feita na bela edição *No Restaurante Submarino: Contos Fantásticos*, publicada em 2012, pela Cia. das Letras, no qual estão reunidos contos desses escritores e de Amilcar Bettega, sobre o qual falaremos em "O Insólito na Virada do Milênio".

29
No artigo "A fortuna crítica sobre a obra de Murilo Rubião produzida nas universidades brasileiras, desde seus 20 anos de morte (2011) em direção ao centenário de nascimento (2016)" (2015), o professor Flavio García levanta um cuidadoso inventário da bastante extensa produção acadêmica feita em torno da obra de Rubião, o que mostra caminhos para aqueles que desejam estudá-lo. A esse respeito, uma obra muito interessante como porta de entrada para o universo ficcional do autor é *Murilo Rubião: 20 Anos Depois de sua Morte* (2013), organizada por Flavio García e Maria Cristina Batalha, citada neste capítulo. Trata-se de uma breve, mas essencial coletânea de ensaios, ao fim da qual foi publicado o conto "As Unhas", obra inédita encontrada no espólio do autor.

30
A respeito da obra de Cecim e a possibilidade de lê-la pelo viés do insólito ficcional, recomendamos o artigo "Viagem a Andara: proposta fantástica e literatura fantasma" (2015), de Heloísa Helena Siqueira Correira.

31
Em Portugal, a aparição de vampiros também foi tardia. Não obstante, assim como no caso do Brasil, também na contemporaneidade essa figura monstruosa tem chamado a atenção e suscitado o interesse de seus escritores, um exemplo disso é a antologia *Contos de Vampiro*, organizada por Pedro Sena--Lino, para a Porto Editora – o maior grupo editorial lusitano –, publicada em 2009, na qual figuram premiados autores lusos contemporâneos como Gonçalo M. Tavares, Ana Paula Tavares, Hélia Correia, João Tordo, José Eduardo Agualusa, Rui Zink, e outros.

32
Raquel Carneiro (2013) no artigo da *Veja* anteriormente mencionado cita ainda duas obras anteriores à de Flavio Carneiro que também seguem uma linha mais filosófica voltava para o público mais adulto: *Blecaute*, de Marcelo Rubens Paiva, e *Monte Veritá*, de Gustavo Bernardo, editados, respectivamente, pela Objetiva e pela Rocco.

33
A discussão desenvolvida aqui sobre a obra *Ninguém Nasce Herói*, de Eric Novello, deriva do artigo "*Ninguém nasce herói* e o grito de resistência dos escritores" (MATANGRANO, 2017), publicado no "Caderno Cultura" do Jornal *O Extra*, em 27 de agosto de 2017.

34
Partes deste capítulo retomam o texto "A Hora do *Steampunk*" (MATANGRANO, 2016a), publicado no "Caderno Cultura", do jornal *O Extra* em 04 de junho de 2016.

35
Antigamente, era comum unir essas duas categorias em uma só intitulada "infantojuvenil", mas este termo tem sido evitado, uma vez que professores, críticos e editores têm compreendido que há uma grande diferença entre a escrita para crianças e a escrita para pré-adolescentes, adolescentes e jovens adultos, e que cada um deve ser visto a partir de suas particularidades.

36
No capítulo "Redescobrindo o imaginário africano" comentamos outros onze autores que se dedicaram largamente à representação dos diversos imaginários desse continente.

37
No livro *Neve Negra*, de Santiago Nazarian, passado em Santa Catarina e comentado anteriormente, há uma brincadeira citando Cascaes, quando duas personagens comentando o Trevoso – a criatura que assombra a protagonista – comenta ser um monstro novo dada sua ausência nas compilações do folclorista.

38
É interessante notar que comumente "mitologia africana" se torna sinônimo de "mitologia iorubá", como se comentou a propósito do livro de Seganfredo e Franchini, generalização que ignora o fato de a África conter múltiplas culturas, religiões, línguas e etnias, que parece esquecer a localização do Egito, no nordeste da África, e acaba por apagar as ainda menos conhecidas histórias dos demais povos africanos. Nesse sentido, o esforço louvável de Rogério Andrade Barbosa em divulgar outras culturas do continente parece extremamente pertinente e necessário, como comenta Celso Silva: "Rogério representa um momento importante nesse panorama da literatura africana na literatura infantil, exatamente porque tem grande produção de qualidade e também porque, diferente de outros escritores que exploram esta vertente, faz todo um movimento para fora. [...] Ele está voltado para uma África contemporânea, bem definida no que diz respeito a pluralidades, diversidades, literaturas, políticas etc." (SILVA, 2013a, p. 5).

39
Como se disse em capítulo anterior, *Piritas Siderais*, de Guilherme Kujawnski, talvez possa ser considerado um precursor do afrofuturismo, uma vez que traz elementos da mitologia iorubá em uma ambientação *high tech cyberpunk*.

40
Essa obra, assim como as outras produções de Spohr, apresenta uma difícil classificação pelo viés temático, já que passeia por diferentes períodos da história da humanidade e por mundos espirituais, contudo, como não se trata de uma alta fantasia, como as outras que comentaremos no próximo capítulo, e dada a importância de localidades contemporâneas à trama, e, em especial, ao Rio de Janeiro, onde o enredo se desenrola, acabamos optando por classificá-la assim, embora o aspecto da fantasia urbana aqui se cumpra apenas parcialmente, em constante intersecção com a "fantasia histórica".

41
Os comentários sobre *Exorcismos, Amores e uma Dose de Blues*, de Eric Novello, e *Rani e o Sino da Divisão*, de Jim Anotsu, retomam ideias e trechos anteriormente desenvolvidos no artigo "Dois livros de músicas e cores" (MA-

TANGRANO, 2016c), publicado no "Caderno Cultura", do jornal *O Extra*, em 06 de agosto de 2016.

42
Uma primeira versão menos aprofundada e menos abrangente deste capítulo foi publicada sob o título "O Efêmero e o Perene em Literatura" (MATANGRANO, 2016d), no "Caderno Cultura" do jornal *O Extra*, em 23 de dezembro de 2016.

43
Pelo fã e pesquisador R. C. Nascimento, autor de *Quem É quem na Ficção Científica Volume 1: A Coleção Argonauta* (Edição do Autor, 1985), segundo nos foi apontado por Roberto Causo.

44
O conceito foi defendido enquanto movimento literário em contexto acadêmico em três conferências intituladas "Fantasismo no Brasil: um novo movimento literário?" (UFSM, Santa Maria), "Notas para uma Definição do Movimento Fantasista no Brasil" (UFRGS, Porto Alegre) e "Fantasismo e *Steampunk*: estéticas e movimentos do século XXI" (UTFPR, Curitiba), proferidas por Bruno Anselmi Matangrano ao longo de 2017. As duas primeiras são citadas inclusive para introduzir o conceito de "fantasismo" em duas recentes obras teóricas voltadas à disciplina da escrita criativa. Na primeira delas, o escritor e pesquisador Gustavo Melo Czekster, comentando o ainda grande preconceito contra a literatura fantástica no Brasil, aponta, citando as duas primeiras conferências, que, segundo Matangrano, "o gênero fantástico, para se libertar do preconceito que o cerca, deveria adotar o nome 'fantasista', por ser mais capaz de descrever as suas especificações" (2017, p. 139). Já a jornalista Kátia Regina Souza comenta o grande aumento de eventos acadêmicos em torno da questão do insólito e assinala, também citando a fala de Matangrano ocorrida na UFRGS, que "talvez estejamos na presença do primeiro movimento literário do século XXI, o fantasismo" (2017, p. 10).

45
A respeito da relação entre as mídias digitais e o cenário contemporâneo, ver o Apêndice A. Já em relação ao crescimento do mercado editorial voltado à literatura insólita, ver Apêndice B.

46
O Manifesto Irradiativo está disponível *online* através do endereço: https://manifestoirradiativo.files.wordpress.com/2015/01/manifesto-irradiativo1.pdf

47
Cf. Amanda Massuela. "Quem É e sobre o que Escreve o Autor Brasileiro". *Cult: Revista Brasileira de Cultura* N.º 231, Ano 21 (fevereiro de 2018): 14-19. Trata-se de uma entrevista com a Profa. Dra. Regina Delcastagnè.

BIBLIOGRAFIA CITADA

Apesar de inúmeras obras, sobretudo literárias, figurarem ao longo dos capítulos deste livro, justamente por seu viés panorâmico tornar-se-ia bastante difícil elencar todas elas, em especial dada a dificuldade de se mapear edições antigas e esgotadas de algumas obras ou as diversas edições disponíveis de outras. Por esses motivos e também para não nos alongarmos além do necessário, optamos por uma bibliografia razoavelmente sucinta, dado o tamanho e abrangência deste estudo, na qual constam apenas as obras literárias diretamente citadas ao longo dos capítulos, a partir da edição que consultamos, bem como a fortuna crítica com a qual dialogamos de forma explícita, servindo assim também como uma introdução teórica àqueles que desejam se aprofundar nos estudos das vertentes do insólito brasileiro.

A.A.V.V. *No Restaurante Submarino – Contos Fantásticos*. São Paulo: Cia. das Letras, 2012.

ALVES, Cilaine. *O Belo e o Disforme: Álvares de Azevedo e a Ironia Romântica*. São Paulo: EDUSP: FAPESP, 1998.

ALVES, Rubia. Guimarães Rosa e a modalidade do fantástico. *Revista Abusões*, n. 2, v. 2, ano 2. Rio de Janeiro: UERJ, 2016, pp. 31-49. Disponível: https://goo.gl/cHDKpc. Acesso em 28 de janeiro de 2018.

ANDRADE, Carlos Drummond de. "Flor, telefone, moça". In: TAVARES, Braulio (org.). *Páginas de Sombra – Contos Fantásticos Brasileiros*. Rio de Janeiro: Casa da Palavra, 2003, pp. 21-5.

ARGEL, Martha; MOURA NETO, Humberto (orgs.). *O Vampiro antes de Drácula*. Organização, tradução e notas de Martha Argel e Humberto Moura Neto. São Paulo: Aleph, 2008.

ARROYO, Leonardo. *Literatura infantil brasileira*. 3ª edição. São Paulo: Editora da UNESP, 2011.

AZEVEDO, Álvares de. *Macário/ Noite na Taverna*. Org. Cilaine Alves Cunha. São Paulo: Globo, 2006.

BARRETO, Lima. *Histórias e sonhos*. Edição Antonio Arnoni Prado. São Paulo: WMF Martins Fontes, 2008.

BARRILIER, Étienne; MORGAN, Arthur. *Le Guide Steampunk*. Chambéry, França: Actusf, 2013.

BATALHA, Maria Cristina. "Murilo Rubião e o fantástico brasileiro moderno". In: GARCÍA, Flavio; BATALHA, Maria (orgs.). *Murilo Rubião – 20 anos depois de sua morte*. Rio de Janeiro: EDERJ, 2013, pp. 33-45.

BATALHA, Maria Cristina (org.). *O Fantástico Brasileiro – Contos Esquecidos*. Rio de Janeiro: Caetés, 2011.

BORGES, Liliân Alves. O fantástico como elemento transgressor do discurso em "Histórias de Alexandre". *Revista Abusões*, n. 5, v. 5, ano 3. Rio de Janeiro: UERJ, 2017, pp. 36-58. Disponível em: https://goo.gl/h7nxmb. Acesso em 27 de janeiro de 2018.

BOSI, Alfredo. *História Concisa da Literatura Brasileira*. 43ª ed. São Paulo: Cultrix, 2006.

BRAS, Luiz. O caçador cibernético da Rua 13 (resenha). *Fantástika 451*, ano 1, verão. São Paulo, 2018, pp. 124-126. Disponível em: https://goo.gl/nFDdYu. Acesso em 4 de fevereiro de 2018.

BRAZIL, Priscila Nunes; GOLÇALVES, Júlia Neves; ALVES, José Hélder Pinheiro. O conto fantástico na sala de aula: *Sete Monstros Brasileiros* de Braulio Tavares. *Anais do VI ENLIJE*, v. 1. Campina Grande, PB: Editora Realize, 2016, pp. 1-12. Disponível em: https://goo.gl/6ExLxH. Acesso em 12 de fevereiro de 2018.

CANDIDO, Antonio. *Formação da Literatura Brasileira – Momentos decisivos 1750-1880*. 11ª ed. Rio Janeiro: Ouro sobre Azul, 2007.

CANDIDO, Antonio. *Na Sala de Aula – Caderno de Análise Literária*. São Paulo: Ática, 2004.

CAPARICA, Victor Hugo Cruz. *Tormentas e Inimigos: Relações Dialógicas entre a Literatura de Fantasia e os Role Playing Games*. Araraquara, SP: UNESP, 2011 (Dissertação de Mestrado).

CARNEIRO, Marelo da Silva. *A Batalha do Apocalipse*: Apropriação e releitura da mitologia angélica em romance ficcional. *Oracula - Revista de Estudos do Cristianismo Primitivo*, v. 8, n. 13. São Bernardo, SP: Universidade Metodista, 2012, pp. 105-108. Disponível em: https://goo.gl/Fn3e1k. Acesso em 13 de fevereiro de 2018.

CARNEIRO, Raquel. O mundo cruel (e rentável) da distopia infanto-juvenil. *Revista Veja*. São Paulo: Abril, 10 de novembro de 2013. Disponível em: https://goo.gl/EAYjyY. Acesso em 10 de fevereiro de 2018.

CARVALHO, Bruno Berlandis de. "Posfácio: (In)definições do vampiro". In: CARVALHO, Bruno Berlandis de (org.). *Caninos – Antologia do Vampiro Literário*. São Paulo: Berlandis & Vertecchia, 2010, pp. 476-510.

CARVALHO, Dora Miranda. Os novos significados da literatura fantástica no consumo de livros e na cena midiática brasileira – a emergência de novos autores e a relação com os fãs. *Revista Mediação*, v. 19, n. 25. Belo Horizonte: FUMEC, 2017, pp. 117-129. Disponível em: https://goo.gl/hqjKLM. Acesso em 13 de fevereiro de 2018.

CASCUDO, Luís da Câmara. *Dicionário do Folclore Brasileiro*. 12ª ed. São Paulo: Global, 2012.

CASTILHO, Felipe. Cidade de Deus em Westeros. *Revista Omelete Box*, ano 1, n. 5. São Paulo: Omelete, dezembro de 2017, pp. 40-43.

CASTILHO, Suely Dulce de. A Representação do Negro na Literatura Brasileira: Novas Perspectivas. *Olhar de Professor*, vol. 7, núm. 1. Departamento de Métodos e Técnicas de Ensino Paraná, 2004, pp. 103-113.

CASTILHO JUNIOR, Álvaro Guedes. O diálogo com o indianismo literário em uma fantasia heroica brasileira: *A sombra dos homens*, de Roberto de Sousa Causo. *Revista Literartes*, n. 5. São Paulo: USP, 2016, pp. 160-183. Disponível em: https://goo.gl/XtxNfY. Acesso em 10 de fevereiro de 2018.

CASTRO, Gabriel Pereira de. *A Manifestação do Grotesco nos contos de Joca Reiners Terron*. Porto Velho, RO: Universidade Federal de Rondônia (UNIR), 2016 (Dissertação de Mestrado).

CASTRO, Hélder Brinate. "Medo e Regionalismos", in: FRANÇA, Júlio (org.). *Poéticas do Mal – A Literatura do Medo no Brasil (1840-1920)*. Rio de Janeiro: Bonecker, 2017, pp. 127-149.

CAUSO, Roberto de Sousa. *Ficção Científica, Fantasia e Horror no Brasil – 1875 a 1950*. Belo Horizonte; UFMG, 2003.

CAUSO, Roberto de Sousa. *Ondas nas Praias de um Mundo Sombrio:* New Wave *e* Cyberpunk *no Brasil*. São Paulo: USP, 2013 (Tese de Doutorado).

CAUSO, Roberto de Sousa. Os *Pulps* Brasileiros e o Estatuto do Escritor de Ficção de Gênero no Brasil. *Alambique: Revista académica de ciencia ficción y fantasia / Jornal acadêmico de ficção científica e fantasia*, v. 2, n. 1, 2014, pp. 1-33. Disponível em: https://goo.gl/yVxr5c. Acesso em 03 de fevereiro de 2018.

CESERANI, Remo. *O Fantástico*. Trad. Nilton Cezar Tridapalli. Curitiba, Editora UFPR, 2006.

CEZAR, Adelaide Caramuru. "Figuração do outro em 'Um moço muito branco' de João Guimarães Rosa". In: GARCÍA, Flavio; BATALHA, Maria Cristina (orgs.). *Vertentes teóricas e ficcionais do Insólito*. Rio de Janeiro: Caetés, 2012, pp. 139-146.

CHAVES, Jayme Soares. *Viagens Extraordinárias e ucronias ficcionais: uma possível arqueologia do steampunk na literatura*. Rio de Janeiro: UERJ, 2015 (Dissertação de Mestrado).

CHIOVATTO, Ana Carolina Lazzari. *A Representação do Feminino no Mundo de Oz, de L. Frank Baum*. São Paulo: USP, 2017a (Dissertação de Mestrado).

CHIOVATTO, Ana Carolina Lazzari. Duas formas de representar o Feminino na literatura infantil: Narizinho, de Monteiro Lobato, e Dorothy, de L. Frank Baum. *Revista Estudos Semióticos*, vol. 11, n. 2, São Paulo: USP, 2015, pp. 72-79. Disponível em: https://goo.gl/ba35w9. Acesso em 04 de fevereiro de 2018.

CHIOVATTO, Carol. *A Alcova da morte:* um livro múltiplo. *Caderno Cultura. Jornal O Extra*, ano 1, n. 6. Fernandópolis, SP, 01 de julho de 2017b, p. C2.

CHRISTOFOLETTI, Rodrigo. A controvertida trajetória das *Edições GRD*: Entre as publicações nacionalistas de direita e o pioneirismo da ficção científica no brasil. *Miscelânea – Revista de Pós-Graduação em Letras*, vol. 8. Assis, SP: UNESP, 2010, pp. 208-225. Disponível em: https://goo.gl/c68N24. Acesso em 04 de fevereiro de 2018.

CID, Marcelo (org.). *Antologia Fantástica da Literatura Antiga*. Cotia, SP: Ateliê Editorial, 2016.

CONCEIÇÃO, Kátia Cilene S. S. *A personagem feminina na obra de João Simões Lopes Neto: uma releitura do mito de Lilith*. Rio Grande: Universidade Federal do Rio Grande – FURG, 2007 (Dissertação de mestrado).

CORREA, Heloísa Helena Siqueira. "Viagem a Andara: proposta fantástica e literatura fantasma". In: GARCÍA, Flavio; PINTO, Marcello de Oliveira; MICHELLI, Regina (orgs.). *Vertentes do fantástico no Brasil – tendências da ficção e da crítica*. Rio de Janeiro: Dialogarts, 2015, pp. 103-121.

CRULS, Gastão. *A Amazônia Misteriosa*. São Paulo: Saraiva, 1957.

CZEKSTER, Gustavo Melo. "Escrever literatura fantástica no Brasil do Século XXI". In: TENÓRIO, Patricia Gonçalves. (Org.). *Sobre a Escrita Criativa*. 1ª ed. Recife: Raio de Sol, 2017, v. 1, p. 138-147.

DIAS, Angela Maria. *Valêncio Xavier – O minotauro multimídia*. Rio de Janeiro: Oficina Raquel, 2016.

DUTRA, Daniel Iturvides. Ficção científica brasileira: um gênero invisível. *Fantástika 451*, ano 1, verão. São Paulo, 2018, pp. 19-33. Disponível em: https://goo.gl/nFDdYu. Acesso em 4 de fevereiro de 2018.

EL-KADI, Aileen. Os fantasmas pornô de Santiago Nazarian e seus adolescentes bizarros. *Revista Estudos de literatura brasileira contemporânea*, n. 41. Brasília: UnB, 2013, p. 261-268. Disponível em: https://goo.gl/ynHdmY. Acesso em 10 de fevereiro de 2018.

GAMA-KHALIL, Marisa Martins. A literatura fantástica: gênero ou modo?. *Terra Roxa & outras terras. Revista de Estudos Literários*, vol. 26. Londrina: UEL, 2013, pp. 18-31. Disponível em: https://goo.gl/rqdosm. Acessado em 04 de janeiro de 2018.

GARCÍA, Flavio. "A fortuna crítica sobre a obra de Murilo Rubião produzida nas universidades brasileiras, desde seus 20 anos de morte (2011) em direção ao centenário de nascimento (2016)". In: GARCÍA, Flavio; PINTO, Marcello de Oliveira; MICHELLI, Regina (orgs.). *Vertentes do Fantástico no Brasil – Tendências da ficção e da crítica*. Rio de Janeiro: Dialogarts, 2015, pp. 59-102.

GARCÍA, Flavio. "Aspectos dos discursos fantásticos contemporâneos, pegados 'às unhas', em um conto 'não pronto para a publicação de Murilo Rubião". In: GARCÍA, Flavio; BATALHA, Maria (orgs.). *Murilo Rubião – 20 anos depois de sua morte*. Rio de Janeiro: EDERJ, 2013, pp. 11-31.

GARCÍA, Flavio. "Quando a manifestação do insólito importa para a crítica literária". In: GARCÍA, Flavio; BATALHA, Maria Cristina (orgs.). *Vertentes teóricas e ficcionais do Insólito*. Rio de Janeiro: Editora Caetés, 2012, pp. 13-29.

GARCÍA, Flavio; BATALHA, Maria (orgs.). *Murilo Rubião – 20 anos depois de sua morte*. Rio de Janeiro: EDERJ, 2013.

GARCÍA, Flavio; GAMA-KALIL, Marisa Martins. Entrevista com Roberto de Sousa Causo. *Revista Abusões*, n. 5, vol. 5, ano 3. Rio de Janeiro: UERJ, 2017, pp. 362-381. Disponível em: https://goo.gl/QVc6pA. Acesso em 26 de janeiro de 2018.

GINWAY, Elizabeth. *Ficção Científica Brasileira: Mitos Culturais e Nacionalidade no País do Futuro*. São Paulo: Devir, 2005.

GIRARDOT, Jean-Jacques; MÉRESTE, Fabrice. Le steampunk: une machine littéraire à recycler le passé. *Revue Cycnos*, v. 22, n. 1. Nice (França): Université de Nice, p. 1-11. Disponível em: https://goo.gl/2W5rLG. Acesso em 11 de fevereiro de 2018.

GIROLDO, Ramiro. A Ficção Científica de Rachel de Queiroz. *Revista Abusões*, n. 2, vol. 2, ano 2. Rio de Janeiro: UERJ, 2016, pp. 80-98. Disponível em: https://goo.gl/BdQ4ym. Acesso em 27 de janeiro de 2018.

GIROLDO, Ramiro. A Ficção Científica no Brasil: um planeta a desbravar. *Revista Ponto*, n. 14. São Paulo: SESI-SP Editora, 2018, pp. 23-27.

GIROLDO, Ramiro. A ficção científica no ensino de literatura. *Revista Cerrados*, n. 42. Brasília: UnB, 2016, pp. 27-40. Disponível em: https://goo.gl/yFE1sr. Acesso em 7 de fevereiro de 2018.

GIROLDO, Ramiro. *Alteridade à margem: Estudo de As Noites Marcianas, de Fausto Cunha*. São Paulo: USP, 2012 (Tese de Doutorado).

GIROLDO, Ramiro. *Ditadura do Prazer – Sobre Ficção Científica e Utopia*. Campo Grande, MS: Ed. UFMS, 2013.

GOMES, Analice de Sousa; RIBEIRO, Renata Rocha. O fantástico, a mulher e a significação social do insólito no conto "As Flores", de Augusta Faro. *Revista Literartes*, n. 7. São Paulo: USP, 2017, pp. 162-179. Disponível em: https://goo.gl/xXKKn1. Acesso em 8 de fevereiro de 2018.

GOMES JR., Jorge Luiz. Mitologia yorubá e a literatura para crianças e jovens. *Anais do SILIAFRO*, n. 1. Uberlândia: EDUFU, 2012, pp. 363-372. Disponível em: https://goo.gl/orkjb4. Acesso em 1 de fevereiro de 2018.

HILÁRIO, Leomir Cardoso (2013). Teoria Crítica e Literatura: a distopia como ferramenta de análise radical da modernidade. *Anuário de Literatura*, Florianópolis, v. 18, n. 2, p. 201-215. Disponível em: https://goo.gl/4L6bfy. Acessado em 31 de dezembro de 2017.

KLEIN, Gérard (2009). "Ficção Científica". In: RIOT-SARCEY, Michèle; BOUCHET, Thomas; PICON, Antoine. *Dicionário das Utopias*. Trad. Carla B. Gamboa e Tiago Marques. Lisboa: Texto & Grafia, pp. 123-127.

KORASI, Fabricio Pereira. *O vampiro romântico, uma questão estética: uma história das representações através do mito*. São Paulo: PUC, 2014 (Tese de Doutorado).

LARAIA, Roque de Barros. *A Filha do Inca*: A ficção científica de Menotti Del Picchia. *Revista Campos*, v. 10, n. 1. Curitiba: UFPR, 2009, pp. 101-112. Disponível em: https://goo.gl/Tftoha. Acesso em 5 de fevereiro de 2018.

LARANJEIRA, Antonio Eduardo Soares. Deslizamentos entre imaginário e realidade na literatura pop. *Revista Fórum Identidades*, ano VI, v. 12, n. 12. Itabaiana: GEPIADDE, 2012, pp. 129-138. Disponível em: https://goo.gl/PkypS1. Acesso em 9 de fevereiro de 2018.

LECOUTEUX, Claude. *História dos Vampiros – Autópsia de um mito*. Trad. Álvaro Lorencini. São Paulo: Editora UNESP, 2005.

LEMOS, Aline de Castro. *Gênero e Ciência na Ficção Científica De Berilo Neves*. Belo Horizonte: UFMG, 2014 (Dissertação de Mestrado).

LEONARDO, Edivaldo Marcondes. *A ficção científica no Brasil nas décadas de 60 e 70 e Fausto Cunha*. Campinas, SP: UNICAMP, 2007 (Dissertação de Mestrado).

LIRA, Thaíse Gomes; SANTOS, Luciane Alves. *A torre acima do véu*: representação da Distopia no Insólito ficcional brasileiro. *Revista Odisseia*, v. 2, v. 2. Natal, RN: UFRN, 2017, pp. 148-163. Disponível em: https://goo.gl/kvTaam. Acesso em 10 de fevereiro de 2018.

LONDERO, Rodolfo Rorato. *A Recepção do gênero* cyberpunk *na Literatura Brasileira: o caso* Santa Clara Poltergeist. Três Lagoas, MS: UFMS, 2007 (Dissertação de Mestrado).

LONDERO, Rodolfo Rorato. *Futuro esquecido: a recepção da ficção* cyberpunk *na América Latina*. Santa Maria, RS: UFSM, 2011 (Tese de Doutorado).

LONDERO, Rodolfo Rorato; UMBACH, Rosani Úrsula Ketzer. Breve Panorama das Tendências Contemporâneas da Ficção Científica Brasileira. *Revista Gláuks*, v. 12, n. 12. Viçosa, MG: UFV, 2012, pp. 142-157. Disponível em https://goo.gl/9MHq2n. Acesso em 11 de fevereiro de 2018.

LOVECRAFT, H. P. *O Horror sobrenatural na literatura*. Trad. Celso M. Paciornik. São Paulo: Iluminuras, 2007.

MACHADO, Sátira P.; BROSE, Elizabeth R. Z. *Ifá, o Adivinho*: literatura afro-brasileira no Canal Futura. *Revista Conexão – Comunicação e Cultura*, v. 8, n. 16, Caxias do Sul: UCS, 2009, pp. 137-157.

MAGALHÃES, Milena; COELHO, Lilian Reichert. Os rastros do animal em *A tristeza extraordinária do leopardo-das-neves*, de Joca Reiners Terron. *Revista Landa*, v. 3, n. 1. Florianópolis: UFSC, 2014, pp. 63-83. Disponível em: https://goo.gl/T35ux5. Acesso em 9 de fevereiro de 2018.

MALLARMÉ, Stéphane. *Œuvres complètes*. Edição de Henri Mondor e G. Jean-Aubry. Paris, Gallimard, 1974.

MALLMANN, Max. *As mil mortes de César*. Rio de Janeiro: Rocco, 2014.

MANOYA, Patrícia. "Amorquia", de André Carneiro: quem está no comando da vida? *Fantástika 451*, ano 1, verão. São Paulo, 2018, pp. 121-124. Disponível em: https://goo.gl/nFDdYu. Acesso em 4 de fevereiro de 2018.

MARQUES, Mirane Campos (2015). *Uma história que não tem fim: um estudo sobre a fantasia literária*. São José dos Campos: UNESP (Tese de Doutorado).

MARRA, Fernanda Ribeiro. *A Confissão Antropofágica de Flávio Carneiro*. Goiânia: UFG, 2015 (Dissertação de Mestrado).

MARTINS, Ana Paula dos Santos. No coração do fantástico moderno: "Check Up", de Augusta Faro. *Revista Literartes*, n. 7. São Paulo: USP, 2017, pp. 246-265. Disponível em: https://goo.gl/nSzhNJ. Acesso em 28 de janeiro de 2018.

MATANGRANO, Bruno Anselmi. A Hora do "Steampunk". *Caderno Cultu-*

ra. *Jornal O Extra*, ano 1, n. 6. Fernandópolis, SP, 04 de junho de 2016a, p. C2.

MATANGRANO, Bruno Anselmi. Breve panorama da presença da Fantasia na Literatura Brasileira. *Cândido – Jornal da Biblioteca Pública do Paraná*. Curitiba, PR, fevereiro de 2016b, p. 4 - 11.

MATANGRANO, Bruno Anselmi. Dois livros de músicas e cores. *Caderno Cultura. Jornal O Extra*, ano 1, n. 8. Fernandópolis, SP, 06 de agosto de 2016c, p. C2.

MATANGRANO, Bruno Anselmi. *Ninguém nasce herói* e o grito de resistência dos escritores. *Caderno Cultura. Jornal O Extra*, ano, ano 2, n. 20. Fernandópolis, SP, 26 de agosto de 2017, p. C3.

MATANGRANO, Bruno Anselmi. O efêmero e o perene em literatura. *Caderno Cultura. Jornal O Extra*, ano 2, n. 12. Fernandópolis, SP, 23 de dezembro de 2016d, p. F6.

MATANGRANO, Bruno Anselmi. O Fantástico no Brasil: As Origens. *Revista Bang! - A sua revista de fantasia, FC e horror*, n. 0. Rio de Janeiro: Editora Saída de Emergência Brasil, 2013, p. 49 – 55.

MATANGRANO, Bruno Anselmi. O Fantástico no Brasil – Parte II: A Consolidação do Gênero. *Revista Bang! - A sua revista de fantasia, FC e horror*, n. 1. Rio de Janeiro: Editora Saída de Emergência Brasil, 2014, p. 49 – 56.

MATANGRANO, Bruno Anselmi. O olhar contemporâneo na releitura do moderno: A lição de anatomia do temível Dr. Louison. *Revista Estudos de Literatura Brasileira Contemporânea*, n. 48. Brasília: UnB, 2016e, pp.247-280. Disponível em: https://goo.gl/kY2PwJ. Acesso em 10 de fevereiro de 2018.

MATANGRANO, Bruno Anselmi; GARCÍA, Flavio. Entrevista com o Professor Flavio García acerca da literatura Insólita em Língua Portuguesa. *Revista Desassossego*, São Paulo, n. 11, 2014, pp. 180-187. Disponível em: https://goo.gl/mb5ZrZ. Acessado em 31 de dezembro de 2017.

MELO, Valdirene Rosa da Silva; BRANDÃO, Saulo Cunha da Serpa. O realismo maravilhoso em *O Sumiço da santa: uma história de feitiçaria*, de Jorge Amado. *Revista Literartes*, n. 7. São Paulo: USP, 2017, pp. 84-102. Disponível em: https://goo.gl/oGVZgG. Acesso em 27 de janeiro de 2018.

MENDONÇA, Catia Toledo. *À sombra da Vaga-Lume: análise e recepção da série Vaga-Lume*. Curitiba: UFPR, 2007 (Tese de Doutorado).

MENEGUELLO, Cristina. Zanzalá, uma utopia brasileira. *Revista Morus – Utopia e Renascimento*, v. 6. Campinas: UNICAMP, 2009, pp. 325-336. Disponível em: https://goo.gl/iZFJxU. Acesso em 5 de fevereiro de 2018.

MENON, Maurício Cesar. "Espaços do medo na Literatura Brasileira". GARCÍA, Flavio; FRANÇA, Júlio; PINTO, Marcello de Oliveira (orgs.). *As arquiteturas do medo e o insólito ficcional*. Rio de Janeiro: Caetés, 2013, pp. 79-91.

MICHELLI, Regina. "Do Maravilhoso ao insólito: caminhos da literatura infantil e juvenil". In: GARCÍA, Flavio; BATALHA, Maria Cristina (orgs.). *Vertentes teóricas e ficcionais do Insólito*. Rio de Janeiro: Editora Caetés, 2012, pp. 123-138.

MURICY, Andrade. *Panorama do Movimento Simbolista Brasileiro*. 2 vols. 3ª ed. São Paulo: Perspectiva, 1987.

NASCIMENTO, Lyslei. Sobre monstros e seres imaginários na obra de Moacyr Scliar. *Cadernos de língua e literatura hebraica*, n. 15. São Paulo: USP, 2017, pp. 3-9. Disponível em: https://goo.gl/RyqouZ. Acesso em 04 de fevereiro de 2018.

NIELS, Karla Menezes Lopes. Fantástico à brasileira: o gênero fantástico no Brasil. In: *Anais do V Seminário dos Alunos dos Programas de Pós-Graduação do Instituto de Letras, Estudos de Literatura*. Niterói: UFF, 2014b, pp. 182-196.

NIELS, Karla Menezes Lopes. Profano, maldito e marginal: o conto fantástico na literatura brasileira. *REVELL - Revista de Estudos Literários*, ano 5, v.1, n. 8. Dourados, MS: UEMS, 2014a.

NOGUEIRA FILHO, Carlos Alberto. *Dimensões do fantástico e aventuras da tradução em* The Lord of the Rings, *de J. R. R. Tolkien*. Goiânia: Pontifícia Universidade Católica de Goiás, 2013 (Dissertação de Mestrado).

OLIVEIRA, Paulo César Silva de; BERNARDES, Erick da. Elementos góticos e alegóricos no conto "O ladrão", de Graciliano Ramos. *Revista Abusões*, n. 5, vol. 5, ano 3. Rio de Janeiro: UERJ, 2017, pp. 59-81. Disponível em: https://goo.gl/rALHfc. Acessado em 27 de janeiro de 2018.

PAULA, Rodrigo Pires. *A construção das afro-identificações na ficção de Muniz Sodré*. Belo Horizonte: UFMG, 2009 (Dissertação de Mestrado).

PAULA JUNIOR, Francisco Vicente. *O Fantástico Feminino nos contos de três escritoras brasileiras*. João Pessoa: Universidade Federal da Paraíba, 2011 (Tese de Doutorado).

PEGORARO, Éverly. A Experiência urbana *steampunk*: entre a literatura de ficção científica e as ruas do Brasil. *Revista Iberoamericana*, v. LXXXIII, n. 259-260. Pittsburgh, EUA: Universidade de Pittsburgh, 2017, pp. 547-563. Disponível em: https://goo.gl/6sLzQy. Acesso em 11 de fevereiro de 2018.

PEGORARO, Éverly. *No compasso do tempo steampunk: o retrofuturismo no contexto brasileiro* (2015). 1ª ed. Jundiaí, SP: Paco Editorial, 2015.

PINTO, Marcello de Oliveira. "O Insólito, os autores, e a crítica literária: perspectivas no sistema literário brasileiro". In: GARCÍA, Flavio; PINTO, Marcello de Oliveira; MICHELLI, Regina (orgs.). *Vertentes do fantástico no Brasil – tendências da ficção e da crítica*. Rio de Janeiro: Dialogarts, 2015, pp. 159-172.

PIZZOL, Alan Ricardo Dal. *Entre produtos e consumo nerd: elementos para uma subcultura de fronteiras a partir de Ghanor*. São Leopoldo, RS: UNISINOS, 2017 (Dissertação de Mestrado).

PRIORE, Mary del. "Introdução", in: D'ESCRAGNOLLE-TAUNAY, Affonso de. *Monstros e Monstrengos do Brasil – Ensaio sobre a Zoologia Fantástica Brasileira nos séculos XVII e XVII*. Org. Mary del Priore. São Paulo: Cia. das Letras, 1998, pp. 7-23.

PROPP, Vladimir I. *Morfologia do conto maravilhoso*. Trad. Jasna Paravich Sarhan. Organização e prefácio de Boris Schnaiderman. 2ª ed. Rio de Janeiro: Forense Universitária, 2010.

QUEIROZ, Ana Carolina Souza de. Ecos da *Pulp Era* no Brasil: "O monstro e outros contos", de Humberto de Campos. FRANÇA, Júlio; SILVA, Alexander Meireles da (orgs.). *O Medo como prazer estético: o insólito, o horror e o sublime nas narrativas ficcionais*. Rio de Janeiro: Dialogarts, 2011, pp. 22-31.

QUINHONES, Elenara Walter. *Entre o real e o imaginário: configurações de uma utopia feminina em* A rainha do Ignoto, *de Emília Freitas*. Santa Maria, RS: Universidade Federal de Santa Maria – UFSM, 2015 (dissertação de mestrado).

QUINHONES, Elenara Walter. Resenha da exposição: *O Fantástico brasileiro: o insólito literário do romantismo à contemporaneidade*. Curadoria e textos de

Bruno Anselmi Matangrano e Enéias Farias Tavares. *Revista Scripta*, v. 15, n. 1. Curitiba: UNIANDRADE, 2017, pp. 227-234. Disponível em: https://goo.gl/8BWDa2. Consultado em 27 de janeiro de 2018.

RIBEIRO, Juliana Seixas. *Mistérios de Lygia Fagundes Telles : uma leitura sob a óptica do fantástico*. Campinas, SP: UNICAMP, 2008 (Dissertação de Mestrado).

RIOT-SARCEY, Michèle; BOUCHET, Thomas; PICON, Antoine (orgs.). *Dicionário das Utopias*. Trad. Carla B. Gamboa e Tiago Marques. Lisboa: Texto & Grafia, 2009.

ROCHA, Justiniano José da. "Um sonho". In: BATALHA, Maria Cristina (org.). *O Fantástico Brasileiro – Contos Esquecidos*. Rio de Janeiro: Caetés, 2011, pp. 47-52.

RODRIGUES, Milton Hermes. Antecedentes conceituais e ficcionais do Realismo Mágico no Brasil. *Revista Letras*, n. 79. Curitiba: UFPR, 2009, pp. 119-135 Disponível em: https://goo.gl/1MCveY. Acesso em 01 de fevereiro de 2018.

RUDDICK, Nicholas. *Fire in the Stone: Prehistoric Fiction from Charles Darwin to Jean M. Auel*. Midletown: Wesley University Press, 2009.

SANTOS, Ana Paula Araujo dos. "Gótico e escrita feminina", in: FRANÇA, Júlio (org.). *Poéticas do Mal – A Literatura do Medo no Brasil (1840-1920)*. Rio de Janeiro: Bonecker, 2017, pp. 53-76.

SANTOS, Dayana Paulino. *A religiosidade e outros valores civilizatórios afro-brasileiros na literatura infantil: um caminho pelos búzios de Ifá e outros orixás*. Guarabira, PB: UEPB, 2016 (Monografia de licenciatura).

SANTOS, Luiza Aparecida Oliva dos; MOTTA, Sérgio Vicente. Cavalcanti Proença: quadros de mitopoética. *Anais do XI Congresso Internacional da Associação Brasileira de Literatura Comparada – Tessituras, Interações, Convergências*. São Paulo: ABRALIC, 2008, pp. 1-10. Disponível em: https://goo.gl/nHgPhX. Acesso em 27 de janeiro de 2018.

SENA, André de. "Literatura Fantástica em Pernambuco: Alguns recortes". In: GARCÍA, Flavio; PINTO, Marcello de Oliveira; MICHELLI, Regina (orgs.). *Vertentes do Fantástico no Brasil – tendências da ficção e da crítica*. Rio da Janeiro: Dialogarts, 2015, pp. 11-42.

SENA-LINO, Pedro (org.). *Contos de Vampiro*. Lisboa: Porto Editora, 2009.

SILVA, Alexander Meireles da. "Introdução". In: COSTA, Bruno (org.). *Contos Clássicos de Vampiro: Byron, Stoker e outros*. Trad. Marta Chiarelli. São Paulo: Hedra, 2010, pp. 9-40.

SILVA, Antonia Marly Moura da. O confronto do real e do impossível em dois contos de João Guimarães Rosa. *Revista Abusões*, n. 2, v. 2, ano 2. Rio de Janeiro: UERJ, 2016a, pp. 154-180. Disponível em: https://goo.gl/jrcQ58. Acesso em 28 de janeiro de 2018.

SILVA, Celso Cisto. O mar da alteridade e o lastro da recriação dos contos africanos de transmissão oral em Rogério Andrade Barbosa. *Nau Literária*, vol. 09, n. 01. Porto Alegre: UFRGS, 2013a, pp. 1-30. Disponível em: https://goo.gl/p5JQPt. Acesso em 01 de fevereiro de 2018.

SILVA, Cristina Azevedo; BECKER, Paulo Ricardo. O sobrenatural moderno na saga *O Vampiro-Rei*, de André Vianco. *Anais do 12º Seminário Internacional de Pesquisa em Leitura e Patrimônio Cultural Leitura, arte e patrimônio: redesenhado redes*. Passo Fundo, RS: Universidade de Passo Fundo, 2013. Disponível em: https://goo.gl/NoUVSk. Acessado em 8 de fevereiro de 2018.

SILVA, Daniel Augusto P. "Horror sexual e ficção decadente". In: FRANÇA, Júlio (org.). *Poéticas do Mal – A Literatura do Medo no Brasil (1840-1920)*. Rio de Janeiro: Bonecker, 2017, pp. 150-177.

SILVA, Gabriel Rodrigues da. *Literatura jovem e distopia no mundo atual*. Niterói, RJ: UFF, 2014 (Monografia de Pós-Graduação)

SILVA, Francisco Vieira da. Loucuras insólitas: figurações espaço-temporais na construção do personagem em "O crocodilo 1", de Almicar Bettega. *Revista Todas as Musas*, ano 9, n. 2. São Paulo: Editora Todas as Mudas, 2018a, pp. 194-200. Disponível em: https://goo.gl/RPtRe4. Acesso em 7 de fevereiro de 2018.

SILVA, Frederico Santiago da. *A narrativa fantástica de Fagundes Varela*. Assis, SP: Universidade Estadual Paulista (UNESP), 2013b (Dissertação de mestrado).

SILVA, Márcia Ivana de Lima e. O fantástico e a censura: *Incidente em Antares* de Érico Verissimo. *Revista Organon*, vol. 19, n. 38-39. Porto Alegre: UFGRS, 2005, pp. 187-204. Disponível em: https://goo.gl/48skM5. Consultado em 27 de janeiro de 2018.

SILVA, Nivana Ferreira da. A cultura do outro em Histórias de leves enganos e parecenças, de Conceição Evaristo. *Estudos de Literatura Brasileira Contemporânea*, n. 53. Brasília: UnB, 2018b, p. 411-427. Disponível em: https://goo.gl/xrkRsN. Acesso em: 04 de fevereiro de 2018.

SILVA, Rhuan Felipe S. da. O Pulp em solo nacional e a relação do leitor com as revistas de emoção. *Revista Diálogo das Letras*, v. 05, n. 02. Pau dos Ferros, RN: UERN, 2016b, pp. 284-301. Disponível em: https://goo.gl/anwSqH. Acesso em 8 de fevereiro de 2018.

SILVA, Wandeir Silva; SCHNEIDER, Liane. Genette e o Fantástico. *Caderno Seminal Digital*, ano 18, n. 17, v. 17. Rio de Janeiro: UERJ, 2012, pp. 168-178. Disponível em: https://goo.gl/6w8dnL. Acesso em 11 de fevereiro de 2018.

SIMÕES JÚNIOR, Álvaro Santos. O Jovem Paulo Barreto e os Simbolistas. *Revista Itinerários*, n. 31. Araraquara, SP: UNESP, 2010, pp. 161-174. Disponível em: https://goo.gl/9tQny8. Acessado em 26 de janeiro de 2018.

SOARES, Márcio Henrique de Almeida. Personagem e Fenômeno Fantásticos: A Dialética de Joël Malrieu em *Feriado de mim mesmo*, de Santiago Nazarian. *Revista Abusões*, v. 5, n. 5, ano 3. Rio de Janeiro: UERJ, 2017, pp. 314-338. Disponível em: https://goo.gl/fKWpJF. Acesso em 10 de fevereiro de 2018.

SOUZA, Kátia Regina. *A Fantástica Jornada do Escritor no Brasil*. Porto Alegre: Metamorfose, 2017.

TAVARES, Braulio (org.). *Páginas do Futuro – Contos Brasileiros de Ficção Científica*. Rio de Janeiro: Casa da Palavra, 2011.

TAVARES, Braulio (org.). *Páginas de Sombra – Contos Fantásticos Brasileiros*. Rio de Janeiro: Casa da Palavra, 2003.

TAVARES, Enéias; MATANGRANO, Bruno Anselmi. A Humanização do monstro no seriado televisivo *Penny Dreadful*. *Revista Abusões*, n. 2. Rio de Janeiro: UERJ, 2016, pp. 181-219. Disponível em: https://goo.gl/DGG0XN. Acesso em 14 de janeiro de 2018.

TAVARES, Enéias; MATANGRANO, Bruno Anselmi. Educação e (de)formação do gênero feminino na série *Penny Dreadful*. *Revista Todas as Musas*, ano 9, n. 2. São Paulo: Editora Todas as Mudas, 2018, pp. 143-159.

TERRON, Joca Reiners. *A tristeza extraordinária do Leopardo-das-Neves*. São Paulo: Cia. das Letras, 2013.

TODOROV, Tzvetan. *Introdução à Literatura Fantástica*. Trad. Maria Clara Correa Castello. 3ª ed. São Paulo: Perspectiva, 2008.

TOLKIEN, J. R. R. *Sobre histórias de fadas*. Trad. Ronald Kyrmse. São Paulo: Conrad, 2006.

VANDERMEER, Jeff; CHAMBERS, S. J. *La Bible Steampunk*. Tradução francesa de Colette Carrière, Arnaud Demaegd e Marie-Aude Matignon. Paris: Bragelonne, 2014.

VIEIRA, Telma Maria. A diversidade dos gêneros discursivos: da ficção científica ao *steampunk*. *REGIT – Revista de Estudos de Gestão, Informação e Tecnologia*, v. 5, n. 1. Itaquaquecetuba, SP: FATEC, 2016, pp. 15-25. Disponível em: https://goo.gl/AdhqGc. Acesso em 11 de fevereiro de 2018.

ZARATIN, Daniele Aparecida Pereira; FAQUERI, Rodrigo. "Reverberações rubianas no fantástico brasileiro contemporâneo: um olhar sobre a escrita de Amílcar Bettega". In: CUNHA, Maria Zilda; MENNA, Lígia (orgs.). *Fantástico e seus arredores – Figurações do Insólito*. São Paulo: FFLCH/USP, 2017, pp. 444-65.

ÍNDICE ONOMÁSTICO

Abrahão, Sophia, 235
Abreu, Adelino dos Santos, 301
Acioli, Socorro, 168
Agostinho, Santo, 157
Agualusa, José Eduardo, 304
Ahmed, Saladin, 248
Alcázar, Cesar, 148, 248, 259, 267, 280, 282, 286
Alexandre, Sílvio, 259, 266
Allende, Isabel, 111
Alliah, 193, 272
Almeida, Deuszânia G. de, 302
Almeida, Júlia Lopes de, 47, 73, 103
Almeida, Lúcia Machado de, 77, 78, 103, 112. 244
Almeida, Rharison, 276
Almeida, Victor, 279
Alvares, Karen, 285
Alvarez, Daniel, 176

Alves, Castro, 294
Alves, Cilaine, 295, 309
Amado, Jorge, 66, 67, 271, 317
Amado, Marcelo, 148, 151, 193, 286
Anchieta, Padre José de, 216
Andersen, Hans Christian, 73
Andrade, Carlos Drummond de, 54, 86, 87, 195, 309
Andrade, Fábio, 302
Andrade, Floro Freitas de, 302
Andrade, James, 149
Andrade, Mário de, 23, 54, 58, 62, 67, 209, 219, 271
Andrade, Oswald de, 54
Andrade, Ricardo Sodré, 281
Andrade, Tiago de Melo, 205, 219, 288
Anes, Chico, 289
Angélica, Maria, 279

Anotsu, Jim, 201, 239, 240, 272, 285, 287, 290, 306
Antonio, Roberley, 302
Aragão, Octavio, 98, 148, 171, 174, 192
Araújo, Carlos, 302
Araújo, Helken, 277
Argachof, Paty, 279
Argel, Martha, 140, 150, 286, 287, 289, 309
Argento, Michel, 193
Arinos, Afonso, 38, 92
Ariosto, Ludovico, 283
Arraes, Jarid, 220, 225, 226
Arroyo, Leonardo, 74, 297, 309
Asimov, Isaac, 274, 280, 282
Assis, Machado de, 16, 26, 41, 42, 43, 92, 165, 192, 197, 260, 271, 294
Assumpção, Vera Carvalho, 149
Assunção, Ademir, 122, 128, 283
Atherton, Gertrude, 45, 46
Austen, Jane, 46
Ayala, Walmir, 301
Azevedo, Aluísio, 39, 43, 92
Azevedo, Álvares de, 25, 29, 30, 197, 294, 295, 309
Azevedo, Natália Couto, 149
Azevedo, Renato A., 193
Bachmann, Stefan, 191, 194
Bandeira, Pedro, 76, 81
Baptista, Antonio, 301
Barbosa, Rogério Andrade, 223, 284, 286, 321
Barbosa, Rogério, 220, 225
Barcellos, Marcus, 153
Barcia, Jacques, 99, 191, 194
Barnsley, Godofredo Emerson, 300
Barreiros, João, 176
Barreto, Fabio M., 265
Barreto, Lima, 38, 197, 309
Barreto, Paulo, 49, 296
Barreto, Rozendo Moniz, 294
Barros, Leandro, 294
Barroso, Celso, 301
Barroso, Ciro Moroni, 302
Barroso, Maria Alice, 107
Basile, Giambattista, 73
Basso, Rodrigo, 278
Batalha, Maria Cristina, 38, 49, 115, 266, 293, 304, 310, 312, 313, 314, 318, 320
Baudelaire, Charles, 49, 142
Baum, L. Frank, 73, 243, 244, 280, 291
Bauman, Zygmut, 121
Baumgarten, Maria Clara, 141
Baumstein, Moisés, 301
Beaumont, Madame Leprince de, 73
Beckett, Samuel, 111
Beltrão, Luís, 301
Beltrão, Roberto, 210
Benedetti, Lúcia, 105, 106
Bensimon, Carol, 148
Bentes, Mário, 287
Beraldo, J. M., 99
Beraldo, João, 148, 229, 251
Bernardes, Erick, 66, 318
Bernardo, Gustavo, 305
Bessière, Irène, 20
Betinha, Liti, 302
Bettega, Amilcar, 125, 284, 304, 321
Bilac, Olavo, 294
Bittencourt, Adalzira, 53, 103
Blanc, Aldir, 13
Blaylock, James, 190
Bojunga, Lygia, 78, 81, 103, 284
Bopp, Raul, 59
Borges, Alves, 301
Borges, Celly, 286
Borges, Fernanda W., 149
Borges, Jorge Luis, 111, 165
Borges, Liliân, 65, 310
Bosi, Alfredo, 49, 58, 310

Boskovich, Desirina, 190
Boucher, Timothé le, 159
Bouchet, Thomas, 296, 315, 320
Boule, Pierre, 282
Bourquignon, Marco, 92
Bozano, Daniel, 302
Bradbury, Ray, 181
Braga, Luiz Armando, 300
Braguinha, Didi, 277
Branco, Castelo, 186
Branco, Marcello Simão, 266, 271
Brandão, Ignácio de Loyola, 54, 121, 271, 286
Brandão, Saulo Serpa, 67, 317
Bras, Luiz, 125, 128, 194, 228, 290, 310
Brasman, Gustavo, 251
Bravo, Cesar, 152, 285
Braz, Júlio Emílio, 207, 219, 286, 289, 290
Breton, André, 111
Brito, João de, 294
Bronte, Irmãs, 237
Brooks, Terry, 244
Buarque, Cristovam, 299
Bueno, Ruth, 107
Burgess, Anthony, 172, 181
Burroughs, Edgar Rice, 73
Burroughs, William, 161
Byron, Lorde, 29, 137, 138
Cabral, Plínio, 301
Caciano, Guilherme, 276
Calado, Ivanir, 98, 125
Caldela, Leonel, 150, 245, 246, 277, 278, 287, 288
Calife, Jorge Luiz, 98, 124, 150
Calixte, Marien, 98, 301
Camargo, Luciana Colucci de, 266
Caminha, Pero Vaz de, 122
Campos, Américo Brasílio de, 294
Campos, César Câmara de Lima, 49
Campos, Humberto de, 53, 83, 319
Candeias, Jorge, 193
Candido, Antonio, 33, 34, 295, 310
Cánepa, Laura, 151
Caparica, Victor Hugo, 245, 246, 310
Cardim, Padre Fernão, 26
Cardoso, Joice, 277
Carmo, G., 301, 302
Carneiro, André, 53, 89, 92, 93, 95, 96 100, 286, 316
Carneiro, Marcelo, 236, 310
Carneiro, Raquel, 181, 305, 311
Carodos, Ivan, 86
Carpentier, Alejo, 111. 303
Carqueija, Miguel, 302
Carr, Stella, 80, 106
Carriger, Gail, 291
Carroll, Lewis, 73, 239
Carvalho, Bruno Berlandis de, 138, 139, 311
Carvalho, Dora, 237, 311
Carvalho, José Cândido de, 117, 118, 216
Carvalho, Paulo, 278
Carvalho, Renan, 250, 289
Cascaes, Franklin Joaquim, 209
Cascaes, Franklin, 211, 216, 219, 305
Cascudo, Luís da Câmara, 27, 209, 214, 216, 219, 286, 301, 311
Cassaro, Marcelo, 246, 302
Castex, Pierre-Georges, 19
Castilho, Felipe, 132, 201, 213, 214, 216, 233, 252, 254, 265, 267, 269, 277, 278, 287, 296, 311
Castilho, Suely Dulce de, 219, 221, 298, 311
Castro, Ana Luísa de Azevedo e, 33
Castro, Charles, 276
Castro, Gabriel Pereira de, 161, 311
Castro, Hélder, 39, 40, 311

Castro, Sid, 194
Causo, Roberto de Sousa, 18, 37, 46, 50, 54, 61, 67, 68, 70, 89, 90, 91, 94-9, 104, 124, 125, 148, 149, 150, 171, 172, 173, 175, 178, 191, 248, 264, 266, 270, 280, 282, 285, 295, 296, 298, 300, 302, 307, 311, 312, 314
Cavalcante, Thaís, 279
Cazotte, Jacques, 17
Cecim, Vicente Franz, 126, 128, 304
Ceia, Carlos, 10, 15
Celli, Gianpaolo, 191-3, 281
Cervantes, Miguel de, 78
Ceserani, Remo, 10, 19, 20, 312
Chagas, Dolabella, 301
Chambers, Robert, 282
Chambers, S. J., 190, 192, 323
Chaves, Jayme, 194, 196, 312
Chaves, Mauro, 300
Chiampi, Irlemar, 303
Chiovatto, Ana Carolina Lazzari (Carol), 75, 198, 291, 312
Christofoletti, Rodrigo, 95, 312
Cid, Marcelo, 292, 312
Cirqueira, Juliana, 278
Clark, Arthur C., 124, 172
Clarke, Susanna, 233, 234, 284
Coaracy, Vivaldo, 294
Coelho, Lilian, 162, 316
Colasanti, Marina, 80, 103, 298
Colicigno, Gabriela, 279
Collin, Fabrice, 190
Collins, Suzanne, 181
Collodel, Lyra, 193
Collodi, Carlo, 73
Cordenonsi, A. Z., 148, 197, 198, 278, 281, 283
Corrêa, Viriato, 45, 92
Correia, Hélia, 304
Correira, Heloísa Helena Siqueira, 304

Cortázar, Julio, 111.,126
Côrtes, Flavia, 202, 285
Costa, Antonio Luiz M. C., 191, 192, 285
Costa, João Ribas da, 300
Costa, Vasco Ribeiro da, 300
Coutinho, José Ferreira, 299
Crowley, Aleister,161
Cruls, Gastão, 48, 90, 92, 93, 95, 100, 313
Cruz e Souza, 48, 140
Cunha, Carolina, 220, 223
Cunha, Fausto, 95, 96, 100, 299
Cunha, Félix Xavier da, 294
Cunha, Martim Vasques da, 270
Czekster, Gustavo, 165, 168, 307, 313
D. João VI, 74
D. Pedro II, 186, 193
D'Amaral, Márcio Tavares, 302
Dalcastagnè, Regina, 272
Dalpizol, Liliane, 277
Daniel, Herbert, 301
Danton, Gian, 281, 302
Dashner, James, 181
David, Christian, 202, 283, 289
DeBrito, Marcos, 153, 286
Denser, Márcia, 302
Diamor, O. B. R., 300
Dias, Carlos Magno Maia, 302
Dick, Philip K., 172, 282
Dickens, Charles, 46, 237
Diegues, Richard, 176, 178, 193, 290
Domenech, José Maria, 301
Dorea, Gumercindo Rocha, 95, 105, 285, 299
Doyle, Arthur Conan, 17, 46, 84, 90
Draccon, Raphael, 132, 152, 236, 237, 244, 254, 265, 288, 290
Drummond, Regina, 143, 204, 288
Duarte, Marcelo, 204

Dunsany, Lorde, 282
Duque, Gonzaga, 92
Ehlers, Luiz, 279
Eiras, Luís Carlos, 301
El-Kadi, Aileen, 158, 313
Eralldo, Douglas, 277
Escragnolle-Taunay, Affonso de, 27, 319
Estrada, Beto, 277
Evaristo, Conceição, 167, 168, 271, 288
Fagundes Telles, Lygia, 53, 112, 271, 284, 304
Falcão, Duda, 85, 148, 150, 259, 267, 282, 283, 290
Fanu, Sheridan Le, 138
Faria, Soares de, 300
Faro, Augusta, 166, 286, 314, 316
Fawcett, Fausto, 99, 123, 128, 282, 288
Feist, Raymond E., 243
Felippe, Karl, 9
Félix, Mario Marcio, 278
Fernandes, Andrei, 278
Fernandes, Camila, 290
Fernandes, Fábio, 98, 148, 171, 172, 174, 178, 191, 192, 194, 291
Fernandes, Jenny Silenck, 300
Fernandes, José dos Santos, 302
Ferreira, Régis Casini, 302
Ferreira, Rodrigo, 277
Feteira, Raul, 301
Féval, Paul, 138
Fideli, Finisia, 98
Fideli, Roberto, 279
Figueira, Luís Ramos, 294
Figueiredo, Guilherme, 302
Figueiredo, Rubens, 122, 271
Filho, Kofal, 300
Filóstrato, 292
Fischer, Almeida, 301
Flory, Henrique Villibor, 302

Fonseca, Deodoro da, 186
Fonseca, Nazareth, 143, 281, 282
Fonseca, Rubem, 271
Fontoura, Marco, 302
Fornani, Ernâni, 294
Frabrizio, Paolo, 301
Fraccaroli, Lenyra, 297
França, Júlio, 266, 318, 320
França, Lindorf Ernesto F., 294
Franchini, A. S., 220, 222, 223, 283, 306
Franco, Gabriela, 277
Freitas, Emília, 47, 48, 50, 90, 103
Freitas, Verônica, 193
Fresnot, Daniel, 302
Freud, Sigmund, 59
Freyre, Gilberto, 209, 210
Furtado, Filipe, 10, 15
Gaborit, Mathieu, 190
Gaiman, Neil, 212, 234, 235, 268
Galvão, Marcelo Augusto, 149, 193
Gama-Khalil, Marisa Martins, 54, 61, 292, 293, 313, 314
García, Flavio, 9, 20, 21, 54, 61, 114, 266, 271, 292, 304, 310, 312, 313, 314, 317, 318, 319, 320
Garcia, Kami, 239
Gautier, Théophile, 138
Gendarte, Cristina, 301
Genet, Jean, 111
Gerardot, Jean-Jacques, 195
Gibran, Khalil, 127
Gibson, William, 123, 190, 282
Gimenes, Debora, 291
Ginway, M. Elizabeth, 107, 108, 271, 285, 314
Giometti, Paola, 282
Giroldo, Ramiro, 95, 97, 105, 121, 266, 300, 314
Gomes Jr., Jorge Luiz, 225, 229, 314
Gomes, Álvaro Cardoso, 206, 290
Gomes, Analice de Sousa, 167, 314

Gomes, Helena, 302, 303, 237, 282, 284, 285, 287
Gomes, Heyder de Siqueira, 300
Gomes, Osias, 301
Gomez, This, 193
Gray, Christine, 85
Gray, Terence, 85
Grimm, Irmãos, 47, 73, 158
Grimm, Jacob, 47,73, 158, 225
Grimm, William, 47, 73, 158, 225
Gris, Jayme, 216
Guedes, Dana, 193, 194
Guimarães, Bernardo, 32, 38, 293
Guimarães, Josué, 301
Gulliver, Maurício Luz, 302
Heliot, Johan, 190
Hendrix, Jimi, 161
Herbert, Frank, 282
Herédia, Alexandre, 143, 290
Hesíodo, 18
Highsmith, Isadora, 85
Hilário, Leomir Cardoso, 302, 315
Hobsbawm, Eric, 293
Hoffmann, E. T. A., 17, 31
Holanda, Chico Buarque de, 54, 96, 98, 100, 264
Homero, 18, 166, 261
Horácio, 292
Horowitz, Adam, 76
Howard, Robert E., 196, 212, 248, 252
Hunt, Stephan, 191, 194
Huxley, Aldous, 60
Iared, Alison, 279
Ionesco, Eugène, 111
Irving, Washington, 32
Izaguirre, Gerald C., 301
Izaguirre, Gerald, 301
Jack, o Estripador, 189
Jackson, Rosemary, 15
Jeter, K.W., 190
Jubert, Hervé, 190

Júnior, Amílcar Quintella, 300
Júnior, Celso, 302
Junior, Francisco Vicente de Paula, 47, 48
Júnior, João Antônio de Barros, 294
Júnior, Silveira, 301
Kabral, Fábio, 124, 177, 220, 227, 229, 288
Kafka, Franz, 41, 49, 111, 116, 122, 126, 165
Kampen, Rodrigo Van, 279
Kanso, Mustafá ibn Ali, 148
Kasse, Eduardo, 143, 285
Kastensmidt, Christopher, 212, 216, 267, 285, 296
Khnop , Fernand, 46
King, Stephen, 280, 284, 299
Kipling, Rudyard, 73
Kirbi, Christian, 300
Kitsis, Edward, 76
Kujawski, Guilherme, 98, 124
L'Isle-Adam, Villiers de, 49
Lameira, Daniel, 277, 287
Lancaster, Alexandre, 191
Lang, Jessica, 22
Lapa, Isabela, 277
Lasaitis, Cristina, 290
Leal, Gomes, 140
Leal, Vítor, 294
Lee, Rita, 127
Leiber, Fritz, 248
Leminski, Paulo, 301, 302
Lemos, Aline de Castro, 94, 315
Lemos, Cirilo S., 186, 194, 198 285
Leonardi, Danilo, 278
Leonardo, Edivaldo Marcondes, 300, 315
Leroux, Gaston, 152
Lessa, Orígenes, 92, 94, 205
Lewis, C. S., 80, 243, 288
Lima, Carlos Emílio C., 301
Lima, Paulo de Almeida Paulo, 287

Lima, Vero de, 300
Lindqvist, John Ajvide, 281
Lins, Osman, 301
Lintz, Enéas, 299
Lira, Thaíse, 184, 315
Lobato, Monteiro, 53, 74-6, 79, 81, 89, 90, 209, 271, 298
Lobo, Américo, 294
Lodi-Ribeiro, Gerson, 98, 142, 143, 150, 171, 174-6, 178, 192, 266, 285
Logan, John, 86
Lombardi, Carlos, 125
Londero, Rodolfo, 123, 173, 175, 176, 315, 316
Longo, Raul, 220, 222
Lovecraft, H. P., 18, 85, 95, 166, 252, 260, 316
Lubrano, Isabella, 279
Lucchetti, Marco Aurélio, 86
Lucchetti, R. F., 149, 284
Lucchetti, Rubens Francisco, 85, 86, 140, 150
Lucién O Bibliotecário, 278
Lucosi, Vincent, 85
Lund, Ju, 143
M. Barrie, James, 73, 243
MacDonald, George, 244
Macedo, Joaquim Manuel de, 31, 32, 40, 295
Machado, Bia, 193
Machado, Ivan Pinheiro, 287
Machado, Samir Machado de, 148, 215, 289, 296
Macron, Emmanuel, 181
Magalhães, Benjamin, 183
Magalhães, Milena, 161, 162, 163, 316
Magrini, Nelson, 146, 150
Mainardi, Diogo, 302
Mallarmé, Stéphane, 45, 316
Mallet, Pardal, 294

Mallmann, Max, 10, 98, 132, 248, 257, 258, 260, 265, 279, 282, 290, 316
Mandarino, Alex, 283
Manfredi, Lúcio, 174
Manoya, Patrícia, 96, 316
Marinho, Miguel Jorge, 80
Marinho, Roberto, 122
Marins, José Mojica, 86
Márquez, Gabriel García, 111
Marra, Fernanda Ribeiro, 158, 316
Martello, Nilson, 300
Martin, George R. R., 193, 233, 244, 248, 254, 282
Martins, Ana Paula dos Santos, 166, 316
Martins, Ana, 183
Martins, Epaminondas, 300
Martins, Romeu, 99, 191-3
Massuela, Amanda, 308
Matangrano, Bruno Anselmi, 9, 20, 22, 149, 189, 190, 197, 271, 273, 274, 279, 291, 298, 305, 307, 316, 320, 323
Matheson, Richard, 139, 143
Matheus, Italo, 251
Matta, Luís Eduardo, 149
Maupassant, Guy de, 37, 42, 89, 159
MCT, Douglas, 251, 287
Medeiros e Albuquerque, José Joaquim de, 45, 46, 294
Medeiros Jr., Flávio, 99, 143, 192, 195, 196, 285
Mee, Luiz Roberto, 80, 244, 247, 281
Meireles, Cecília, 297
Melo, João Batista, 98, 302
Melo, Valdirene, 67, 317
Melo, William Angel de, 301
Mendes, Domenica, 278
Mendonça, Catia, 77, 78, 318
Meneguello, Cristina, 94, 299, 318
Menezes, João Cardoso de, 140
Menezes, Levy, 300
Menon, Maurício, 209, 318
Merege, Ana Lúcia, 148, 150, 201, 250

281, 285
Méreste, Fabrice, 189, 195, 314
Messias, Adriano, 206, 284, 286
Meyer, Stephenie, 139, 239
Michelli, Regina, 79. 298, 313, 318, 319, 320
Miéville, China, 172, 176, 290
Minicucci, Agostinho, 302
Miranda, Bruna, 278
Modesto, J., 143
Moebius, 239
Monjardim, Adelpho, 84
Monteiro, Eduardo, 286
Monteiro, Jeronymo, 39, 89, 90-4, 100
Montes, Raphael, 152, 284
Moon, Giulia, 141, 142, 150, 286
Moorcock, Michael, 248
Moore, Alan, 86, 186, 189, 260
Moraes, Artur, 276
Morais, Bárbara, 183, 187, 201, 282, 287
Morais, Sílvio Roberto Melo, 301
Morais, Victor, 276
More, Thomas, 183
Moreno, Antonio, 301
Moricz, Tibor, 99
Moritz, Raquel, 279
Morris, William, 244
Motta, Sérgio, 60, 320
Mourão, Laurita, 301
Munhóz, Carolina, 132,152, 235, 237, 245, 265, 288, 289, 290
Muniz, Flávia, 143, 203, 290
Muniz, Luke, 276
Muricy, Andrade, 48, 318
Murnau, Friedrich W., 138
Napoleão, 189
Nascimento, Lyslei, 112, 318
Nascimento, R. C., 307
Nazarian, Santiago, 132, 158, 159, 160, 284, 289, 305

Neto, Coelho, 26, 45, 46, 48, 50, 92
Neto, Humberto Moura, 140, 141, 309
Neto, Simões Lopes, 57, 58, 62, 209, 216, 219, 296
Netto, Gomes, 300
Neves, Berilo, 94
Neves, Renata Galindo, 193
Newman, Kim, 86
Niels, Karla Menezes Lopes, 294, 318
Niels, Karla, 32, 122, 294, 318
Nogueira, Amadeu, 294
Nogueira, Antonio L. Ramos, 294
Nogueira, Cynthia, 276
Norris, Gustavo, 251
Novello, Eric, 132, 150, 185-7, 192, 216, 233, 238, 239, 240, 268, 278, 281, 284, 285, 286, 289, 290, 305, 306
Nunes, Jorge, 174
Olinto, Antonio, 219, 271
Oliveira, AJ, 278
Oliveira, Cristian, 279
Oliveira, Jefferson Donizete de, 294
Oliveira, Nelson de, 125, 271, 273, 291
Oliveira, Paulo César de, 66
Oliveira, Rodrigo de, 153
Oliveira, Rodrigo, 286
Oliver, Rildon, 276
Orsi, Carlos, 98, 148, 171, 174, 175, 178, 192, 248, 282
Orwell, George, 98, 181
Ovídio, 292
Pagel, Michel, 190
Pai, Alexandre Dumas, 138
Paiva, Garcia de, 301
Paiva, Marcelo Rubens, 305
Patai, Daphne, 90
Paterson, King, 299
Paula, Rodrigo Pires, 227, 318

Pedrão, Gabriela, 279
Pegoraro, Éverly, 191, 192, 194, 319
Peixoto, Afrânio, 295
Pepper, FML, 237, 238, 291
Pereira, Arlindo, 300
Pereira, Carla Cristina, 176
Pereira, Édipo, 276
Pereira, JP, 220
Pereira, Lívia, 193
Pereira, PJ, 228, 289
Pereira, Sylvio, 299
Pereira, Teodomiro Alves, 294
Perrault, Charles, 47, 225
Picchia, Menotti Del, 48, 90, 92, 93, 94, 100, 271
Picon, Antoine, 296, 315, 320
Pimentel, Figueiredo, 74
Pinto, José Alcides, 117, 118
Pintos, Marcello de Oliveira, 275, 313, 318, 319, 320
Pires, Homero, 294
Pires, Itamar, 302
Pires, José Herculano, 301
Pizzol, Alan Ricardo Dal, 246, 319
Platão, 252, 292
Plutarco, 260, 292
Poe, Edgar Allan, 18, 49, 68, 84, 149, 260, 280
Polidori, John, 137
Powers, Tim, 190, 281
Prandi, Reginaldo, 220-3, 228, 229, 284
Prince, Bárbara, 277
Priore, Mary Del, 27, 319
Proença, Manuel Cavalcanti, 60, 320
Propp, Vladimir, 73, 319
Próspero, Isa, 277
Queirós, Eça de, 37
Queiroz, Ana Carolina de Souza, 83, 319
Queiroz, Dinah Silveira de, 95, 104, 271, 286
Queiroz, Rachel de, 89, 104, 105, 112
Quinhones, Elenara Walter, 48, 293, 319
Rabelais, François, 283
Rachaus, Jorge, 301
Radrak, Leandro, 246
Ramos, Anatole, 301
Ramos, Graciliano, 54, 65, 69, 70, 297, 318
Ramos, Hugo de Carvalho, 38
Ramos, Lucas, 276
Rangel, Paulo, 302
Regina, Elis, 127
Regina, Ivan Carlos, 302
Reis, Antônio Manuel dos, 294
Reis, Leandro, 246, 247, 287
Reis, Maria Firmino dos, 33, 103
Renner, Paulo Roberto, 302
Requião, Altamirando, 294
Rezende, Fabio, 247
Reznor, Amanda, 193
Ribeiro, Diego, 276
Ribeiro, João Ubaldo, 271
Ribeiro, Juliana, 113, 320
Ribeiro, Renata Rocha, 167, 314
Rice, Anne, 138, 141, 142, 158, 172, 289
Rimbaud, Arthur, 161
Rio, João do, 49, 50, 296
Riordan, Rick, 214, 235
Rios, Cassandra, 106
Rios, Rosana, 202, 204, 237, 283, 284, 285, 286, 288
Riot-Sarcey, Michèle, 296, 315, 320
Rissatti, Petê, 290
Riter, Caio, 205, 283
Robert, Yves, 192
Rocha, Justiniano José da, 29, 293, 320

Rocha, Ruth, 290
Rodrigues, Ana Cristina, 99, 148, 193, 234, 248, 249, 280, 282
Rodrigues, Milton Hermes, 303, 320
Rosa, João Guimarães, 23, 53, 54, 67, 68, 69, 165, 271, 296
Rosseb, Gustavo, 214, 216, 287
Rosso, Nico, 86
Roth, Veronica, 181, 183
Rousseau, Jean-Jacques, 157
Rowling, J. K,. 214, 235, 289
Ruas, Carlos, 282
Rubião, Murilo, 53, 114, 118, 304
Rubim, Fred, 148
Ruddick, Nicholas, 106, 320
Ruiz, Cândido, 193
Ruiz, Tatiana, 193
Rymer, James Malcolm, 138
Ryokobel, Izabel, 277
Sagenfredo, Carmen, 220
Saladino, Rogério, 246
Sales, Herberto, 301
Salgueiro, Pedro, 211
Sampaio, Ulysses, 49
Sanchez, André, 302
Sanchez, Mario, 301
Sant'Anna, Sérgio, 301
Santos, Ana Paula Araujo dos, 33, 47, 316, 320
Santos, Joaquim Felício dos, 299
Santos, Joel Ruffno dos, 79, 81, 207, 209, 219, 283, 286
Santos, Luciane, 184, 315
Santos, Luzia, 60, 320
Santos, PH, 277
Saramago, José, 94, 280
Sassi, Guido Wilmar, 300
Saueressig, Simone, 98, 149, 201, 212, 220, 229, 283, 284, 287
Scavone, Rubens Teixeira, 95, 97, 98, 100, 286
Schermak, Anna, 279
Schima, Roberto, 98, 301
Schimeneck, Antônio, 205
Schimitt, Eduardo, 276
Schmidt, Afonso, 92-4, 100
Schneider, Liane, 193, 322
Scholes, Robert, 272
Scliar, Moacyr, 111, 114, 118, 284, 304
Secatto, O. A., 149
Sedia, Ekaterina, 176
Seixas, Heloísa, 123, 126
Seixas, Raul, 127
Seljan, Zora, 105, 219, 286
Sena, André de, 38, 49, 210, 320
Sena-Lino, Pedro, 304, 320
Sêneca, 292
Severo, José Antonio, 301
Shakespeare, William, 29, 260
Shelby, Mary, 85
Shelley, Mary, 84, 85, 152
Sigwalt, Mayra, 279
Silen, Georgette, 144, 193, 284
Silva, Alexander Meireles da, 138, 266, 275, 279, 319
Silva, Antonia Marly Moura da, 69, 321
Silva, Celso, 219, 220, 223-5, 306, 321
Silva, Cesar, 266, 271
Silva, Cristina Azevedo da, 140, 321
Silva, Domingos Carvalho da, 300
Silva, Francisco Vieira da, 126, 321
Silva, Frederico Santiago da, 31, 321
Silva, Gabriel Rodrigues da, 184, 321
Silva, José Caetano da, 38
Silva, Lília Aparecida Pereira da, 85
Silva, Luís Filipe, 192
Silva, Maria Ivana, 61, 321
Silva, Nivana Ferreira da, 167, 321
Silva, Rhuan Felipe da, 147, 322
Silva, Severino Borges, 69
Silva, Wandeir Araújo, 193, 322

Silveira, Valdomiro, 38
Simões Júnior, Álvaro Santos, 296, 322
Siqueira, Adriano, 143
Skorupa, Francisco Alberto, 271
Smith, A. A., 302
Smith, L. J., 239
Soares, Márcio Henrique, 159, 322
Sobral, Amândio, 84
Sodré, Muniz, 220, 226, 227, 288
Solano, Affonso, 252, 254, 265, 277, 288
Sommers, Stephen, 86
Sousa, Inglês de, 40, 209, 219, 293
Souza, Geni, 203, 284
Souza, Kátia Regina, 238, 266, 272, 307, 322
Souza, Márcio, 54, 301, 302
Spindler, Roberta, 184, 187, 286
Spohr, Eduardo, 132, 236, 237, 265, 277, 289, 306
Stefanello, Vagner, 276
Sterling, Bruce, 190
Stevenson, Robert Louis, 42, 61, 74, 152, 159, 196
Stockler, Brian, 85
Stohl, Margaret, 239
Stoker, Bram, 85, 137, 138, 152
Suassuna, Ariano, 69, 70, 117, 298
Suppia, Alfredo, 271
Süskind, Patrick, 50
Tácito, 260
Tartari, Ataíde, 302
Tavares, Ana Paula, 304
Tavares, Braulio, 31, 67, 69, 83-5, 90, 92, 94, 95, 105, 122, 123, 132, 149, 171, 173, 174, 211, 216, 264, 266, 271, 272, 281, 288, 296, 309, 322

Tavares, Enéias, 22, 196-8, 272-4, 276, 278, 283, 288, 298, 320, 322
Tavares, Gonçalo M., 304
Távora, Franklin, 299
Teóphilo, Rodolpho, 299
Terron, Joca Reiners, 132, 161-3, 284, 322
Tiago, Anderson, 276
Tierno, Walter, 212, 216, 286
Tizzot, Frede, 280
Tizzot, Thiago, 247, 248, 253, 280, 282
Todorov, Tzvetan, 10, 17-9, 21, 58, 84, 86, 295, 323
Tolkien, J. R. R., 80, 212, 234, 237, 243, 244, 247, 248, 254, 288, 323
Tolstoi, Alexis, 138
Tordo, João, 304
Trevayne, Emma, 191, 194
Trevisan, J.M., 246
Trigo, Luiz Marcello, 211
Tríplice, Nilza Amaral, 302
Trump, Donald, 181
Umbach, Rosani, 175, 316
Valek, Aline, 177, 178, 225, 290
Valente, Margot L., 301
Valentini, Genevieve, 191, 285
VanderMeer, Jeff, 176, 190, 192, 290, 323
Varela, Fagundes, 25, 293, 294
Varela, Luís Nicolau Fagundes, 31
Vargas, Getúlio, 186
Vasconcellos, Rogério Amaral de, 302
Veiga, J. J., 286
Veiga, José J., 114-6, 118
Vellasco, Luciano, 277
Ventura, João, 193
Ventura, Susana, 284
Vera, Hugo, 99
Verger, Pierre, 223, 228
Verissimo, Érico, 60, 62, 70, 271, 297
Verlaine, Paul, 157

Verne, Jules, 37, 74, 84, 90, 189, 192, 195
Vianco, André, 132, 140-2, 265, 278, 282, 286, 289, 321
Victor, Nestor, 48
Vieira, Adelina Lopes, 73
Vieira, José Roberto, 194, 234, 285
Vieira, Maria Clotilde, 301
Vieira, Telma, 192, 323
Vieira, Walter Paulo, 301
Vigna, Elvira, 302
Vilela, Joaquim Maria Carneiro, 38
Villa, Claudio, 191
Vinícius, Dennis, 291
Virgílio, 261, 292
Volpe, Leona, 193
Wagner, Karl Edward, 248
Walpole, Horace, 17, 18
Wells, H. G., 91-3, 174, 192, 195, 284
Westerfeld, Scott, 191
Wilde, Oscar, 49, 84
Witter, Nikelen, 148, 193, 194, 198, 278, 283
Xavier, Valêncio, 126, 128
Xerxenesky, Antonio, 132, 148, 163, 164, 284, 289, 290
Yazbeck, Miguel, 302
Ysatis, Kizzy, 143
Zaluar, Augusto Emílio, 37, 38, 43, 95
Zanetic, Tiago P., 251, 284
Zatar, Luiz, 302
Zé do Caixão, 86
Zink, Rui, 304
Zuin, Lidia, 193

NOTAS BIOGRÁFICAS

Bruno Anselmi Matangrano é bacharel em Letras (português e francês), mestre e doutor em Literatura Portuguesa pela Universidade de São Paulo (USP), dedicando suas pesquisas às literaturas simbolista, decadentista e fantástica, escritas em português e em francês, bem como a representação de animais e de seres fantásticos na literatura e nas artes, tendo efetuado estágio de investigação na Universidade de Lisboa, entre 2015 e 2016, sob financiamento do CNPq. Mantém, com Enéias Tavares, o projeto de pesquisa e extensão *História do Insólito na Literatura Brasileira*, sediado na UFSM, do qual deriva a exposição e o colóquio itinerantes *Fantástico Brasileiro: o insólito literário do romantismo à contemporaneidade*. É membro do LEA! – *Lire en Europe aujourd'hui*, centro de pesquisa internacional sediado na Faculdade de Letras da Universidade de Lisboa, do Grupo de Pesquisa Poéticas e Éticas da Modernidade (POEM) e do Laboratório de Estudos de Poéticas e Ética na Modernidade (LEPEM), ambos da USP, e do grupo Nós do Insólito: vertentes da ficção, da teoria e da crítica, da UERJ. Desde 2012, é também coeditor das revistas acadêmicas: *Desassossego* do programa de pós-graduação em Literatura Portuguesa e *Non Plus*, do programa de Estudos Linguísticos, Literários e Tradutológicos em Francês da USP, bem como da coleção de obras clássicas *O Melhor de cada tempo*, da Editora Vermelho Marinho. Tem traduções, ficções e artigos publicados em jornais, coletâneas e revistas e é autor do livro *Contos para uma noite fria* (2014).

Eneias Tavares é professor de Literatura Clássica na Universidade Federal de Santa Maria (UFSM), onde orienta trabalhos de pós-graduação sobre os livros iluminados de William Blake e literatura fantástica. Em 2014, foi o vencedor do concurso Fantasy!, da editora LeYa, para a publicação de seu primeiro romance, *A Lição de Anatomia do Temível Dr. Louison* (2014), primeiro volume da série *Brasiliana Steampunk*. Enquanto universo transmídia, *Brasiliana Steampunk* já ganhou card game, audiolivro, suplemento escolar e estão em produção uma história em quadrinhos e uma websérie. Em 2017, pela editora Avec, publicou o romance *Guanabara Real – A Alcova da Morte* (2017), escrito em parceria com AZ Cordenonsi e Nikelen Witter, autores de literatura fantástica e também professores da UFSM. Junto de Bruno Anselmi Matangrano é o responsável pelo projeto *Fantástico Brasileiro: O Insólito Literário do Romantismo à Contemporaneidade*, que resultou em exposição itinerante e no presente livro. No viés acadêmico, Tavares pesquisa literatura e artes do século XIX e *storytelling* transmídia, além de ministrar *workshops* sobre escrita e gerenciamento de projetos culturais. É pesquisador do Laboratório Corpus e do Programa de Pós--Graduação em Letras da UFSM, além de ser um dos coordenadores de projeto do Espaço Multidisciplinar da UFSM Silveira Martins. Integra também o GT da ANPOLL "Vertentes do Insólito Ficcional" e o Grupo de Pesquisa "Nós do Insólito: Vertentes da Ficção, da Teoria e da Crítica", grupo certificado pela UERJ junto ao Diretório de Grupos do CNPq. É organizador de dois volumes da série *Discursos do Corpo na Arte*, em parceria com as pesquisadoras Gisele Biancalana e Mariane Magno. Além de roteirista, tradutor e gestor cultural, é também colunista do portal *CosmoNerd*, onde assina textos sobre escrita de ficção e economia criativa.

Karl Felippe é um ilustrador que se comunica quase que exclusivamente via verbetes de enciclopédia, e quando não está trabalhando em ilustrações, esculturas, ou escondendo o que escreve, é impossível provar sua existência no plano material. Sua primeira experiência em ilustração profissional foi produzindo a capa do o livro *Transtorno Bipolar na Infância e Adolescência* (Lee Fu-I, Segmento Farma, 2007), seguido de diversos trabalhos em escultura para estúdios particulares. Em 2008, ajudou Bruno Accioly e Raul Cândido a fundar o Conselho *Steampunk*, grupo destinado a discutir, divulgar e incentivar a produção de obras retrofuturistas no Brasil. Em 2015, começou sua parceria com Enéias Tavares, produzindo ilustrações para histórias no universo *Brasiliana Steampunk*.

AGRADECIMENTOS

Este livro não seria possível sem a ajuda de uma série de pessoas, que direta ou indiretamente nos inspiraram ou nos auxiliaram a desbravar as sendas do insólito brasileiro, em um percurso nascido em alguns artigos, tornado exposição e projeto de pesquisa para então, finalmente, tornar-se o livro que você agora tem em mãos.

Primeiramente, agradecemos a Álvares de Azevedo e Flávia Muniz por nos fazerem acreditar pela primeira vez em um Fantástico Brasileiro. Agradecemos também aos editores da saudosa Revista *Bang! Brasil*, Luís Corte Real e Safaa Dib, onde as primeiras reflexões sobre o Fantástico Brasileiro foram publicadas em 2013.

Aos professores da UFSM – em especial ao diretor do CAL, Pedro Brum Santos, ao vice-reitor, Paulo Bayard, e às coordenadoras do Espaço Multidisciplinar da UFSM Silveira Martins, Lia Reiniger e Amanda Scherer – que apoiaram o projeto de pesquisa e extensão que deu origem a este livro. De igual maneira, aos colegas do Departamento de Difusão Cultural da UFRGS – em especial à diretora Claudia Boettcher e ao colega Rafael Derois Santos – por terem sugerido inicialmente uma exposição no Hall da Reitoria da universidade, um privilégio e um convite que resultou em todo o resto.

A Jessica Lang pelo belo e urgente *design* da nossa exposição.

Ao editor Thiago Tizzot e aos amigos da Editora Arte e Letra pela pronta acolhida a este livro, pelo entusiasmo com o Fantasismo e pelos serviços prestados à literatura, de modo geral, e ao insólito, em particular.

Agradecemos ainda aqueles que tornaram nosso livro tão especial:

Aos pesquisadores Flavio García e Roberto de Sousa Causo, que tanto admiramos e cujas obras estão no cerne de nossa pesquisa, pelos textos de Prefácio e Posfácio, e também por suas contribuições ao insólito e ao fantástico em nosso país. Um agradecimento especial ao Causo pela cuidadosa revisão. A Karl Felippe por aceitar o desafio de produzir ilustrações inspiradoras, tornando esse livro uma incrível jornada não apenas textual como também visual.

A Carol Chiovatto por todo apoio, pela excelente preparação de texto e pelas inúmeras conversas que resultaram em muitas das reflexões presentes neste livro. A Emanuele Coimbra, pelo aceite em verter nossa exposição para o espanhol, e a Luan Figueiredo, pelo apoio, entusiasmo e ajuda que deram a este projeto.

Agradecemos também aos amigos, Felipe Castilho e Eric Novello, pelo apoio e indicações e por comprarem, antes de tudo e de todos, a ideia do Fantasismo. A Ana Cristina Rodrigues por nos ajudar a mapear os contos dispersos de Max Mallmann. Aos organizadores da Odisseia de Literatura Fantástica de Porto Alegre, Duda Falcão, César Alcázar, Cristopher Kastensmidt, Christian David e Nikelen Witter, por não desistirem de um evento que tantas pessoas aproximou e aproxima no cenário da literatura fantástica nacional.

À produtora cultural Cristiane Marçal e ao editor Artur Vecchi por apoiarem esse projeto nos editais públicos inscritos e por sua importante contribuição à cena e ao mercado cultural do nosso país. A Ana Rüsche e aos amigos da Revista *Fantástika 451*, pelo apoio e espaço para falarmos do projeto.

A Rogério Almeida da UTFPR, a Eliane Muratore do Museu da UFRGS, a Ramiro Giroldo da UFMS, a Adriana Alberti e a Fábio Dobashi Furuzato da UEMS, a Gustavo Czekster e a Michel Flores da PUCRS, a Cleber Araújo Cabral do CEFET-MG, a Silvio Alexandre e a todos aqueles que não estão medindo esforços para levar a exposição Fantástico Brasileiro para suas cidades.

Por fim, aos leitores e leitoras que têm mantido vivos os autores e obras que revisitamos nesse livro, e aos escritores e escritoras, do passado e do presente, que têm batalhado contra a indiferença, a ignorância e o preconceito, através de seus heróis, de seus mundos e de suas histórias insólitas. Sem todos vocês, nunca haveria um Fantástico Brasileiro.

Os autores.